MERIDIANE

Aus aller Welt

Band 12

Nedim Gürsel

Der Eroberer

Roman

Aus dem Türkischen
von Ute Birgi

Ammann Verlag

Die Originalausgabe erschien 1995 unter dem Titel *Boğazkesen*.

Satz: Dörlemann Satz, Lemförde
Druck:
ISBN 3-250-60012-1

Für Zühal, Licht meiner Nacht

»Dann fühlte sich Swann im Herzen jenem Muhammad II. verwandt, dessen Porträt von Bellini ihm so lieb war; dieser Sultan hatte, als er innewurde, daß er eine seiner Frauen bis zum Wahnsinn liebte, sie kurzerhand erdolcht, um – wie sein venezianischer Biograph ganz naiv berichtet – die Freiheit seines Geistes wiederzuerlangen.«

Marcel Proust, Auf der Suche nach der verlorenen Zeit

I

Seit längerem schon stand ich morgens früh auf. Dort, am asiatischen Ufer des Bosporus, in meiner geliebten Heimatstadt, die mich überallhin verfolgte und nie in Ruhe ließ, erhob ich mich jeden Morgen mit dem Ruf zum Frühgebet, um zu schreiben. Wenn ich jedoch geahnt hätte, daß ich eines Tages alles stehen- und liegenlassen und mich in ein Zimmer dieser alten Istanbuler Villa zurückziehen würde, daß die mit dem aufsteigenden Frühnebel beginnenden Sommertage mich wie der draußen unter dem Erker vorbeiziehende Bosporus in unerwartete Strudel reißen, daß seine an der Oberfläche so sanft scheinenden Wellen mich in geheimnisvolle Tiefen herabziehen würden, so wäre dieser Roman nie geschrieben worden. Zusammen mit meinen Freunden hätte ich diese Yalı, die wir für den Sommer gemietet hatten, verlassen und wäre wie sie in der ersten Septemberwoche nach Paris zu meiner Arbeit zurückgekehrt.

Wir hatten einen schönen Sommer verlebt, fern vom Lärm der Stadt und der Augusthitze, die selbst die hintersten Zimmer der aus Stein gebauten Häuser und die schattigen Cafés am Meeresufer nicht verschont. Wir, das waren zwei Paare, die sich prächtig verstanden. Den Tag verbrachten wir in den kühlen Fluten des Bosporus und auf den bemoosten Granitsteinen der hauseigenen Anlegestelle; abends fanden wir uns in freundschaftlicher Runde in einem der vielen Fischrestaurants mit ihrem typischen Geruch nach verbranntem Öl. Morgens gingen wir, nachdem wir im Garten hinter dem Haus gefrühstückt hatten, gemeinsam schwimmen; gemeinsam mieteten wir manchmal ein Boot und fuhren aufs Meer hinaus; und wenn wir uns für den Mittagsschlaf in unsere Zimmer zurückzogen, freuten wir uns schon auf die Teestunde, die uns wieder zusammenführen und Gelegenheit zu vertieften Gesprächen geben würde. So war ein langer müßiger August verstrichen, und unsere Ferien gingen zu Ende. Am letzten Tag – wir waren mit den Vorbereitungen zu unserer Rückkehr beschäftigt – eröffnete ich meinen Freunden, daß ich noch einige Zeit in Istanbul bleiben und im Archiv des Topkapı-Museums arbeiten wolle. Mit dem Unterricht an der Universität würde ich eine Woche später beginnen. Sie fanden an meinem Vorschlag nichts auszusetzen, und so trennten wir uns in der Gewißheit, uns in acht bis zehn Tagen in Paris wiederzusehen.

Als alle abgereist waren, ließ ich den Hausbesitzer wissen, daß ich meine Mahlzeiten fortan in der Küche einnehmen und das große Wohnzimmer nicht benutzen würde und er, wenn er wolle, Sessel und Tische mit Schutzüberzügen bedecken, die Vorhänge zuziehen und die Polsterkissen forträumen und alle Räume bis auf das Erkerzimmer mit Meersicht abschließen könne. So fand ich mich nun allein in der riesigen Villa. Endlich konnte ich mit der Niederschrift des Romans beginnen, dessen Entwurf mit seinen unzählige Male aufgestellten und wieder verworfenen Varianten mich den ganzen Sommer über beschäftigt, an den ich sogar beim Faulenzen in der Sonne unaufhörlich gedacht hatte, den ich jedoch, sobald es ans Schreiben ging, irgendwie nicht in den Griff bekam.

Obwohl ich etliche mit dem Gegenstand meiner Erzählung zusammenhängende Bücher und Dokumente gesammelt hatte, wollte ich meine Arbeit unbedingt von einem WORT ausgehend in Angriff nehmen. Wohl sah ich diesen Gegenstand jeden Morgen, wenn die Nebel sich lichteten und das gegenüberliegende Ufer freigaben, zum Greifen nahe vor mir. Mit Bewunderung betrachtete ich die im Sonnenlicht glitzernden Bastionen, die runden Türme und die weißen Festungsmauern, die dem Verlauf der »Satansströmung«, wie die an jener Stelle besonders starke Strömung im Volksmund genannt wird, folgen. Diese schöne, an der engsten Stelle des Bosporus errichtete Burg schien mir wie ein Sinnbild für das aufstrebende Osmanenreich in seinen prunkvollsten Tagen, wie sie sich da aus den Betonkonstruktionen, den großen und kleinen Häusern der Umgebung erhob und den Hügel emporstrebte. Da stand sie, mir genau gegenüber, mit dem Rükken an den Hang gelehnt, nah wie das Wasser und wirklich wie der Tag. Und doch mußte ich, einer schlechten Angewohnheit folgend, auch diesmal wieder von einem Wort ausgehend einen Einstieg suchen.

Natürlich konnte Sultan Mehmet – damals trug er noch nicht den Beinamen Fatih, der Eroberer – nicht wissen, daß Jahrhunderte, nachdem er seiner Burg den Namen Boğazkesen gab, jemand daherkommen würde, der es sich in den Kopf gesetzt hatte, genau dieses Wort zum Ausgangspunkt eines Romans zu machen. Wie er auch nicht wissen konnte, daß eines Tages Historiker über die während seiner Herrschaft waltenden Scharfrichter – also die »Halsabschneider« – und die Geköpften forschen und berichten würden, noch daß die zersägten Leiber und die Gepfählten in seine Träume Eingang finden und daß man von ihm Rechenschaft über das vergossene Blut fordern würde. Und wie konnte Sultan Mehmet wissen, als er – inzwischen der Eroberer – mit der sultansherrschaftlichen Barkasse nach Üsküdar übersetzte, daß sein schöner genußliebender Mund und sein schwarzer Bart, wie wir sie von Bellinis Porträt kennen, eines Tages vom Schaum bedeckt sein und daß die Rose, die er auf einer Miniatur in seinen von der Gicht geschwollenen sinnlichen Fingern hält und deren Duft er einatmet, daß diese dreiblättrige Reichsrose aus dem Palastgarten verblühen würde? Natürlich wußte er all dieses nicht. Und der neunundvierzigjährige Eroberer

Sultan Mehmet Han der Siegreiche, Sohn des Sultan Murat Han des Siegreichen, der mit seinen Truppen zum Feldzug aufbrach und nach Anatolien übersetzte, dachte er in dem Augenblick, als er im Schatten der wogenden Federbüsche in Üsküdar an Land ging und einen Blick zurück auf die Rumeli-Burg warf, die er in seinem zwanzigsten Jahr hatte erbauen lassen, dachte er da wohl an jene Tage, an die Begeisterung jener schlaflosen Nächte? Nehmen wir einmal an, daß er sich daran erinnerte. Doch das soll uns nicht genügen. Wir wollen zu jenen Tagen zurückkehren und zusammen mit ihm den Grundstein zu der Festung legen …

In diesem Kapitel wird berichtet, wie Sultan Mehmet Han der Siegreiche die Festung Boğazkesen bauen lässt

»Er wünschte nach Rumeli überzusetzen, doch man sagte zu ihm: ›Erhabener Sultan! Schiffe der Ungläubigen sind gekommen und haben die Meerenge bei Gallipoli geschlossen.‹ So brachten sie den Sultan nach Kocaeli, und er lagerte in Akçahisar, am Ufer des Bosporus oberhalb Istanbuls. Dort, wo sein Vater übergesetzt hatte, setzte er nach Rumeli über und lagerte sich gegenüber von Akçahisar. Er sagte zu Halil Pascha: ›Lala, hier brauche ich eine Festung!‹ Kurzum, er ließ eine Festung errichten, und sie wurde eilends vollendet.«

Âşıkpaşazâde: Geschichte der großen Osmanen

Inmitten eines verfallenen Klosters erhob sich das Sultanszelt. Die vor dem Eingang postierten Wachen mit ihren starren Panzern, den hochgezwirbelten Bärten und den starr geradeaus gerichteten Blicken schienen wie mit dem Zelt verwachsen. Die Hand am Krummschwert, die Füße sprungbereit an den Steinboden gepreßt, lauschten sie auf den geringsten Laut. Ein Knarren etwa von der hölzernen Eingangsschwelle oder ein Schatten, der sich von der gegenüberliegenden Mauer löste, und sie würden vorschnellen und sich auf den Eindringling stürzen. Wo immer dieses Zelt auch stand, sei es zur Jagdzeit auf einer Waldeslichtung oder auf der höchsten Erhebung inmitten eines Schlachtfeldes, sie ließen niemanden und nichts zu nahe kommen. Mit den weißen im Winde flatternden Standarten, den Wänden aus Atlasseide, schwerer noch als Segeltuch und mit feinen Seidenstickereien darauf, war dieses Zelt zwar nur eine kleine und zudem vergängliche Nachahmung des Sultanspalastes, doch wenn die Eisenpflöcke erst einmal tief im Erdreich wurzelten und sich sein Fundament mit dem Reichsboden vereint hatte, strahlte es eine ihm eigene, von den für die Sicherheit besorgten Janitscharentruppen nur noch bekräftigte Unabhängigkeit und Autorität aus. An diesem frühen Morgen stand das blutrote Zelt des Sultan Mehmet im Schein der verlöschenden Lagerfeuer, als sei es geradewegs aus einer anderen Welt in diesen byzantinischen Klosterhof geraten.

Der Sultan hatte sich mit dem Ruf zum Morgengebet erhoben, angekleidet und befohlen, daß sein Pferd sofort gesattelt werde. Als er aus dem Zelt trat, war es noch dunkel. Während er auf die Klosterruinen zuschritt, schaute er zum Himmel auf. Die Sterne würden bald verlöschen. Da sah er, wie sich aus dem den Tag ankündigenden Morgenhimmel plötzlich eine Sternschnuppe löste und zur Erde hinabglitt. Vielleicht kündigte sie das Ende des Byzantinischen Reiches an, brachte ihm die freudige Nachricht von diesem Ende, das heute morgen mit der Grundsteinlegung zu seiner Burg den Anfang nehmen würde. Dabei fiel ihm die Prophezeiung ein, in der der Prophet von jenem Glaubenskrieger gesprochen hatte, der einst Kostantiniye erobern würde, und seine Augen blitzten auf. War ihm doch heute morgen plötzlich klar geworden, daß er dieser glückselige Krieger sein würde. Ein Schauder durchfuhr ihn, und er spürte, wie seine Brust sich gewaltig hob. Er ging auf sein Pferd zu, um sich daraufzuschwingen. Da blieben seine Augen an den verwitterten Überresten einer Freske hängen. Auch wenn dem dort Dargestellten die Flügel abgebrochen waren, erkannte er doch an seinen fürchterlichen Blicken den Erzengel Michael. »Wir werden uns bald wiedersehen, im nächsten Frühjahr in der Hagia Sophia«, sagte er im stillen und lenkte sein Pferd zum Meer.

Seit Tagen schon war er am Ufer auf- und abgeritten, um das Gelände und die Strömungen des Bosporus zu studieren. Schließlich hatte er den geeigneten Bauplatz gefunden. Die Burg sollte auf dem Hang erstehen, wo sich jetzt die Ruinen des Michaelsklosters befanden, genau gegenüber der Burg Akçahisar, die sein Vorfahr Yıldırım Bayezit am anderen Ufer des Bosporus hatte errichten lassen. Hier bildete das steil zum Meer abfallende Land eine Ausbuchtung gegen das anatolische Ufer zu, und die Strömung war hier, in der 880 Schritt breiten Verengung, besonders stark. Daß vor vielen hundert Jahren Darius mit seinen Heerscharen von hier aus übergesetzt hatte, um Griechenland mit Krieg und Feuer zu überziehen, war dem jungen Sultan wahrscheinlich nicht bewußt. Dagegen hatte er nicht vergessen, daß hier sein Vater, Murat Han der Siegreiche, die Meerenge überquert hatte und nach Edirne geeilt war, um ihm zu Hilfe zu kommen, ihm, der gerade erst als Sultan Mehmet auf den Thron gesetzt worden war und sogleich vom ungarischen König Ladislaus bedroht wurde. Zu jener Zeit war die Meerenge von Gallipoli von fränkischen Schiffen blockiert gewesen; doch hatte Murat, durch Gottes gnädige Hilfe und mit Unterstützung der venezianischen Flotte und – nicht zu vergessen – gegen Zahlung von einem Golddukaten für jeden seiner Soldaten, hier, an dieser Stelle, übersetzen können, um gerade noch rechtzeitig nach Edirne zu gelangen. Wie hätte er dieses je vergessen können, war er damals doch noch ein kleines Kind, das im Serail von Edirne im Schatten des Großwesirs Halil Pascha lebte! Ein kleines, aber kluges und begabtes Kind, das Luftschlösser baute. Jetzt war er Sultan, ein Jüngling im blaugeblümten Kaftan, voller Tatendrang und bereit, seine hochfliegenden Pläne zu verwirklichen. Dies alles geht ihm durch den Kopf, während er auf seinem milchweißen Pferd am Ufer auf- und abreitet. Dabei fallen ihm auch der weiße Bart und die Worte eines damals aus Persien neu angekommenen Hurufi-Derwisches ein, und die unbeirrbare Gewißheit, mit der dieser ihm vorausgesagt hatte, daß er, Mehmet, bestimmt sei, Kostantiniye zu erobern. Als sei es erst gestern gewesen, so klar und deutlich steht ihm alles vor Augen:

Eines Nachts war ihm im Traum der Prophet Muhammed erschienen. In der Hand den Hirtenstab und das Gesicht von einem karminroten Tuch verhüllt, saß er auf seinem Throne im Paradies. Zu seiner Rechten stand der Imam Hasan mit umgegürtetem Schwert, zu seiner Linken wachte der Imam Hüseyin, und beide weinten sie. Der Prophet trug einen weißen, aus zwölf Bändern gewundenen Turban; seine Jacke war aus gelbem Kamelhaar, und zu seinen Füßen lag ein seidener Gebetsteppich. Nachdem Mehmet den Propheten mit dem ihm zustehenden Salavat begrüßt hatte, näherte er sich ihm ehrfürchtig. So war er bis zum Throne des Propheten gelangt und hatte seine feine heilige Hand geküßt. Da hatte der Gesandte Gottes das Tuch vom Gesicht genommen, es ihm überreicht und dabei die Worte gesprochen: »Hiermit übergebe ich dir, Prinz Mehmet, das Banner des Ayyûb al-Ansâri.« Jetzt erinnerte der Sultan sich wieder an alles: wie das leuchtende Antlitz des Propheten seine Augen geblendet und das ihm von den heiligen Händen dargereichte Tuch sich plötzlich in ein grünes Banner verwandelt hatte.

Als er erwachte, ließ er, statt die Traumdeuter seines Vaters in den Palast zu beordern, den fremden Wanderderwisch zu sich bringen, der seit einiger Zeit die Rechtsgelehrten der Stadt verwirrte und mit seinen feurigen Ansprachen nicht nur die muslimische Bevölkerung, sondern auch Christen und Juden in den Bann zog. Ihn bat er um die Deutung seines Traumes. Der Derwisch schaute ihn mit seinen klugen Schlitzaugen an und sagte lächelnd: »Mein Prinz, was gibt es da zu deuten! Unser Prophet – Gott segne und beschütze Ihn –, Er, unser Herr, der Höchste, Schönste und Reinste, hat dir versprochen, daß du Kostantiniye einnehmen und das Banner des Islams auf die höchste Zinne der Stadt der Ungläubigen pflanzen wirst.« Mehmet hatte angeordnet, daß man dem Derwisch ein Säckchen Gold auszahlte, doch war der fremde Alte, genauso lautlos, wie er in der Stadt aufgetaucht war, aus dem Palast verschwunden.

Und während der Sultan sich jetzt hier am Ufer des Bosporus anschickt, den Befehl des Propheten zu erfüllen, indem er die für den Bau der Festung notwendigen Pläne erstellt und von den Mauern bis zu den Festungstürmen, von den Schießscharten bis zu den unteren Bastionen, von den Toren bis zu den höchsten Zinnen jede Einzelheit genauestens berechnet, meint er plötzlich, den Geruch von verbranntem Fleisch wahrzunehmen. Gleichzeitig verspürt er ein heißes Bedauern darüber, daß er ihn nicht hat retten können, diesen mutigen Derwisch, der sich bei seinen Ansprachen im Basar offen zu der Lehre des Scheich Bedreddin bekannte. Doch damals war er ja nur ein Thronfolger ohne Machtbefugnisse und nicht, wie jetzt, das – wenn auch erst vor kurzem eingesetzte – Staatsoberhaupt. So hatte er dem Druck des Großwesirs Halil Pascha nachgegeben und den Derwisch, der sich eines Nachts vor dem Oberrichter Molla Fahreddin und seinen Häschern in den Palast geflüchtet hatte, den fanatischen Frömmlern ausgeliefert. Die verbrannten den Hurufi im Basar, nachdem der Mufti schnell das erforderliche Fetwa angefertigt hatte. Molla Fahreddin, der sich nicht entblödete, eigenhändig Holz mit an den Scheiterhaufen zu schleppen, versengte dabei seinen Bart, und die Menschenmenge umkreiste – unter unaufhörlichen »Allahu akbar«-Rufen – bis zum nächsten Morgen das Feuer. Jetzt scheint es Mehmet, als sehe er das schöne weißbärtige Gesicht des Derwisch, der ihm aus den Flammen zuruft: »Mein Prinz, rette mich vor diesen Unmenschen!« Und er hört, wie der Arme, bevor er seinen Geist aufgibt, die Worte des großen Dichters Yunus Emre hinausschreit:

»Die Körper derer, die aus Gottesliebe brennen,
werden ganz zu Licht.«

Der heraufziehende Morgen taucht die Hügellandschaft des Bosporus in helles Licht und läßt alles in himmlischem Glanz erstrahlen. In diese klare Stille bricht plötzlich der großherrschaftliche Befehl des Sultans Mehmet, welcher – ganz als wolle er sein Versagen im Palast von Edirne, seine damalige Schwäche, ein für allemal vergessen – mit aller Kraft herausbrüllt:
»An dieser Stelle sei der Grundstein der Festung Boğazkesen gelegt!«

Aus allen vier Himmelsrichtungen des Osmanischen Reichsgebiets waren sie herbeigekommen, die Arbeiter und Meister, unter deren Besmele-Rufen der Bau am 26. März 1452 begonnen wurde. Während die Arbeiter unter lautem Gesang eine Kette bildeten und die Quader aus den anatolischen Steinbrüchen und die Hölzer aus den Pontuswäldern, die mit Schiffen hergeschafft worden waren, von der Mole zur Baustelle am Hang schleppten, bereiteten die Kalklöscher den Horasan-Mörtel zu, wobei sie sich genau an die von ihren Altvorderen überlieferte Rezeptur hielten. Überall am Ufer waren ihre Kalköfen aufgestellt. Ihre schwieligen Hände waren von verkrusteten Wunden übersät. Sie arbeiteten barfuß und barhäuptig. Nur der vom Schwarzen Meer herüberwehende Frühlingswind verschaffte ihren glühenden Körpern ein wenig Kühlung. Sand, Ziegel und Steine vermischten sich mit dem Schweiß und der Anstrengung der Arbeitenden und dem schrillen Kreischen der Möwen: Durch dieses begeisterte Zusammenspiel vereinigter Kräfte nahm der Bau Gestalt an. Für die Uferbefestigung war der Großwesir Halil Pascha zuständig, während Zaganos Pascha und Saruca Pascha den Bau der Nord- und der Südtürme kontrollierten. Alle wetteiferten miteinander, jeder wollte als erster mit dem ihm zugeteilten Bauabschnitt fertig sein. Ohne Unterlaß legten die Schiffe an, welche Steine, Ziegel und Bauholz vom Schwarzen Meer herbeischafften, schöne dickbäuchige Schiffe, deren Segel sich im Märzwind blähten. Kriegsschiffe fuhren auf Befehl des Sultans den Bosporus hinauf und hinab, um etwaige Feinde fernzuhalten. Die Oberaufsicht über die Baustelle führte der Sultan höchstpersönlich. Er war es auch, der den Meistern die Befehle zukommen ließ, der für die Koordination zwischen den einzelnen Bauabschnitten der Türme und Mauern besorgt war und die planmäßige Ausführung sämtlicher Arbeiten überwachte. Und über solche, die nachlässig arbeiteten, verhängte er selbst, gemeinsam mit den Richtern, die Todesstrafe, genauso wie er persönlich diejenigen belohnte, die sich durch besonderen Fleiß hervortaten. Jeder Meister hatte je einen Arbeiter zu seiner Rechten und Linken, die – gleich zu ewiger Fron Verdammten – Schwerarbeit leisteten. Einen nach dem anderen schichteten sie die wuchtigen Steine aufeinander und gaben den Mörtel dazwischen. Die Meister ihrerseits glätteten mit aus jahrhundertealter Tradition ererbter Umsicht und Ehrfurcht die unregelmäßigen Kanten der Steine, um deren bündigen Anschluß an die Ziegelsteinlagen sicherzustellen. Und solche Steine, die sie nicht wunschgemäß zurechthauen konnten, wurden an den fehlerhaften Stellen mit einem Gemisch aus Horasan-Mörtel und Ziegelschutt ausgebessert und dann in der Mauer verkeilt. So wuchs die Mauer empor aus einem gut gemengten Gemisch aus Steinen, Ziegelsteinen, Dachziegeln und Geröll, von Kalk und Sand, eine Mauer, die von der Kunstfertigkeit der Baumeister aus Edirne und dem Schweiß und den Mühen der Arbeiter aus Anatolien Zeugnis ablegte, genau wie dies die Holz- und Schreinerarbeiten an den Türmen taten, die Gewölbe und Querbalken und die bleiverkleideten Spitzen der Bastionen. In vier Monaten wurde so die Burg mit Blut, Schweiß, Gesang und Gebeten fertiggestellt. Unter Aufsicht des Hohen Sultans, des großen Herrschers Mehmet, Sohn des Murat Han, wurde im Monat Redschep des Jahres 856 der Hidschra das Werk vollendet. Auf einem Stein meißelte man folgende Inschrift ein:

Der Herrscher gab der Burg den Namen Boğazkesen;
Sein Siegel bestimmt fortan das Schicksal Istanbuls.

2

Als ich das Kapitel über den Bau der Burg beendete, war die Nacht fast zu Ende. Ich schaute vom Tisch auf und sah eine Weile den Nachtfaltern zu, die von der Lampe angezogen wurden. In immer enger werdenden Kreisen flogen sie um das Licht, doch kurz bevor sie die Glühbirne berührten, entfernten sie sich wieder. Ich wartete darauf, daß wenigstens einer von ihnen mit den Flügeln zu nahe herankäme und leblos auf die verstreut auf dem Tisch herumliegenden Blätter fallen würde. Die weiße Oberfläche dieses Papiers ließ mich trotz der zahlreichen Tintenkleckse an ein Leichentuch denken. Ein altes Leichentuch, das meine darauf geschriebenen, durchgestrichenen, manchmal wiedererweckten und dann doch endgültig ausgelöschten Wörter bedeckte. Und auch jene Wörter, die aus dem unbarmherzigen Kampf mit meiner Feder mit dem Leben davongekommen waren und sich in eine Ecke gerettet hatten, schienen mir viel zu matt, um ein erneutes Gefecht durchzustehen. Sie wollte ich auf ein frisches glattes Blatt Papier übertragen. Ich weiß heute noch nicht, warum ich nicht gegen den starken Wunsch ankam, vorher noch Zeuge zu werden, wie meine Manuskripte ein lebendiges Wesen als Grabstätte aufnahmen, wie meine totgeborenen Wörter, zusammen mit einem Nachtfalter, der dem Licht zu nahe gekommen war, begraben würden. Doch keiner der Falter berühte die Glühbirne. So löschte ich das Licht, ging zum Fenster und zündete mir eine Zigarette an. Draußen war es noch dunkel, das gegenüberliegende Ufer unsichtbar. Ein russisches Schleppboot zog mit abgedunkelten Scheinwerfern vorbei. Lange schaute ich der weißen Gischtspur in seinem

Fahrwasser nach. Dann legte ich mich aufs Bett und genoß das Gefühl der Zufriedenheit darüber, das erste Kapitel meines Romans abgeschlossen zu haben. Ich spürte keine Müdigkeit, und meine Augen blieben an der Decke hängen. Ich dachte daran, daß die Burg heute keine Funktion mehr hatte und daß der Schiffsverkehr durch den Bosporus seit Jahrhunderten kontinuierlich zunahm. Wer könnte sie zählen, alle die Schiffe mit oder ohne Segel, die Schrauben- und Raddampfer mit seitlich oder hinten angebrachter Schaufel, die mit ihren Passagieren, Besatzungen und Ladungen durch dieses Gewässer gezogen waren? Wie viele von ihnen waren wohl in ihren Bestimmungshäfen angelangt, wie viele je zurückgekehrt?

Ein kaum wahrnehmbarer Lichtstrahl fiel auf die Zimmerdecke. Langsam wurde es im Zimmer hell, und bald hatte das Tageslicht die gesamte Decke erobert. Plötzlich schien alles in ein reines Blau getaucht, und ich sah, wie das Meer an der Zimmerdecke tänzelte. Dann nahmen die Wände wieder ihre ursprüngliche weiße Farbe an und bildeten den Hintergrund für ein unglaubliches Farbenspiel: der Grund des Bosporus mit seinen grün bemoosten Kieselsteinen, den glänzenden Muscheln und den verschlafenen großen Krebsen spiegelte sich da in meinen Augen, während an der Decke ein Schwarm von buntgeschuppten Streifenlippfischen, schwarzen Schleimfischen und silbrig glänzenden Ährenfischen vorbeizog. Mit dem Plätschern der Wellen schlief ich ein.

Plötzlich aus dem Schlaf gerissen von einem höllischen Lärm, merkte ich, daß mein Bett wie von einem Erdbeben erschüttert wurde. Die Fußbodendielen knarrten, Türen und Fensterscheiben vibrierten. Zunächst glaubte ich, daß ein vom Kurs abgeratenes Schiff die Villa gerammt hätte. Doch als ich mich – inzwischen hellwach – im Bett aufrichtete, stellte ich fest, daß der Lärm vom unteren Stockwerk herrührte. Ich schwang mich aus dem Bett und rannte nach unten. Doch da war nichts Außergewöhnliches festzustellen, außer daß die ganze Villa wie unter einem Bombenangriff weiterbebte. Der Lärm war hier unten noch größer, und ich sah, daß jetzt auch der Verputz von den Wänden fiel. Und daß der von der Decke herabhängende Kristalleuchter leicht hin- und herschwang und der Spiegel an der Wand sich nach rechts und links bewegte. Noch immer hatte ich nicht begriffen, was vorging. Es schien, als ob ein seinen Ketten entkommener Verrückter das ganze Haus abreißen wolle und dazu mit dem Vorschlaghammer Wände und Fußböden bearbeite. Doch langsam wich meine Verwirrung, und ich begriff, daß im Bootshaus etwas nicht in Ordnung war: das Zentrum der Erschütterung mußte dort sein, da auch der größte Lärm von dort ausging. Sofort rannte ich zur Anlegestelle, machte ein Boot los und ergriff die Ruder. Als ich mich der Einfahrt des Bootshauses näherte, sah ich mit Staunen, wie sich drinnen ein riesiger Delphin in der schäumenden Gischt wild von einer Wand gegen die andere warf. Irgendwie mußte das Tier durch die breite Öffnung in das sich innen verjüngende Bootshaus geraten sein und versuchte jetzt, dem seichten Wasser und der Enge zu entkommen. Sein in Todesangst hin- und herschlagender Schwanz schaufelte das Wasser bis an die Decke. Dann – plötzlich – schien er sich zu beruhigen, und er drehte sich gegen den Ausgang. Sobald er tieferes Wasser erreichte, wuchs seine Zuversicht. Und bevor er diesen unheimlichen Ort verließ, dem er unabsichtlich, vielleicht hinter einem Palamut-Schwarm herschwimmend, einen Besuch abgestattet hatte, schaute er noch einmal zurück auf die moosigen Wände und die morschen Planken der zerfallenen Anlegestelle dieses seit Jahren nicht mehr benutzten Bootshauses. Es schien, als suche er jemanden oder vielleicht auch nur die blau und grün angemalten, geschnitzten und mit Ornamenten verzierten schlanken Boote aus alten Tagen. Dann tauchte er seinen Kopf in die Wellen, zog schnell an mir vorbei und verschwand im Blau des Bosporus. Zurück in meinem Zimmer, legte ich mich wieder hin und dachte an den Delphin, wie er in den Weiten des Marmarameeres dahinzog und wie seine Haut in der Sonne glänzte, während er, hochspringend und wieder eintauchend, mit den schäumenden Wellen spielte und seine wiedergewonnene Freiheit genoß. Bevor ich mich dem Wasser überließ, das an der sonnenbeschienenen Zimmerdecke seine Wellenlinien zog, und wieder in den Schlaf eintauchte, beschloß ich noch, im zweiten Kapitel meines Romans vom traurigen Ende eines Kriegsgefangenen zu berichten.

In diesem Kapitel wird berichtet über die Gefangennahme und das traurige Ende des Kapitäns Antonio Rizzo

»Die erste aus der großen Kanone dieser Festung abgeschossene Kugel versenkte das Schiff des Antonio Rizzo, das vom Schwarzen Meer her kam. Der Kapitän des Schiffes wurde aus dem Meer gefischt und zum Türkischen Beg nach *Adrianopel* gebracht. Dort warf man ihn ins Gefängnis. Zwei Wochen später wurde er auf Befehl des Beg durch Pfählen hingerichtet.«

Niccolò Barbaro, Tagebuch der Belagerung von Kostantiniye

Der Kapitän Antonio Rizzo saß auf dem Deck seines Schiffes und betrachtete die zu beiden Seiten vorübergleitenden Ufer. Er spürte immer noch die Müdigkeit, die ihm wohl der Wein eingebrockt hatte, von dem er in der Nacht zuvor wieder einmal reichlich genossen hatte. In seiner Jugend hatte die frische Luft genügt, diese morgendliche Schwere zu vertreiben. Doch jetzt, wo er die Lebensmitte bereits hinter sich gelassen hat, will er einfach nicht wahrhaben, daß die Mattigkeit seines Körpers nicht vom Wein herrührt, sondern von den fortgeschrittenen Jahren. Immer noch sieht er sich als zwanzigjährigen Jüngling. Mit dem schwarzen Federhut auf dem Kopf, dem sorgfältig gepflegten Vollbart und seinem seidenen, im Winde flatternden Hemd fühlt er sich unwiderstehlich und ist überzeugt, daß sein glühender Blick ausreicht, die begehrtesten Huren von Galata oder die schönen, verwöhnten Töchter der Bankiers von San Giacomo zu betören. Mit seiner schwarzweiß gestreiften kurzen Hose, den bis zu den Knien reichenden ledernen Schaftstiefeln und seinem silbernen, edelsteinverzierten Dolch würde man ihn nicht für einen Kapitän der Handelsflotte halten. Eher gleicht er dem Zeremonienmeister des Dogenpalastes. Von großem stattlichem Wuchs, mit dem feinen, von blondem Haar umrahmten schmalen Gesicht, ist Antonio Rizzo wahrhaftig ein schöner Mann. Das Feuer in seinen blauen Augen scheint nie zu verlöschen. Dabei hat er nur zwei wirkliche Leidenschaften: die Frauen und das Meer. Oder richtiger, das Meer und die Frauen. Sagen Sie nicht, das sei dasselbe!

Denn das Meer hatte für Antonio immer alles bedeutet. Es

war ihm zu gleichen Teilen Mutter, tägliches Brot und vertrauter Freund. Geboren wurde er in einer Fischerhütte am Lido von Venedig. Mit drei Jahren hatte er seine Mutter, mit fünfzehn den Vater verloren. Alles, was er im Leben erreicht hatte, verdankte er dem Meer. Seine Phantasie, seine Vernunft und seine Genußsucht gehörten dazu. Nicht nur war das Meer sein Beruf; es hatte ihn davor gerettet, ein armseliges Fischerleben wie sein Vater zu führen. Als er, gerade erst in die Zimmermannszunft eingetreten, auf der Werft zu arbeiten begann, träumte er schon davon, aufs offene Meer hinauszufahren. Auch zu den Frauen hatte ihn das Meer gebracht. Zu den weißhäutigen, breithüftigen Frauen von Alexandria, Galata oder Trapezunt, die einen Mann ins Verderben stürzen konnten. Doch in allen Häfen, die er dann als Kapitän anlief, in allen Schenken, in denen er sich betrank und laute Lieder sang, vergaß er nie seinen alles bestimmenden Gedanken, das Meer. Dabei war dies keine fixe Idee, sondern ein ganz natürliches, beruhigendes Gefühl.

So denkt er auch jetzt, während er vom Deck seines Schiffes aus die Ufer des Bosporus betrachtet, wieder an das Meer. Dabei wäre es langsam an der Zeit, seinem Leben eine neue Richtung zu geben und endlich, wie es seinem Alter anstünde, eine andere Arbeit anzunehmen und in seiner Heimatstadt Venedig eine Familie zu gründen. Doch statt sich über derlei Dinge den Kopf zu zerbrechen, läßt er seine Gedanken lieber zu Nefeli zurückkehren, zu ihren roten Lippen, ihren scharfen Zähnen und ihren festen Brüsten! Und er lächelt bei dem Gedanken, daß es wieder einmal das Meer ist, das ihn zu einer Frau, diesmal zu der leidenschaftlichsten und freigiebigsten aller Frauen, führen wird.

Nefeli hatte er auf dem Wege nach Trapezunt in einer der feuchten Kaschemmen von Galata kennengelernt. Sie waren schnell einig geworden über den Preis von einem Dukaten. In ihrem kleinen Zimmer gegenüber den Steinmauern des Christusturms, unten an dem baumbestandenen Platz, in welchen alle die engen zum Hafen hinunterführenden Gäßchen münden, hatten sie sich bis zum Morgengrauen geliebt. Offensichtlich hatte auch Nefeli diese Nacht sehr genossen. Hätte sie sonst den Kunden, mit dem sie für einen Dukaten übereingekommen war, bis zum nächsten Morgen bei sich behalten? Nein, eher hätte sie ihn, wie üblich, ordnungsgemäß, aber ohne Hingabe bedient und dann in die nächtliche schlammige Straße entlassen, zu den streunenden, kläffenden Hunden. Antonio verspürt einen freudigen Stolz bei dem Gedanken daran, wie es ihm gelungen war, diesem erfahrenen Freudenmädchen, das jeden Tag mit mehreren Männern fertig wurde, Lust zu verschaffen! Heute abend würde er Nefeli genau so wiederfinden, wie er sie bei seiner Abreise nach Trapezunt zurückgelassen hatte. Und diesmal würde er sie genießen, ohne zu bezahlen. Wie zwei Verliebte, die lange Zeit voneinander getrennt waren, würden sie sich gegenseitig alle Wünsche erfüllen. Und zum Schluß würde er sich unsterblich in sie verlieben. Denn er wußte, daß sie, im Gegensatz zu vielen sogenannt rechtschaffenen Frauen, in der Liebe nicht berechnend und daß ihr Herz nicht wie ihr Körper käuflich war. Niemals im Leben würde er Nefelis lustvolle Seufzer vergessen, wie sie, als sie unter ihm lag, ihn erst umarmte und leise »mein Liebster, mein Liebster« stöhnte und dann plötzlich ihre Finger in seinen Rücken krallte und laut aufschrie: »mein Stier, mein wilder Stier aus Venedig!« Wie froh er war, während seiner vielen Aufenthalte in den Häfen des Mittelmeers auch ein wenig Griechisch gelernt zu haben. Dennoch hatte das Wort »Tavrakimu« ihn nie so verzaubert wie in jener Nacht, da es Nefelis rotem tiefem Mund entwichen war. Zwar hatte es viele Frauen in seinem Leben gegeben. Mit einigen hatte er eine Nacht, mit anderen einen Abend verbracht, und mit einigen dauerte die Liebelei gerade einmal so lange, wie man benötigt, einen Weinpokal zu leeren. Nie hatte er sich gebunden, sondern sich immer frei gefühlt, am nächsten Tag weiterzuziehen. Während in den Häfen sein Schiff ent- und neu beladen wurde, vergnügte er sich mit den Frauen, die er dort antraf. So hatte er sich dem Lebensstrom überlassen, als wäre er selber ein Schiff ohne Kompaß und Ziel. Stets auf der Suche nach den teuersten Stoffen, dem kostbarsten Schmuck und den gefährlichsten Abenteuern, genoß er die kräftigsten Weine und die schärfsten Gewürze. Doch hatte er es immer verstanden, sich am nächsten Morgen von den Spuren dieser nächtlichen Ausschweifungen zu befreien. Und immer wieder hatte er die Frauen mit neuer, vielleicht sogar wachsender Leidenschaft umarmt. Und jedesmal, wenn er den Weinbecher an die Lippen setzte, verspürte er neuen Durst. Einen Durst, den er jetzt seinem Verlangen nach Nefelis weißem, ihn umschlingendem Körper gleichsetzte, einen Durst, unstillbar wie sein Verlangen nach ihr. Wie hätte er es denn auch wissen sollen, daß diese dunkelhaarige Byzantinerin anders war als alle Frauen, die er bisher kennengelernt hatte, daß sie ihn an sich binden würde und daß er nie mehr ihre prachtvollen, sich über das ganze Bett ausbreitenden aufgelösten Haare vergessen könnte oder ihre Beine, wie diese plötzlich wie in einem Krampf erstarrten im Augenblick der höchsten Lust? Und konnte er denn wissen, daß es sehr schwer sein würde zu vergessen, wie sie, einem wilden Fluß gleich, Widerstand leistete, bevor sie sich ergab? Und ihre nackte Haut vor allem, wie könnte er diese je vergessen! Um so klarer wird ihm jetzt, während er auf der hölzernen Bank vor der Kapitänskajüte sitzt und den Bosporus betrachtet, daß Nefelis Arme ihn wie die unüberwindbaren Festungsmauern von Konstantinopel umschlingen und für immer festhalten werden. Wenn sie sich heute abend nach monatelanger Trennung wiedersehen, wird sein Lebensweg eine neue Richtung nehmen. Und nie mehr würden sie sich trennen.

Mit der Strömung im Rücken glitt das venezianische Schiff unter der löwengeschmückten Flagge der Republik San Marco durch die Wasser des Bosporus gegen das Marmarameer zu. Als es zur Umfahrung einer Landzunge den Kurs änderte, nahm auch das Schicksal des Kapitäns eine jähe Wendung. Wie aus einem bösen Traum erwacht, fuhr Antonio zusammen und sah mit Verwunderung die sich plötzlich vor ihm aufrichtenden Türme. Zuerst traute er seinen Augen nicht. So lang war es doch noch nicht her, daß er zu seiner Schwarzmeerfahrt aufgebrochen war! Und da hatte es an diesem Hang nichts gegeben außer einem zerfallenen Kloster, in dessen Gärten das Unkraut wucherte. Die Bäume hatten geblüht, es war bereits Frühling. Die Sonne hatte geschienen und die Mauern der Burg am anderen Ufer und die rostigen Mündungsrohre ihrer schon lange nicht mehr benutzten Kanonen herüberleuchten lassen. Auch die Waffen der Wachposten am Ufer vor der Burg, die auf dem Wasser schwimmenden Kormorane und die weißen Flügel der Möwen, welche die Schiffsmasten kreischend umschwärmten, alles war in Sonnenlicht getaucht, war ihm friedlich und voller Harmonie erschienen. Die Burg, die Wachen, das Meer und die Möwen waren ihm wunderschön vorgekommen in jener Süße des Frühlings. Und Antonio hatte auf die blühenden Hänge des linken Ufers geschaut und sich dabei voller Zuversicht gesagt, daß – sollte es zu Feindlichkeiten mit den Türken kommen – der Bosporus hier nicht blockiert werden könnte. Und selbst wenn dies je geschehen sollte, würde man auf jeden Fall die Schiffe der venezianischen Handelsflotte passieren lassen. Der Frieden war schon eine feine Sache! Weder die Seeräuber noch die wilden Stürme des Meeres fürchtete dieser venezianische Kapitän. Doch mit dem Krieg war es etwas anderes! Im Krieg starben Menschen, Schiffe wurden versenkt, Städte und Burgen in Asche gelegt, Frauen vergewaltigt und kleine, noch in den Windeln steckende Kinder erwürgt. Während die Häuser geplündert wurden, floß das Blut in Strömen. Vielleicht gab es ja Menschen, denen diese sinnlosen Grausamkeiten Vergnügen bereiteten, die es für ehrenvoll hielten, andere Menschen umzubringen. Vielleicht war der Krieg auch eine Notwendigkeit. Und die Kriegskunst ein ehrenwertes Handwerk, gar eine Kunst, wie das Wort sagt. Doch natürlich war das sicher nicht. Natürlich erschienen Antonio die Schaumkronen auf den Wellen, der Duft von Wein und Frauen, die Freundschaft unter den Menschen. In seinen Augen waren die Menschen auf der Welt, um sich miteinander des Lebens zu freuen, nicht um sich gegenseitig an die Gurgel zu gehen. Daß jetzt, an diesem Novembertag, gerade an der schönsten Stelle seiner Träumerei, plötzlich und unerwartet und einem wegelagernden Ungeheuer gleich der Boğazkesen vor ihm auftauchte, schien ihm nichts Gutes zu verheißen.

Er schnellte von seinem Sitz hoch, um den Steuermann zu warnen. Sofort setzte ein aufgeregtes Hin und Her auf dem Schiffe ein. Die Matrosen ergriffen die Ruder, die ranghöheren Seeleute packten die Taue. Antonios laut herausgebrüllter Befehl, alle Segel zu hissen, ging in einem unglaublichen Kanonendonner unter. Mit vor Entsetzen aufgerissenen Augen starrten alle, die sich an Deck befanden, auf die riesige Steinkugel, die sich, in der Luft kreisend, näherte. Eine derartig große und schnell fliegende Kugel hatte keiner von ihnen je gesehen! Im nächsten Augenblick waren alle triefend naß: Die Kugel war knapp an den Masten vorbeigeflogen und backbord direkt neben dem Schiff eingeschlagen. Antonio sah, daß hier nicht gescherzt wurde. Schnell nahm er selbst das Steuer, um das Schiff vor einem weiteren Schuß aus der Ziellinie der Kanone herauszumanövrieren. Auf jeden Fall mußte er dieser mißlichen Lage entrinnen und sobald wie möglich in Galata anlegen. Nicht nur, um seine für das byzantinische Heer bestimmte Ladung abzuliefern, sondern vor allem, um nicht den Türken in die Hände zu fallen. Gut, daß Wind und Strömung ihnen hier zu Hilfe kamen. Nicht nur Wind und Strömung, auch Gott würde wohl helfen. Sie hatten ja Gott und die Jungfrau Maria auf ihrer Seite! Und plötzlich spürte er, zunächst neben sich, dann tief in seinem Herzen, die Gegenwart Gottes, den er selbst in seinen schwierigsten Augenblicken noch nie um Hilfe angerufen hatte. Das war also Gott, dachte er, dieser Schauder, der deine Seele ergreift und deinen ganzen Leib erzittern läßt. Nicht im grollenden Sturmhimmel noch im entfesselten Meer ist er zu finden, sondern in den tiefgründigen Augen, die dich aus dem goldfarbenen Mosaik der Markuskirche anschauen. Hier fielen ihm Nefelis Worte ein: »Ihr Römischen«, hatte sie gesagt, »seid schlimmer als die Türken. Weder euer Glaube noch eure Gebräuche ähneln den unseren. Und auch von Jesus habt ihr eine eigenartige Auffassung.« Er hatte ihr damals geantwortet, daß er für Gott keine Zeit habe, und sie dann noch gebeten, die Ikone mit der Mutter Gottes vom Kopfende ihres Bettes zu entfernen und am besten gleich wegzuwerfen. Jetzt bereute er seine blasphemischen Worte, überzeugt, daß dieses so unerwartet über ihn hereinbrechende Unglück wohl damit zu tun haben müsse. Doch schnell faßte er wieder Mut und rief, um die mit aller Kraft rudernden Matrosen anzufeuern: »Nur zu, ihr Tapferen, zeigt eure Kraft, meine mutigen Jungs! Wenn wir Galata erreichen, gibt's ein Fest für alle!« Doch gerade, als er das Wort »Fest« aussprach, traf die zweite Kugel das Schiff genau in der Mitte. Und während der Hauptmast wie eine vom Blitz getroffene alte Eiche krachend umstürzte, konnte Antonio sich nur mit Müh und Not durch einen Sprung über Bord retten.

Der Kapitän Antonio Rizzo, der Schiffssekretär Niccolò, einziger Sohn des Domenico di Maestri, und fünfzehn Matrosen wurden von den Wachen aus dem Meer gefischt und zum Burgkommandanten Firuz Ağa gebracht. Dieser schickte sie, dem unumstößlichen Befehl des Sultans folgend, ohne Verzug nach Edirne. Als sie, dort angekommen, vor den Sultan geführt wurden, waren sie zwar müde und hungrig, doch nicht ohne jede Hoffnung. Da die Türken sie nicht sofort getötet hatten, glaubten sie ihr Leben nicht in Gefahr. Überdies hatten sie erfahren, daß die venezianische Gesandschaft in Kostantiniye in Person eines gewissen Fabrizio Corner eilends einen Boten an den Palast von Edirne geschickt hatte. So waren sie zuversichtlich in der Gewißheit, unter dem Schutz der »Serenissima« zu stehen, der mächtigen Venezianischen Republik, die das östliche Mittelmeer beherrschte. Doch als der Kapitän Antonio in die zornerfüllten Augen des Sultans sah, wußte er, daß alles verloren war. Er hatte zwar gehört, daß Mehmet ein junger und ungestümer Regent war, doch mit einer derart aufbrausenden und unbeherrschten Wut hatte er nicht gerechnet. Sein Gegenüber glich in diesem Augenblick tatsächlich weniger dem Oberhaupt des Osmanischen Staates als vielmehr einem auf Beute lauernden Raubtier oder einem Falken, aus dessen Fängen es kein Entrinnen gab.

Der Sultan betrachtete die angeketteten Gefangenen längere Zeit mit prüfendem Auge, wobei sein blasses Gesicht öfters die Farbe wechselte. Sein Blick blieb schließlich an Antonio hängen. Er gab dem Kapitän ein Zeichen, näherzutreten. Dieser zögerte einen Augenblick und schaute verunsichert in das zornrote Gesicht des Sultans, auf die bebenden Lippen und die unter dem Weiß des Turbans hervorfunkelnden Augen. Wie ein schnaubender Stier stieß der Sultan hervor: »Dein Schiff hatte Lebensmittel für das byzantinische Heer geladen?« Der Kapitän senkte zustimmend den Kopf und wagte nicht mehr, den Sultan anzublicken. Hätte er ihn noch einmal angeschaut, wäre ihm nicht entgangen, daß dieser sich ein wenig beruhigt hatte und daß ein leichtes Lächeln um den Mund unter der kühnen Adlernase spielte. Doch als er von den anderen getrennt und unter Puffen und Stößen fortgebracht wurde, schaute er noch einmal zurück und sah, wie Niccolòs Ketten gelöst wurden und wie der Sultan sich mit unerwarteter Anteilnahme zu dem am Boden liegenden Bordsekretär herabbeugte und ihm über den Kopf strich. Schade, dachte Antonio, daß er nicht mehr so jung war wie dieses Milchgesicht! Doch sofort verscheuchte er diesen unangebrachten Gedanken und verließ, geführt von den Wachen, erhobenen Hauptes den Audienzsaal. Am gleichen Tage noch wurde er im Troß des Sultans nach Dimetoka gebracht. Als sie in dem Städtchen ankamen, erfuhr er, daß Fabrizio schon dort war und um eine Audienz beim Sultan gebeten hatte. Antonio lächelte bei dem Gedanken, wieder einmal dem Todesengel entwischt zu sein.

Am nächsten Morgen holten zwei Janitscharen Antonio aus dem Zelt, in welchem er gefangengehalten wurde, und brachten ihn vor das große Prachtzelt des Sultans. Dort lösten sie seine Ketten. Einer der beiden Janitscharen, ein grobschlächtiger Kerl mit riesigem Zwirbelbart, führte ihn vor den Kommandeur der sultansherrschaftlichen Leibwache, welcher ihn seinerseits an einen neben ihm bereitstehenden spindeldürren Zigeuner weitergab. Dieser wies die Männer des Kommandanten an, den Gefangenen mit dem Gesicht nach unten auf den Boden zu legen. Dann holte er einen Strick aus seiner Tasche und band dem am Boden Liegenden die Hände fest auf dem Rücken zusammen. Während Antonio so hilflos und gebunden dalag, hörte man, wie sich im Feldlager etwas rührte. Die Soldaten begannen zu lachen und mit lauter Stimme scherzhafte Bemerkungen zu machen. Dann sah Antonio einen Janitscharen auf sich zukommen, der einen langen lanzenförmigen Pfahl trug. Am oberen Ende dieses Pfahls befand sich eine eingefettete Eisenspitze, in seiner Mitte eine halbkreisförmige hervorkragende Holzscheibe.

Der Zigeuner zerriß mit einem Handgriff Antonios bereits

reichlich zerknitterte gestreifte Hose und öffnete flink die Knöpfe des noch immer glänzenden blauen Seidenhemdes, welches er sich überzog. Da ihm das Hemd viel zu groß war, rollte er die Ärmel hoch und steckte die Enden in seine lange Unterhose. Er gähnte und verzog seinen zahnlosen Mund zu einem häßlichen Grinsen. Er war bereit, mit seiner Arbeit zu beginnen. Dem bäuchlings am Boden Liegenden, dessen zerrissene Hose den nackten Rücken freigab, gingen derweil allerlei schlimme Gedanken und Vermutungen durch den Kopf. Noch hatte er aber nicht begriffen, was man mit ihm vorhatte, und an den Tod dachte er zunächst überhaupt nicht. Dann, plötzlich, wurde ihm klar, daß er bald sterben würde. Und wieder begegnete er dem Blick Gottes; diesmal war es jedoch nicht der von den Mosaiken der Markuskirche. Vielmehr dachte er an die kleine byzantinische Kirche, von deren Wänden Gott ihn angeschaut hatte, als er eines Abends den Blachernenpalast verlassen hatte und vor seinen Befestigungsmauern spazierenging. Auf dieser Abbildung hatte Christus beide Hände seitlich erhoben, zu seiner Rechten stand die Jungfrau Maria, zu seiner Linken sein Jünger Johannes. Seine Augen blickten streng. Zu seinen Füßen riß ein Fluß von Feuer die Verdammten mit fort in die Hölle. Eigenartigerweise war der blau geflügelte Engel, der sonst den Himmel samt Sonne und Mond ausbreitete und zusammenfaltete, diesmal nicht an seinem Platz. Die Menschen im Feuerstrom waren splitternackt und trugen schwere Ketten um den Hals. Und das Feuer, das ihre Körper verbrannte und verzehrte, hatte auf der Welt nicht seinesgleichen.

Er wollte sich bekreuzigen, da fiel ihm ein, daß seine Hände gebunden waren. Gerade wollte er sich nach hinten wenden und den Zigeuner bitten, ihm einen letzten Wunsch zu gewähren und seine Hände zu lösen, da stießen die Männer der Leibgarde den Pfahl in seinen After. Wieder begriff er nicht sofort, was mit ihm geschah. Er drückte sein schmerzverzerrtes Gesicht in den Boden und begann, Gott anzuflehen, ihn schnell zu sich zu nehmen. Als der Zigeuner mit einem Hammerschlag den Pfahl weiter in seinen Körper hineintrieb, glaubte er zu ersticken an diesem unbeschreiblichen Schmerz. Den dritten Schlag führte der Zigeuner erst aus, nachdem er eingehend den Verlauf der eingefetteten Spitze geprüft und sich vergewissert hatte, daß diese keines der inneren Organe berührte. Antonio wurde es schwarz vor Augen; der Schweiß rann in Strömen von seiner Stirn und weichte den von der Morgenkälte erstarrten Erdboden auf. Dann verlor er die Besinnung.

Als er wieder zu sich kam, fand er sich wie ein aufgespießtes Insekt auf dem Pfahl sitzend, der von unten nach oben durch seinen Körper führte und an der rechten Schulter herausragte. Halb ohnmächtig hing er so, etwa eine Lanzenhöhe über dem Boden, leicht vorgebeugt an dem in die Erde gerammten Pfahl. Zunächst verspürte er nur einen fürchterlichen Durst. Als der Nebelschleier vor seinen Augen sich ein wenig hob, sah er, daß die Zelte abgebrochen und auch keine Menschen mehr da waren. Ganz allein war er zurückgeblieben, allein unter dem blauen Himmel, am Rande dieser Straße, die nach Konstantinopel führte. Niemand kam vorbei, weder zu Pferd noch zu Fuß. Die Sonne würde bald untergehen. Weiter vorne, hinter den im Winde rauschenden Pappeln, begannen die bestellten Felder. Antonio dachte daran, daß der Frieden nun zu Ende sei, daß auf diesen unendlich weiten thrazischen Feldern wohl so bald nicht mehr geerntet würde und daß die Kugel, die sein Schiff versenkt hatte, bald auch die Stadtmauern von Byzantium treffen würde. Sein Körper war gefühllos geworden, seine Hände und Füße erkalteten allmählich. Schmerzen verspürte er kaum noch. Der Pfahl schien ihm jetzt als ein Teil seines Körpers, eine körperliche Absonderlichkeit zwar, an die er sich jedoch bald gewöhnen würde. Das Leben war ganz nahe bei ihm, als könne er es anfassen. Die Erde, die Pappeln, der Wind und die Sonne. Alles hatte seine eigene Farbe, seine eigene Wirklichkeit.

Plötzlich ergriff ihn die Sehnsucht nach dem Meer. Er sah sich, wie er mit seinem Schiff in den Hafen von Galata einlief. Mit eingeholten Segeln näherte es sich der Anlegestelle. Wie eine junge geschmückte Braut erschien ihm die Stadt mit ihren säulengesäumten Straßen, ihren Palästen und den in der Sonne glitzernden Kuppeln. Und dann sah er aus der Ferne Nefeli auf sich zukommen, in mädchenhafter Reinheit und Jungfräulichkeit. Sie trug einen goldenen Ring an der Hand und flüsterte ihm zu: »Ich weiß, daß du mit dem Meer verheiratet bist; aber schau, den Ring, den du ins Wasser warfst, hab ich herausgeholt und an meinen Finger gesteckt.«

Jetzt war er in Venedig. Von der mit Gold überzogenen Reling seines Schiffes »Bucentaur« betrachtete er die Stadt. Er durchquerte den Kanal von Guidecca und zog am Dogenpalast vorbei. Durch die Straßen zogen Gruppen von übermütigen, farbig gekleideten Menschen, offensichtlich unterwegs zu Vergnügungen und Festlichkeiten. Schwarze Gondeln schaukelten wie Kormorane auf dem Wasser. Glockengeläute vermischte sich mit dem rauhen Gesang der Seeleute, und aus den Läden bei der Rialtobrücke wehte der Wind den Duft verschiedenster Gewürze herüber. Ganz allein stand Antonio am Steuer seines mit rotem Samt ausgeschlagenen Schiffes, das wie ein märchenhafter Vogel über dem Wasser zu schweben schien. Antonio wandte sich ab von der fröhlichen Menschenmenge und steuerte das Schiff der Republik auf die Burg Sant'Andrea zu. Bald hatte er den Lido mit der ärmlichen Fischerhütte, in der er zur Welt gekommen war, hinter sich gelassen. Auf dem offenen Meer warf er den Goldring, den er fest in der Hand gehalten hatte, ins Wasser und rief, laut gegen den Wind anschreiend: »Desponsamus te, mare nostrum!« Der Wind nahm seine Worte auf und trug sie fort, weit fort bis hinter die unendlichen Wüsten, von denen Marco Polo berichtet.

Antonios Durst wurde immer unerträglicher, und sein Körper brannte in einem verzehrenden Feuer. Er sah die blutrote Sonne hinter den Pappeln allmählich versinken. Der Abend kam auf die Erde herab. Plötzlich wurde es finster vor seinen Augen, und das Abendrot breitete sich aus und verwandelte sich in ein Feuer, das ihn ganz umfing. Dann war alles ausgelöscht; die Farben lösten sich auf und flossen in eine schwarze Leere. So starb der Kapitän Antonio Rizzo auf dem eingefetteten Pfahl, der seinen Körper durchdrang, und sah nicht mehr die entsetzten Blicke zweier Vorbeiziehender, des venezianischen Botschaftsangestellten Fabrizio Corner und des byzantinischen Geheimsekretärs Dukas, die sich nach ihrer Audienz beim Sultan Mehmet auf dem Rückweg nach Konstantinopel befanden.

3

Da ich über den venezianischen Kapitän, den der byzantinische Chronist Dukas am Pfahl hatte hinscheiden sehen, so gut wie nichts wußte, wollte ich ihm eine Lebensgeschichte erfinden. Es handelte sich bei dieser Geschichte jedoch nicht um eine im vorhinein in allen Einzelheiten geplante Vorlage. Nicht etwa, weil mir technische Probleme zu schaffen machten, wie es etwa einem Schuster ergehen mag, der sich an die Arbeit macht, bevor er einen Leisten hergestellt hat. Nein, die Geschichte des Kapitäns Rizzo entstand wie von selbst während der Niederschrift meines Romans und fand, noch bevor sie sich so recht entwickeln und in Einzelheiten ausbreiten konnte, dann ein jähes Ende. Aus den Chroniken war nämlich, außer der lakonischen Feststellung, daß das Schiff des Rizzo durch die von der Bosporusfestung abgefeuerten Kanonenkugeln versenkt und der Kapitän selbst gepfählt worden war, nichts weiter herauszuholen. Während ich ihm also mit meiner Vorstellungskraft eine schöne Statur und eine angenehme Erscheinung verlieh, dann seine Lebensfreude und allmählich sein ganzes Charakterbild zum Vorschein kommen ließ, versuchte ich, mich in dieses so jäh und unerwartet beendete Leben hineinzuversetzen, wollte herausfinden, wieweit ich mich mit dieser Existenz identifizieren konnte. Natürlich ging ich dabei nicht so weit, daß ich den Schmerz des Pfahls, der Rizzo durchbohrte, in meinem eigenen Fleisch gespürt hätte. Doch wollte ich das Andenken dieses venezianischen Kapitäns fortleben lassen und im Laufe meiner Erzählung, von der ich noch nicht wußte, wie sie enden würde, die Ungerechtigkeit seines Schicksals ein wenig ausgleichen.

Während ich jetzt diese Zeilen schreibe, höre ich das Rauschen der riesigen Platane im Garten hinter dem Haus. Dem Septemberwind gelingt es lediglich, die dünnen oberen Zweige zu bewegen. Der tief im Erdreich verwurzelte Stamm des Baumes steht aufrecht im Schutze seiner weit verzweigten Äste, die rund um die einer Höhle ähnelnden Einbuchtung ansetzen. Aufrecht und standhaft. Ich wünschte, mein Roman könnte die solide Bauart, die tiefen Wurzeln und die weitreichenden Verzweigungen dieser Platane erreichen, deren Ursprung in die glorreiche Zeit der osmanischen Geschichte zurückreicht. Doch wäre es wohl vermessen, mich mit den Kräften der Natur zu vergleichen, die jedem Zweig und jedem Blatt die erforderliche Menge Nahrung zukommen läßt. Wie vorzeitig verwelktes Laub werden die Protagonisten dieser Erzählung eines Tages entschwinden. Doch glücklicherweise sind dies die ersten Herbsttage, und bis zum Fallen der Blätter bleibt noch ein wenig Zeit. Zeit, um schöne sonnige Tage zu verbringen und noch etliche Geschichten zu erfinden.

Die Chronisten berichteten, daß der Bordsekretär Niccolò nicht zusammen mit der übrigen Besatzung getötet, sondern in den Dienst des Sultans genommen und diesem direkt unterstellt worden war. Ich malte mir aus, daß Niccolò vielleicht während Mehmets Sultanat ein geheimes Tagebuch geführt haben könnte und daß ich, von diesem Tagebuch ausgehend, sowohl über die Vorgänge im Serail und über das Innenleben des Eroberers wie auch über die Jünglingsjahre des Rizzo würde berichten können. Dabei durfte der Blickwinkel des Niccolò natürlich nicht zu meinem eigenen werden. Und es wäre mir wohl auch schwergefallen, mich an der Stelle eines venezianischen Jünglings zu sehen, der 1452 noch nicht einmal sechzehn Jahre alt war! Genausowenig konnte ich mich mit Rizzo, Sultan Mehmet oder all den anderen Gestalten gleichsetzen, die mit ihrem jeweiligen Schicksal diese Erzählung gemeinsam tragen sollten. Wie sollte ich also vorgehen? Wie konnte ich diese Schwierigkeiten bewältigen? Während diese und ähnliche Fragen in meinem Kopf herumschwirrten und die unüberwindlich scheinenden Hindernisse mir den letzten Schlaf raubten, sah ich plötzlich die Burg, die im Sonnenlicht herüberstrahlte. Unglaublich, ich hatte die ganze Nacht durchgeschrieben.

Der Nebel hatte sich aufgelöst. Im Morgenlicht sah man nun am gegenüberliegenden Ufer deutlich die runden Türme und die steinernen Mauern, die sie miteinander verbinden; dahinter überragten bunt durcheinandergewürfelte Gebäude und moderne Villen die alten Holzhäuser. Ganz oben auf dem Bergrücken hob sich eine Reihe von Bäumen ab, flach wie im Schattenspiel.

Irgendwie ist dies doch immer gleich. In der Morgensonne rückt die Burg so nah heran, daß man glaubt, sie anfassen zu können. Am Nachmittag, wenn die Sonne den Bosporus überquert hat und sich dem anderen Ufer zuneigt, verändert sich auch das Licht. Die Farben werden zusehends blasser. Ein eigentümlicher Dunst steigt vom Meer auf. Die Burg ist kaum noch wahrzunehmen. Und ich warte dann voller Ungeduld auf den nächsten Morgen, an dem sie – wie der Riese aus Aladins Lampe – plötzlich wieder in voller Größe vor mir steht. Während ich auch jetzt wieder warte, fallen mir langsam die Augen zu, und ich überlasse mich der Schwere des Nachmittagsschlafs. Der Bericht des Niccolò, einziger und geliebter Sohn des weiland Domenico di Maestri, kann ebenfalls warten.

Als ich erwachte, fand ich an der Zimmerdecke nicht, wie sonst immer, das durch die zugezogenen Vorhänge gefilterte rötlichgelbe Licht. Im Gegenteil, das Zimmer war dunkel. Ich hörte aber auch nicht das gewohnte Dröhnen des gegen Abend dichter werdenden Schiffsverkehrs. Die Dunkelheit kroch vom Boden herauf, erreichte mein Bett und bald auch schon die Höhe des Tisches. Dann sah ich die Wand. Sie war nicht da, wo sie hingehörte. Auch der Tisch schien sich samt den Papieren darauf zu entfernen. Ich richtete mich nicht auf, sondern blieb unbeweglich auf dem Bett liegen. Draußen war es hell. Das Licht fiel auf den Vorhang, doch gelangte es nicht ins Zimmer. In der Dunkelheit, deren Ursprung mir unerklärlich war, schienen die Dinge auseinanderzustreben, der Tisch, der Stuhl, der Wecker auf dem Bücherregal. Bei genauerem Hinsehen stellte ich fest, daß der Stundenzeiger der Uhr fehlte. Ich dachte, daß der Minutenzeiger sich verlassen vorkommen mußte. Und dann fielen mir all die Dinge ein, die eine Ergänzung benötigen, die, wenn sie voneinander getrennt werden, ohne Funktion dastehen. Nadel und Faden, Waffe und Munition, Hammer und Nagel und dergleichen. Natürlich dachte ich dann auch an die Menschen, die berühmten Liebespaare, wie Leyla und Medschnun, Romeo und Julia, Kerem und Asli, Ferhat und Schirin. Die Frau und ihr Mann. Doch die Einsamkeit des Minutenzeigers war besonders schlimm, eine angsteinflößende Absonderlichkeit. Einen Augenblick dachte ich daran, den Vorhang zu öffnen, um mit einem Blick nach draußen die Uhrzeit abzuschätzen. Doch dann war mir auch das zuviel, ich schlief wieder ein.

Als ich diesmal aus dem Schlaf auftauchte, fand ich das rotgelbe Licht an seinem gewohnten Platz an der Decke. Ich stand auf und zog den Vorhang zurück. Im gleichen Moment erfüllte der Schein der hinter den Bastionen der Burg untergehenden Sonne das Zimmer, zusammen mit dem Tuten des auf die Anlegestelle zusteuernden 19.20 Uhr-Kursschiffes. Ich freute mich über die Wiederkehr der Zeit und der Farben. Das Spiegelbild der Burg schaukelte langsam auf der beweglichen Oberfläche des Wassers hin und her, wie das viel zu große Hemd eines zum Tode Verurteilten. Fast konnte ich die einzelnen Ziegel der Bastionen, die ausgebesserten Steine in der Mauer erkennen. Alles war so klar und durchsichtig wie ein weißes Frauengesicht, das vom Meeresgrund her durch das dunkle Wasser heraufschaut. In diesem Augenblick wurde mir bewußt, daß ich seit Tagen keinen weiblichen Körper berührt hatte. Hier saß ich allein, fern von meinen gewohnten täglichen Vergnügungen, in dem kleinsten Zimmer der alten ehrwürdigen Bosporusvilla und kämpfte mit Wörtern! Ich beschloß, kein Licht zu machen. Draußen war es ganz still. Kein einziges Schiff zog vorbei. Kein Rascheln der Blätter war zu vernehmen, und auch die Grillen, deren Konzert sonst den ganzen Tag über den hinteren Garten erfüllte, waren verstummt. Ich saß ganz ruhig in dieser Stille und fühlte mich zeitlos, wie ein Wesen ohne Vergangenheit und Zukunft. Oder war ich ein Besessener, ein in seinen eigenen Phantasien gefangener Knecht dieses Anwesens?

Ich träumte mir die Erlösung, wie SIE zu mir kam in einer großherrlichen Barkasse mit vergoldeten Flanken und einem Silberadler am Bug, an deren Steuer ein riesiger Eunuch stand. Mit der Wendigkeit einer Möwe tauchte das Schiff in die Wellen ein und wieder auf. Diese Bewegung übertrug sich gleichzeitig auf die Federkissen, die in der durch silbergetresste Seidenvorhänge abgetrennten Kabine herumschaukelten, und auf die dunklen Gesichter der aufrecht stehenden sultanseigenen Ruderer.

Doch sie kam an einem anderen Abend und klingelte, genau zur Abendbrotzeit, an meiner Haustür. Genauer gesagt, an der hinteren Gartentür. Als ich auf die Tür zuging, zögerte ich einen Moment. Hatte ich mich vielleicht verhört? Doch dann öffnete ich mit einem Ruck die Tür. Vor mir stand eine braungebrannte, weißgekleidete zierliche Frau. In der Dunkelheit konnte ich weder ihre Gesichtszüge noch ihre Augenfarbe ausmachen.

»Ich störe wohl«, sagte sie mit schüchterner Stimme. »Ich wollte Ali und Sumru besuchen.«

»Sie sind nach Paris zurückgekehrt.«

»Dann komme ich erst gar nicht herein. Grüßen Sie die beiden bitte von mir. Ich bin Deniz, eine Schulfreundin von Sumru.«

»Bitte, treten Sie doch ein, wir können zusammen etwas essen.«

Sie zögerte einen Moment. Die Scheinwerfer eines vorbeifahrenden Autos fielen auf ihr Gesicht und ließen zwei tiefblaue Augen aufleuchten und verlöschen, wie die Lichter eines Leuchtturms. Da fiel es mir wieder ein. Beim Sonnenbaden unten am Kai hatte ich, ohne besonders aufmerksam zuzuhören, doch wie zufällig einem Gespräch zwischen meiner Frau und Sumru gelauscht, in dem es um eine Deniz ging: »Wir kennen uns vom Lyzeum«, hatte Sumru gesagt. »Sie hat unglaublich blaue Augen, die einen sofort gefangennehmen. Sie ist sehr sympathisch. Nach dem 12. März war auch sie für einige Zeit im Gefängnis.«

»Ich bin ganz allein in der Yalı zurückgeblieben«, sagte ich mit Nachdruck. »Seien Sie doch heute abend mein Gast.«

»Ich bin ganz zufällig vorbeigekommen, auf dem Rückweg von Kanlıca, wo ich meine Tante besucht habe.«

»Nun kommen Sie doch herein!«

»Zum Essen bleibe ich aber nicht. Sie können mir gern etwas zu trinken anbieten, und dann geh ich wieder.«

Sie blieb zum Essen und verbrachte auch die Nacht mit mir. Jetzt, wo ich an ihren festen, von der Augustsonne gebräunten Körper denke, an ihre im Dunkeln in mein Ohr geflüsterten leidenschaftlichen Worte, bedaure ich zutiefst – wohl weil ich so lange nicht mehr in meiner Muttersprache geliebt hatte –, daß ich sie nicht hinderte, am nächsten Morgen mit dem ersten Boot davonzufahren. Dieses Gefühl ist mir ganz neu. Das Schreiben hatte mich bisher völlig ausgefüllt, ich brauchte nichts anderes. Der Roman war mein Lebensinhalt geworden. Doch jetzt, wo sie fort ist, empfinde ich einen seltsamen Schmerz, daß ich sie habe gehen lassen, um allein zu bleiben und weiterzuschreiben. Überdies hatte ich sie dies deutlich spüren lassen. Nicht etwa, daß ihr Fehlen mir körperlichen Schmerz verursacht. Auch weiß ich nur zu gut, daß ich ihre braune Haut, ihren feuchten Mund, ihre Anwesenheit sofort vergessen werde. Doch hatte ich nicht damit gerechnet, daß die mir nicht immer ganz verständlichen, doch auf jeden Fall verwegenen Liebesworte, die sie mir die ganze Nacht über wie in atemloser Flucht ins Ohr flüsterte oder auch schrie, sich tief in mein Gedächtnis einprägen würden, um zu den unmöglichsten Augenblicken durch meine Feder aufs Papier zu drängen.

Nachdem sie gegangen war, begann ich, wie ein eingesperrtes verwundetes Tier in meinem Zimmer hin- und herzulaufen. Bald kam das Wohnzimmer dazu, dann das untere Stockwerk, der Garten, die Anlegestelle; unaufhörlich bewegte ich mich zwischen diesen Zielen. Für einen Moment umfing ich die alte Platane und begann, die oft und gern benutzten Flüche meiner Kindheit, jene mit den schlimmsten Assoziationen, deren die türkische Sprache fähig ist, herauszubrüllen. Trotzdem gelang es mir nicht, den eisernen Stäben dieses Käfigs zu entkommen, den meine Wut um mich aufgerichtet hatte. Als ich endlich am Tisch niedersank, wurde mir klar, daß nicht nur meine Bewegungsfreiheit, sondern auch mein Ausdrucksvermögen auf unerträgliche Weise eingeschränkt waren. Eingeschlossen im Erkerzimmer einer alten Villa an den Ufern des Bosporus, hatte ich aus freien Stücken damit begonnen, mein eigenes Leben mit hohen Mauern zu umgeben. Und da ich die Worte, die Deniz mir in der nur von ihren Augen erhellten Nacht ins Ohr geflüstert hatte, unmöglich zu Papier bringen konnte, beschloß ich, die Geschichte des Großwesirs Çandarlı Halil aufzuschreiben, der sich sein eigenes Gefängnis hatte bauen lassen.

In diesem Kapitel wird berichtet über das Ende des Grosswesirs Halil Pascha

»Sie sagten, der Bauch des Fisches müsse mit Goldmünzen gefüllt werden. Und so taten sie es und schickten ihn zu Halil Pascha. (...) Halil verspeiste den Fisch und legte den Bauch in seine Truhe. (...) An einem Mittwoch kamen sie, Halil Pascha samt seinen Pagen und Dienern zu verhaften und ins Gefängnis zu werfen. Hierüber wäre noch viel zu berichten, doch will ich mich kurz halten. Denn was diese Geschichte uns zu sagen hat, ist wohl allen bekannt, ebenso wie das Ende von Halil Pascha.«

Âşıkpaşazâde: Geschichte der Osmanen

Der Großwesir befand sich allein in seinem Zelt, als er aus der in Panik fliehenden und auf die Hagia Sophia zuströmenden Menschenmenge den Ausruf »Healo he polis« – »Die Stadt ist verloren« – vernahm. Zunächst drangen diese Worte nur wie ein Flüstern an sein Ohr, um allmählich, wie ein leise herangetragenes Gerücht immer lauter zu werden und zu einem Gebrüll anzuschwellen, das an die Trompeten des jüngsten Gerichts denken ließ: »Healo he polis« –

In diesem Augenblick begriff Halil Pascha, daß für ihn alles verloren war, daß mit dem Fall von Byzanz auch sein Kopf fallen würde. Ruhig und gefaßt wartete er auf die Leibwache des Sultans. Der Wind, der zusammen mit dem Staub der Frühlingsblüten den strengen Geruch von Blut und Pulver in sein Zelt wehte, ließ die Flamme der Kerze an seinem Kopfende erzittern und bewegte die unordentlich auf dem Tisch herumliegenden Pläne, Petschaften und Papiere, so daß diese Gegenstände unheimliche, sich ständig verändernde Schatten an die Zeltwand warfen. Für einen Augenblick erwog er die Möglichkeit, mit einigen seiner Getreuen heimlich das Kommandozelt zu verlassen. Doch dann befand er ein solches Verhalten für seiner unwürdig. Schließlich entstammte er einer Familie, die von allem Anbeginn an der Staatsleitung teilgehabt und der Osmanenmacht stets mit großer Hingabe gedient hatte. Seit anderthalb Jahrhunderten verkörperte die Çandarlı-Dynastie die denkende Vernunft, das lebendige Gesetz und die vorantreibende Kraft des osmanischen Staatswesens. Auch um den Preis seines Lebens konnte er sich nun, wo dieser große Sieg des Staates seine schlimmste Niederlage war, unmöglich wie ein Dieb davonmachen. Er würde sich seines Namens würdig erweisen und sein Ende mit Gleichmut akzeptieren. Als ältestes und ehrwürdigstes Glied einer Dynastie, die sich stets mit dem Staat identifiziert hatte, würde er das Todesurteil dieses Staates an sein Herz drük-ken. Und er würde seinen Kopf dem Scharfrichter wie eine Gabe, nein, wie ein heiliges Opfer darbieten, für das Wohl des Staates.

Bis hierher und nicht weiter reichte also die Kraft des Turkmenen, seine Einflußnahme fand hier ein Ende. Von jetzt an wurden die Geschicke des osmanischen Staatswesens von den Fremden, den Devşirme, bestimmt, von solchen wie Zaganos, Şahabeddin und dem niederträchtigen Mahmut. Sie hatten gewonnen. Halil fühlte sich müde und alt. Seit Sultan Murats Tod hatte er vergeblich versucht, den Diwan für seine Friedenspolitik zu gewinnen. Dabei hatte er stets das Wohl des Staates vor seine eigenen Interessen gestellt. Die Sicherheit dieses Staates galt ihm mehr als alles. Bei diesem letzten Gedanken hielt er plötzlich inne. War er hier ganz ehrlich, hatte er wirklich nie an seinen eigenen Vorteil gedacht? Wie war er dann zu seinem Reichtum gelangt? War es immer nur das Wohl des Staates gewesen, das ihn veranlaßte, sein Geld den Bankiers von Galata anzuvertrauen, ständig neue Güter zu erwerben oder die Geschenke des byzantinischen Kaisers mit gieriger Freude entgegenzunehmen und die Goldmünzen aus den prall gefüllten Fischen, die an seiner Tafel aufgetragen wurden, in seine Schatztruhen fließen zu lassen? Doch da Halil nicht bereit war, sich diesen Fragen ehrlich zu stellen, blieben sie unbeantwortet. Statt dessen blies er die Kerze aus und überließ sich eine Weile der besänftigenden Dunkelheit. Von weitem drang noch immer Kriegslärm herüber; das Klirren der aufeinanderschmetternden Schwerter mischte sich in das Getöse der einstürzenden Festungsmauern. So wartete er bis zum Morgen auf das Eintreffen der Wachen, ohne nachzudenken oder sich seiner guten oder schlechten Taten, seiner glücklichen oder unglücklichen Tage zu erinnern.

Im Morgengrauen, zur Stunde des Frühgebets, wurde die Nachricht ausgerufen, daß der Sultan die Stadt für drei Tage zur Plünderung freigegeben habe. Halil fühlte sich schmerzlich berührt, als er dies hörte. Byzanz war gefallen, der stolze Adler des Oströmischen Reiches gedemütigt von der Osmanenmacht. Die besiegte Stadt zu plündern war zwar verbrieftes Recht der Janitscharen, doch hätte Mehmet es in diesem Falle nicht zulassen dürfen. Halil stellte sich vor, wie die stolze Stadt sich in einen Jahrmarkt verwandelte, auf welchem man sich um silberne Kreuze, goldene Becher, glänzende Mosaiken, Edelsteine, Perlenketten und Rubinringe balgen würde. Ein warmes, ihm selbst kaum erklärliches Gefühl für die Stadt erfüllte ihn, ein befremdliches Mitleid. Vor allem bezweifelte er, daß Mehmet für das Vermächtnis eines tausendjährigen Imperiums das rechte Verständnis aufbrachte. Denn schon seit er als Kind den Thron bestiegen hatte, war Konstantinopel stets sein höchstes Ziel, seine einzige Leidenschaft gewesen. Hier mußte Halil trotz allem lächeln. »Seit seiner dritten Thronbesteigung«, sagte er still zu sich. Und er bereute zum ersten Mal, daß er damals den Tod des Sultans Murat vor dem Heer verheimlicht und einen Boten nach Manisa geschickt hatte. Er hätte genausogut den Prinzen Ahmet, der noch ein Säugling war, zum Sultan ausrufen lassen und den Staat nach eigenem Gutdünken leiten können. Um so mehr, als die Janitscharen Mehmet nicht als Herrscher über sich haben wollten. Doch er hatte sich nicht dazu durchringen können, den auf dem Höhepunkt seiner Macht angelangten Staat einer zweiten herrscherlosen Periode, einem Bruderkrieg, und damit der unvermeidlichen Zersplitterung, auszusetzen. Wie oft hatte sein Vater, Ibrahim Pascha, ihm die Geschichte der Söhne Bayezits erzählt, von dem verhängnisvollen Thronfolgestreit zwischen Süleyman, Musa und Mehmet Çelebi! Und hatte er in seiner Kindheit die Auflösung des Staates nicht selbst miterlebt? Sein Vater, zu jener Zeit Oberrichter von Edirne, war von Musa beauftragt worden, in Byzanz die Steuer einzuholen. Doch statt nach Byzanz zu reisen, war er auf gefährlichen Umwegen mit den Seinen nach Bursa gelangt, wo Mehmet Çelebi seine Herrschaft ausgerufen hatte. Halil erinnerte sich gut, wie sie dort Aufnahme fanden und wie sein Vater, als Gegenleistung für diesen Schritt, zunächst zum Obersten Heeresrichter, dann gar zum Wesir ernannt wurde. Erst nachdem es Mehmet Çelebi in einem langwährenden Bürgerkrieg gelungen war, seine Widersacher zu beseitigen und die Einheit wiederherzustellen, konnte auch die Eroberung des Balkans wiederaufgenommen werden. Dann war da ja auch noch die Gefahr gewesen, daß Byzanz den als Geisel gehaltenen Prinzen, Mehmets Bruder Orhan, freiließ, so daß Halil – genau wie fünf Jahre früher in Dobrudscha – gezwungen gewesen wäre, sich gemeinsam mit Mehmet dieses unbequemen Prätendenten zu entledigen. Seine Sorge um das Wohl des Staates hatte über seine Bedenken um sein eigenes Leben gesiegt: im vollen Bewußtsein, daß Mehmet sich an ihm rächen würde, hatte er den Boten nach Manisa geschickt. Doch war Mehmet, nachdem er, in Edirne angekommen, den Säugling Ahmet erdrosseln ließ und den Thron bestiegen hatte, mit keinem Wort auf diese fünf Jahre zurückliegende Angelegenheit zurückgekommen, mit keinem einzigen Wort.

Halil erinnert sich genau: Mehmet, den er seit jener prachtvollen Hochzeit in Edirne nicht mehr gesehen hatte, war jetzt, mit seiner stämmigen Statur, seinem kurzen, kräftigen Hals und seiner in einem großen Bogen von der Stirn bis fast ans Kinn reichenden erstaunlichen Adlernase, ein Herrscher, ja diesmal der wirkliche Herrscher, der Schatten Gottes auf Erden, Herr über Meere und Länder, Fürst der Gläubigen: Sultan Mehmet Han, Sohn des Sultan Murat, Sohn des Sultan Mehmet Çelebi, Sohn des Sultan Bayezit der Blitz, Sohn des

Herrschers Murat, Sohn des siegreichen Orhan, Sohn des siegreichen Osman, Sohn des Ertuğul Bey. Mit einem Ausdruck der Trauer um seinen verstorbenen Vater hatte er Şahabeddin Pascha zugerufen: »Lala, warum halten meine Minister so großen Abstand zu mir? Sag ihnen, sie mögen ihre Plätze wieder einnehmen, die sie bei meinem Vater innehatten. Der alte, ehrwürdige Halil sei auch mein Großwesir. Und Ishak ernenne ich zum Gouverneur der anatolischen Provinzen. Er soll unverzüglich den geweihten Leichnam meines Vaters nach Bursa bringen und dort begraben lassen!«

Wie es die Sitte erforderte, hatte er, Halil, die Hand des jungen Herrschers geküßt und sich erleichtert gefühlt bei dem Gedanken, weiterhin wie gewohnt die Geschicke des Staates lenken zu können. Doch es war alles ganz anders gekommen. Es hatte sich als unmöglich erwiesen, dem jungen Sultan den Gedanken an die Eroberung Konstantinopels auszureden. Der Eunuch Şahabeddin und Zaganos Pascha auf der einen Seite, aber auch die Fürsten der Grenzmarken sowie der ganze Klüngel der Geistlichen und Derwische auf der anderen Seite taten ihr Bestes, um Mehmet zum Angriff auf Byzanz anzustacheln, unter völliger Nichtbeachtung des Kräftegleichgewichts. Dabei war Byzanz längst ein überreifer Apfel am Baum; faul in Innern, ließ seine Kraft mit jedem Tag mehr nach. Mit dem ersten kräftigen Windstoß würde ihnen die Stadt in den Schoß fallen. Eine Belagerung zu diesem unpassenden Zeitpunkt und ein Angriff auf die völlig unversehrten wehrhaften Stadtmauern würden zu vergeblichem Blutvergießen führen, genau wie es früher schon geschehen war, zuerst unter Yıldırım Bayezit, dann unter Musa Çelebi und zuletzt sogar unter Murat, den er so sehr bewunderte und an dessen Friedensliebe er nie gezweifelt hatte. Außerdem würde ein solcher Angriff unweigerlich das mit soviel Mühe und Verlusten bei Varna zum Stehen gebrachte Kreuzfahrerheer auf den Plan rufen. Das durch seine Umsicht und

Geschicklichkeit hergestellte Kräftegleichgewicht, so dachte Halil, würde zu Ungunsten der Osmanen auseinanderfallen. Eine Kriegserklärung an Byzanz bedeutete aber auch, sich den Angriffen der päpstlichen Truppen, des serbischen Despoten und – schlimmer als alle jene zusammen – des verwegenen Ungarn Yanos Hunyadi auszusetzen. Und da man für die Belagerung Konstantinopels wohl den größten Teil der Armee mobilisieren müßte, wäre die militärische Präsenz der Osmanen in Rumeli gefährdet. Die christliche Welt würde sich diese Gelegenheit, die Türken an ihren Ursprungsort, ins Innere Anatoliens, zurückzutreiben, nicht entgehen lassen. Damals hatte Mehmet ihn nicht zur Rechenschaft gezogen wegen seines Verhaltens unter Sultan Murat, seinem Vater, wußte er doch genau, daß er noch zu schwach war, um die Autorität und den Einfluß seines Großwesirs in Staats- und Militärbelangen zu schmälern, die er schon während seiner ersten Herrschaft nicht hatte erschüttern können. Doch jetzt, wo alle Anstrengungen Halils, die Belagerung abzubrechen, umsonst gewesen waren, jetzt, am Morgen nach dem Fall der Stadt, war der Tag der Abrechnung gekommen.

Der Tag seiner Abrechnung. Dabei war Rechenschaft abzulegen für Halil ein ganz neuer Gedanke. Bisher war er es gewesen, der an der Spitze des Staates Rechnungen aufstellte, erforderlichenfalls auch Rechenschaft verlangte. Seltsamerweise hatte er niemals daran gedacht, daß die Spielregeln der Politik auch für ihn gelten und eines Tages auch von ihm verlangt werden könnte, Rechenschaft abzulegen. Niemand hatte ihn je daran erinnert, daß auch sein Schicksal von einem einzigen Wort, von einem einzigen Befehl des Sultans abhing. Allmählich wurde ihm bewußt, daß sein Ende gleichzeitig das Ende einer langen Tradition in der Staatsführung bedeutete, das Ende der unantastbaren Dynastie der Çandarlı-Wesire. Er fürchtete nicht den Tod. Doch zweifelte er daran, daß nach ihm die Kontinuität des Staates durch die neuen

»Diener der Pforte«, die Janitscharen, gewährleistet sei. Dieser Gedanke bereitete ihm Qual. Er wollte den Traum des Staatsgründers Osman und das Vermächtnis seiner Vorfahren bewahren, welche stets an der Verwirklichung dieses schönen Traumes mit Gottes und des Schwertes Hilfe teilgehabt hatten. Vielleicht war dieses ein fast instinktives Verhalten; doch ging es ihm nicht darum, seine Haut zu retten. Er begriff sein Leben als Ausdruck einer konstruktiven Kraft, der Pflicht, aufzubauen und zu bewahren.

Plötzlich wurde er sich seiner Müdigkeit bewußt. Einer Müdigkeit, die nicht von den endlosen Ratssitzungen der vergangenen Tage herrührte noch von der lange, allzu lange dauernden Belagerung Konstantinopels. Was er verspürte, war vielmehr eine sein ganzes Inneres ausfüllende, seinen Herzschlag und seine Denkfähigkeit verlangsamende Erschöpfung, fast eine Betäubung. Er streckte sich auf seiner Schlafmatte aus, die er nach dem Morgengebet von seinen Dienern nicht hatte forträumen lassen. Doch statt in den Schlaf einzutauchen, ließ er seine Gedanken zu den Geschehnissen der letzten Jahre zurückwandern und versuchte zu verstehen, welche Entwicklungen zu seinem Niedergang und zu seiner hoffnungslosen Lage an diesem Morgen nach dem Fall der Stadt geführt hatten.

Im Grunde hatte er Mehmet während seiner ersten und erst recht während der zweiten Regentschaft nie ganz akzeptiert, geradeso, als ob ein Sultan nicht zweimal den Thron besteigen könne, als ob es ein Gesetz gäbe, nach welchem die Regierungsgeschäfte unter der Aufsicht des Sultans ausschließlich einem Mitglied seines eigenen Geschlechts übertragen werden durften. Solange Murat noch lebte, war es ihm unmöglich gewesen, in diesem ehrgeizigen und wagemutigen Kinde die Sultansmacht verkörpert zu sehen. Trotzdem waren es nicht persönliche Gründe gewesen, die ihn veranlaßt hatten, mit äußerst gewagtem politischem Kalkül Mehmet zweimal hintereinander vom Thron zu entfernen. Er hätte Mehmet, als dieser nach Murats Tod zum dritten Mal den Thron bestieg, sofort klarmachen müssen, daß seine Handlungsweise allein von der Sorge um das Fortbestehen des Staates bestimmt gewesen war. Hier hatte er seinen ersten großen Fehler begangen: Sein übertriebenes Selbstvertrauen hinderte ihn daran zu verstehen, welche Gefühle seine Schachzüge in dem Kinde auslösen mochten, wie sehr es sich gedemütigt fühlen mußte.

Seine Gedanken wanderten zurück nach Edirne. Der Neue Palast am Ufer der Tundscha kam ihm in den Sinn, mit seinen Platanen, deren Blätter der Herbstwind davontrug, und er sah die Disteln, die von dem unter den Brücken vorbeirauschenden Fluß fortgetragen wurden. Vor seinem Auge erstanden aber auch die belebten Märkte, die Minarette, die blauen Kacheln an den Wänden der Moscheen. Die Wände seines eigenen Grabmals hatte er mit Kacheln schmücken lassen, die noch farbiger waren, auf denen überall tiefblaue Veilchen, blutrote Rosen und zartgrüne Knospen rankten. In seinem Testament würde er die Bitte anbringen, daß man ihn in dieser Türbe neben dem Sarkophag seines Vorfahren Hayreddin begraben möge. Seltsam, weder der Gedanke an den Tod noch die zusammen mit der Erinnerung an Edirne vor seinem geistigen Auge auftauchenden Bilder seiner Kinder, ja nicht einmal der furchtlose Blick seines Lieblingssohnes Ibrahim Çandarlı, vermochten die gleiche starke Empfindung in ihm hervorzurufen wie die Erinnerung an den Alten Palast, der sich stolz neben seinem eigenen prächtigen Haus erhob. Als junger Mann hatte er die Wiederinstandsetzung dieses Palastes miterlebt. Und als Murat ihn zum Großwesir ernannte, hatte er mit Erlaubnis des Sultans sein eigenes prächtiges Haus direkt neben dem Palast auf dem Platz der Pappeln errichtet.

Mit seinen weiten Sälen, den Küchen und Kellern, den

unzähligen kostbar ausgestatteten Gemächern, die die Besucher blendeten, übertraf sein Konak den Sultanspalast an Pracht. Doch rief dies in ihm nie den gleichen Stolz, die gleiche Begeisterung hervor, wie dies seine Teilnahme an der Staatsführung, die Nähe zur Macht tat. Das Bewußtsein, reicher als der Sultan zu sein, bereitete ihm keine sonderliche Genugtuung. Der Palast verkörperte für ihn die Souveränität, und es war die Macht der Çandarlı, die dem Osmanenstaat diese Souveränität gewährleistete. Seine Gedanken wanderten zu Murat, und er sah ihn vor sich in seinem einfachen Gewand, das Gesicht mit den schrägstehenden Augen und dem dichten, direkt unter den hervortretenden Wangenknochen beginnenden Rundbart. Gewöhnlich trug er eine grüne Weste über seinem Kaftan aus dunkelrotem Satin, und die rote Kappe auf seinem Kopf legte er selten ab. Er liebte es, sich zu berauschen; nicht nur am Wein, den er aus einfachen Kupferbechern genoß, sondern vor allem an den anregenden Gesprächen bei den Zusammenkünften mit den Derwischen, die in seiner Umgebung nie fehlten. Als Halil sich jetzt an die vielen Male erinnerte, in denen er Murat, zum Feldzug gekleidet und gerüstet, an der Spitze des Heeres gesehen hatte, sagte er sich im stillen, daß es wohl wahr sei, daß die Macht dieses Staates auf dem Schwerte beruhte. Im Palast jedoch war sie bislang durch die Dynastie der Çandarlı verkörpert gewesen, die das uneingeschränkte Vertrauen des Sultans besaß. Mehmet jedoch hatte, nach Murats Tod kaum in Edirne angekommen, befohlen, daß man den Bau des von seinem Vater in Angriff genommenen Neuen Palastes beschleunige. Und sofort nach dessen Fertigstellung war er aus dem alten, innerhalb der Stadtmauern gelegenen Palast ausgezogen, diesem Palast, der doch Zeuge so vieler festlicher Ereignisse in seinem Leben gewesen war, angefangen von seiner Geburt, dann seiner Beschneidung und schließlich seiner Hochzeit mit Sitti Hatun. Statt dessen hatte er sich in dem Neuen Palast im

Herrschaftsgarten am Ufer der Tundscha eingerichtet. In dem gleichen Maße, wie er sich nicht an einen Padischah Mehmet gewöhnen mochte, mißfiel Halil jetzt dieser auf einem baumbestandenen Platz errichtete Sultanssitz, dessen einzelne Pavillons unter den Bäumen verschwanden und der nicht einmal durch eine ordentliche Mauer geschützt war.

Halil erinnert sich wehmütig an das großartige Portal, das er jedesmal aufs neue bewunderte, wenn er sich in den Audienzsaal des Alten Palastes begab. Auch die großherrlichen Stallungen im inneren Hof kommen ihm in den Sinn, die überdachten Brunnen des Harems und die lichtdurchflutete Weite des Diwans, wo der Staatsrat tagte. Vor seinem geistigen Auge sieht er die ausländischen Botschafter zum Empfang antreten. Oft, wenn der Padischah sich im Felde befand, war er es gewesen, der die Botschafter empfing. Und wichtige Entscheidungen hatte er mehr als einmal ganz allein getroffen. Es schien ihm nun, daß er für viele Jahre dort und nicht in seinem eigenen Konak gelebt hatte, so gut kannte er jeden noch so versteckten Winkel dieses park- und gartenlosen ehrwürdigen Serails. Doch dann war eines Tages sein geliebter Sultan Murat nicht mehr, und bald danach war auch der von diesem mitten in der Stadt errichtete und – ganz als wollte er der Moschee den Platz streitig machen – hoch zum Himmel aufragende Palast aufgegeben worden. Mit dem neuen Sultan verschwand auch die alte Ordnung. Halil war zwar immer noch Großwesir, doch spürte er deutlich, daß ihm mit jedem neuen Tag ein Teil mehr der Staatsführung entglitt. Er wurde nicht mehr zu allen Ratsversammlungen geladen. Und die Akkreditierungsschreiben der Botschafter nahmen jetzt die neuen Berater des Sultans, Zaganos und Şahabeddin, entgegen. Dieses erregte seinen größten Zorn. Er empfand eine Leere um sich, und ihn bedrückte ein ihm bisher unbekanntes Gefühl der Minderwertigkeit. Gleichzeitig verlor er den Boden unter den Füßen, vor ihm schien sich ein Abgrund aufzutun.

Eigenartigerweise begann dieser Fall ins Bodenlose genau in dem Augenblick, als er glaubte, die Gefahr überstanden zu haben, sich und sein Amt retten zu können …

Oft sah er des Nachts Murat in seinen Träumen. Zusammen berauschten sie sich am Wein, ritten gemeinsam aus oder maßen sich in Wettkampf und Reiterspielen. Sie glichen sich so sehr, daß man fast von zwei Gesichtern desselben Menschen sprechen konnte: das gleiche runde Gesicht, die gleichen schwarzen Augen. Sie teilten auch die respektvolle Liebe für die turkmenischen Bräuche und Sitten. Doch er, Halil, war ein Fallender. So fiel er zum Beispiel beim Polospiel vom Pferd, im Palast stürzte er die Treppen hinunter, in seinem Hause fiel er von der Sitzbank. In diesem unaufhörlichen Fallen wußte er nicht mehr, woran er sich festhalten sollte. Sicherheit vermochte ihm einzig sein in jahrelangem Dienst zusammengetragenes Vermögen zu geben. So stachelte dieses Gefühl ständigen Fallens, diese unerträgliche Unsicherheit, sein Trachten nach Gewinn über Gebühr an und machte einen geldgierigen Menschen aus ihm. Doch wußte dieses außer ihm nur Mehmet.

Äußerlich schien alles wie früher. Er war noch immer der Großwesir. Der alte Halil diente in diesem Amt auch dem neuen Sultan. Er war Murats Großwesir gewesen und, als dieser sich vom Thron zurückzog, der des Kind-Sultans Mehmet. Und nachdem er selber Mehmet vom Thron entfernt hatte, diente er Murat von neuem, um schließlich wieder Mehmets Großwesir zu sein. Seine Stellung hatte die vergehenden Jahre und alle Veränderungen überdauert. Doch entging ihm nicht, daß sein Einfluß ständig abnahm, daß seine Entscheidungen oft gar nicht mehr bis zum Diwan vordrangen. Und das würde sich auch nicht mehr ändern. Er wußte es wohl, doch zog er vor, diese Tatsache zu ignorieren. Immer noch hoffte er und wartete auf ein Ereignis, das eine Veränderung zu seinen Gunsten herbeiführen würde. Wäre es ihm zum Beispiel gelungen, die Belagerung Konstantinopels aufheben zu lassen, so hätte er sicher seinen alten Einfluß am Hofe wiedererlangt und dem Sultan beweisen können, daß er im Recht war und seine in jahrelangem Staatsdienst erworbene Erfahrung nicht ganz unnütz! Vielleicht wäre es ihm dann sogar gelungen, den Clan der Devşirme und das ganze Derwisch-Gesindel aus dem Staatsrat zu jagen.

Er faßte wieder ein wenig Hoffnung und strich sich bedächtig über den Bart. Die vielen Erfahrungen seines langen Lebens sollten doch nicht umsonst gewesen sein! Ein schlaues Lächeln erschien auf seinem Gesicht. Mehmet konnte ihm doch nicht einfach so, wie einem Huhn, den Hals umdrehen, ohne einen ordentlichen Prozeß. So leichtfertig konnten die Osmanen das Blut eines Çandarlı nicht vergießen. Schließlich war er nicht irgendein hergelaufener Devşirme unbekannter Herkunft oder ein im Palast untergekommener Schutzbedürftiger. Als Enkel des Kara Halil von Cendere verkörperte er die Kontinuität des Turkmenentums im Hohen Staatsrat und war gleichzeitig die tragende Säule des Osmanentums. Hoffnung ließ seine Augen aufleuchten. Doch genausoschnell verdüsterten sie sich wieder unter den schlohweißen Brauen. Hatte er doch für einen Moment vergessen, daß Kostantiniye gerade erst gefallen war. Die Stadt war gefallen, die neuen Berater des Sultans hatten damit Recht behalten. Jetzt würden sie sich wie Raubtiere auf ihn stürzen und vom Padischah seinen Kopf verlangen. Jawohl, seinen Kopf …

Aber warum kam niemand? Worauf wartete Mehmet noch? Die Sonne stand schon hoch am Himmel und erwärmte das Innere seines Zeltes. Wie seltsam, daß weit und breit niemand zu sehen war! Sie waren wohl alle, seine Diener eingeschlossen, in der Stadt, um die Plünderung nicht zu verpassen. Ein Schauer durchfuhr Halil, als habe man ihn allein in der Dunkelheit zurückgelassen. Vielleicht wäre es wirklich das Beste, der Sultan ließe ihn mit den Toten vor den Ruinen der Stadtmauern zurück, wenn er nach der Plünderung mit seinem Heer nach Edirne zurückkehrte. Doch was sollte Halil wohl anfangen in der ausgeraubten, zerstörten und verbrannten Stadt? Wo war noch ein Palast, dem er als Großwesir dienen könnte? Ein Großwesir ohne Untergebene, ohne Land und Heimstatt, vor allem jedoch ohne Vollmacht, das war jetzt seine traurige Lage: ein Großwesir ohne Amt. Da war es wohl besser zu sterben. Nun, da die Stadt gefallen war, würde dieses Ende Kostantiniyes auch sein Ende besiegeln und ihn von dem schrecklichen Gefühl des Fallens befreien, das seit Murats Tod seine Träume heimsuchte. Gleichzeitig kam ihm in den Sinn, wie er einmal, ein einziges Mal, so etwas wie Todesfurcht empfunden hatte. Eines Nachts hatte man ihn aus dem Schlaf geweckt und, geleitet vom Obereunuchen und von Wachen aus der Leibgarde, vor den Sultan gebracht. Jetzt konnte er nur lächeln über seine damalige Naivität. Er sah noch einmal den furchterregenden Anblick des Eunuchen, wie dieser sein Krummschwert schwang und es mit ohrenbetäubendem Dröhnen auf die Tür des Konaks niedersausen ließ. Das Licht der Fackeln warf einen unheimlichen Schein auf sein schwarzes glänzendes Gesicht und ließ das Weiß der krumm und schief in seinem riesigen Mund stehenden Zähne aufleuchten und verlöschen. Dabei rollte er wild seine funkelnden schwarzen Augen. Der Sultan wolle ihn sofort sehen, ließ man Halil wissen. Obwohl er sich nicht erklären konnte, was diese überstürzte Vorladung zu bedeuten hatte, gab er sich Mühe, Gelassenheit zu bewahren. Er kleidete sich an und verließ sein Zimmer. Doch auf dem Weg nach unten wurde er plötzlich von Panik ergriffen. Kaum an der Haustür angelangt, machte er brüsk kehrt, eilte die Treppe hinauf und lief zurück in sein Zimmer, um die dort gut versteckte, mit kostbaren Steinen bestückte goldene Schatulle hervorzuholen, die seine wertvollsten Geschmeide enthielt und die er im Ärmel seines Kaftans verstaute.

Jetzt liegt Halil auf seiner Matte im Zelt und wartet darauf, daß die Wachen, die ihn in jener Nacht aus dem Schlaf rissen, wieder erscheinen. Nur daß sie ihn dieses Mal nicht ins Cihannüma, sondern direkt ins Verließ begleiten würden. Und er sieht wieder, wie seine rotbraune Stute plötzlich anhält und nur mit Mühe zum Weiterlaufen bewegt werden kann und wie er selber, mit jedem Schritt, der sie dem Serail näherbringt, die Schatulle unter seinem Arm fester an sich drückt. Auch die Tatsache, daß sie nicht auf der Hauptstraße reiten, sondern einen Nebenweg durch den sogenannten Hühnerwald benutzen, erfüllt ihn mit größter Besorgnis. Als sie die Brücke überqueren, erwägt er gar für einen Augenblick, sich ins Wasser zu werfen und zu fliehen. Was für ein absurder Gedanke! Das Cihannüma mit seinen Marmorstufen und den hohen Mauern ersteht wieder vor seinem inneren Auge, mit dem mit einem Spitzdach abschließenden Turm und den eisenvergitterten Fenstern, der sich im Dunkeln wie ein Ungetüm vor ihm aufrichtet. In der Tat verleiht dieser wuchtige, aus der Mitte des Daches aufsteigende Zylinder dem Gebäude etwas Bedrohliches und läßt es eher wie ein Gefängnis erscheinen denn wie eine Sultansresidenz. Kein Laut ist zu vernehmen, alles scheint zu schlafen. Ein einziges Fenster in der Nähe des Harems ist erhellt. Das Licht fällt von dort auf das dunkle Wasser und bescheint die algenüberwachsenen Steine und die Eisenringe, an denen die Kaiks festgemacht sind. Auch auf die riesigen vollerblühten Seerosen fällt Licht. Am Ufer springt ein Frosch hoch, wird für einen Augenblick sichtbar, bevor er wieder im dunklen Wasser verschwindet. Das dröhnende Rauschen des Wassers hier, wo die beiden Flüsse Tundscha und Maritza sich vereinigen, läßt Halil zusammenfahren. Die Nacht ist doch nicht so ruhig, wie es zunächst schien. Unaufhörlich wirbelt das Wasser, und die Fische darin verschlingen sich gegenseitig. Unzählige Insekten und Käfer aller Art liefern sich einen unbarmherzigen Kampf. Das Raunen der Zypressen im Wind dringt an sein Ohr. Und dann, plötzlich, der Schrei einer Eule, gleich darauf ein zweiter Schrei, dann noch einer. Wie eine Totenmesse, denkt Halil. Ja, das ist es, der Tod geht um im Dunkeln. Überall ist er gegenwärtig, als Fisch im Wasser, als Eule im Baum und als Wind, der die Zweige der Zypressen bewegt. Und ihm wird er als gezücktes Schwert entgegentreten, sobald er seinen Fuß in den Palast setzt. Und dann wird man ihm den Kopf vom Rumpf trennen. Mehmet wird ihn wie einen auf frischer Tat ertappten gemeinen Dieb richten und so Rache an ihm nehmen. Das edle Blut eines Çandarlı wird den Marmor färben. Halil erschauert. Vor sich sieht er das Cihannüma wie aus einem Blutmeer zwischen den Bäumen auftauchen. Er denkt daran, was er vor kurzem noch darum gegeben hätte, die Schwelle dieses eigenartigen Gebäudes zu betreten, in welchem so viele, Sprengmeister und Kanonengießer, aber auch Derwische und Gelehrte aus Buchara, Damaskus und Kairo, ein und aus gingen! Für alle war das Tor weit offen; nur ihm, dem Wesirssohn und -enkel, dem Großwesir Çandarlı Koca Halil, blieb es verschlossen. Sein Schicksal sollte es vielmehr sein, zu mitternächtlicher Stunde wie ein todgeweihter Deserteur hier einzutreten. Der Obereunuch und die Wachen hatten ihn vor das Zimmer des Sultans gebracht und dort alleingelassen.

Als er die Tür öffnete, sah er Mehmet mit wirrem Haar auf seiner Bettstatt sitzen. Sofort ergriff er die Hand des Sultans, küßte sie und legte die Goldschatulle vor ihn.

»Mein Sultan, es ist Sitte bei den Würdenträgern dieses Staates, zu einer Audienz um diese Stunde nicht mit leeren Händen zu erscheinen.«

»Was sagst du da, Lala«, entgegnete Mehmet, »ich habe die ganze Nacht kein Auge zugetan; wie ich mich auch drehte, ich konnte keinen Schlaf finden.«

Als Halil die Anrede »Lala« hörte, fühlte er sich sofort erleichtert; die Angst, die ihn erfüllt hatte, war wie verflogen.

»Lala«, wiederholte Mehmet, »ich werde auf dieser vergänglichen Welt keine Ruhe finden, bevor ich nicht Kostantiniye mein nennen kann. Die Stadt zu erobern ist mein einziges Ziel und sehnlichster Wunsch in dieser sowie der anderen Welt. Ich muß Kostantiniye einnehmen!«

»Mein Sultan, Allah, der dich zum Beherrscher fast des gesamten byzantinischen Bodens machte, wird dir auch Kostantiniye zufallen lassen.«

Ein triumphierendes Leuchten erschien auf Mehmets Gesicht. Aus den blutunterlaufenen müden und schlaflosen Augen schienen Funken zu sprühen. Und bald loderte ein Feuer in seinen Blicken, das mit jedem Wimpernschlag weiter entfacht wurde.

»Wenn es soweit ist, Halil, werde ich dir eine Belohnung zukommen lassen, die weit wertvoller ist als der Schatz, den du mir in dieser Schachtel überbringst. Doch du mußt mir helfen, die Stadt so schnell wie möglich zu besiegen. Laß uns gemeinsam die Standarte meiner Vorfahren auf den Befestigungsmauern von Kostantiniye anbringen!«

Wie naiv, wie weit entfernt von der Realität war er doch damals gewesen, während dieses nächtlichen Gesprächs im Cihannüma! Heute weiß er, daß Mehmet ihn brauchte, um die Janitscharen und die Ulema im Zaum zu halten. Jetzt ist seine Situation jedoch eine ganz andere: Mehmet hat Kostantiniye eingenommen, und zwar gegen den Widerstand seines Großwesirs, der während der ganzen Zeit der Belagerung tagtäglich auf ihn einredete, diese aufzuheben. Nicht nur gegen seinen, Halils, nein, gegen alle Widerstände hat er die Stadt in die Knie gezwungen. Trotz unzähliger bitterer Kämpfe und Niederlagen und obwohl die riesigen Kanonen der Streitkräfte Papst Urbans einen großen Teil seiner Kriegsflotte vernichtet hatten und er seine verbleibenden Schiffe über das Festland vor die Stadt bringen lassen mußte, hatte er diese bezwungen. Diese von den Belagerten – vom Kaiser bis zum Bürger, vom Priester bis zum Freudenmädchen – so tapfer und heldenhaft verteidigte Stadt. Diese Stadt, die ihm den Schlaf raubte, die ihm auch tagsüber nicht für einen Augenblick aus dem Kopf ging, diese Stadt, um derentwillen er wie um eine unerreichbare Geliebte litt, die ihn wie im Fieberwahn schüttelte und laut aufstöhnen ließ. Endlich war er am Ziel seiner Wünsche! Halil ist sich bewußt, daß hiermit sein Ende bevorsteht. Während er auf seinem Zeltbett liegt und auf die Ankunft der Wachen wartet, hört er, über den fernen Geräuschen der geplünderten Stadt, die Stimmen der Vögel, die von der Verpflegungsstelle des Zeltlagers angezogen werden. Die ersten Vögel des Frühlings, Boten der Sonne, die auf ihren Flügeln die Verheißung angenehmer Tage und lauer Sommerabende herbeitragen. Langsam fallen ihm die Augen zu, und er läßt sich, nach soviel unnützen Erinnerungen, Alpträumen und Selbstbezichtigungen, in die Tiefen des Schlafes gleiten. Kaum eingeschlafen, beginnt er wieder zu fallen …

Als Halil wieder erwachte, fand er sich eingetaucht in eine Farbensinfonie. Der Zauber der prächtigen Kelims, die, vom Winde hin- und herbewegt, im Sonnenlicht ständig Farbe und Form wechselten, nahm ihm fast die Sinne: Sie riefen in ihm das Bild von in schäumendem Übermut dahingaloppierenden Pferden hervor; dann wieder erinnerten sie ihn an die elegischen Gesänge und an den Duft der Hochweiden seines Landes. Wie war es nur möglich gewesen, daß er während der ganzen Belagerungszeit diese traumhafte Schönheit, diesen Kosmos an Farben nie wahrgenommen hatte! Die Kelims, die alle vier Wände des Zeltes bedeckten, schaukelten zusammen mit den die Pfosten bedeckenden Edelsteinen sanft hin und her, wobei die Weizenähren-Motive von Gelb zu Rot, von Rot zu Gelbrot, von Gelbrot plötzlich zu Blau und von Blau dann wieder zu Gelb, Rot und Gelbrot umschlugen, ganz, als wollten auch sie ihrer Freude über die Ankunft einer neuen Welt Ausdruck verleihen. Der Krieg war vorbei, und auf dem mit Blut, Tränen und Schweiß getränkten byzantinischen Boden waren gemeinsam mit den Frühlingsblumen die prachtvollen Kelims aus Horasan erblüht. Halils Gedanken schweiften zur anatolischen Steppe, auf der sich die turkmenischen Stämme mit ihren Zelten aus schwarzem Ziegenhaar Adlern gleich niederließen. Durch endlose Ebenen waren sie gezogen, hatten Berge überwunden und ganze Länder durchquert. Ihre dunklen glänzenden Pferde mit den prächtigen Mähnen hatten sie durch Flußtäler und Hochebenen geführt, immer den Quellen folgend. Mit ihren zweifach gehärteten Krummsäbeln hatten sie Burgen erobert, hatten getötet und ihr Leben gelassen. Auf der Ebene von Söğüt hatten sie sich schließlich niedergelassen, aber auch hier waren sie nicht aufzuhalten gewesen. Nachdem sie Bilecik und Bursa eingenommen hatten, waren sie nach Rumeli gelangt und hatten Edirne mit Palästen geschmückt. Die Pferde, die dann die Donau überquerten, waren die gleichen wie die seiner Ahnen, die das Kunststück vollbracht hatten, aus einem Stamm mit 400 Zelten einen mächtigen Staat entstehen zu lassen. Halil weiß, daß mit dem Fall von Byzanz eine neue Ära der osmanischen Geschichte anbricht. Der Staat wird sich von den Traditionen der Oghusen lösen, und die von seinem Großvater ins Leben gerufene Janitscharentruppe wird zuerst den Stammesfürsten, dann zunehmend auch den Sultanen Unheil bringen.

Von seinem Bodenlager aus betrachtete Halil noch für eine Weile die Kelims aus dem heiligen Land Horasan. Eine freudige Erregung ergriff ihn. Er spürte eine jugendliche Kraft in seinem alten Körper, und sein Geist war von einer vorwärtsdrängenden Entschlußkraft erfüllt, die er wohl seinen Vorfahren, den rastlosen Nomaden, zu verdanken hatte. Am liebsten würde er seinen Dienern befehlen, seine rotbraune Stute zu satteln. Wie der Blitz würde er aus seinem Zelt ausbrechen, die Mauern von Kostantiniye hinter sich lassen und auf anatolischen Boden gelangen. Zu höchster Eile würde er sein Pferd anspornen, bis er Iznik erreichte. Doch dann verließ diese Begeisterung ihn wieder, um nach und nach einem vernichtenden Gefühl der Niederlage Platz zu machen. Als die Wachen sein Zelt betraten, leistete er keinen Widerstand. Er erhob sich von seinem Lager, ging auf den Tisch zu und schaute ein letztes Mal auf sein Großwesir-Siegel, das er dort unter Schlachtplänen, Sultanserlassen und Briefen hervorholte. Dann übergab er das Siegel dem Kommandeur und verließ unter dem Geleit der Wachen das Zelt.

Als sie über einen Hügel gelangten und sich anschickten, gegen das Ufer hinunterzusteigen, sah er den Turm. Seinen Turm. Er hatte zwar weder den Grundstein gelegt noch den Mörtel gemischt, doch hatte er das Baumaterial beschafft und dann Stein für Stein die Ausführung beaufsichtigt. Jetzt erhob er sich plötzlich vor ihm, dieser Turm, der, zusammen mit anderen im ganzen Reich verstreuten Bauwerken, seinen Namen, und damit den der ganzen Çandarlı-Dynastie, unsterblich machen sollte. Dabei ergriff ihn ein seltsames Gefühl. Wie hatte es ihm nur bis heute entgehen können, daß die am Steilhang auf soliden breiten Fundamenten stehenden Türme von Zaganos und Saruca mit ihren Spitzdächern herabzuschauen schienen auf seinen Turm, dieses niedrige mehreckige Prisma, das sich nicht einmal im Wasser spiegelte! Dabei hatte er vor nur einem Jahr doch selbst die Baupläne kontrolliert und Mehmet mitgeteilt, daß seine großherrlichen Anweisungen, nach denen alle drei Türme die gleiche Höhe und den gleichen Durchmesser haben sollten, aufs genaueste befolgt worden waren. Der Unterschied zwischen den Türmen bestand denn auch weniger in ihrer Architektur, sondern in den verschiedenen Lagehöhen der einzelnen Bauplätze, eine Tatsache, die Halil, ganz versunken in seine schwarzen Gedanken, auch jetzt übersah. Er sah auch nicht die auf den doppelten Wehrmauern plazierten riesigen Kanonen, die bereitstanden, aus ihren furchterregend dicken Rohren schwere Steinkugeln über eine Entfernung von mehreren hundert Schritt weit zu schleudern. Er fühlte nur, wie erniedrigt er war, zermalmt und in ein verschwindend kleines Nichts aufgelöst. Und die Angst erfüllte sein Inneres, daß der unaufhörliche Fall seiner Alpträume jetzt hier mit seinem Zerschellen enden würde. Er ließ seine Blicke von den Türmen der Burg zum Meer und von dort an das gegenüberliegende Ufer schweifen. Dort hinten, gerade da, wo der Göksu in den von der Abendsonne purpurrot gefärbten Bosporus einmündet, lag ein kleines Segelboot vor Anker. Seine Flanken waren von den Wogen des Schwarzen Meeres zerfressen, und zwischen seinen zerrissenen Segeln, die keinen Wind mehr halten würden, konnte man die »Weiße Festung« erkennen. Diese Burg bot mit ihrem Gebetsplatz unter den sich allmählich eindunkelnden Mauern und ihrem dichten Baumbestand einen besänftigenden Anblick. Hier war der Krieg zu Ende oder hatte, vielleicht richtiger, nie begonnen. Rosarote Wolken zogen über dem Göksu, den süßen Wassern Asiens, dahin. Die Kormorane jedoch, die im Wasser seiner Mündung ein- und auftauchten, konnte man aus dieser Entfernung nicht ausmachen. Aber Halil wußte, daß sie abends das Süßwasser aufsuchten und sich in der untergehenden Sonne auf ihre Nachtruhe vorbereiteten, indem sie ihre Köpfe unter den Flügeln versteckten und – wie um ihre abendliche Müdigkeit und angenehme Schläfrigkeit einander mitzuteilen – sich ganz nahe aneinanderdrängten. Er hatte diese kleine Burg schon ein anderes Mal zur Zeit des Sonnenuntergangs betrachtet. Auch damals war er in einer erregten Erwartungsstimmung gewesen. Doch war er da noch der Großwesir Halil Pascha, der für den Sultan Murat und seine anatolischen Truppen das Übersetzen nach Rumeli organisierte, und nicht ein Gefangener, der auf einem Ochsenkarren in das von ihm selbst errichtete Verlies gebracht wurde. Kaum hatte er damals erfahren, daß das Kreuzfahrerheer die Donau überschritten hatte, war es sein fester Entschluß gewesen, Murat aus Bursa, wohin dieser sich zurückgezogen hatte, zurück zu seiner Pflicht zu rufen. Die Worte des jungen Sultans: »Bitte meinen Vater, daß er Edirne gegen die byzantinischen Heiden verteidigt, während ich gegen die ungläubigen Ungarn zu Felde ziehe«, hatte er in den Wind geschlagen. Auch Murats Antwort: »Ihr habt doch einen Herrscher, seht zu, wie ihr zurechtkommt!« hatte ihn nicht entmutigt. Durch die Entsendung des Sonderbeauftragten Kasapoğlu Mehmet Bey nach Bursa hatte er den Sultan überzeugen können, die Staatsführung wieder an sich zu nehmen. Als er dann Murat mit seinen anatolischen Truppen am anderen Ufer hatte auftauchen sehen, war eine große Last von seinen Schultern gefallen. Wie schlau sie den Feind überlistet hatten! Anstelle der Burg, die jetzt mit ihren drei Türmen den Bosporus beherrschte, war hier damals nichts außer einem verfallenen Kloster gewesen. Sofort hatte man am Ufer die Kanonen aufgestellt, und die Janitscharenregimenter, die Kürassiere und die rumelischen Truppen hatten sich in Schlachtordnung begeben. Halil wußte, daß seit der Absperrung der Meerenge von Gallipoli durch die Kreuzfahrerflotte Murat allein an dieser Stelle nach Rumeli übersetzen konnte. So erwartete er jetzt seinen geliebten Sultan mit größter Ungeduld. Wie heute hatte auch damals die Weiße Festung im Abendrot geleuchtet, und die Reitertruppen waren aus der Dämmerung aufgetaucht, gerade als die Wolken über den Süßen Wassern Asiens sich rot färbten. Wie eine Erscheinung kamen sie aus der Staubwolke hervor, die von den Hufen ihrer Pferde aufgewirbelt wurde. Ein fast unwirkliches Bild, und doch verkörperten die Sipahi, die Elite der Armee, die einzige Hoffnung für die Rettung des Landes. In Blitzesschnelle stießen sie, in zwei Flügel aufgeteilt und ihre roten und gelben Standarten schwingend, zum

Göksu herab, ihre Fußtruppen und die Ausgehobenen hinter sich herziehend. Mit ihren Panzern und Helmen, ihren Streitäxten und Lanzen glichen sie berittenen Bronzestatuen. An ihrer Spitze ritt Sultan Murat auf seiner milchweißen Stute. Er hatte angeordnet, daß noch vor dem Morgen im Schein von Fackeln ans andere Ufer übergesetzt werden sollte. Noch bevor der Schweiß ihrer Pferde abgekühlt war, hatten die Truppen die bereitstehenden genuesischen Schiffe bestiegen. Mit Hilfe dieser dickbäuchigen Handelsschiffe, die den schlanken Barken, welche gewöhnlich ihre Pferde über das Meer trugen, so gar nicht ähnlich waren, hatten sie zu den rumelischen Truppenverbänden stoßen können. Halil erinnert sich auch noch an den Anblick zweier byzantinischer Galeeren, die diese Operation im Morgengrauen verhindern wollten und die mit der Eröffnung des osmanischen Kanonenfeuers in den Tiefen des Bosporus versanken. Und wieder bedauert er zutiefst, daß Murat nicht mehr lebt. Damals in Edirne hatte er, noch bevor er sich so recht über den Sieg von Varna freuen konnte, erfahren, daß der Sultan sich nach Manisa zurückgezogen und seinen Mundschenk Hamza Bey und Ishak Pascha mitgenommen hatte, um, wie es heißt, »sich ganz dem guten Leben und dem Rausch zu ergeben«. Zuerst hatte Halil sich sogar gefreut, daß er jetzt die Staatsführung wieder allein übernehmen konnte. Doch bald schon hatte ihm Murat mehr denn je gefehlt, und seine Freude verwandelte sich allmählich in eine tief empfundene Einsamkeit, ja Verlassenheit.

Nicht etwa, daß er jetzt, als er unter Geleitschutz in sein Gefängnis gebracht wird, unter einem ähnlichen Gefühl der Einsamkeit erschauert. Nein, was ihm jetzt zu schaffen macht, ist der Gedanke daran, daß ein einziger Befehl genügt hat, seine ganze Macht auszulöschen und ihn selbst zu einem Nichts zu machen, zu einem Wesen, dessen Leben nicht mehr wert ist als das einer Ameise. Bevor die Mauern des Gefängnisses sich um ihn schließen, schaut er noch einmal auf den abendlichen Bosporus. Die Weiße Festung liegt schon im Dunkeln.

Auch die kleine Barke mit den zerfetzten Segeln ist in der Göksu-Mündung nicht mehr zu erkennen. Ganz allein bleibt er zurück in einer nicht mehr rückgängig zu machenden Einsamkeit. Im Wasser sieht er den Widerschein des Feuers, das die Wachen für die Nacht angezündet haben. Die Kormorane sind längst eingeschlafen. Kein Schiff zieht vorbei, kein Kanonendonner ist zu hören. Auch der Lärm der Stadt, in der die Plünderung andauert, dringt nicht bis hierher. Doch die Stille der Nacht birgt eine seltsame Trauer. Gilt diese Beklommenheit wohl der gefallenen Stadt oder doch eher der Unausweichlichkeit seines Todes, dem er sich jetzt mit jedem Herzschlag ein wenig näher fühlt?

Unvermittelt findet Halil sich in einer völlig anderen Welt wieder. Es ist, als habe eine Hand, eine unsichtbare Macht, einen Vorhang vor seine Augen gezogen, so undurchdringlich ist die Dunkelheit, so ungewöhnlich dicht. Mit seinen Händen tastet er die Mauern ab. Die Steinwände sind kalt, doch hat sich noch keine Feuchtigkeit gebildet. Sie sind ja auch erst kaum ein Jahr alt, der Mörtel zwischen ihren Lagen ist noch ganz frisch. Es riecht nach Kalk und Möweneiern. Und nach Erde, Wind und Blut, ja, nach Blut riechen diese Mauern. Dabei war es ja nur das Blut der bei der Grundsteinlegung der Burg geschlachteten Opfertiere, das sich damals mit dem Mörtel vermischte. Dieses in Strömen fließende, vom Boden gierig aufgesaugte Blut hatte anscheinend nicht genügt. Die Burg verlangte ein weiteres Opfer, ein menschliches Opfer, einen Großwesir. Die Fundamente der Burg würden mit seinem Blut getränkt, das zu vergießen nach geltendem Recht legitim war, und der alte unersättliche, jetzt zum Osmanischen Reich gehörige Boden würde es aufsaugen. Meine eigenen Mauern, denkt er weiter, treten zwischen mich und die Welt.

Meine Mauern, die mich vom Sehenden zum Blinden machen. Er begreift, daß er bereits alles zurückgelassen hat, daß die Farben, die Genüsse und alle schönen Seiten dieses Lebens unwiederbringlich dahin sind. Es stört ihn weder sein Hunger noch sein bares Haupt. Er möchte nur sehen, schauen, möchte die Farben und Formen, die er eben noch wahrnahm, und die Welt in ihrer ganzen Wirklichkeit in sich aufnehmen. Allmählich gewöhnen sich seine Augen an die Dunkelheit. Er erkennt die Strohmatte in der Ecke, eine Öllampe, Waschschüssel und Wasserkrug. Er versucht, im Kopf die Maße der Zelle auszurechnen. So schlimm scheint seine Lage gar nicht zu sein: Es ist eine Lampe da, also darf er auf Licht hoffen; er hat Platz zum Schlafen und Atmen, und wenn er sich langweilt, kann er sogar ein paar Schritte machen. Er muß unwillkürlich lächeln bei dem Gedanken, daß diese Zelle, wenn auch nicht vergleichbar mit seinem Konak in Edirne, doch immerhin geräumiger ist als sein Feldherrnzelt. Welchen Anblick er jetzt wohl bietet, so ohne Turban und Kaftan? Jetzt spürt er auch seinen Hunger und seine Müdigkeit. Aber er besitzt ja nichts mehr. Er ist ein Großwesir, der alles verloren hat, Besitztümer, Vermögen und seinen Harem; eigentlich existiert er nur noch in der Vergangenheit. An diese neue Situation könnte er sich sogar gewöhnen. Was ihn mehr als alles schmerzt, ist der Verlust seiner Macht. Dieser Verlust läßt ihn den Gedanken an den Tod, der ihn seit gestern erfüllt, noch einmal mit aller Klarheit erleben.

Der Tod war ihm im Grunde nie als etwas Natürliches erschienen. Solange er sein Amt bekleidete, hatte er weder an den Tod gedacht noch ihn gefürchtet. Einmal nur, in jener Nacht, als Mehmet ihn ins Cihannüma rufen ließ, hatte er echte Todesangst empfunden. Da er nicht aus der Armee kam, hatte er auch nie ein Schlachtfeld kennengelernt, hatte weder abgeschlagene Köpfe gesehen noch das aus den durchlöcherten Panzerhemden hervorquellende Blut. Er gehörte auch nicht zu den Kapıkulu, war nicht, wie etwa Saruca oder Şahabeddin, vom Devşirme zum Staatsmann aufgestiegen. Nein, er war ein Enkel des Çandarlı Kara Halil. Und dieser war ein Verwandter des Scheichs Edebali gewesen, Schwiegervater des Staatsgründers Osman Gazi! Doch wie schwach ist er trotz allem jetzt im Angesicht des Todes, der Wahrscheinlichkeit, daß der Henker mit einem Schlag seinen Kopf vom Rumpf trennen wird. Er versucht, sich diese Szene vorzustellen, als ob es jemand anderem zustoßen würde, als ob es sich um den Tod eines anderen Großwesirs handelte. Als ob der Kopf, der abgeschlagen werden soll, nicht seiner wäre. In diesem Zusammenhang kommt ihm das tragische Ende des ungarischen Königs Ladislaus in den Sinn: Der abgeschlagene Kopf dieses Königs war zusammen mit der Siegesnachricht in Edirne eingetroffen. Der unverzüglich vorgelassene Bote hatte ihm den irdenen Topf in seiner Hand entgegengestreckt, den kleinen bärtigen Kopf aus dem Honig darin herausgefischt, diesen an den Haaren hochgehalten und gerufen: »Hier ist er, dein Feind!« Halil sieht sie wieder vor sich, die betrübten Augen, die ihn wie aus einem lebendigen Kopf anschauen, und das längliche Gesicht mit den eingefallenen Wangen und dem schwarzen Bart. Ihm ist, als spüre er schon jetzt das Gewicht der Zeit, das sich wie ein Mühlstein auf ihn senken wird in Erwartung seines Todes.

Als er in Bursa Murat zugehört hatte, wie dieser sein Testament verlas, hatte er zwar für sich gedacht, daß auch Sultane sterblich seien; sein eigener Tod war ihm jedoch nicht für einen Augenblick in den Sinn gekommen. An jenem Tag in Bursa war der Tod für ihn eine sehr ferne Angelegenheit gewesen, nicht wie jetzt ein ganz nahes Raunen, das ihn mit den aus den Tiefen seines Verlieses aufsteigenden Geräuschen erreichte. Murat, dessen Erfahrung in der Staatsführung weit genug reichte, um im Thronstreit seinen eigenen Sohn zu fürchten, der andererseits aber auch ein Padischah war, der sein Leben durchaus nach einer im Rausch oder in den Armen einer Konkubine verbrachten Nacht verlieren konnte, er hatte in seinem Testament folgendes angeführt: »Wenn der Tod mich außerhalb meiner Stadt überrascht, dann sollen sie mich an einem Donnerstag nach Bursa bringen und am Freitag zu Grabe tragen.« Murats Stimme hatte von der Kuppel, die über ihren Köpfen schwebte, als wolle sie darauf niederstürzen, widergehallt, war über die besorgten Gesichter der beiden Paschas Saruca und Ishak gewandert und schließlich in der Feder des Molla Hüsrev zu einem tiefschwarzen Talik-Schriftzug erstarrt, an dem nicht ein einziger Punkt, ein einziges Zeichen verändert werden durfte. »Meinen Sarg soll man an der Seite meines verstorbenen Sohnes Ali aufstellen«, hatte Murat weiter ausgeführt, mit seiner vollen männlichen Stimme. Während der Sultan sprach und Molla Hüsrev schrieb, dachte Halil sich, daß es Murat, da er hier sein Testament verlas, wahrscheinlich widerstrebte, die Sultansmacht von seinem Sohn Mehmet wieder zurückzuverlangen. Er rechnete wohl damit, daß dieses Kind alles unternehmen würde, um an der Macht zu bleiben, und auch nicht davor zurückschrecken würde, gegen seinen Vater im Kampf anzutreten. Halil hatte Murat mit liebevollem Verständnis angeblickt und ihn mit aller gebührenden Ehrerbietung aufgefordert, sich selbst und seiner Erfahrung zu vertrauen. Denn die Janitscharen seien ihm nach wie vor treu ergeben und wollten nur ihn als Padischah anerkennen. Wie weit ist er jetzt entfernt von jener Gnade, die auf seinen Padischah herabregnet, der, längst zu Staub geworden, in seinem – wie er es gewünscht hatte – zum Himmel hin geöffneten Grabmal liegt. Niemand ist da, ihn zu trösten, und die Pforten des Paradieses sind für ihn verschlossen. Auch der Frühling, der Regen, die Sonne sind unerreichbar geworden. Alles, auch seine Vergangenheit, befindet sich außerhalb dieser Mauern. Innerhalb der Mauern gibt es nichts als einen zum Tode Verurteilten.

Einen alten Mann, der mit seinen Kleidern die Welt abgelegt hat und der den Tod, diesmal seinen eigenen Tod, wie ein Gewand auf sich trägt.

An einem heißen Julimorgen, vierzig Tage nachdem Halil seine Zelle betreten hatte, fuhr das Schwert des Henkers durch seinen Hals. Obwohl ein dicker Blutstrom hervorschoß, fiel der Kopf nicht sofort hinab. Doch er sagte auch nicht zum Scharfrichter: »Schlag noch einmal zu.« Vielleicht wäre er noch einmal zum Leben erwacht, wenn er es gesagt hätte. Doch der Kopf furchte nur leicht die Stirn und blickte müde und hoffnungslos, bevor er abfiel. Dann stürzte der kopflose Rumpf des Großwesirs wie ein Turm zu Boden.

4

Heute morgen erscheint alles wie gemeinsam mit mir aus einem tiefen Schlaf erwacht. Das Meer liegt noch da in der Schläfrigkeit des Morgennebels, und die an meinem Fenster vorbeiflatternden Möwen machen einen irgendwie unentschlossenen Eindruck: Kaum haben sie im Anflug den Erker erreicht, drehen sie wieder ab.

Ich zog mich an und ging zur Anlagestelle hinunter. Der Bosporus floß ruhig dahin im erwachenden Tag. Seit langem hatte ich nicht mehr so tief und anhaltend geschlafen. Selbst die kühle Frische, die mir von den zu meinen Füßen spielenden Wellen ins Gesicht wehte, vermochte meine Schläfrigkeit nicht zu vertreiben. Es gelang mir einfach nicht, die Schwere der Nacht abzuschütteln. Vielleicht sollte ich mir einen starken Tee brauen und ihn im Garten vor dem Fischbecken trinken, wie wir es während der Ferien gehalten hatten, zusammen mit den Freunden. Doch dann kam mir der Gedanke, daß der Garten viel von seiner sommerlichen Anziehungskraft verloren haben mußte. Der Rasen war sicher bereits stellenweise vertrocknet, und auch die Platane verlor wohl schon die ersten Blätter. Und die Fische aus dem Bassin, in welchem nachbarlichen Aquarium mochten sie jetzt herumschwimmen? Und wie verwaist mir die Bank jetzt vorkommen mußte, auf der ich morgens mit meiner Frau zu sitzen pflegte. Die verblühenden Blumen rund ums Bassin fielen mir ein, um die sich niemand mehr kümmerte, und der Springbrunnen, die algenbewachsenen Steine und die Gartenlaube. Ja, es gab sogar eine kleine, an die Mauer angebaute Laube, in der wir uns im Sommer gern aufgehalten hatten. Sie war immer noch da, aber es reizte mich überhaupt nicht, mich jetzt dort hinzusetzen. Ich wollte meinen Tee nicht im Anblick des leeren Wasserbeckens mit den verblühten Rosen trinken. Es war wohl besser, einzusehen, daß dieser Garten zu einem jetzt hinter mir liegenden Zeitabschnitt gehörte, zu vergangenen schönen Tagen, die nicht mehr zurückkehren würden. War es die melancholische Stimmung dieses Herbstmorgens, die mich bedrückte, oder die Schwere der Nacht, die ich noch nicht hatte abschütteln können? Oder war es weder das eine noch das andere, sondern die Auswirkung meiner wirren nächtlichen Träume, von denen mir allerdings nicht die kleinste Einzelheit im Gedächtnis geblieben war? Was es auch immer sein mochte, ich beschloß, in die Stadt zu fahren. Wenn ich das Haus verließ, würde es mir vielleicht gelingen, mich von der auf mir lastenden Schwere zu befreien und von dem Unbehagen, das dieser lustlos begonnene Tag mir bereitete.

Um zur Schiffsanlegestelle zu gelangen, ging ich zu Fuß die Straße entlang. Für längere Zeit konnte ich das Meer überhaupt nicht sehen, da das Ufer durch vereinzelt übriggebliebene Strandvillen, hauptsächlich jedoch durch zwischen diese traurigen Überbleibsel eingeklemmte scheußliche Betonbauten vollständig abgeriegelt war. Auf der Straße fuhren Personenwagen, Taxis und die ersten frühen Autobusse vorbei. Einen Moment lang erwog ich, mit einem Bus bis zur Endstation zu fahren, um ohne bestimmtes Ziel in den Straßen der Stadt herumzulaufen. Das würde mir vielleicht den Kopf frei machen. Doch dann entschied ich mich wieder für das Schiff. Eine Überfahrt mit der Fähre bis nach Eminönü würde mir sicher guttun. Als ich die Drehsperre passiert hatte und auf die Dampfer-Anlegestelle hinaustrat, verspürte ich eine plötzliche freudige Erregung, den Bosporus wiederzusehen. Wie war ich von diesem Anblick abhängig geworden! Tatsächlich hatte sich der Bosporus mit seinem morgens dunkelblau und abends purpurrot gefärbten Wasser, mit der sich darin spiegelnden Sonne, mit seinen grünen Hängen und der Rumeli-Burg am gegenüberliegenden Ufer regelrecht in mein Gedächtnis eingegraben und war zu einem untrennbaren und unabdingbaren, ja, fast möchte ich sagen, folgerichtigen Teil meiner Existenz, meiner einsamen Tage in der Villa, geworden. Und da tauchte auch schon, von Gischt umgeben, die erste Fähre des frühen Morgens aus dem Nebel auf und näherte sich unter dem glucksenden Geräusch der kurzen, ans Ufer schlagenden Wellen dem Kai. Ich stieg auf das Oberdeck und setzte mich auf die einen Halbbogen bildende Bank, um dem Brodeln des Meeres nahe zu sein. Mit der Strömung im Rücken nahmen wir Kurs auf Kandilli.

Der Nebel war ziemlich dicht. Bald waren beide Ufer verschwunden. Auf der linken Seite war noch die schmutzigweiße Silhouette des Küçüksu undeutlich zu erkennen. Das Schlößchen erinnerte eher an die finsteren heruntergekommenen Gebäude in Kriminalfilmen als an einen Serail. Die Wiesen des Göksu waren ganz und gar unsichtbar. Ebenso seine Platanen, der Weg zum Sevda Tepesi und dieser »Hügel der Verliebten« selbst. Als durch den Nebel der Ruf zum Gebet herüberdrang, war mir klar, daß wir uns der Anlegestelle von Kandilli näherten. Genau in diesem Augenblick begannen sämtliche Schiffshörner gleichzeitig zu tuten. In diesen Lärm mischten sich die schrillen Schreie der Möwen, lautes Stimmengewirr und das Aufklatschen der ins Wasser geworfenen Schiffstaue. Der Gebetsruf kam gegen dieses Getöse nicht an und war bald nicht mehr zu hören. Als wir Kandilli verließen und auf das andere Ufer zusteuerten, gerieten wir von neuem in dichten Nebel. Sofort verstummten alle Geräusche. Unsichtbar und scheinbar ziellos rauschten wir durch das Wasser. Als ob unser Dampfer der erste wäre, der dieses Gewässer durchpflügte, bewegten wir uns in einer unberührten, menschenleeren Natur, begleitet nur von den Möwen und den Fischen. Meine Gedanken schweiften zurück in die geologische Periode, zu der vor Tausenden von Jahren dieses Meer entstanden war. Was war wohl mit den Fischen jener Tage geschehen, als die Wasserfluten des Schwarzen Meeres sich in das tiefe Tal ergossen, das heute den Bosporus bildet, und sich in inniger und leidenschaftlicher Umarmung mit dem wärmeren Salzwasser des Mittelmeeres vereinigten? Menschen gab es damals noch keine auf der Erde, aber die Fische waren bereits da sowie auf dem Meeresboden lebende Ungeheuer. Als die Fluten das Tal füllten, nahm die Höhe der Hügel ab, und es bildete sich eine obere, von Norden nach Süden verlaufende Strömung und eine untere in umgekehrter Richtung. Wer weiß, wie viele Fischschwärme, Schiffe, Selbstmörder oder auch Mordopfer, wie viele Leichname unglücklicher Menschen diese Strömung seither mit sich fortgerissen hat! Und jetzt trug sie uns mit fort, zog unser Schiff, das Mühe hatte, das andere Ufer zu erreichen, immer weiter ins offene Meer, gegen den Leanderturm zu. Bald begriff ich jedoch, daß meine Befürchtungen grundlos waren. Unser erfahrener Kapitän hatte, als er Akıntı Burnu, die kleine Landzunge bei Arnavutköy, umfahren hatte und auf die Bebek-Bucht zuhielt, Volldampf gegeben, um seine Fähre sicher durch die Satansströmung zu steuern. Während ich so meinen Gedanken nachhing und mir Istanbul in seinen frühesten Tagen und seine Geschicke in prähistorischer Zeit ausmalte, hatte der Nebel sich allmählich verflüchtigt, und der Bosporus war nach und nach wieder aufgetaucht. Zuerst kamen die wirbelnden Wasser zum Vorschein, dann die Häuser am Ufer, darauf die Hügel dahinter, und zum Schluß leuchtete das Weiß der in der Bucht von Bebek ankernden Jachten klar und hell herüber.

Während der Dampfer seine Fahrt zügig fortsetzte, hatte der Druck in meinem Kopf immer mehr nachgelassen. Bald fühlte ich mich von der nächtlichen Dunkelheit mit ihren Träumen, Gedanken und Bildern, die alle mit meinem Roman zu tun hatten, befreit und gereinigt, ja, wie neu geboren. Als ob dies meine erste Dampferfahrt wäre, entdeckte ich mit dem beginnenden Tag alles von neuem: das Zischen des Wassers, die Frische des Windes, das Zetern der Möwen, das Konzert der Nebelhörner und die Wärme der Septembersonne, die sich anschickte, den Nebel am gegenüberliegenden Ufer zu verscheuchen. Einmal zog ein riesiger Dampfer an uns vorbei. Von seinen Wellen wurden die auf dem Seitendeck sitzenden Passagiere naß. Doch sie nahmen es gelassen hin, blieben ruhig sitzen und fuhren fort, in kleinen Schlückchen ihren heißen Tee zu schlürfen.

Als wir uns der Anlegestelle von Bebek näherten, sah ich die Moschee am Ufer mit ihrer kleinen Kuppel und dem niedrigen spielzeugartigen Minarett. Die Bäume im Park standen noch in vollem Laub. Einer der alten Platanen hatte man ihren mächtigen, in der Mitte gespaltenen Stamm mit einer Steinmauer ausgefüllt, damit sie nicht plötzlich einstürzte.

Wir fuhren nun auf Arnavutköy zu, von dort dann weiter nach Ortaköy und Beşiktaş. Jede Station erschien mir wie eine Etappe auf einer zum ersten Mal unternommenen Reise. Am Ufer sah ich in den Fenstern der alten Holzhäuser und neuen Betonbauten Frauen, die gerade aufgestanden waren. Auf einigen Balkons rauchten Männer in Schlafanzügen ihre erste Zigarette des Tages. Alle waren sie für mich wie Menschen einer mir unbekannten, zum ersten Mal entdeckten Welt, so fremd, unbestimmt, fast unwirklich. Dabei war natürlich ich derjenige, der unwirklich und dem Leben entfremdet war. Seit ich mich in der alten Villa eingeschlossen hatte, war mir wohl irgendwie entfallen, daß es auf der Welt noch andere Menschen und andere Lebensformen gab. Meine eigene Situation war immer wichtiger geworden, und ich hatte mich völlig abgekapselt in meiner Welt der Wörter, die ich mit den Personen meines Romans teilte. Und während ich mich bemühte, diese zum Leben zu erwecken, entfernte ich mich von der Realität des täglichen Lebens. Alles, was ich jetzt von der Fähre aus wie einen Film an meinem Auge vorbeiziehen sah, die Häuser und die Menschen und Dinge darin, die Straßen mit ihrem dichten Autoverkehr, sogar der Himmel, alle diese ungewohnten oder, besser, vergessenen Bilder beunruhigten mich zutiefst.

Dieses Gefühl der Beunruhigung nahm sogar noch zu, als ich, in Eminönü angekommen, in die brodelnde Menschenmenge eintauchte. Es war sofort offensichtlich, daß ich nicht in dieser Stadt wohnte. So konnte ich mich nicht, wie alle anderen um mich, einfach dem Strom überlassen, der mich den ganzen Tag über vorantreiben würde. Ich lief Gefahr, auf eine Mine zu treffen oder mit einem anderen Schiff zusammenzustoßen und zu sinken. Ich kannte mich eben nicht aus und war daher wehrlos. Mein alleiniges Ziel, meine einzige Daseinsberechtigung in dieser Stadt, war mein Roman. Die für die Abfassung dieses Werkes nötigen Dokumente, Notizen und Geschichtschroniken hatte ich schon lange zusammengetragen. Sie warteten jetzt, auf den Regalen meines Erkerzimmers in der Villa unordentlich aufgereiht, geduldig darauf, zu der lebendigen Wirklichkeit einer Erzählung, zu den Schicksalen der in jener Welt lebenden, atmenden Personen umgeformt zu werden. Als mir die anderen Bücher, die den inneren Aufbau meines Romans stützen sollten, darunter vor allem die Handschriften, einfielen, fühlte ich mich ein wenig erleichtert. Früher hatte ich in dieser Stadt nach Herzenslust herumstreunen können: Wenn ich in der Dämmerung die Kühle der am Meer liegenden Kaffeehäuser aufsuchte, mich mittags im Schatten der Platanen ausruhte oder abends in eines der Restaurants ging, wo wir uns mit den Freunden trafen, bevor wir die Nacht durchzechten, da war ich immer sicher gewesen, jeden Winkel dieser Stadt, jede einzelne Straße zu kennen. Die alten Istanbuler Häuser, zum Beispiel, hatte ich während solcher ziellosen Wanderungen entdeckt. Ein anderes Mal war ich in die byzantinischen Zisternen hinabgestiegen oder hatte in den modrig-feuchten Kellern von Galata Platz genommen. In vielen meiner Bücher hatte ich über Istanbul geschrieben. So hatte ich meiner in der Ferne empfundenen Sehnsucht nach dieser Stadt Ausdruck verliehen, indem ich sie in meiner Phantasie und aus den Erinnerungen meiner Jugendtage erstehen ließ und gleichzeitig die Beschreibungen von Reisenden und Historikern mit einwob. Auch über die Straßen der Stadt hatte ich geschrieben, über die alten Holzhäuser und die großen Hotels und die Paläste. Synagogen und Kirchen kamen genauso vor wie die Moscheen. So hatte ich, meinte ich, in meinen bisher geschriebenen Büchern ein Bild von Istanbul geschaffen, das ganz von der besonderen Geschichte und Geographie dieser Stadt bestimmt war. Ein menschenleeres, fernes, doch farbiges Bild. Farbig und wirklich. Mir fiel plötzlich ein, daß ich dieses alles bei der Abfassung meines Romans, in abgeänderter Form natürlich, wiederholen könnte. Doch müßte ich eine Methode finden, die die geschichtliche Dimension der Stadt hervorhob, ohne sich sklavisch an die historischen Fakten zu halten. Ich hielt ein Taxi an und ließ mich zur Fatih-Bibliothek bringen. Mit großer Mühe entkamen wir dem Verkehrsgewirr von Eminönü und gelangten über Unkapanı und Saraçhane zum Stadtviertel Fatih. Als ich die Bibliothek betrat, ließ ich, zusammen mit dem Dröhnen der Stadt, mit der eine fast animalische Energie verströmenden Menschenmenge, mit den Bussen und Taxis, den Schiffen und Bosporusdampfern und dem unaufhörlichen Flattern und Kreisen der Tauben und Möwen, alles, ja wirklich alles, das ganze Chaos des heutigen Tages, das in so großem Gegensatz zu meinem Leben in der Villa in Anadoluhisar stand, draußen zurück. Auch dieses nicht enden wollende Vorwärtsströmen, zu dem jetzt auch meine eigenen Bewegungen gehörten, ja, sogar die Bewegungen meiner Arme und Füße, alles blieb draußen. Während ich die staubigen Seiten einer in der Bibliothek gefundenen Handschrift umblätterte, tauchte ich tief ein in die Gründungslegenden von Istanbul.

Dieses Kapitel berichtet von den Gründungslegenden Istanbuls

»Im Lande Rum gibt es eine herrliche Stadt namens Kostantiniyye. Dort gab es früher eigenartige Bauten und verzauberte Stätten. (...) Von jener Zeit an wurde die Stadt unzählige Male von Unheil und Zerstörung heimgesucht, darunter auch Pestseuchen und Erdbeben. Ruinen und Verzweiflung blieben zurück. Und schlimme Kriegstreiber führten das Regiment. Dann hatte die Stadt viele Jahre zerstört dagelegen und war wilden Tieren und Ungeheuern zur Heimstatt geworden. Da kam der Padischah Konstantin und baute die Stadt wieder auf. So entstehen aus dem Bösen früher Zeiten oft neue wunderbare Dinge.«

Die wohlverwahrte Perlenkette des Ahmed Bican aus Gelibolu

Gelobt sei Gott der Erhabene, Schöpfer der Himmel und der Erde, der Adam und alle Lebewesen schuf. Als sein geliebter Knecht und Botschafter Muhammed – Gott segne und beschütze ihn! – seine Genossen fragte: »Habt ihr von einer Stadt gehört, die an drei Seiten vom Meer und an einer Seite vom Land umgeben ist?«, da antworteten diese: »Ja, Gesandter Gottes!« und berichteten ihm von der unvergleichlichen Vortrefflichkeit der heiligen Stadt Istanbul. Desgleichen bestätigen viele Ausleger des Korans, daß es sich um Istanbul handelt, wenn es im fünfzehnten Vers der Sure »Saba« des großen heiligen Buches etwa heißt: »Eßt von dem, was euer Herr euch zumißt, und dankt ihm dafür. Denn ihr habt eine schöne Stadt und einen milden Herrn.« Oder wenn im achten Vers der Sure »Die Morgenröte« von einer Stadt die Rede ist, »die schön gebaut ist mit Säulen, wie sie kein anderes Land aufweisen kann«.

Nun wollen auch wir – wie unsere Vorfahren und Meister – von den Legenden um die Entstehung Istanbuls berichten, dieser Stadt der Städte, Perle der Natur, von der ein Dichter sagte, daß er »für einen ihrer Steine das ganze Persische Reich hergäbe«, und ein anderer, der oft von einem hochgelegenen Orte aus die Stadt bewunderte, befand: »Viele glänzende Städte gibt es auf der Erde, doch Schönheit, die verzaubert, hast nur du geschaffen!« Wir wollen berichten, damit die Seelen aller, die in dieser Stadt geboren wurden und starben, sich erfreuen und damit die Herzen all jener, die sie besingen, der dort Lebenden sowohl als auch der fern von ihr sich dorthin Sehnenden, froh werden und ihr Leben lang und glücklich! Folgendes wird also überliefert:

Der Prophet Salomon, dem die ganze Erde untertan war, herrschte nicht nur über die Menschen, sondern auch über die Wölfe und Vögel, die Fische im Wasser und die Ameisen im Erdboden, die reißenden Tiger und die Elefanten, kurz, über alles Getier sowie die Dschinnen und Feen, die Riesen und die Zwerge. Doch ein einziger Regent war verblieben, der seine Herrschaft nicht anerkannte: Das war Ankur, der im Abendland auf einer Insel mitten im unendlichen Ozean lebte. Dieser Regent war bekannt als ein kühner und verwegener Mensch, der sich niemandem beugen wollte. Als Salomon erfuhr, daß auf der Welt noch ein Regent verblieben war, der seine Oberherrschaft nicht anerkannte, zog er mit seinem Heer gegen die Insel des Ankur. Er hieß seine Soldaten auf riesige dickbäuchige Schiffe mit Segeln aus Atlasseide, Tauen aus Seidenzwirn und Rudern aus Zedernholz steigen. Mit ihnen führte er den Angriff vom Meer aus durch. Aus der Luft stieß das Heer der Tiere, zusammen mit den Dschinnen und Feenwesen, dazu. In der Schlacht wurde Ankur besiegt. Salomon befahl ihm, sich zu Gott zu bekehren und das Bekenntnis abzulegen, da man ihm sonst den Kopf abschlagen würde. Der starrsinnige Regent jedoch weigerte sich bis zuletzt, sich zu unterwerfen. Daraufhin wurde dem Ankur vor dem Zelt des Salomon mit einem glühenden Schwert das Haupt abgetrennt, und alle seine Güter und Schätze wurden eingezogen.

Dieser Ankur hatte aber eine blutjunge wunderschöne Tochter namens Şemsiye. Salomon heiratete das Mädchen und kehrte in sein Land zurück. Dort stellte sich jedoch bald heraus, daß Şemsiye sich an ihre neue Heimat nicht gewöhnen konnte. Sie weinte sich die Augen aus und schwand vor Kummer ganz dahin. Salomon dauerte dieser Zustand seiner geliebten Frau, und er sagte eines Tages zu ihr: »Wünsche dir von mir, was du willst, nur weine nicht mehr.« Da sagte Şemsiye zu Salomon, er möge ihr einen prächtigen Palast bauen, der auf der Welt nicht seinesgleichen habe. Nur an einem solchen Ort könne sie glücklich werden. Daraufhin befahl Salomon den Vögeln in der Vogelsprache, den Dschinnen in der Dschinnensprache, den Feen in der Feensprache und den Riesen in der Riesensprache, einen Ort zu suchen und zu finden, der auf der Welt an Schönheit unübertrefflich sei. Diese machten sich sofort auf und suchten alle Orte der Welt ab, von Osten nach Westen, von Norden nach Süden, von den arabischen Wüsten bis zu den Inseln im Ozean, von Afrikas Dschungeln bis zu den sibirischen Steppen, von China bis nach weit dahinter liegenden Orten, ja, bis ans Ende der Welt gelangten sie auf ihrer Suche. Schließlich fanden sie am Ufer der Meerenge, wo das Schwarze Meer sich zum Marmarameer hin öffnet, eine sonnenumflutete Gegend mit angenehmem Klima, die an einer Seite vom Land und an drei Seiten vom Meer umgeben war, in deren blauen glitzernden Wassern sich Fische tummelten und an deren Ufern Wiesen grünten. Hier ließ Salomon für seine geliebte Gemahlin Şemsiye einen Palast errichten. Noch heute stehen in Istanbul an dem Serailspitze genannten Platz die Ruinen des prächtigen Palastes, in welchem Şemsiye lebte. So wie man auf dieser schönen, die Schmerzen besänftigenden und das Herz erfreuenden Halbinsel die Überreste vieler Paläste, Mauern und Denkmäler antreffen kann.

Daß der Prophet Salomon, der alle schönen Gebäude, Gebetsstätten und Städte dieser Welt errichten ließ, auch die Stadt Istanbul gegründet haben könnte, würde ich gerne genauso bereitwillig glauben wie meine Vorväter. Doch die Gründungsgeschichte unserer geliebten Stadt hört hiermit leider nicht auf. Wie jede historische Stadt und jede anziehende Gegend ist auch Istanbuls Fundament mit Blut und Tränen getränkt. Unsere Geschichte geht nämlich so weiter:

Şemsiye lebte jetzt also in diesem Palast mit Mauern aus Marmor, mit Türen und Fenstern aus reinem Gold, Dächern und Terrassen aus Silber. In seinem Garten wuchsen immerblühende Rosen, und in seinem kühlen Innenhof plätscherte ein Brunnen. Und überall sangen nachts die Nachtigallen. Doch ihren Vater Ankur konnte Şemsiye trotzdem nicht vergessen. Um jeden Tag an ihn denken und ihn besser in ihrem Herzen bewahren zu können, ließ sie von den Künstlern des Reiches sein Ebenbild malen. Auf dieser Abbildung stand Ankur hoch aufgerichtet da mit seinen tiefblauen Augen, seinem goldblonden Haar und seinem vollen Bart, in welchem noch kein graues Haar sichtbar war. Eine Hand hielt den Knauf seines Schwertes, die andere lag auf seiner Halskette, die seine geliebte Tochter eigenhändig für ihn aus den schönsten Perlen des Ozeans aufgereiht hatte. Dieses verzauberte Halsband würde er sogleich dem Prinzen anlegen, der vor ihm kniete und der von weit her gekommen war, um Şemsiyes Hand zu erbitten. Die ihm von Ankur auferlegten schweren Prüfungen hatte er eine nach der anderen alle bestanden. Wenn Şemsiye dieses Bild anschaute, dachte sie zurück an die alten Tage, an die glücklichen Zeiten im Land ihres Vaters, und allmählich kühlten sich ihre Gefühle Salomon gegenüber ab, und sie entfernte sich von seiner Religion. Als Salomon erfuhr, daß Şemsiye das Idol ihres Vaters vergötterte, ließ er sie für diese Sünde töten.

An einem Frühlingstag wurde der Leichnam der schönen Prinzessin im Palastgarten beigesetzt. An das Kopfende ihres Grabes pflanzte man eine Zypresse. Seit jenem Tag wiegen auf den Istanbuler Friedhöfen schlanke Zypressen ihre Häupter im Frühlingswind. Und weil der Leib einer jungen Frau sich mit dem Boden der Stadt vermischte, ist das Klima hier so mild, das Wasser so klar, die Sonne so leuchtend und das Meer so blau. Die Bewohner dieser Stadt sind feinsinnig und höflich, und ihre Äcker sind fruchtbar. Die Sehnsucht nach ihr brennt stärker als das Feuer, und die Vereinigung mit ihr ist süßer als der tiefste Schlaf. Doch die Trennung von ihr hinterläßt einen Schmerz im Fleisch wie ein rostiger Dolch.

Wenn der Prophet Salomon der erste war, der an dem Ort, an dem später Istanbul entstand, einen Palast errichtete, so gilt Yanko als der eigentliche Gründer der Stadt, als der Baumeister ihrer Befestigungen und Häuser, ihrer Gebetsstätten, Straßen und Alleen und der hoch aufstrebenden umfangreichen Säulen, Yanko, Sohn des Medyan, der in der Stadt auch die ersten Menschen ansiedelte. Yanko, von dem die Sage geht, daß eine Stute ihn gebar, war von allen Herrschern, die nach Salomon kamen, der mächtigste, klügste und weiseste. Sein Königtum reichte vom Orient bis zum Okzident, umfaßte sowohl das Frankenland wie Hindistan, die Länder der Schwarzgesichtigen und die entferntesten Gegenden hinter der Chinesischen Mauer, wo Gog und Magog lebten.

Diesem Yanko erschien eines Nachts im Traum ein alter weißbärtiger Heiliger. Wenn er wünsche, daß sein Ruhm bis ans Ende der Welt fortdauere, so sprach der Heilige zu Yanko, dann müsse er eine Stadt gründen an genau dem Ort, wo das Schwarze Meer und das Mittelmeer sich vereinigten. Und für den Bau des Stadtfundaments solle er aus allen Ländern der Erde die größten Steine herbeischaffen lassen. Als Yanko erwachte, fand er sich samt seinem Thron auf einem Landstück wieder, das an drei Seiten vom Meer umspült war. Zunächst glaubte Yanko noch immer zu träumen. Doch als er sich umsah und sein Auge auf eine bis dahin nie gesehene, unvergleichlich schöne Aussicht traf, begriff er, daß der weißbärtige Heilige ihn zusammen mit seinem Thron an den Ort gebracht hatte, wo seine Stadt erstehen sollte. Yanko schickte nun in alle vier Himmelsrichtungen Boten aus mit dem Befehl an alle Maurer, unverzüglich vor ihm zu erscheinen. Und überall wurden riesige Steinquader, Marmorsäulen und bleierne Kuppeln auf Wagen und Schiffe verladen und zu Yanko geschickt. Diese Vorbereitungen dauerten sieben Jahre. Sieben Jahre lang wurde Tag und Nacht in den Kalkgruben der Mörtel gemischt, wurden Steine zugeschnitten und Blei gegossen. Am siebten Tag des siebenten Monats des siebenten Jahres konnte mit der Aushebung des Fundamentes begonnen werden. Doch vorher wollte Yanko noch seinen obersten Sterndeuter anhören. Dieser empfahl ihm, zur Feststellung des günstigsten Zeitpunktes für die Stadtgründung Säulen aufstellen zu lassen. Zwischen diesen Säulen sollte man Schnüre spannen und an diesen Glocken befestigen. Diese Glocken würden von selbst zu läuten beginnen, sobald der günstige Augenblick gekommen sei. Als alles, angefangen von den Sternen am Himmel bis zum Astrolabium, die Vorhersage des Sterndeuters bestätigte, ließ Yanko die Säulen aufstellen, Schnüre dazwischen spannen und an diesen Glokken anbringen. Dann begannen sie alle, auf die Ankunft des glückbringenden Augenblickes zu warten.

Gott dem Allmächtigen jedoch gefiel diese Angelegenheit überhaupt nicht. Um seinen Kreaturen in Erinnerung zu rufen, daß ohne seinen Willen nichts auf dieser Welt geschehen kann, ließ er vor der Ankunft des günstigen Zeitpunktes einen Storch am Himmel fliegen, in dessen Schnabel er eine Schlange gelegt hatte. Als der Storch nun über die heutige Serailspitze flog, ließ er die Schlange aus seinem Schnabel auf eine der Glocken niederfallen. Als die Glocke zu läuten begann, fielen durch die Schwingungen auch alle anderen Glocken mit ein. Von einem Augenblick zum anderen erhob sich so ein großes Glockengeläute. Die an der Baustelle bereitstehenden Arbeiter und Meister glaubten den günstigen Augenblick gekommen und machten sich sofort an die Aushebung des Fundaments. Weder die Vorhaltungen Yankos noch die Einwände des Sterndeuters konnten sie aufhalten. So wird durch Gottes Willen das Schicksal der Stadt Istanbul von Schmerzen, Tod und Zerstörung bestimmt, weil ihre Fundamente zur unrechten Zeit ausgehoben wurden. Siebenmal sank die Stadt in Schutt und Asche, und siebenmal wurde sie wieder aufgebaut. Erdbeben, Seuchen und Katastrophen suchten sie heim, glückliche Tage sah sie kaum. Siebenmal wurde sie verlassen und siebenmal auf neue bevölkert. In ihren Ruinen lebten Schlangen und giftige Tausendfüßler; Fledermäuse, Krähen und Eulen bauten dort ihre Nester, und in den Straßen herrschte die Pest. Paläste, Herbergen und öffentliche Badehäuser waren mal übervoll, dann wieder menschenleer. Auch Belagerungen und wechselnde Herrschaften gehörten zu ihrem Schicksal. Dann gab es Zeiten, wo ihre Bevölkerung gemordet oder gefangengenommen und in die Sklaverei verkauft wurde. Mal wurde die Stadt mit Tempeln, andere Male mit Kirchen und Moscheen geschmückt. Und zu allen Zeiten wurden Tausende von zauberkräftigen Talismanen in ihren Monumenten verwahrt. Manches Mal wurden Prinzen geblendet und Thronfolger noch im Säuglingsalter in ihren Gefängnissen erwürgt. Wie viele Herrscher hat diese Stadt nicht gesehen! Wieviel Schönes erlebte sie, und wie viele Tränen vergoß sie! Und ständig glitt sie ein wenig weiter ins Meer zurück. Seit jenen Tagen wird in vielen Liedern und Gedichten das Leid und Elend dieser Stadt besungen. Und seit jenen Tagen ist sie immer wieder, nach jeder Zerstörung, nach jedem mit Blut und Feuer vermengten Schmerz, wie ein Phönix aus der Asche neu erstanden.

Wir hatten oben ausgeführt, daß Istanbul mehrere Male zerstört und wieder neu gegründet wurde. Zu den Gründern der Stadt wird auch der von den Franken »Alexander der Große« genannte, zweigehörnte Herrscher gerechnet. Diesen *Iskender-i Zulkarnain* hatte Gott eigens erschaffen, damit er der Welt eine neue Ordnung bringe. Wir wissen natürlich, wie dieser Herrscher sich die ganze damalige Welt unterwarf, wie er unzählige Städte zerstörte und seine eigenen Stadtgründungen bis weit ins Innere Asiens ausdehnte. Doch wie er die dazumal Makdon genannte Stadt Istanbul aus dem Meer schuf, das wissen wir nicht so genau. Da den Historikern dieser Vorgang ganz entgangen zu sein scheint, wollen wir darüber berichten, um den Gründungslegenden unserer Stadt eine weitere hinzuzufügen. Folgendes wurde hierzu überliefert:

In dem Gebiet, wo sich heute Istanbul befindet, herrschte einst eine wunderschöne, aber auch sehr grausame Königin namens Kaydafa. Ihren Herrschaftssitz, den sie Makdon nannte, ließ sie sich zwischen der heutigen Serailspitze und Üsküdar bauen. Da zu jener Zeit das Schwarze Meer sich noch nicht mit dem Mittelmeer vereinigt hatte, gab es auch den Bosporus nicht. Nachdem Alexander sich die ganze Welt untertan gemacht hatte, wollte er auch das Land der Kaydafa einnehmen. Bis zu jenem Tag hatte er zwar mit vielen Regenten und gegen riesige Heere gekämpft, doch noch nie war er gegen eine Frau angetreten. Er schickte Boten zu Kaydafa, die diese aufforderten, sich zu ergeben und als Frau doch nicht dem Weltenherrscher die Stirn zu bieten. Als Kaydafa diesen Vorschlag Alexanders zurückwies, schritt er zur Belagerung der Stadt Makdon. Doch es gelang ihm nicht, sie einzunehmen, denn sie wurde von einem schrecklichen siebenköpfigen Seeungeheuer mit riesigen Flügeln und gespaltener Zunge bewacht, aus dessen Maul Flammen züngelten und dessen rote Augen flammende Strahlen warfen, die die ganze Gegend in ein rotglühendes Licht tauchten. Das riesige, von den heldenhaftesten, klügsten und tapfersten Generälen geleitete Heer Alexanders konnte gegen das Seeungeheuer, das in die Königin Kaydafa verliebt war, nichts ausrichten. Die makdonische Bevölkerung opferte dem Drachen jeden Tag eine Jungfrau, doch er ließ sich nicht besänftigen. Die zur Belagerung der Stadt anrückenden Soldaten verbrannte er mit seinen Flammen, und die Lanzen und Speere, die unaufhörlich auf seine Haut niederprasselten, benutzte er zum Reinigen seiner Zähne, von denen ein jeder so groß war wie ein Minarett. Als Alexander einsah, daß er dieses Ungeheuer, das jeden Tag ein Opfer verspeiste, nicht würde bezwingen können, entschloß er sich, alle Jungfrauen zu entführen. Es gelang ihm, mit Männern seines Vertrauens des Nachts in die Stadt einzudringen, ohne von den Wachen bemerkt zu werden. Doch gerade, als er im Begriff war, sich mit sämtlichen makdonischen Jungfrauen, die er mit seiner kräftigen Gestalt, seinem schönen, von blonden Locken umrahmten Gesicht umgarnt hatte, davonzustehlen, wurde er ergriffen. Man führte Alexander vor Kaydafa. Die Königin konnte es jedoch nicht über sich bringen, diesen schönen kräftigen jungen Mann mit den klugen Augen zu töten. Sie befahl daher ihren Wachen, ihn ins Gefängnis zu werfen. Als ob es möglich wäre, Alexander gefangenzuhalten! Natürlich fand dieser einen Weg, zu entkommen, und er kehrte in sein Land zurück. Obwohl seine Generäle ihm von einem erneuten Feldzug gegen Makdon abrieten, wollte er nicht auf sie hören. Doch dieses Mal hatte er einen besseren Plan: Er zitierte alle Ingenieure und Architekten seines Reiches zu sich und befahl ihnen, die Uferhöhe des Schwarzen Meeres auszumessen. Diese Untersuchungen dauerten etliche Tage; dann kamen die Fachleute – nach vielen Vermessungen und schwierigen Berechnungen – zu dem Ergebnis, daß das Schwarze Meer höher gelegen war als das Mittelmeer und daß sein Wasser reichlicher floß. Daraufhin mobilisierte Alexander Hunderttausende von Arbeitern und ließ sie im Norden von Makdon einen Kanal ausheben. Die Wasser des Schwarzen Meeres, vor denen dieser Kanal sich dann öffnete, ergossen sich gegen Süden, dem Mittelmeer zu. Die makdonische Bevölkerung kam in den Fluten um. Nur die Königin Kaydafa entkam der Vernichtung mit Hilfe des Ungeheuers. Man sagt, daß der Drache sie in seine Höhle auf dem Meeresgrunde schleppte und dort gefangenhält.

Alexander machte sich nun daran, am Ufer seines Kanals, dort wo das Schwarze Meer und das Mittelmeer zusammenfließen, eine neue Stadt, nämlich das heutige Istanbul, zu gründen. Doch das siebenköpfige Ungeheuer gab keine

Ruhe: Nachts tauchte es aus dem Meer auf und vernichtete die Fundamente und Mauern, die tagsüber gebaut worden waren, und zerstörte die gerade erst angelegten Straßen. Und wieder wollten die Generäle Alexander zur Aufgabe überreden. Der jedoch ließ sich nicht entmutigen. Vielmehr befahl er seinen Schreinern, eine wasserdichte Kiste herzustellen mit Bullaugen aus dickem Glas zu beiden Seiten. Monatelang bemühten die Schreiner sich, unter Anwendung all ihrer Kunstfertigkeit eine solche Kiste herzustellen. Als diese fertig war, ließ Alexander sie auf ein Schiff laden, nahm noch zwei seiner besten Zeichner mit an Bord und ließ das Schiff aufs offene Meer hinaussteuern. Dort begab er sich zusammen mit den Zeichnern in die Kiste und befahl seinen Seeleuten, diese ins Meer zu werfen. Bald landete die Kiste mit Alexander und den Zeichenmeistern auf dem Meeresgrund. Als diese nun die zwischen den algenbewachsenen Felsen hervorkommenden und vor ihren Augen vorbeiziehenden, in allen Farben schillernden Fische, Krebse und Tintenfische bewunderten, tauchte plötzlich das Ungeheuer auf. Mit ausladenden Bewegungen seiner Rückenflossen kam es auf sie zugeschwommen, und jedesmal, wenn es zum Atemholen das Maul öffnete, sah man hinter seinen riesigen Zähnen einen Vulkan brodeln. Es schwamm vor der Kiste hin und her, ohne jene zu bemerken, die sich darin befanden. Die Zeichner stellten nun unverzüglich ein genaues Abbild des Drachen her. Nachdem Alexander wieder vom Meeresboden aufgetaucht und mit seinen Leuten in die Stadt zurückgekehrt war, befahl er seinen besten Bronzegießern, nach diesen Zeichnungen bronzene Standbilder des Drachen herzustellen. Wieder mühten sich die Meister Tag und Nacht und fertigten in monatelanger Arbeit zwei Standbilder in natürlicher Größe an. Alexander hatte inzwischen am Meeresufer zwei monumentale Säulen errichten lassen, auf welche er die Standbilder des Ungeheuers setzte. Als dieses eines Nachts aus dem Meer auftauchte und seine Ebenbilder erblickte, entsetzte es sich so sehr, daß es sofort kehrtmachte, ins Wasser eintauchte und verschwand, um nie mehr wiederzukehren. Daraufhin wurde am Ufer von Makdon, das im Wasser verschwunden war, auf der unvergleichlich schönen Halbinsel, wo sich heute die Serailspitze befindet, die Stadt Istanbul gegründet.

Und seit jenem Tag geht die Legende, daß das Ungeheuer nur darauf wartet, zurückzukehren, um die Stadt zu zerstören, und daß es, sobald die noch immer am Ufer stehenden Säulen nicht mehr da wären, auftauchen würde, um Istanbul zu verschlingen. Ich weiß ja nicht, wie Sie darüber denken, aber ich glaube durchaus, daß diese siebenmal zerstörte und ebensooft wiederaufgebaute Stadt mit ihren sieben Hügeln in den Flammen des Ungeheuers brennen wird. Denn daß unsere Stadt eines Tages untergehen wird, ist auch in den ältesten Dokumenten, in legendenhaften Überlieferungen, ja sogar in den heiligen apokalyptischen Büchern aufgezeichnet. Außerdem ist es nur natürlich, daß eine aus dem Wasser geborene Stadt ihr Ende im Feuer findet. Es ist eine bekannte Tatsache, doch wiederholen wir es ruhig noch einmal: Das Wasser ersäuft den Menschen, das Feuer verzehrt ihn. Und daß jeder Tag eine neue Sorge bedeutet, das wissen jene, die in Istanbul leben, nur allzu gut.

5

So tief war ich in die alte Handschrift mit ihren verschnörkelten Buchstaben eingetaucht, daß ich gar nicht bemerkt hatte, wie die Zeit vergangen war. Plötzlich spürte ich, wie eine Hand meine Schulter leicht berührte. Ich hob den Kopf und sah den Bibliotheksangestellten.

»Wir schließen gleich«, sagte er, »wenn Sie wollen, kann ich Ihnen eine Arbeitsecke einrichten. Dann können Sie morgen dort weitermachen, wo Sie für heute aufhören.«

Das Entziffern der arabischen Schriftzeichen hatte mich ermüdet, und ich hatte das Manuskript nur zur Hälfte lesen können. Sicher gab es auf den nachfolgenden Seiten noch weitere Legenden, die über die Gründung der Stadt Istanbul berichteten. Ich sagte dem Angestellten, daß ich von weither käme und wahrscheinlich nicht noch einmal in die Bibliothek kommen könne, und fragte ihn, ob es nicht möglich sei, Fotokopien zu machen.

»Selbstverständlich geht das«, sagte er, »doch heute ist es zu spät dazu. Wenn Sie es wünschen, lasse ich sie machen und an Ihre Adresse schicken.«

Ich bedankte mich für seine Hilfsbereitschaft und ließ ihm, zusammen mit meiner Anschrift, ein wenig Geld da. Als ich die Bibliothek verließ, sagte er: »Vielleicht sehen wir uns noch.«

»Ja, vielleicht«, erwiderte ich.

Draußen empfing mich ein mildes Wetter, eine Windstille, wie sie in Istanbul nur zusammen mit der Septembersonne anzutreffen ist. Ich stieg die Treppe zur Straßenüberführung hinauf und befand mich plötzlich mitten in der Fatih-Külliye, dem weitläufigen, zur Moschee gehörigen Gebäudekomplex! Mein Weg führte jetzt an alten Bauten, bleibedeckten Kuppeln, kleinen spitzen Türmen und eisenvergitterten Fenstern vorbei. Ich verspürte eine sonderbare Genugtuung bei dem Gedanken, mich an dem Ort zu befinden, wo einst die berühmtesten Gelehrten gewirkt hatten, wo die Schüler dieser Gelehrten unentgeltlich unterrichtet und gespeist wurden; an diesem Ort, der mit seinen Büchereien, dem Badehaus, der Armenküche, dem Hospiz, dem Krankenhaus und dem Haus der Gebetszeit eine Einheit bildete, diesem Ort des Glaubens und der Gelehrsamkeit, wo sich Wissen und Brüderlichkeit zusammenfanden, so wie die Hodschas mit ihren Studenten. Ich fühlte mich auf eigenartige Weise sowohl innerhalb wie außerhalb der Zeit. Die Zeit, das waren diese alten Mauern, das Geheimnis der Zellen der Mollas, der großen Gelehrten und Studenten dieser Medresse, die von den bleiernen Kuppeln überdachte Zurückgezogenheit. Eine Welt, deren Realität ganz fern von mir, in der Vergangenheit verblieben und nicht in das Heute zurückzuholen war. Vielleicht sollte ich diese Welt nicht als Realität, sondern als einen Traum betrachten. Einen Traum, den ich in mir trug und nährte. In diesem Traum konnte ich die Zeit als mir zugehörig betrachten, ja, als das funktionellste Glied meines Körpers, als Brennpunkt meines Bewußtseins. So wanderte ich an den von Fatih errichteten Medressen vorbei, bis ich durch das große Tor in den Innenhof der Moschee eintrat. Dieser war fast ganz ausgefüllt von dem großartigen mehreckigen Brunnen, dem Schadirwan, an dessen vier Seiten vier Zypressen Schatten spendeten. Weit und breit war niemand zu sehen. Ich setzte mich unter einen Bogen der Überdachung und lehnte meinen Rücken an eine der kunstvoll gearbeiteten Säulen. Während meine Augen auf dem Wasser des Brunnens ruhten, fiel mir ein anderer Innenhof ein: Er gehörte zu einer Moschee neben dem Kaffeehaus, in welchem ich mich, bevor ich diese Stadt verlassen hatte, jede Woche mit meinen Freunden zu treffen pflegte. Auch in jenem Hof stand ein überdachter Brunnen. Aber das Wasser, dessen Plätschern ich jetzt höre, in dessen gleichmäßiges Fließen ich eintauchen möchte, war nicht das gleiche Wasser. Ich blieb recht lange dort sitzen. Anschließend spazierte ich noch ein wenig in dem Komplex umher, ohne die Moschee zu betreten. Ich fand den Friedhof mit Fatihs Grabmal. Sein Sarkophag war von ungewöhnlicher Größe. Der weiße steinerne Turban am Kopfende der Ruhestätte war von einer ebenfalls riesigen Kerze erhellt. Die flackernde Flamme dieser Kerze rief in mir Gedanken an die Vergänglichkeit wach. Auch dieser Tote hatte einst gelebt. Zwei Erdteile beherrschte er, und seine Erdentage waren ruhmreich. Bevor er in die Dunkelheit eingetaucht war, hatte er Freuden und Leid erlebt. Ich glaubte, den Toten ganz nahe, direkt neben mir zu spüren. Nein, er strömte keinen Erdgeruch aus. Er bewegte sich nicht, und sein bleiches Gesicht war bärtig, wie auf den Abbildungen. Wenn er sich jetzt in seinem Sarkophag aufrichtete, dachte ich, sich erheben würde und die Türe des Grabmals öffnete, auf mich zukäme und mich umarmte ... Oder wenn er mich zu sich riefe und leise zu mir sagte: »Du hast mich zum Leben erweckt. Du hast meiner Seele das Leben zurückgegeben und mit deiner Feder meinen Herzschlag wieder einsetzen lassen. Ich schulde dir ein neues Leben.« Aber er sagte gar nichts, nicht einmal seine Lippen konnte er bewegen. Denn Tote sprechen nicht. Weder sprechen sie, noch geben sie irgendwelche Zeichen.

Als ich den Hof durch eine der Seitentüren verließ, wurde mir sofort klar, warum ich nicht in die Moschee eingetreten war. Ich wußte ja doch, daß die prachtvollen Kuppeln und die Minarette bei einem Erdbeben völlig zerstört worden waren, daß von dem ursprünglichen alten Bau sehr wenig bis in unsere Tage überdauert hat. Der alte Bau, die alten Tage, der alte Tod ... Hier hingegen war alles neu; ich allein trug das Alte in mir, wie die Überreste einer alten Liebe, einer zerstörten Beziehung. Ein Erdbeben hatte alles verwüstet, kein Stein stand mehr auf dem anderen: Die Kuppeln hatten sich von den Tragebögen gelöst und waren eingestürzt, der Boden hatte sich aufgetan und die Leichname wieder ausgespuckt. Fatihs Grabmal und auch der Sarkophag waren also neu. Und von seinen sterblichen Überresten war auch keine Spur mehr da. Nachdenklich ging ich die enge, von alten Holzhäusern gesäumte Straße entlang. Dann bog ich in eine andere Straße ein und gelangte zu einem leeren Grundstück, auf dem Kinder Fangen spielten. Das Grundstück war von Unkraut überwuchert. In einer Ecke stand ein Votivstein, der von einer alten, völlig zerstörten Heiligenwallstatt übriggeblieben war. Abgebrannte Kerzen hatten auf dem Stein eine kleine Erhebung aus Wachs hinterlassen. Seit vielen Jahren war ich nicht mehr in dieses Viertel gekommen. Ich entschloß mich, die steilen Gäßchen zum Goldenen Horn zu Fuß hinabzusteigen, um diese ärmliche Gegend der Stadt ein wenig besser kennenzulernen. Die Sonne war noch nicht untergegangen. Sie spiegelte sich in den teils gesprungenen, teils zerbrochenen Fensterscheiben der kleinen Erkerhäuser und erleuchtete die alten Gegenstände in den vorhanglosen Zimmern, die schmutzigen Wände und die morschen Balken der Holzdecken. Ich kam mir vor wie in einer anderen Welt. In der ganzen Umgebung sah ich nicht ein einziges modernes Gebäude. Auch das Meer war von hier nicht zu sehen, weder die Einfahrt zum Bosporus noch das Goldene Horn. Von der Stadt war hier nur das ferne Raunen des Verkehrs gegenwärtig. Bevor ich bis zum Einbruch der Dunkelheit weiter hier herumlief, wollte ich mich mit einem Glas Tee stärken, das mir helfen würde, meine Müdigkeit zu vertreiben. Ich setzte mich in ein kleines Straßencafé unter einer knorrigen Platane mit weit verästelten Zweigen. Außer mir saß niemand dort. Noch vor dem Kellner kamen die Katzen zu mir. Zwei erbärmlich magere Straßenkatzen, von denen eine miauend auf meinen Tisch sprang.

Die andere rollte sich vor meinen Füßen zusammen. So fand ich mich an einem Septemberabend ganz allein in Begleitung zweier Katzen in einem mir unbekannten Istanbuler Viertel. In dieser Stadt Istanbul, die seit ihrer Gründung bis auf den heutigen Tag ihre Geheimnisse für sich behält, die sich zu keiner Zeit ganz offenbart, die in jedem ihrer Winkel eine Geschichte oder eine alte Todesnachricht versteckt hält, Istanbul, die unergründliche Stadt.

Früher, während meiner Kindheit in Anadoluhisar, brachten die Leute aus der Gegend neugeborene Katzenjunge in den Garten unseres Hauses. Meine Mutter brachte es nicht über sich, die in der Kälte zitternden Tierchen auf die Straße zu werfen; sie nahm sie auf und fütterte sie. Doch sobald die Katzen groß und stark waren, wurden sie an Nachbarn oder Verwandte weitergegeben. Nie blieb auch nur eine von ihnen für immer bei uns; trotzdem war unser Haus immer voller Katzen. Im Sommer schliefen sie im Garten unter dem großen schattenspendenden Maulbeerbaum, im Herbst paarten sie sich unter lautem Geschrei. Mit dem Tod meiner Mutter fand auch die Herrschaft der Katzen ein Ende. Mein Vater und ich verließen das alte Haus und zogen in eine bequemere Wohnung im Stadtzentrum. Mein Vater wollte dieses Haus vergessen, in dem er mit meiner Mutter glücklich gewesen war. Ich hingegen wollte meinen Vater vergessen. So ging ich zunächst einmal auf ein Internat, später dann nach Paris. Wie eigenartig, daß ich die Kindheitstage in jenem alten Holzhaus, das ja gar nicht einmal sehr weit entfernt von meinem jetzigen Aufenthaltsort gelegen war, so vollständig vergessen hatte. Erst beim Anblick der Katzen hatte ich mich wieder daran erinnert. Damals war das Viertel Anadoluhisar eine Gegend ungefähr wie diese hier, mit schmutzigen engen Straßen, mit Holzhäusern, deren Erker in die Gassen hineinragten, aber auch mit prächtigen, in parkähnlichen Gärten gelegenen Villen mit wunderschöner Aussicht. Mir wurde bewußt, daß mir das Istanbul meiner Kindheit abhanden gekommen war. Über die Geschichte dieser Stadt, über ihre Geographie, ihre Legenden war ich recht gut unterrichtet. Doch von ihrem Alltag, ihren Menschen und Problemen wußte ich so gut wie nichts. Zwar hatte ich den ganzen Sommer lang in den Zeitungen über den unaufhörlich anwachsenden Terrorismus gelesen, über die gnadenlosen Kämpfe zwischen »Linken« und »Rechten«, in denen junge Menschen sich gegenseitig umbrachten, ebenso wie über die unerträglich gewordene Teuerung. Aber wir waren ja in den Ferien, unter uns in der Villa und damit an einem Ort fern von aller Gefahr und diesem Überlebenskampf. Wir kümmerten uns kaum um das, was in der Stadt geschah. Doch nicht nur wir, die wir ja im Ausland lebten, zeigten keine Reaktion; auch die Menschen dieser Stadt hatten sich anscheinend an die schrecklichen Zustände gewöhnt. Jeden Tag starben Hunderte von Menschen bei Terroranschlägen, Verkehrsunfällen, und die Zahl derer, die aus Verzweiflung aus dem Leben schieden, weil sie nicht wußten, wie sie sich und ihre Familie ernähren sollten, wuchs ständig, ebenso wie die jener, die ihre Organe verkauften, oder wie die der Hausfrauen, die in der Prostitution ihren einzigen Ausweg sahen. Daß ich mich in einer solchen Situation, zu einer Zeit, in der das Land sich auf eine ungewisse Zukunft zubewegte, entschlossen hatte, in der Villa zurückzubleiben und den *Boğazkesen* zu schreiben, hatte vielleicht auch mit meiner verlorenen Vergangenheit zu tun, damit, daß ich eine neue Bindung an diese Stadt suchte. Doch ich hatte mich im Laufe meines Schreibens von der heutigen Stadt eher noch weiter entfernt, hatte mich in die Dunkelheit vergangener Jahrhunderte eingegraben. Mit einer Fackel in der Hand wanderte ich durch enge Verliese oder stieg in finstere Zisternen hinab und holte die Toten aus den Gräbern hervor. Und während ich mich bemühte, ihnen Leben wiederzugeben, verlor ich meine eigene Lebendigkeit.

Ich spürte, wie das Leben langsam meinen Körper verließ: Das Blut wich aus meinen Adern, und die Vergangenheit legte sich mit all ihrer Wucht und Schwere in das Vakuum meiner Vorstellungskraft und füllte diese ganz aus. Mein Erinnerungsvermögen war wie belagert. Die Tatsache, daß ich jeden Morgen am Bosporus, gegenüber von Rumelihisar, aufwachte, bedeutete noch nicht, daß ich in Istanbul lebte. Vielmehr lebte ich in Istanbuls Vergangenheit; die politischen Wirren der Stadt, die nach und nach das ganze Land ergriffen, hatte ich aus meinem Bewußtsein gestrichen. Während ich diesen Gedanken nachhing, rief jemand von der kleinen Teeküche herüber: »Hören Sie, wir haben keinen frischen Tee mehr aufgegossen, weil wir gleich schließen.«

Ich erhob mich widerwillig, streichelte die Katze auf meinem Tisch und verließ das Café.

Bald fand ich mich wieder in den Gassen der alten Viertel. Während ich die Straßen entlanglief, die zu beiden Seiten von Holzhäusern mit eisenvergitterten Fenstern gesäumt waren, stellte ich mir vor, daß ich mich in einem Traum aus alter Zeit befand. Wie in einer dem Publikum verschlossenen Theaterkulisse an einem außerhalb der Stadt gelegenen Ort, den niemand kannte, wohin niemand gelangte. Hin und wieder kamen ein paar Autos, die alten Istanbuler Dolmusche, oder auch Straßenhändler vorbei. Einer dieser Händler rief lauthals: »Kaufe alte Kleideeeer. Der Lumpenhändleeeer!« Ein anderer schrie, daß seine Wassermelonen gerade recht zum Anschneiden seien, wobei er lange zischend auf dem scharfen S-Laut verweilte. Auch für die Tomaten hatte er eine eigene eigentümliche Betonung parat. Weiter hörte ich die Rufe »Peperoni! Eierfrüchte! Kraussalat! Malvenkraut!«; die Stimmen der alten Tage, der Istanbuler Straßen, die ich vergessen hatte. Sie kamen wie aus einer irrealen Welt zu mir, aus einer Welt, die, selbst wenn ich hier lebte, mir nicht mehr zugänglich war, die wie ein Schattenspiel an mir vorbeizog.

So lief ich die steilen Straßen hinab, bis ich zum Ufer des Goldenen Horns gelangte. Der ohrenbetäubende Verkehrslärm, der mich unten an der breiten Uferstraße empfing, half mir dann endlich, aus den Träumen dieser alten Zeit wieder aufzutauchen. Ich überquerte die Straße, indem ich mich durch die im Abendverkehr eingekeilten Autos schlängelte, und betrat den am Ufer gelegenen Park. Vor einigen Jahren hatte es hier noch enge, nach Urin stinkende Gäßchen mit ein paar armseligen Läden und einen verfallenen Rest der alten Stadtmauer gegeben, in deren Schatten Trinker und Hascher Unterschlupf fanden. Trotz eifrigem Suchen konnte ich diesen Mauerrest nicht mehr finden. Das Rasenstück unten am Ufer schien überhaupt nie grün gewesen zu sein, und ich hatte weiß Gott keine Lust, mich in dem betonierten Park mit den rachitischen Bäumchen hinzusetzen. Andererseits scheute ich aber die Anstrengung, mich jetzt zu Fuß nach Eminönü aufzumachen, um von dort das Boot zu nehmen. So ging ich wieder zurück auf die Straße, und nachdem ich ein paar Schritte gelaufen war, hielt ich ein Taxi an und gelangte nach Galatasaray, wo ich mich erschöpft in einer der Tavernen der Blumenpassage niederließ.

Vielleicht fällt mir das Schreiben heute so schwer, weil ich die vergangene Nacht nicht in der Yalı verbracht habe. Doch mein Ausflug in die Stadt hat mir gutgetan. Mein Kopf ist etwas freier, und ich habe mich einigermaßen von dem seit Tagen in mir wachsenden Gefühl der Unlust und Spannung, das mit fortschreitendem Schreiben zunahm, lösen können. Doch jetzt, am Ende dieses Tages, der in einem Hotelzimmer in Tepebaşı begann, erscheint es mir unmöglich, in meinem Romanmanuskript dort einfach wieder anzuknüpfen, wo ich aufgehört hatte. Dabei fließt der Bosporus ruhiger als je, und sein Wasser hat wieder diese herrliche Farbe der Judasbäume. Über der Burg schweben rote, violette und rosa Wölkchen. Auch die Türme, die Zinnen mit ihren Schießscharten sind nach wie vor da. Die Burg ist also auch heute meine einzige Realität, meine einzige unabänderliche Daseinsberechtigung. Im Radio ertönen die Worte eines alten Liedes: »Die Zeit ist ein fließendes Wasser«. Ja, das stimmt, die Zeit ist ein fließendes Wasser. Der Bosporus ist ein Wasser, er fließt dahin. Was absolut nicht fließen und vorwärtsströmen will, das sind meine Wörter. Diese Wörter, die sich an der Spitze meiner Feder verheddern, die sich dort wie in einem plötzlich auftauchenden Wirbel um sich selbst drehen und dabei stets die gleichen Wendungen wiederholen. Könnte ich sie doch einfach dem Fluß der Dinge überlassen! Doch sie wollen sich um keinen Preis vermehren; statt sich schön aneinanderzureihen und in einer von mir bestimmten Bewegung vorwärtszufließen, purzeln sie übereinander und bleiben in wirren Häufchen liegen.

Wenn auch mitunter langsam und mit Unterbrechungen, ist es mir bis heute doch stets gelungen, mit meinem Schreiben vorwärtszukommen. Und ich habe – vielleicht mehr schlecht als recht – einige Kapitel meines Romans abgeschlossen, wobei ich es auch nicht vernachlässigte, die Vorkommnisse in der Villa, die mehr oder weniger wichtigen Dinge, die mir hier zustießen, mit einzuflechten. Ich habe mich sogar bemüht, meine Erzählung dem Fluß dieser Ereignisse anzupassen. Doch jetzt gelingt es mir einfach nicht, im gleichen Stil fortzufahren. Alles scheint irgendwie ins Stocken geraten, will nicht fließen. Heute abend sind die Wörter unfruchtbar, sie weigern sich, sich zu paaren und zu vermehren oder – wie die Amöben – sich in zwei, drei, hundert oder unendlich viele Teile zu spalten. Nein, heute abend sind sie völlig steril und unwillig. Lustlos kreisen sie um ihre eigene Achse, indem sie wie einen Refrain, einen gereimten Vers, ständig den gleichen Satz wiederholen, der gleich einer fixen Idee sich durch nichts verscheuchen läßt: »Schmal und müde war das Gesicht des Sultans.«

Auch dieses würde ich schreiben, wenn es soweit wäre.

Dieser Satz würde seine Stelle irgendwo gegen Ende des Romans, in einem der letzten Kapitel, finden. Allerdings hatte ich das Porträt des Sultans Mehmet, des Eroberers, das der venezianische Maler Gentile Bellini im Jahre 1480 angefertigt hatte, bereits in den ersten Abschnitten meines Romans erwähnt, hatte sozusagen einen ersten Fokus darauf gerichtet. Einzelheiten sollten später folgen. Weitere blitzlichtartige Hinweise auf dieses Porträt sollten die nächsten Kapitel einleiten, wobei auch das Talent des genannten Malers zur Sprache kommen sollte. Doch die Dinge liefen einfach anders: Als ich mich nach der Rückkehr aus Beyoğlu an meinen Schreibtisch setzte, blieben die Wörter an diesem einen Satz hängen: »Schmal und müde war das Gesicht des Sultans.« Dabei ist mir natürlich bewußt, daß die vergangene, in einem Hotelzimmer verbrachte Nacht und das, was mir dort zustieß, hierbei eine wichtige Rolle spielen. Doch ich möchte jetzt an meinem Roman weiterschreiben und nicht über mein Erlebnis in einem Hotelzimmer berichten ...

Nun gut, nachdem ich mir in der Blumenpassage wohl ein Gläschen zuviel genehmigt hatte, war ich, anstatt nach Anadoluhisar zurückzufahren, in ein Hotel in Tepebaşı eingekehrt. Hätte ich es denn ahnen können, daß ich, sobald ich das Zimmer betrat und das Licht anknipste, mich einem Porträt von Fatih gegenübersehen würde? Dieses aus einer alten Ausgabe der Illustrierten *Hayat* ausgeschnittene und gerahmte Porträt des Eroberers dort an der Wand war für mich mindestens so wirklich wie dieser ganze in der Stadt verbrachte Tag. So wirklich wie alles, was ich vom Dampfer aus durch die aufsteigenden Nebelschwaden erblickt hatte, wie der Innenhof der Fatih-Moschee oder, was weiß ich, wie die alten Istanbuler Stadtviertel. So endete dieser am Morgen in einem Theaterdekor begonnene Tag spät in der Nacht im schummrigen Licht eines Hotelzimmers, dessen schmutziggelbe Farbe von den Wänden abbröckelte. Über den Rest des

Tages habe ich ja bereits berichtet. Auch wenn ich nicht auf alle Einzelheiten eingegangen bin, so habe ich mich doch bemüht, vor allem die Eindrücke und Gefühle wiederzugeben, die an diesem Tag, an dem ich die echte Istanbuler Luft atmete, in mir wach wurden. Was in jener Nacht passierte, darüber werde ich ein anderes Mal berichten.

Ich erhob mich vom Tisch und ging in die Küche. Hunger verspürte ich zwar keinen, doch wollte ich eine Kleinigkeit essen und früh schlafen gehen. Das Abendessen in der Blumenpassage lag mir noch schwer im Magen. Ich nahm ein bißchen Käse und Obst aus dem Kühlschrank. Mit einem riesigen scharfen Metzgermesser, von dem ich nicht wußte, wie es, seitdem ich allein in der Yalı war, in die Küche gelangt war, schnitt ich zunächst ein paar Scheiben Käse und dann auch etwas von dem in einer Plastiktüte verwahrten Brot ab und begann, langsam zu essen. Dies war nicht meine erste allein eingenommene Abendmahlzeit. So war vielleicht der Umstand, daß diese nur aus Käse und Obst bestand, verantwortlich für meine mit einem Gefühl der Entbehrung gemischte trübe Stimmung. Dabei waren wir mitten in der Fischsaison! Das Fangverbot war aufgehoben, Palamut und Lüfer gab es wieder reichlicher. Und da saß ich hier allein in der großen Küche einer alten Villa in Anadoluhisar und aß mein nur mit meiner Einsamkeit gewürztes frugales Mahl!

Nun, auch diese Nacht ging vorüber. Ich versuchte, die eigenartigen nächtlichen Vorfälle in dem Hotel in Tepebaşı zu vergessen, und ging früh schlafen. Am nächsten Morgen wollte ich nämlich ein neues Kapitel beginnen. Ich war fest dazu entschlossen. Was auch immer geschehen würde, ich wollte am nächsten Morgen früh erwachen und über Fatih Sultan Mehmets Gedanken und seelische Verfassung in seiner eigenen Külliye schreiben. Ja, das wollte ich.

In diesem Kapitel sehen wir Sultan Mehmet den Eroberer im Hof der von ihm erbauten Moschee und erfahren etwas über seinen Seelenzustand

»Die Moschee des Sultans erweckt des Paradieses Neid,
Ihre Kuppel ist das Himmelszelt, ...
Diese aus Marmor gestalteten Bauten werden bestehen
bis ans Ende dieser vergänglichen Welt.«

Ode an Istanbul, von Sâdi aus Siroz,
Vertrauter und Lobredner des Sultans Cem

Als Mehmet vom Pferd stieg, befahl er seinem Gefolge zurückzubleiben. Er wollte allein sein. Jedesmal, wenn er hierherkam, wenn er die Treppen hinaufstieg, um sich in der weiten, beruhigenden Leere des Moschee-Innenhofes wiederzufinden, geschah dies aus dem Wunsch heraus, ganz allein zu sein. Auch diesmal stieg er langsam die Treppe hinauf. Mit jeder Stufe, die er erklomm, spürte er, wie er sich ein Stück weiter von seinen Tagesgeschäften entfernte und wie dieses Gefühl der Reinigung, das sein Inneres erfüllte, ihm unendliche Erleichterung verschaffte. Der Brunnen lag ganz verlassen da. Bevor die Mollas und ihre Schüler kamen, um die rituelle Waschung für das Mittagsgebet vorzunehmen, wollte er sich hier ein wenig am Rand des Wasserbeckens niedersetzen und sich von der Sonne, die hinter den Kuppeln hervorschien, den Rücken wärmen lassen. Die feuchte Kälte des Winters, die nicht enden wollenden Feldzüge und die Ausschweifungen der Nächte im Palast hatten seinen Körper ermüdet.

Er setzte sich auf einen der Marmorblöcke neben dem Brunnen und überließ sich dem Plätschern des Wassers. Das Licht fiel von oben ein und tauchte alles in ein blendendes Weiß. Die großen Bodenplatten des arkadengesäumten Innenhofes, die Marmorsäulen, die Wände, die Brunnenanlage, das aus den Rohren in die Rinnen strömende Wasser, alles war an diesem Frühsommermorgen besänftigend und klar. Mehmet wollte die milde Luft ganz bewußt genießen, die durch die Zweige der frisch erblühten Bäume sichtbare Bläue tief in sich einsaugen.

Alles war schön und angenehm wie die Berührung eines sanfthäutigen Jünglings. Die Welt war draußen, jenseits der Mauern dieses Hofes, zurückgeblieben. Die Kriege, die Toten, die Gesetze, die Ratsversammlungen, die unaufhörliche Korrespondenz, die Intrigen und ehrgeizigen Pläne im Palast und die Begierden der Nächte, die nackten Körper, die seine unzähmbare Lust doch nie stillten, alles hatte er jenseits dieser Mauern zurückgelassen. Hier gab es nur das Wasser, das Licht und die Kühle des Marmors. Hier, im Innenhof seiner Moschee, deren Bauarbeiten gerade erst abgeschlossen waren, fühlte er sich glücklich. Hier konnte er sich mit sich selbst versöhnen, hier fühlte er sich in Harmonie mit seiner Umgebung, heiter und gelassen, wie die Tauben, die dort ruhig und ohne Argwohn aus dem Becken des Moscheebrunnens tranken. Er war jetzt vierzig Jahre alt. Er dachte daran, daß er langsam alt wurde. Gedankenvoll betrachtete er die Minarette, die sich zu beiden Seiten der großen Moscheekuppel in den Himmel streckten. Endlich war sie fertig geworden, diese gewaltige Anlage, deren Planung er selbst geleitet und deren Ausführung er bis ins kleinste Detail überwacht hatte, die Külliye des Fatih, die in dieser vergänglichen Welt Bestand haben und seinen Namen unsterblich machen würde. Die Hodschas und die Koranschüler dürften jetzt im Unterricht sein. Wahrscheinlich bereitete sich der Molla Seraceddin gerade in einer Ecke auf die Freitagspredigt vor, die er gleich halten würde. In der großen Küchenanlage wurde gekocht, in der Armenküche wurde den Bedürftigen Essen ausgeteilt, im Hammam floß heißes Wasser durch die Marmorbecken, in der Krankenstation wurden Medikamente angerührt und im Hospiz Wunden versorgt. In den Schulräumen wurde mit Eifer studiert, und während die Pferde der von weither Angereisten in den Ställen des Kervansaray gestriegelt wurden, zeigte die Sonnenuhr im Saal der Gebetszeitfestlegung die Stunde an. Er, Mehmet, hatte der alten Stadt Kostantiniye eine neue Ordnung gegeben. Seit der Eroberung hatte er sich bemüht, die Stadt wieder aufzubauen und zu verschönern, hatte Brücken, Geschäfts- und Badehäuser, Basare und einen neuen Palast errichten lassen, hatte neue Wasserwege angelegt und die Mägen der Armen gefüllt. Die Stadtbevölkerung sollte zufrieden sein, seine Untertanen sollten nicht erst in der anderen, sondern schon in dieser Welt ein glückliches Leben führen, und vor allem sollte sein Staat blühen und gedeihen. Die Macht war ihm verliehen worden, um diese guten Dinge zu verrichten. Er war Gottes Schatten auf Erden, Erbe Ostroms, der einzige Anwärter auf die Weltherrschaft; er, Mehmet, der »stets Siegreiche, Sohn des Murat Han«, wie es im Schriftzug seiner Tuğra aufgezeichnet war. Plötzlich spürte er in seinem Innern den Wunsch nach Macht in sich aufsteigen, diesen Wunsch, der sich mit einem unbezwingbaren Eroberungswillen paarte. Er hatte Byzanz den Gnadenstoß versetzt, auf dem Balkan Hunderte von Burgen erstürmt und gekrönte Häupter gestürzt, den Peloponnes und Serbien, Pontus und Amasra in die Knie gezwungen, aber Rom stand immer noch aufrecht. Daß der Papst ihm die Stirn bot und daß seine kriegerischen Auseinandersetzungen mit Venedig bisher zu keinem klaren Sieg geführt hatten, beunruhigte ihn. Außerdem fürchtete er eine Verschlechterung der Situation im Osten seines Reiches, wo der Turkmenenfürst Uzun Hasan sich gegen ihn auflehnte. Er dachte, daß es ihm wohl anstünde, Gott um Beistand zu bitten für die Durchsetzung seines Vorhabens, die Weltherrschaft zu erlangen. Dabei sollte er sich auch nicht scheuen, Gott wissen zu lassen, daß er bereit sei, für dieses Ziel sein Leben einzusetzen. Doch dann fand er diesen Gedanken völlig unangebracht. Schließlich war er hierher gekommen, um alles zu vergessen, um den Sorgen dieser Welt zu entfliehen, ja, um in seine innerste Seele Einkehr zu nehmen. Wieso gingen seine Gedanken dann jetzt nach Rom, zum Langen Hasan oder nach Venedig? Warum wollte es ihm immer noch nicht gelingen, seine Wünsche, seine Herrschaftsträume zurückzuhalten? Hier fiel ihm ein, wie sein Lehrer Ak Şemseddin ihm eines Tages geraten hatte, die Wahrheit weder im Krieg noch im Gebet, sondern in sich selbst zu suchen. Wie sehr er bedauert, daß es ihm bisher nicht gelungen ist und wohl auch nie gelingen wird, diesem Rat zu folgen! Eine große Sehnsucht nach dem Alten erfaßt ihn. Dabei ist es schon Jahre her, daß dieser ihn verließ und in den Frieden Gottes einging. Doch wie nah spürt er die geistige Präsenz dieses Menschen!

Nun sitzt Mehmet also neben dem Schadirwan im Hof der Moschee, die seinen Namen trägt, und gedenkt der Tage, die er zusammen mit Ak Şemseddin verbrachte. Als erstes kommt ihm der weiße, wie Wolken im Sommerwind leicht hin- und herwogende Bart seines alten Lehrers in den Sinn, sein von innerem Frieden erleuchtetes Gesicht und die glänzenden dunklen Augen. Und er sieht ihn vor sich, beim Zikir in seiner Tekke, dem in einem der Außenbezirke von Edirne gelegenen Ordenskonvent. Die Derwische, die einen Kreis um ihn bilden, rufen Gott an mit einer Lautstärke und Inbrunst, die die Mauern erzittern läßt. Alle sind sie bereits in Trance geraten, die barfüßigen und barhäuptigen Weißgekleideten, die, sich hin und her wiegend, in ständiger Wiederholung Gottes Größe und Einmaligkeit bezeugen. Eigentlich kann man es nicht ein Sichwiegen nennen. Vielmehr heben sie bei der ersten Silbe den Kopf nach rechts, um ihn bei der Nennung der zweiten mit einem plötzlichen Ruck nach links, zum Herzen hin, zu werfen. Das vom Tamburin und von den Holzklappern begleitete Tempo wird zunehmend schneller. Beim *»Lâ illâha«* drehen die Derwische ihre Köpfe mit geschlossenen Augen nach oben; beim *»Illa'llâh«* werden diese mit unglaublicher Geschwindigkeit nach links geworfen, als ob sie vom Rumpf abgetrennt würden. »Lâ illâha illa'llâh« – »Es gibt keine Gottheit außer Gott.« – »Lâ illâha illa'llâh«! Ak Şemseddin mit seiner hohen Derwischmütze sitzt inmitten seiner Schüler im Schneidersitz auf dem Boden und schaut unbeweglich auf einen unsichtbaren Punkt. Als wäre er nicht mehr auf dieser Welt, unterwegs auf einer Reise, wo ihn nur Engel begleiteten. Seine Lippen bewegen sich ganz leicht. Doch da sein Bart seinen Mund fast völlig bedeckt, ist diese Bewegung für alle unsichtbar. Nur Mehmet weiß, daß sein Lehrer wahrscheinlich ein Gebet ausspricht oder wohl eher ein Geheimnis, das außer ihm nur Gott kennt. Ein Geheimnis, von dem alles abhängt. Ja, Mehmet ist fest überzeugt, daß ihm Kostantiniyes Eroberung nur durch die Vermittlung dieses Heiligen möglich sein wird. Weiß er doch, daß sein eigenes Gebet, das Gebet eines Sünders, der – kaum hatte er den Thron bestiegen – seine Hände mit Bruderblut befleckte, bei Gott nicht viel ausrichten kann. Deswegen konzentriert er seine ganze Aufmerksamkeit auf den Scheich. Das Dröhnen der Tamburine wird immer lauter. Die Derwische, die sich im Zikir drehen und ganz in Trance gefallen sind, beginnen nun, sich zu schlagen und ihre Kleider zu zerreißen. Einige fallen in Ohnmacht und bleiben auf dem Gebetsteppich liegen. Şemseddin sitzt unbeweglich wie eine vorzeitliche Statue. Nur seine Lippen bewegen sich noch. Sie bitten Allah, dessen Name rundum laut angerufen wird, leise und eindringlich um Beistand für eine Eroberung, die den Lauf der Welt verändern wird. Diese gleiche Bitte um Gottes Hilfe hatte der Alte dann nicht viel später, vor den Mauern der Stadt, noch einmal ausgesprochen. Durch nichts hatte er sich von seiner festen Überzeugung abbringen lassen, daß Gott der islamischen Welt diesen Sieg in der Person des Sultans Mehmet gewähren würde.

Und dieser erinnert sich jetzt an den Tag, an dem er den Konvent des Bayramiye-Ordens besuchte und dort heimlich, versteckt hinter einem vergitterten Fenster, die religiöse Zeremonie beobachtete. Ganz klar und lebendig ersteht das Bild jenes Tages wieder vor seinen Augen. Ein fremder Derwisch, der als Gast des Ak Şemseddin im Kloster weilte, nahm an dem Ritual teil. Mehmet sieht noch einmal, wie dieser Mevlevi-Derwisch, der jünger und um einiges größer als sein Gastgeber ist, sich nach dem Zikir erhebt und die Sema-Haltung einnimmt. So hochgewachsen und schlank ist dieser junge Mann, daß sein Kopf fast die Decke berührt. Er beginnt sich zu drehen. Mit der schneller werdenden kreisenden Bewegung öffnet sich sein weißes Gewand wie eine Seerose. Mehmet kann seine Augen nicht von dem Anblick losreißen. Er vergißt alles um sich herum. Auch wer er ist, seine Pläne, die schwere Verantwortung, die auf ihm lastet. Und langsam beginnt sein Inneres, sich mit dem Derwisch zu drehen. Er dreht sich an der reinen Brust und gehalten von den starken Armen dieses Jünglings aus der Steppe, und während er sich dreht, nimmt ein strahlendes Licht, ein Leuchten, viel schöner und heller als das Licht der flackernden Kerzen im Raum, ihn auf in ein anderes Bewußtsein. Er ist nicht mehr der Sultan Mehmet, Oberhaupt des Staates und des Heeres. Er ist jetzt nur ein Mensch, dessen Sein dahinschmilzt wie das Wachs der Kerzen, der in diesem Schmelzen sein Entwerden tief fühlt und zu seinem wahren Selbst gelangt. Ein Knecht auch er: der Sema führt ihn zu einem anderen Ich, dem eines demütigen Gottesdieners. Alles um ihn, die Mauern und die verzerrten Gesichter, dreht sich mit ihm. Erst mit der vollen wohlklingenden Stimme des Derwischs, dessen Worte von der niedrigen Decke widerhallen, erwacht Mehmet aus diesem Traum:

»Chosch cheramâm miravi ey dschân-i dschân bi man marou
Ey hayât-i dûstân dar bûstân bi man marou!«
»O Seele meiner Seele, ruft der Derwisch mit der Stimme
des *Mevlâna,* so verläßt du mich und gehst fort ohne mich!«

Eigenartig, daß die Mevlevi immerfort von Trennung sprechen! Was soll das jetzt gerade hier? Und welche Trennung ist wohl gemeint? Die des Menschen von Gott, des Verliebten vom Objekt seiner Sehnsucht, oder ist es das Klagelied der Flöte, die von ihrem Schilfrohr getrennt wurde und nun den Trennungsschmerz des Menschen besingt? Und so klagen sie gemeinsam, der Derwisch und die Flöte:

»Beschnou az ney tschun hekâyat mikunad
Az dschodaiha schekâyet mikunad.«
»Hör, was die Flöte berichtet,
Wie sie sich über die Trennung beklagt.«

Und der Derwisch sagt: »Ich will nicht, daß du ohne mich fortgehst! Ich will es nicht!« fügt er mit einem Seufzer bei. Auch das Zittern der Flamme und das Vibrieren des Tamburins scheinen zu rufen: »Ich will es nicht!«

»Ich will es nicht, o Himmelskuppel,
dreh dich nicht ohne mich,
ich will es nicht, o Mond, geh nicht auf ohne mich,
ich will es nicht, o Welt, besteh nicht ohne mich,
geh nicht vorbei ohne mich, o Zeit, ich will es nicht.«

Doch nicht nur den Schmerz der Trennung verkündet die Stimme, sondern auch die überschäumende Freude des Zusammenseins. Sie singt vom Glück des Menschen, auf dieser Welt zu leben und, zusammen mit dem Tag und der Nacht, den Gestirnen am Himmelszelt, mit den Gewässern und Pflanzen dieses schönen Erdbodens und allen Tieren und Menschen darauf, ein Teil des Kosmos zu sein. Doch trotz allem, die Trennung ist das Wesentliche! In ihr liegt der einzige Sinn des Lebens, da sie ja die Wiedervereinigung erst möglich macht! Der Derwisch dreht sich weiter, und mit ihm drehen sich die Wörter in Mehmets Kopf. Der junge Mann hält sein Haupt zur Seite geneigt, und während er das, was er mit seiner linken Hand vom Boden aufhebt, durch seine dem Himmel zu geöffnete Rechte an das Universum weitergibt, stößt er, um seine Drehung zu beschleunigen, mit dem Fuß vom Boden ab und wiederholt bei jedem Abstoßen:

»Verlaß mich nicht, ich will es nicht!«

Und mit einem zunehmend tiefer empfundenen Ausdruck des Schmerzes ruft er:

»Ich fleh' zu dir, sieh mich weiter so an,
verlaß mich nicht, ich will es nicht!«

Nach der Eroberung der Stadt, mit der sein Traum in Erfüllung gegangen war, hatte Mehmet zusammen mit Şemseddin eine Nacht in mönchischer Zurückgezogenheit in seinem Zelt verbracht. Am Morgen danach war der Scheich aufgebrochen, um in seinen Heimatort Göynük zurückzukehren und für immer dort zu bleiben. Ja, er würde nie mehr wiederkommen. An jenem Morgen spürte Mehmet zum ersten Mal in seinem Leben den Schmerz der Trennung. Er umfing die Knie seines Meisters, wollte ihm nachfolgen. Doch Şemseddin mahnte ihn, sich zusammenzunehmen, und sagte: »Dir wurde Thron und Schwert vermacht, nicht die Jacke des Derwischs.« Dann riet er ihm noch, die verbotenen Dinge zu meiden und sich statt weltlichen Genüssen eher spirituellen Freuden zuzuwenden. Und die Briefe, die der Scheich ihm aus Göynük schrieb, auch die sind ihm noch klar in Erinnerung. Und da der Scheich Mehmets Neigung zu mystischen Dingen wohl kannte, fügte er noch in weiser Voraussicht hinzu: »Betrachtet Euch nicht als einen von uns, und laßt Euch nicht ablenken von Eurer Aufgabe, das Wohl des Staates zu verfolgen.« Er hatte diese Worte seines Meisters befolgt, und das war gut so. Hatte er doch dem Staat, dem Land und seiner Bevölkerung den Wohlstand und die Sicherheit der heutigen Tage gebracht.

Doch war es wirklich so gewesen, hatte er immer nur Gutes getan und sich nie mit dem Bösen eingelassen? Bei dieser

Frage ist sich Mehmet selbst alles andere als sicher. Es ist ihm bewußt, daß er schlechte Anlagen in sich trägt und daß seine Taten oft von einem bösen Dämon geleitet werden. Doch verspürt er keine Reue. Er fürchtet weder die Hölle noch Gott. Nur vergessen können möchte er. Das vergossene Blut, die umschlungenen Leiber, die Erinnerung an all die Seelen, die er dem Henker überantwortete, all das möchte er einfach vergessen. Möchte sich wie ein Mevlevi-Derwisch drehen und sich dabei aus seiner Existenz lösen und befreien. Allerdings ohne den Trennungsschmerz in seinem Körper und in seiner Seele zu spüren! Aber welche Trennung denn auch? Hat er doch nie jemanden geliebt! Außer Kostantiniye natürlich. Ja, diese Stadt hat er am meisten auf der Welt geliebt. Und nachdem er sein Ziel erreicht und sie erobert hatte, hat er sie sogleich vergessen. Vielleicht hat er ein wenig seinen Lehrer Ak Şemseddin geliebt. Er erinnert sich, wie er diesen vergeblich anflehte, nicht nach Göynük zurückzukehren. In der gemeinsam im Zelt verbrachten Nacht hatte er – vielleicht zu spät – begriffen, wie sehr er diesen Alten in Wirklichkeit liebte. Doch dann hatte er sich an dessen Abwesenheit gewöhnt, wenn auch die Erinnerung an ihn noch lange Zeit seinen Körper erzittern ließ und seinem Herzen weh tat. Ganz anders jedoch Mevlânâ. Dieser hatte wirklich geliebt, hatte alles um sich vergessen und war in das Meer der Liebe eingetaucht. Im heiligen Gesicht des Şems hatte er Gottes Antlitz erblickt, hatte dieses sehen dürfen. Er war eins geworden mit dem Geliebten, eins und verschmolzen mit seinem Streben nach Gott: eine Seele, ein Herz waren sie geworden. Er hatte allen Grund, seinen Trennungsschmerz laut kundzutun, er, der die Abwesenheit des Geliebten so tief in seinem Inneren spüren mußte. Wenn er selbst doch auch nur einmal so lieben könnte, so wahrhaft und tief, daß er die Welt vergäße! Doch es geht nicht und darf wohl auch nicht sein. Er muß in dieser Welt wirken, muß sich mit ihren Sorgen beschäftigen, nicht mit den Verlockungen der geistigen Liebe. Da fällt ihm plötzlich Mustafa, sein Sohn und Lieblingsthronfolger, ein. Wie hatte er ihn nur vergessen können, wie war es möglich, daß er gar nicht an ihn gedacht hatte? Natürlich gibt es doch jemanden auf dieser Welt, den er liebt. Ein Wesen, das ihm wichtig ist, das seinem Leben neue Kraft verleiht: sein Thronfolger Mustafa! Und wenn er ihm den Thron überließe und sich zurückzöge, wenn er wie sein Vater in die Meditation eintauchte? Sich Tag und Nacht dem Rausch hingäbe und sich eine eigene, von Genuß und Wissen, Tanz und Gebet bestimmte Welt der Begeisterung schaffte? Wenn er sein Wesen abstreifte und diese Welt hinter sich ließe, diese Welt, an der er doch immer noch hängt und von der er nicht genug bekommen kann? Wenn er den Rest seines Lebens in Edirne am Ufer des Flusses Tundscha in Gesellschaft der Derwische, im Rausch mit diesen Schönen, verbrächte?

Doch er weiß, daß es Mustafa nicht gelingen würde, alle seine, Mehmets, Pläne zu verwirklichen. Zwar wäre er wohl ohne weiteres fähig, die Macht der Osmanen aufrechtzuerhalten und auch neue Staaten zu erobern. Doch die Einnahme Roms würde ihm wohl nicht gelingen. Nur er allein, ja, nur er, der »stets Siegreiche, Mehmet, Sohn des Murat Han«, kann die Weltherrschaft errichten. Mit diesem Gefühl, mit diesem Traum, der plötzlich zur Gewißheit wird, befreit Mehmet sich aus seinen abschweifenden Gedanken. Eine Empfindung ergreift ihn, die der Liebe zwar ähnlich ist, doch über diese hinausgeht. Am Ende ist sein Machtwunsch stärker als sein Verlangen nach Liebe. Er ist auch bereit, Einsamkeit und ein Leben ohne Liebe als sein Los zu akzeptieren, wenn er nur seinen großen Traum verwirklichen und vor seinem Tode den »Roten Apfel« sein nennen kann! Wenn es ihm nur gelingt, genau wie er Byzanz einnahm und in der Hagia Sophia den Gebetsruf erschallen ließ, auch das Papsttum zu stürzen und mit seinem Pferd die Mauern des Vatikans zu überwinden! Und er sieht vor seinem geistigen Auge einen Apfelbaum vor sich, an dessen Zweigen tiefrote, große, wie Sonnen leuchtende Äpfel hängen. Der Baum scheint zum Greifen nah, doch er zögert, die Hand auszustrecken und einen Apfel zu pflücken. Weiß er doch, daß die Einnahme Roms nicht so leicht sein wird wie das Pflücken eines Apfels. Da steht er also, der Baum, nur eine Lanzenlänge von ihm entfernt, am Rande des offenen, mauerlosen Gartens, inmitten eines Blumenbeetes. Mehmet spürt es wie eine Ahnung, daß ihm die Frucht dieses Baumes wohl versagt bleiben wird, daß der Baum verschwinden wird, sobald er sich anschickt, einen Apfel zu pflücken. Darum zieht er es vor, das Bild aus der Ferne zu betrachten, alles gut zu überlegen und seinen Entschluß auf später zu verschieben. Doch dann überkommt es ihn wieder wie ein Fieber. Nein, er muß ihn jetzt sofort pflücken, den Apfel. Genau in dem Augenblick, in dem er seine Hand zu dem Zweig hin ausstreckt, bricht die Musik, an die sich nicht nur seine Ohren, sondern sein ganzer Körper gewöhnt haben, unvermittelt ab, und der Derwisch hört auf, sich zu drehen, und stürzt zu Boden. Ak Şemseddins und Mehmets Augen treffen sich. Dabei lächelt der Alte, als ob er über alles, was Mehmet eben durch den Kopf gegangen ist, Bescheid wisse, als ob er sagen wolle: »Es ist noch zu früh.« Oder: »Mach dir keine falschen Hoffnungen, die Frucht dieses Baumes ist nicht für dich bestimmt.« Es ist nicht sicher, was dieses Lächeln bedeutet. Er lächelt, und seine schwarzen Augen funkeln im Halbdunkel des Klosterraumes. Als der Scheich sich endlich erhebt und das Ende der Zeremonie bekanntgibt, fragt Mehmet sich noch immer, was dieser wohl gedacht haben mag. Zu gern würde er wissen, was im Herzen des Alten vorging.

Dem Sultan, der noch immer am Rand des Brunnens sitzt, wird klar, daß sein Erinnerungvermögen sich zunehmend trübt, daß er beginnt, Ereignisse, Zeitläufe, seine Träume und wirkliches Geschehen durcheinanderzubringen. Als er im Kloster des Ak Şemseddin heimlich das Ritual beobachtet hatte, war Kostantiniye noch nicht erobert gewesen. Der Scheich hatte ihm später, viel später, mit einem Brief aus Göynük mitgeteilt, welche Frucht ihm zu welcher Zeit zufallen würde. In diesem Brief hatte er auch darauf hingewiesen, daß, genau wie einst sein eigenes Leben durch einen Traum eine neue Wendung genommen hatte, auch das Leben des Sultans sich durch einen Traum ändern werde, durch einen Traum, der ihm in einer Kadir-Nacht eingegeben werde. Seit er diesen Brief erhalten hatte, geht Mehmet in jedem Jahr in der siebenundzwanzigsten Nacht des Ramazan früh zu Bett. Und während er in der Dunkelheit in einem eigenartigen, zwischen Schlaf und Wachen liegenden Zustand wartet, sieht er jedes Mal den gleichen Apfelbaum. Doch was nützt ihm dies, wenn der einzige Mensch, der ihm diesen Traum deuten und ihm überzeugend klarmachen könnte, wie er sich verhalten soll, wenn dieser Mensch nicht bei ihm ist! Doch ist ihm jedesmal, wenn in allen Moscheen des Reiches das Gebet vollzogen wird und die flehenden Hände sich zum Himmel strekken, als höre er die Stimme des Ak Şemseddin. Der Scheich erzählt ihm, wie er Anhänger des Hacı Bayram Veli wurde, wie er, als ihn die Gottesliebe ergriff, sich vom orthodoxen Weg der Scharia entfernte und sich dem mystischen Weg der Sufis zuwandte. Wie er all sein Wissen aufgab, um die unendlichen und menschenleeren Steppen Anatoliens zu durchwandern, bis sein Weg ihn eines Tages zum Konvent des Hacı Bayram Veli führte. »Doch ich fand«, führt der Scheich dann weiter aus, »daß das bequeme Leben der Klosterbrüder, die um ihr Brot bettelten, sei es auch, um davon den Armen weiterzugeben, nichts für mich war, weswegen ich das Kloster wieder verließ. Ich hatte mich eben noch nicht von jener Stolz genannten Krankheit befreien können. Ich machte mich nun auf den Weg nach Aleppo, wo ich Schüler des

Scheich Zeynel Hâfi werden wollte. Doch schon im ersten Kervansaray, wo ich zur Nacht einkehrte, hatte ich einen Traum. In diesem Traum ward mir eine Kette um den Hals gelegt, deren Ende sich in der gesegneten Hand des Hacı Bayram befand. Der nächste Morgen sah mich bereits wieder auf dem Rückweg nach Ankara. Dort angekommen, fand ich Hacı Bayram mit seinen Derwischen bei der Ernte. Sofort ergriff ich eine Sichel und gesellte mich zu ihnen. Bis zum Mittag wurde ohne Unterbrechung gearbeitet. Erst als die Sonne im Zenit stand und wie eine Feuersbrunst auf unsere Köpfe niederstach, machten wir eine Pause. An einem Schattenplatz war ein Mahl angerichtet. Alle setzten sich zum Essen, doch niemand forderte mich auf, mich dazuzusetzen. Etwas weiter entfernt waren auch ein paar Brocken für die Hunde ausgelegt, und zwar auf einem Aschenrost des Hammams, mitten unter der glühenden Mittagssonne. Was blieb mir also anderes übrig, als hinüberzugehen, um mich an der Mahlzeit der Hunde zu beteiligen. Doch da hörte ich Hacı Bayram rufen: »Komm schon her, du Grünschnabel. Du hast mich schnell herumgekriegt!« Ich nahm neben ihm Platz, und damit war mein Eintritt in das Derwischkloster vollzogen. Und nachdem ich meine Lehrjahre in jenem Kloster abgeschlossen hatte, begab ich mich, mit dem Segen meines Scheichs, nach Edirne, wo ich das Kloster des Bayramiye-Ordens gründete.«

So hatte Mehmet Ak Şemseddin in jener Nacht im Zelt zu sich sprechen hören. Und, so hatte der Scheich hinzugefügt, auch er, Mehmet, würde in einer heiligen Kadir-Nacht einen Traum haben, der ihm seinen weiteren Weg weisen würde. Auf einmal begreift Mehmet alles, begreift die einzige Wahrheit seines Lebens, seines Schicksals: Er muß sich vor dem Stolz hüten. Auch wenn dieser dem Eroberer von Byzanz wohl anstünde, darf er doch nicht der Selbstgefälligkeit verfallen. Das war es, was Şemseddin ihm klarmachen wollte. Deswegen hatte er ihm angedeutet, daß er sein Ziel erst erreichen würde, wenn er zur Bescheidenheit gefunden habe, ja, wenn erforderlich, sogar sein Mahl mit den Hunden zu teilen bereit sei. Daß ihm dies nicht früher aufgegangen war! Doch bedeutete das dann wohl auch, daß er, der so viele Länder erobert und seinem Reiche so viele Gebiete dazugewonnen hatte, diese Welt verlassen würde, ohne sein vornehmstes Ziel erreicht zu haben, nämlich den »Roten Apfel« zu pflücken. Diese Welt, die er liebte und haßte zugleich, in der er weiterleben wollte, die er aber auch verfluchte. Und doch hatte es eine Zeit gegeben, in der ein Großer, nämlich Alexander, seine Herrschaft über die ganze Welt errichtet hatte! Alle Stämme der Erde hatte er unter einem einzigen Zepter vereint. Gegen Osten war er gezogen und hatte unzählige Kronen zu Fall gebracht. Unübersehbar die Zahl der Herrscher, die vor ihm knieten. Seine Herrschaft hatte den Orient und den Okzident, das Land und die Meere, den Himmel und die Erde umfaßt. In seiner Jugend hatte Mehmet nicht genug bekommen können von den Abenteuern des Alexander. Während er im Palast zu Manisa ungeduldig auf die Zeit wartete, da er wieder auf den Thron zurückkehren würde, lauschte er andächtig den Worten des Molla Guranî, der ihm aus dem goldverzierten, mit Miniaturen geschmückten Band vorlas.

An der Spitze seines gewaltigen Heeres zog Alexander mit seinen Generälen über Berge und durch Täler, überquerte unendliche Wüsten und Ozeane, jene Ozeane, die, wären sie mit Tinte angefüllt, austrockneten, wenn alle Siege des zweigehörnten Weltenherrschers mit ihr geschrieben würden. Ja, der *Zweigehörnte*, so hieß der große Alexander bei den Arabern, denn er war der einzige Herrscher, der sowohl im Osten wie im Westen regierte und sich die ganze Welt untertan gemacht hatte. Kein Land gab es auf der Welt, das er nicht erobert, keinen Herrscher, den er nicht besiegt hätte. Ihm waren das Schwert und der Thron verliehen, dazu die Macht und die Schönheit. Er war es, der Heere zermalmte und Städte verbrannte. Wer sich ihm nicht unterwarf, fand bald seine Strafe; und diejenigen, die sich ihm ergaben, retteten ihr Leben, indem sie ihm – wie Keyd – großartige Geschenke darbrachten. Unter den Geschenken, die dieser indische Regent Alexander zukommen ließ, beeindruckte das Füllhorn Mehmet am meisten. Weder Roschanak, die Tochter dieses Fürsten, deren Schönheit der Dichter preist, wenn er von ihrem mondähnlichen Antlitz spricht, von ihren Rehaugen mit den bogenförmigen Brauen und den Wimpern wie Pfeile, wenn er die Perlenreihe ihrer Zähne rühmt, die Apfelwangen, den Kirschmund und ihren schlanken Wuchs mit dem einer Zypresse vergleicht, nun, weder diese Schöne konnte ihn reizen noch der alte Weise, der alle Geheimisse des Universums in seiner Hand verschlossen hielt, noch der Arzt, der aus einem einzigen Urintropfen alle Krankheiten des Menschen herauslesen konnte. Nein, sein ganzes Trachten galt diesem gelben Pokal. Dieses Weinglas, das sich beim Trinken nie ganz leerte, Mehmet sah in ihm ein Sinnbild für seinen Wissensdurst. Wie hatte der Prophet doch gesagt: »Sucht das Wissen überall, und wenn ihr bis nach China gehen müßt.« Und so hatte er, während er, im Palast in Manisa eingeschlossen, seine Zeit abwartete, versucht die Welt zu ergründen, hatte Tag und Nacht gearbeitet, um herauszufinden, was im Universum vor sich ging, hatte die Bewegungen der Sonne, des Mondes und der Sterne studiert und die Aufteilung des Himmels in die sieben Sphären. Doch vielleicht stand dieser sich nie leerende Pokal ja für die Liebe des Dichters zum Wein. Diese Dichter, die den Genuß und das Vergnügen liebten und nie fehlten bei den Gelagen der Sultane! Doch was es auch sein mochte, das, was ihm an Alexanders Abenteuern am meisten gefiel, waren nicht die Kriege dieses Weltenherrschers, sondern sein nie versiegender Wissensdurst. Alexander hatte, genau wie er, einen unstillbaren Wunsch verspürt, sämtliche Geheimnisse des Universums zu ergründen. Nicht nur der Wunsch zu herrschen, sondern auch die Liebe zur Wissenschaft brannte in ihm. Während Molla Guranî Mehmet aus dem Alexander-Buch vorlas, sah dieser sich im Geiste neben Alexander die Welt durchschreiten. Er folgte ihm auf seinen Wegen, sprach in Indien mit den fleischlos lebenden Fakiren und den Großen des Islam an der Kaaba; in Abessinien begegnete er glutäugigen Schwarzen, die wie die Frauen verschleiert gingen. Während sie gemeinsam ein tiefes Meer überquerten, folgten ihnen seltsame Fische mit Elefantenköpfen. Dann verirrten sie sich in einem Wald. Bald waren sie umzingelt von wütenden Löwen, von Wildschweinen mit spitzen Hauern, von Schlangen und giftigen Tausendfüßlern. Nachdem sie all dies Getier getötet hatten, sahen sie sich einem Berg gegenüber, dessen schneebedeckte Gipfel die Himmelskuppel berührten. Nun töteten sie auch das schreckliche Ungeheuer auf der anderen Seite dieses Berges und gelangten in das Land der Frauen, wo sie an einem Seeufer haltmachten. Am gegenüberliegenden Ufer dieses Sees befand sich eine Stadt, die Herum hieß und in der es keinen einzigen Mann gab. Die Frauen ritten zu Pferde, mit umgegürtetem Schwert. Im Bogenschießen und Schleudern des Streitkolbens übertrafen sie die tapfersten Krieger an Meisterschaft. Sie hatten nur eine Brust, die einem Granatapfel gleich auf dem Seidenstoff auf- und abrollte; die andere Brust war bis auf den Grund abgeschnitten. Und alle waren sie jungfräulich. Wenn eine unter ihnen sich vermählen wollte, mußte sie die Stadt verlassen. Sie überquerte dann den tiefen See und gelangte in eine andere Stadt, wo sie heiratete, ihr Kind gebar, und wenn dieses Kind ein Mädchen war, dann durfte sie in die Stadt zurückkehren. Eine andere Sitte war, daß alle Frauen, die im Zweikampf mit einem Mann diesen vom Pferd gestoßen hatten, eine Krone auf dem Kopf und einen goldenen Ohrring trugen.

Und jetzt hielten alle Amazonen unter den großen Bäumen am Ufer des tiefen Sees Wache. Als Alexander sich einem ganzen Heer von Frauen mit goldenen Ohrringen gegenübersah, verzichtete er auf die Belagerung ihrer Stadt. Statt dessen bat er die Kriegerinnen um Erlaubnis, diese eigenartige, anstelle von einer Mauer von Wasser umgebene Stadt besichtigen zu dürfen. Und er tauchte in die Straßen der Stadt ein, um ihre Geheimnisse auszukundschaften. Während er so umherschlenderte, kam plötzlich ein Schneesturm auf; die Häuser, die Hügel mit ihren Schlössern darauf, alles war im Nu bis an die Bergspitzen mit Schnee bedeckt. Ehe er sich versah, war er auch schon nicht mehr in den Straßen der Stadt, sondern am Ufer eines Gewässers, auf dessen Oberfläche er sein Spiegelbild mit dem Kraushaar und den blitzenden blauen Augen erblickte. Als nächstes fand er sich mit seinem Heer in einer gelben Sandwüste. Aus den Kettenhemden seiner Soldaten züngelten Flammen hervor. Die Hufeisen der Pferde drohten in der Sonne zu schmelzen, so heiß war es. Die ganze Welt war in eine Sandhölle verwandelt. Die Soldaten waren erschöpft, die Pferde durstig. Nachdem er noch viele solcher glühenden Wüsten und schneebedeckten Berge bezwungen, an mancherlei Gewässern sein Zelt aufgeschlagen und, auf Inseln gegen Schlangen und in Wäldern gegen Raubvögel kämpfend, viele unendliche Ebenen durchwandert hatte, gelangte er endlich, nachdem er die letzten Heere geschlagen und Mauern eingerissen hatte, in das Land, wo der Stamm von Gog und Magog lebte.

Dies waren wirklich eigenartige Geschöpfe. Ihre Gesichter waren pechschwarz, ihre Augen glichen Kohlen, und auch ihre Zungen und ihre Blicke waren tiefschwarz. Sie verständigten sich in einer bisher nie vernommenen, höchst eigenartigen Sprache. Mit ihren stark behaarten Körpern ähnelten sie wilden Tieren. Sie waren grobschlächtig gebaut und hatten Elefantenohren. Wenn sie sich zum Schlafen niederlegten, diente ihnen eines dieser Riesenohren als Kopfkissen, mit dem anderen deckten sie sich zu. Und es gab keine Waffe, die sie töten konnte. Ihre Weibchen gebaren Tausende von Jungen auf einmal. Wenn der Frühling kam, wurde ihr gesamtes Land von den Wellen des wildschäumenden grünen Meeres überflutet. Aus den schwarzen vom Sturm herangetriebenen Wolken regnete es Schlangen auf ihre Häupter. Von diesen Schlangen ernährten sie sich, bis sie recht fett wurden. Wenn dann die Luft sich erwärmte und Felder und Berge in der Sonne brannten, wurden sie wieder dünner, und auch ihre Stimmen, die dem Wolfsgeheul ähnlich waren, wurden immer feiner, bis sie dem Gurren von Tauben ähnelten. Diese schrecklichen Geschöpfe schloß Alexander hinter einer Mauer ein, die er dort mit eiligst aus aller Welt herbeigerufenen Baumeistern errichtete.

Mehmet erinnert sich an einen frühen Abend in Manisa. Die Leuchter im herrschaftlichen Privatgemach waren noch nicht angezündet. Guranî sitzt im Schneidersitz vor ihm und liest ihm aus dem Alexander-Buch vor. Klar und deutlich wie Wassertropfen kommen die Worte aus seines Lehrers Mund und sammeln sich, bis sie einen tiefen See bilden. Während die Verserzählung wie eine schwungvolle Handschrift vor ihm abrollt, sieht Mehmet mit jedem neuen Doppelvers, mit jedem neuen Reim ein neues fernes Land vor sich erstehen. Er möchte sich ganz dem Zauber dieser Worte hingeben, möchte mit ihnen fortziehen, ihnen folgen, um ganz in den tiefen See einzutauchen. Doch als sie zum Land von Gog und Magog gelangen, empfindet er plötzlich Furcht. Sein Lehrer unterbricht für einen Augenblick die Lesung, um diese Furchtanwandlung des jungen Thronfolgers vorbeigehen zu lassen. Die abendliche Dunkelheit erfüllt, zusammen mit einer großen Stille, das Zimmer. Wie weit entfernt und unbestimmt ihm alles erscheint! Für einen Augenblick ist ihm, als erwache er aus dem Traum, in den er eingetaucht war. Da sieht er, genau vor sich, den Berg. So nah und überwältigend ist dieser Berg, daß es scheint, er würde sogleich einstürzen und den Palast unter sich begraben. Ob nicht gar der Stamm von Gog und Magog hinter diesem Berg lebt? Wenn am Tag des Jüngsten Gerichts der Himmel wie ein Blatt Papier zusammengefaltet wird und die Berge sich fortbewegen, wenn die Erde sich auftut und die Leichname ausspeit, dann werden Gog und Magog die Erde besetzen. Ob es tatsächlich einen solchen Stamm gibt, will Mehmet jetzt von Guranî wissen. Dieser antwortet nicht sofort auf die Frage seines Schülers. Die Stille ist kaum auszuhalten, und der Palast liegt inzwischen in tiefer Dunkelheit. Die Welt ist voll von Bösem, das Universum hat seine Richtung verloren. Zwar ist da ein Schicksalsrad, das sich dreht, doch warum, woher und wohin? Niemand kann eine Antwort darauf geben, nicht einmal der große Alexander. So ist es, weder Alexander kennt die Geheimnisse der Dunkelheit noch Guranî, der ihm hier gegenübersitzt. Sind Gog und Magog etwa die Kräfte dieser Dunkelheit? Antworte mir, mein alter Guranî, gibt es wirklich einen solchen Stamm?

»Natürlich gibt es ihn«, sagte sein Lehrer, nachdem einige Zeit vergangen war, »sogar im Koran ist er erwähnt.« Und er las ihm einige Verse aus der Sure »Die Höhle« vor. Mehmet erinnert sich noch genau der Worte, die wie ein schreckliches Erdbeben, wie die Posaunen des Jüngsten Gerichts, aus dem Mund seines Lehrers hervordonnerten:

»Wenn sie dich nach dem Zweigehörnten fragen, so sage: Er schlug einen Weg nach Westen ein … Dann nahm er einen anderen Weg, bis er schließlich an den Ort gelangte, an dem die Sonne aufgeht … Darauf zog er wieder einen anderen Weg und gelangte in das Gebiet zwischen den beiden Wällen. Dort fand er Leute vor, die kaum ein Wort verstanden. Sie sprachen: ›Zweigehörnter, Gog und Magog stiften Unheil im Land. Wenn du einen Damm zwischen ihnen und uns aufrichtest, wollen wir es dir reichlich entgelten.‹ Er antwortete: ›Die Macht und der Reichtum, die Gott mir verliehen hat, sind viel besser. Helft mir mit all euren Kräften, so will ich zwischen euch und ihnen eine Mauer bauen. Wenn die Verheißung meines Herrn kommt, wird er die Mauer zu Staub zerfallen lassen.‹«

Und Mehmet hatte tatsächlich geglaubt, daß diese angekündigte Zeit gekommen sei, daß die von Alexander errichtete Mauer zerstört würde und Gog und Magogs Stamm sich auf der Welt verbreiteten, und er hatte sich gefürchtet. Wie naiv und unerfahren er damals gewesen war! So gutgläubig, daß er alles, was er hörte und las, für bare Münze hielt. Aber wenn es doch im Koran steht, wo Gottes Wort verkündet wird! Gog und Magog würden also die Weltherrschaft antreten, am Tage des Jüngsten Gerichts, wenn die Mauern einstürzten, und nicht er! Doch wer weiß, wie viele Menschen ihn jetzt schon mit Gog und Magog vergleichen, seinen Zorn fürchten! So muß er denn wohl weiter Kriege führen, auf Rom zumarschieren. Wie Hannibal! Wie Hannibals Heer mit Elefanten Rom einnehmen. Und danach, nachdem er Rom eingenommen hätte, was käme dann? Wozu das alles: So viele Anstrengungen, Blut und Tränen? Wenn doch sowieso alles vergänglich war, wenn der Tod früher oder später auch bei ihm anklopfen würde. Nicht einmal Alexander hatte vom Lebenswasser trinken können. Auf der ganzen Welt hat noch nie jemand die Unsterblichkeit gewonnen, weder die Weisen noch die Heiligen noch die Herrscher. Ja, nicht einmal der Prophet, denkt Mehmet bedrückt und mit einem Gefühl der Niederlage, nicht einmal der Prophet. Und Alexanders Ende kommt ihm in den Sinn.

Als dieser die ganze Welt durchmessen, unzählige Abenteuer überstanden und ebenso viele Städte zerstört wie Throne niedergerissen und alle seine Neugierden befriedigt hatte, war er schließlich an dem äußersten Punkt angekommen, den ein Mensch überhaupt erreichen kann. Da stieß er auf den »Einsamen Baum«. Während seine Blätter im Winde rauschten, sagte dieser riesige, doppelstämmige Baum zu ihm: »Du bist nun ans Ende der Welt gelangt. Keinen Ort gibt es mehr, wohin du gehen könntest. Jetzt ruh dich aus, denn du hast dich umsonst abgemüht!«

Hier kehrt Mehmet plötzlich in seine Gegenwart zurück. Das Leben Alexanders hat gar keine Ähnlichkeit mit dem seinen! Gottlob, er ist hier, lebendig und kerngesund. Doch was jener jungverstorbene Welteneroberer erreicht hatte, davon ist er noch weit entfernt, und er wird es wohl auch nie erreichen können. Das Standbild des Justinian hinter der Hagia Sophia kommt ihm in den Sinn. Wie siegesbewußt und pompös saß der Kaiser da auf seinem sich aufbäumenden Roß, ganz als wollte er die Stadtmauern überwinden und sich geradewegs in die Wolken über dem Meer erheben. Seine rechte Hand wies auf einen unsichtbaren Punkt in der Ferne, der wohl das Ende der bekannten Welt anzeigen sollte. Und hinter diesem Punkt befand sich der »Einsame Baum«. Während vieler Jahre, ja Jahrhunderte waren die wilden Scharen aus dem Osten hervorgebrochen. Doch Byzanz hatte die schlitzäugigen Soldaten, die in einer von den Hufen ihrer schnellen Pferde aufgewirbelten Staubwolke herangebraust kamen, bis an ihren Ausgangspunkt dort beim »Einsamen Baum« zurückgetrieben. Mitten in der Steppe stand der Baum mit seinem ausgedörrten Stamm, wie ein alter Schamane, und die Welt, die dort, zwischen seinen Wurzeln und dem Himmelszelt, ihren Ausgang nahm, war ein roter Apfel in der linken Hand Justinians. Dieser Justinian war kein gewöhnliches Bronzedenkmal, nein, er stand da als Symbol der Weltherrschaft. Doch auch er hatte sie nicht festhalten können, die Herrschaft, genauso wenig wie Salomon sie in seinen Händen hatte halten können. Nach der Einnahme der Stadt hatte Mehmet das Standbild des Kaisers von der Säule herabholen lassen, überzeugt, daß er nun die Macht, die sich in dem Apfel in der linken Hand des Kaisers manifestierte, in seiner

Hand konzentrieren könnte. Doch mit der Kugel, die die Belgrader Burg zerstörte, war diese Macht bald schon wieder seiner Hand entglitten.

Mehmet erhob sich und richtete sich auf. Bedrückt von der Last seines zunehmenden Gefühls der Unzufriedenheit, dieser seine Denkfähigkeit trübenden Begehrlichkeit, wandte er sich zur Moschee. Dort, unter der Kuppel, die er selbst hatte errichten lassen, würde er vielleicht den Frieden finden, nach dem er sich so sehnte. Vor der Moscheetür hielt er inne, und als er den Kopf hob, sah er über den auf den Innenhof gerichteten, mit schmiedeeisernen Gittern versehenen Fenstern den Sulus-Schriftzug: »Alhamdulillâhi Rabbil âlemîn al rahmânirrahîm.« Mit diesen Worten, nämlich daß dem Herrn der beiden Welten, dem Erbarmer und Barmherzigen, Dank gebühre, begann der Koran. Ihm, der der wirkliche Herr der Welten war, der Schöpfer des Universums, Gott dem Allmächtigen, der keinen Anfang und kein Ende hatte, der erschaffte, aber nicht erschaffen wurde, und den man nicht beschreiben kann. Mehmet dachte daran, daß er nicht mehr als ein Knecht war, genau wie seine Untertanen, ein Mensch unter den Menschen. Und um wieviel ohnmächtiger als Gottes Bote Muhammed, der Prophet, dessen Namen er trug. Dieser Gedanke erleichterte sein Herz. Gerade wollte er in die Moschee eintreten, um zu beten, als ihm einfiel, daß er die vorbereitende Waschung nicht ausgeführt hatte. Er kehrte um und ging mit schnellen Schritten durch den Hof, am Schadirwan vorbei und suchte sein Zimmer in der Medresse auf.

Mehmet sitzt im Schneidersitz auf einem Kissen und liest in dem ledergebundenen, mit goldenen Rosetten verzierten Band, welcher vor ihm auf dem mit Perlmutt-Intarsien eingelegten Buchständer liegt. In dem durch das Fenster einfallenden Tageslicht erscheint sein Gesicht ein wenig bleich. Seinen Turban hat er abgelegt. Mit seinen wirren Haaren ähnelt er eher einem Lehrer als einem Padischah, einem bescheidenen Lehrer, der sich der Wissenschaft verschrieben hat und der hier gerade in ein Manuskript vertieft ist. Auf seinem kurzärmeligen Kaftan schweben Wolkenmotive. Die mit Goldfäden durchzogenen Nähte der aufgesteppten Verzierungen funkeln bei jeder Bewegung. Genau in der Mitte der aus je drei Tulpen und Granatäpfeln bestehenden Palmette erblüht eine sechsblättrige Blume. Vielleicht handelt es sich um eine wilde Rose oder doch eher eine unbekannte, nie gesehene Blume, wie sie in der Phantasie eines Wirkmeisters aus Bursa entstand, von einer alle wirklichen Blumen übertreffenden Erlesenheit. Mehmets Gewand bildet einen starken Kontrast zu den nackten weißen Wänden der Zelle. Ein solcher Kaftan, wie ihn nur ein Sultan tragen kann, paßt eben auch nur in den Serail, nicht in eine Medressenstube. Und doch hat Mehmet sich dieses Zimmer, samt Kissen und Lesepult, kraft seines Wissens ehrlich verdient. Niemand und nichts, nicht einmal sein eigener Ferman, kann ihn je wieder aus dieser Medresse ausschließen. Wie ein junger Student, ein bartloser Jüngling, der gerade erst den Koran lesen lernte, hat er eine Prüfung abgelegt und bestanden. Ja, ohne jede Rücksicht auf seinen Stand und ohne seinen Zorn zu fürchten, hatten die Lehrmeister der Medresse den großen Eroberer Istanbuls einer Prüfung unterzogen!

»Mein Sultan«, hatte der Rektor der Medresse zu ihm gesagt, »du kannst meinen Kopf verlangen, aber verlange keine Zelle von mir. Wir sind dir zu größtem Dank verpflichtet für diesen Hort des Wissens, den du uns vermachtest. Aber du bist weder Lehrer noch Student der Medresse. Deswegen dürfen wir dir keine Zelle geben.«

Obwohl Mehmet eine solche Antwort nicht erwartet hatte, bewahrte er die Fassung. Er fragte lediglich:

»Sagt mir, was ich tun muß: Ich möchte eine Zelle für

mich haben. Ganz gleich, wie sie aussieht, aber sie soll mir gehören, nur mir, dem Sultan Mehmet.«

»Nicht dem Sultan, aber dem Molla Mehmet können wir eine Zelle zuweisen, wenn dir das recht ist. Doch dazu mußt du eine Prüfung ablegen.«

Und Mehmet hatte die Prüfung bestanden. Diesen einfachen, ihm lieb gewordenen Raum hatte er sich ganz allein aufgrund seines Wissens verdient; weder die Macht des Staates noch die seines Schwertes hatte dazu beigetragen. Und so sitzt er jetzt in der durch das hohe Fenster hereinscheinenden Frühsommersonne vor seinem Lesepult und blättert in dem darauf ausgebreiteten Buch. Und was für ein Buch das ist! Welche Meere von Wissen es einschließt, welch schöne Worte und tiefe Gedanken! Nicht zuletzt die tausenderlei weisen Sprüche der großen Heiligen des Islam!

Ganz selbstvergessen, tief versenkt ins *Mesnevi*, sitzt Mehmet da. Wenn jedoch die an der gleich anschließend beginnenden und von Mehmet selbst geleiteten Diskussion teilnehmenden Gelehrten wüßten, welches Buch er hier liest, ja, daß er dieses überhaupt in die Medresse mitgebracht hat, wären sie außer sich vor Zorn. So sehr steht es nämlich im Widerspruch zu dem zu erörternden Thema, zu der Wissenschaft der orthodoxen Theologie! Mehmet jedoch liebt es – auch wenn er Rumîs Werk nicht von Anfang bis Ende durchstudiert –, darin zu blättern, sich in die Schönheit eines Verses, in einen erzählenden Bericht, ganz besonders jedoch die Fabeln zu vertiefen. Jedesmal, wenn er das *Mesnevi* in die Hand nimmt, öffnet sich ihm eine neue Welt, die ihn mit neuen Freuden empfängt. Mit diesem Buch geht er auf eine lange Reise im Lande Rum. Eine Reise, auf der er Hügel und Berge überwindet, Städte, Dörfer, ausgedehnte Weizenfelder und Wüsten durchquert, in Karawansereien übernachtet und schließlich bis nach Indien gelangt. Er begegnet Schwankenden und Lallenden, die sich in den Tavernen berauscht haben, entlaufenen Verrückten, störrischen Eseln, die im Nu einen geordneten Marktplatz in ein Schlachtfeld verwandeln, alten Weibern, Kaufleuten, Herrschern und Sklaven, Beduinen und Propheten. Er lacht über die Fliege, die, auf einem Strohhalm sitzend, auf schäumendem Urin schwimmt und sich für einen großen Kapitän hält. Und er begreift, daß man den Wurm, der den Körper schwächt, ins Feuer werfen muß. Und während der Bär tanzt, die Ziege grüßt, der Vogel fliegt und der Falke unter die in den Ruinen hausenden Eulen gerät, besänftigt Mehmet sich, als ruhe er in einem Rosenhain aus. Er fühlt sich eins mit dem Bauern, der im Dunkeln den Ochsen streichelt, den er für einen Löwen hält, oder mit dem Mann, der sein Kamel sucht, ja sogar mit dem Padischah, der seine Sklaven, die er gerade billig erstanden hat, einer Prüfung unterzieht. Er vergißt, wer er ist, und geht ganz auf in der Welt des *Mesnevi.* Er macht Bekanntschaft mit bizarren Gestalten, wie er sie in seiner Jugend, als er verkleidet umherzugehen pflegte, auf Märkten und in Karawansereien angetroffen hatte: gerissene Krämer, Bettler, armselige heruntergekommene Gestalten. Das Buch nimmt ihn mit, entführt ihn ins Land der Byzantiner, dann in jenes der Inder, schließlich nach China und bis hinter den Berg Kaf. Und in jeder Erzählung, selbst in den derbsten Schwänken, findet er zu seiner großen Freude einen tieferen verborgenen Grundgedanken, eine sufische Bedeutung. Welch unvergleichliches Meisterwerk ist doch dieses *Mesnevi*! Ganz unter dem Eindruck der Gedanken, denen er im Moscheehof nachgehangen hatte und die, mit der Erinnerung an die alten Tage, das Bild des jungen Mevlevi-Derwisches wieder vor seinen Augen erstehen ließen, hatte er – kaum war er in seine Zelle eingetreten – den Band aus dem Eckschrank hervorgeholt und zu lesen begonnen. Und gleich beim ersten Satz war ihm eine bedeutsame Frage durch den Kopf gegangen: Wieso begann dieses Werk nicht, wie alle wichtigen Bücher, mit der Besmele-Formel?

Warum setzte Celâleddin Rumî nicht Gottes Namen an den Beginn, sondern den Anruf »Beschnou«, »Hör zu«? Mit diesem persischen Wort mußte es eine besondere Bewandtnis haben. Vielleicht lag darin ein geheimer Sinn, den wohl nur Ak Şemseddin hätte ergründen können. Wie schade, daß dieser ihm seine Frage nun nicht mehr beantworten konnte! Denn in seiner gesamten Umgebung sieht Mehmet wirklich niemanden, den er nach dem geheimen Sinn des Wortes »Beschnou« fragen könnte. Standen die hier anwesenden Gelehrten doch ausnahmslos auf der Seite der Zahiriten, die nur das geschriebene Wort in seinem äußeren Sinne gelten ließen. Natürlich wußte Mehmet, daß man im Grunde mit dieser Art Fragen nach versteckten Bedeutungen nicht sehr weit kam, daß der Weg zum Wissen mit den richtigen Fragen begann und daß man durch Anstrengung der Vernunft zu positiveren Ergebnissen gelangte als durch das Suchen nach dem geheimen Sinn. Trotzdem konnte er sich dem Zauber der Buchstaben, wie ihn die esoterische Lehre der Bâtinî verstand, nicht entziehen. Da der erste Buchstabe des Wortes »beschnou« ein »b« ist, könnte dieser doch für die Besmele stehen. Hatte der Imam Ali nicht selbst gesagt, daß alles, was im Koran stand, bereits in der Eröffnungssure »Fatiha« enthalten war, sowie alles, was diese aussagte, mit der Besmele zum Ausdruck gebracht werden konnte und daß die Besmele wiederum im Buchstaben »b« enthalten war? Und was der Buchstabe »b« enthielt, das fand sich bereits in dem Punkt unter dem »b« des arabischen Alphabets. Und hatte der Imam Ali nicht auch gesagt: »Ich bin der Punkt unter dem »b«? Und hatte Gabriel in der Höhle nicht Muhammed zugerufen: »Ikra«, »lies«? Wären die Ohren des Propheten taub gewesen, hätte er nicht mit dem Ohr des Herzens hören wollen, wie hätte dann Gott der Allmächtige den Koran herabsenden können? Und wie hätten die Buchstaben am Anfang der Suren wohl ihren Weg ins Herz unseres geliebten Propheten gefunden, alle die Alif, Lam und

Mim? Besonders diese langschwänzigen, seltsam gekrümmten Mim! Wenn Ali der Punkt unter dem »b« war, konnte dann Muhammed selbst nicht im »Mim« enthalten sein?

Und nun flüstert Mehmet den Beginn des *Mesnevi*, jene ersten achtzehn Zweizeiler, die die gesegnete Hand des Celâleddin Rumî eines Tages auf ein Stück Papier schrieb, welches er aus seinem Turban hervorgezogen hatte:

»Beschnou az ney dschun hekâyat mikonad
Az dschohaida schekâyat mikonad.«

Nun begann Mehmet, ohne bestimmte Reihenfolge in dem Werk zu lesen. Und während er las, entspannten sich seine Gesichtszüge, sein Herz wurde heiter. Bei der Stelle angekommen, wo es heißt, daß jeder, außer den Fischen, sich am Wasser satt trinken kann, wurde ihm wieder einmal klar, daß die Macht, welche die unglaubliche Farbenpracht der Welt hervorgebracht hatte, selbst farblos war, daß das Abbild im Spiegel nicht von diesem herstammte und daß Gott der Allmächtige das Universum geschaffen hatte, um seinen verborgenen Schatz, das heißt sich selbst, zu erkennen zu geben. Dann blieb sein Blick an dem folgenden Vers hängen:

»Bei den Sultanen war solches Sitte, und wenn
du dich erinnerst, so wirst auch du es gehört haben.«

Ohne Atem zu holen, las Mehmet weiter:

»Die Kämpfer standen zur Linken der Regenten,
denn das Herz als Sitz des Mutes findet sich links im Körper.
Die Schatzmeister und Schreiber standen zur Rechten des Sultans,
denn die Schrift und das Verzeichnis gehören in die rechte Hand.
Den Sufis gab man einen Platz gegenüber dem Herrscher,
denn die Sufis sind der Spiegel der Seele,

ihr spirituelles Wesen glänzt reiner noch als jener.
Damit der Spiegel des Herzens geläutert und aufnahmebereit
für eine neue Manifestation Gottes sei,
reinigten sie mit Andacht und Gebeten ihre Brust.
Den Spiegel soll man jenem vorhalten, der von der
Schöpfung mit Schönheit bedacht wurde.
Ein schönes Gesicht entfaltet sich im Spiegel,
denn es möchte sich selbst sehen.
Der Spiegel ist der Glanz der Seele, und er stärkt das Herz!«

Hier, im *Mesnevi*, hatte er sie endlich gefunden, die Lösung für sein Problem! Am Anfang jeder wissenschaftlichen Debatte stand nämlich die Streitfrage, wer wo seinen Platz angewiesen bekam. Jedesmal gab es Diskussionen zwischen den Gelehrten, und wenn man des Sultans Schiedsspruch erbat, war er oft ratlos. In den Worten des Celâleddin sah er nun die Lösung. Ob es den Gelehrten schließlich gefiel oder nicht, er würde von jetzt an die Sitzordnung während der Debatten gemäß Rumîs Zweizeilern ausrichten. Er schrieb die entsprechenden Verse auf ein Blatt Papier, faltete es zusammen und steckte es in seinen Gürtel. Dann setzte er seine Lektüre fort, an der Stelle, wo er unterbrochen hatte: von dem Sklavenmädchen las er nun, in welches der Padischah sich verliebt hatte, von dem Goldschmied, den das Mädchen liebte, weiter von Scheichs und Heiligen, von dem Wettstreit zwischen griechischen und chinesischen Malern, von der Krähe, die die Ansichten des Wiedehopfs tadelte, von dem trauten Zusammensein zwischen dem Löwen und dem Hasen, weiter vom Himmel mit Sonne, Mond und Gestirnen sowie von Wasser, Mühlen und dem Brot auf der Erde. Mehr als ein Buch war dieses *Mesnevi*, wahrhaftig ein echter Schatz!

Doch Mehmet wußte, daß es in dem an die Wand gelehnten Schrank noch andere derartige Schätze gab. So stand er auf und nahm aus dem unteren Regal ein großes Buch hervor, welches er mit Umsicht auf sein Lesepult legte. Sobald er den Band aufschlug, tat sich vor seinen Augen eine bunte, vielfältige Welt auf. Trotz seines unhandlichen Formats ließ dieser Almanach sich doch mit Leichtigkeit anschauen. In bunter Folge, in der sich keine bestimmte Ordnung erkennen ließ, waren hier Miniaturen, bizarre Abbildungen, Porträts und Stiche sowie Holzschnitte auf die Seiten geklebt worden. Wann immer Mehmet sich den Band vornahm, war es unter all den detaillierten Schlachtszenen, den Abbildungen von Blumen, Bäumen und Vögeln immer wieder eine bestimmte Reihe von Bildern, von denen seine Augen sich nicht losreißen konnten. Ganz andere Bilder waren dieses, die den Betrachter fesselten und unterhielten. Immer schneller blätterte Mehmet jetzt die Seiten um, bis er zu den Zeichnungen des »Siyah Kalem« genannten Künstlers gelangte. Lange ließ er seine Blicke über die sich in ständiger, merkwürdig verrenkter Bewegung befindenden menschlichen Figuren, die gehörnten langschwänzigen Dämonen und die bärtigen Derwische mit ihren Filzkappen schweifen. Er spürte, wie sich beim Anblick dieser Figuren sein Puls beschleunigte, wie sein Blut in Wallung geriet. Diese dunkelhäutigen, grobknochigen Menschen mit ihren von Falten bedeckten Gesichtern, diese haarigen, schrecklichen, fast nackten Wesen schienen in ständigem Kampf miteinander zu liegen, der sie nie zur Ruhe kommen ließ. Da waren die beiden dunklen Figuren, die ganz wie beim Tanz blaue und rote Tücher um Hände und Unterarme schwingen ließen, während sie sich mit ihren unförmigen breitgetretenen nackten Füßen vom Boden abstießen. Die zornesroten Blicke, die sie sich dabei zuwarfen, ließen jedoch eher an einen Zweikampf denken. Doch es gab auch andere Figuren, die flüsternd miteinander redeten, lachten und spielten, oder solche, die sich mißtrauisch umsahen, wobei sie ihre Esel am Halfter oder am Schwanz hinter sich herzogen. Auf einem weiteren Blatt sah man in einer Ecke Kinder, die ihre

Mutter am Ärmel zerrten, während ein Esel sein Geschäft verrichtete. Der Besitzer des Esels stupfte – statt den bohnengroßen Eselsdreck aufzulesen – den Kopf des Tieres tiefer in den Futtersack, damit dieses noch mehr fraß. In einer anderen Darstellung balgten sich Hunde, spielten Pferde miteinander; ein stachelhaariger Mann wusch Wäsche in einem Bottich. Doch außer diesen Ausschnitten aus dem Leben der Nomaden gab es in dieser Reihe noch andere außergewöhnliche Szenen zu bewundern. Ein einäugiger gehörnter Dämon trug in seinen behaarten Armen einen Grauschimmel davon. Das arme Tier war ganz zusammengeschrumpft in dieser teuflischen Umarmung, und aus seinem Maul quoll Blut hervor. Mit seinen aus wulstigen Lippen hervorstoßenden spitzen Zähnen, seinen prankenartigen Füßen und den langen Fingern, die sich in den zarten Körper seines Opfers krallten, war dieser Dämon wirklich gräßlich anzusehen. Ein weiterer Dämon, mit Ziegenbart, rotem Rock und Reifen um Hand- und Fußgelenke, machte sich über einen armen Esel her und war im Begriff, einen dicken, knorrigen Stock aus der Luft auf den Rücken des Tieres niedersausen zu lassen. Aus seinen Augen sprühten Flammen hervor. Mit der rechten Hand hielt er den Schwanz des Esels fest, während sein eigener Schwanz aus dem Rock hervorlugte und sich um sein Fußgelenk kringelte. Ein zweiter Dämon auf diesem Bild war damit beschäftigt, den Kopf des Esels auf den Boden herabzudrücken. Auch dieser hatte einen Schwanz und spitze Zähne und trug Reifen an Armen und Fußgelenken. Sollten diese furchterregenden Wesen wohl das Böse verkörpern? Und waren die Tiere, die sie mit sich fortrissen, um sie in die Hölle zu bringen, vielleicht Menschen, die ihren Begierden nachgegeben und gesündigt hatten?

Hier überkam Mehmet eine plötzliche Bangigkeit, mußte er doch an seine eigenen Sünden denken. Der Anblick der beiden Dämonen, die einen roten Baumstamm durchsägten, brachte ihm all jene in Erinnerung, die er durch Folter und Pfählen hatte töten lassen, deren Blut er für nichts und wieder nichts vergossen hatte. Und nicht etwa seine Feinde waren es gewesen, sondern seine Leute, seine eigenen Untertanen. Doch schnell verscheuchte er diese Gedanken und wandte sich wieder den Bildern zu, die den Kampf zwischen Gut und Böse mit einer außergewöhnlichen Phantasie und gleichzeitig größtem Realismus wiedergaben. Was war dieser Siyah Kalem doch für ein großartiger Künstler! Und wie schade, daß man über seine Herkunft so gut wie nichts wußte! Niemand hatte eine Ahnung, wer er war, woher er gekommen und wohin er gegangen war, noch wo er diese Zeichnungen angefertigt hatte. Vielleicht war er ein Turkmene, der aus der zentralasiatischen Steppe nach Anatolien eingewandert war, vielleicht aber auch ein opiumfressender Derwisch. Mehmet nahm sich vor, jemanden auf seine Spur anzusetzen, ihn suchen und finden zu lassen, damit er ihn selbst fragen könnte, was seine Bilder zu bedeuten hatten, warum die Dämonen so kräftig und vital, die geflügelten Engel hingegen genauso unschuldig und hilflos wie die Menschen aussahen.

Doch jetzt glitten seine Augen gefesselt über weitere Miniaturen und Darstellungen, die nachträglich kolorierten Holzschnitte und Stiche. Bei diesen letzteren handelte es sich in den meisten Fällen um Werke der Ungläubigen. Unter diesen Abbildungen waren Erklärungen in lateinischer und griechischer Sprache aufgeführt. Auf einer dieser Darstellungen sah man Affen, die sich in den Zweigen eines Baumes vergnügten. Einer von ihnen ließ sich von seinem Zweig herabhängen und betrachtete einen Jüngling, der sich unter dem Baum ausgestreckt hatte und ruhte. Ein anderer kämmte seinen kahlen Kopf, einer spielte zum Tanz auf, und ein weiterer betrachtete sein Konterfei voll Bewunderung im Spiegel. Keine Frage, daß diese Affen schlechte Eigenschaften, wie Genußsucht, Eitelkeit und Launenhaftigkeit, verkörpern sollten.

Und so blätterte Mehmet weiter in dem Almanach. Auf jeder Seite begegnete ihm eine neue Welt, deren Schönheiten ihn verzauberten. Er überließ sich ganz dem Reiz der Farben und Formen und des ständig wechselnden Lichtes, die dieses Buch ausstrahlte. Doch dann wurde seine Aufmerksamkeit von einem in Talik-Schrift geschriebenen Vierzeiler des Abdurrahim Yakubi angezogen. Mehr noch als den bedeutungsvollen Inhalt der Zeilen bewunderte er die Meisterschaft der Schriftzüge. Im linken Teil des Blattes schlängelte sich ein Lindwurm um die aus Blumenmotiven bestehenden Verzierungen, während am unteren Rand greifenartige Vögel sich auf einem im Winde schaukelnden Ast niedergelassen hatten und ihr Gefieder glätteten. Inmitten dieser Darstellungen war sein eigenes Konterfei zu sehen. Der Schriftzug »El grand Turco« sollte die Schreckenswirkung des Drachen auf seiner Kopfbedeckung wohl noch verstärken. Mehmet lächelte. Die einzige Ähnlichkeit zwischen der im Profil dargestellten Gravur und seinem eigenen Gesicht bestand in der Nase. Vielleicht auch ein wenig in den fleischigen Lippen. Doch Augen und Brauen und ganz besonders der sorgfältig gekämmte lange Bart sowie die bis auf die Schultern herabfallenden Haare ließen dieses Porträt wohl eher einem venezianischen Kaufmann zugehörig erscheinen als einem Osmanensultan. Der Wunsch nach einem echten, ihm wirklich ähnelnden Porträt kam in ihm auf. Doch war dies wohl eine Aufgabe, der die Künstler seines Palastes kaum gewachsen waren. Am besten schickte er doch einen Boten nach Venedig, um einen Maler einzuladen. Der Gedanke hieran erfüllte ihn plötzlich mit Freude. Er wollte ein Bild von sich haben, so wie er sie in Byzanz, in Galata, gesehen hatte, ein Porträt, das ihn unsterblich machen sollte, das in dieser vergänglichen Welt Bestand haben und sein Andenken verewigen sollte! Er war sich bewußt, daß Ak Şemseddin diesen Plan sicher nicht gebilligt hätte. Doch was soll's, er brauchte sich schließlich nicht an das Bilderverbot zu halten! Er, der Eroberer von Byzanz, der zusammen mit der Stadt auch die tausendjährige Kunsttradition der Ikonen, der goldenen Mosaiken erobert hatte, welche die Kirchenwände und die Porphyrmauern der Paläste schmückten. Er war weder Prophet noch Heiliger, nur ein Eroberer. Ein großer jedoch, von dem es doch wohl ein Porträt, und sei's auch nur ein einziges, geben sollte, um es im Audienzsaal aufzuhängen. Er beschloß, einen Boten an den Dogenpalast zu schicken und den berühmtesten Maler nach Kostantiniye einzuladen, sobald Frieden mit Venedig geschlossen wäre. Leider war dieses augenblicklich kaum möglich, denn der nächste Krieg zeichnete sich bereits am Horizont ab. Trotzdem wünschte er sich, daß er bald, bevor er stürbe und auch ohne abzuwarten, bis der Papst besiegt war, einen Maler fände, der ihn porträtierte, so, wie er jetzt aussah, in seinem reifen Alter.

Dieser Gedanke ergriff von ihm Besitz, und er war fest entschlossen, ihn in die Tat umzusetzen. Er konnte nicht wissen, während er hier in seinem Zimmer in der Medresse in die Abbildungen des Almanachs vertieft war, daß eines Tages tatsächlich sein Porträt angefertigt werden würde, daß dieses jedoch nicht – wie er es sich ausgemalt hatte – später auf den ersten Seiten eines ähnlichen Folianten prangte, damit seine Kinder und Kindeskinder ihn dort mit Bewunderung, Liebe und Verehrung betrachten könnten, daß vielmehr sein Sohn Bayezit kurz nach seiner Thronbesteigung dieses Porträt Händlern in Galata zum Kauf anbieten würde. Was er jedoch klar wußte, als er das auf dem perlmuttgeschmückten Lesepult liegende Buch zuklappte, war, daß – sollte sein Leben lang genug währen – er bei erster Gelegenheit sein Porträt malen lassen würde und daß er von diesem Entschluß, der mindestens so wichtig und mutig war wie derjenige, die Stadt Byzanz zu erobern, sicher nicht abzubringen war.

Seit Beendigung des Mittagsgebets warteten die Gelehrten auf Mehmet. Als der Sultan den Versammlungsraum endlich betrat, war es bereits später Nachmittag und die Sonne fast untergegangen. Das durch die Fenster einfallende Licht hatte sich von den Wänden zurückgezogen und erhellte nur noch den Boden. Die Gelehrten wunderten sich nicht über diese Verspätung. Immer wenn Mehmet sich in seine Zelle in der Medresse einschloß, verlor er sich in den Büchern, vergaß, wo er war. So nahmen sie an, daß es wohl wieder ein Buch war, das ihn gefesselt hatte, und daß seine Gedanken auch jetzt noch, auf dem Weg zum Streitgespräche, bei diesem Buch verweilten. In der Tat war Mehmet ganz in Gedanken versunken. Er durchquerte den Raum und nahm seinen Ehrenplatz ein. Die Gelehrten standen vor ihm und warteten darauf, daß er ihnen ihre Plätze zuwies. Der Sultan gab einem seiner Diener ein Zeichen, näherzukommen. Sobald dieser den mit leiser Stimme erteilten Befehl des Sultans vernommen hatte, begann er, mit großer Eile, die Anordnung der in zwei Reihen aufgestellten Sitzkissen zu ändern. Das dem Sultan gegenüber plazierte Kissen nahm er ganz fort. Die Gelehrten vermochten in dieser im letzten Augenblick vorgenommenen Neuerung keinen Sinn zu erkennen. Wie stets bei dieser Prozedur fragten sie sich auch diesmal mit großer Spannung, wem der Sultan wohl den seinem Sitz gegenüberliegenden Platz anweisen würde. Und da jeder einzelne von ihnen überzeugt war, daß dieser hochrangige Platz ihm allein gebühre, standen sie alle bereit und warteten ergeben. Daß nun ausgerechnet dieses Kissen fortgeräumt wurde, mußte ja wohl bedeuten, daß dieser Platz frei bleiben würde. Diese unerwartete Situation machte sie ratlos.

Mehmet ergriff das Wort: »Ich weiß sehr wohl, was euch

beschäftigt. Doch ich habe endlich eine Lösung für unser Problem gefunden. Bedauerlicherweise weilt die Person, die mir gegenübersitzen sollte, nicht mehr unter uns, sie hat diese Welt schon seit langem verlassen. Von nun an wird auf diesem Platz niemand mehr sitzen!« Er griff unter seinen Gürtel, zog ein Blatt hervor und las laut die Zeilen, die er aus dem *Mesnevi* abgeschrieben hatte. Die Ulema begriffen sofort, daß hier angedeutet wurde, daß dieser hohe Platz dem Ak Şemseddin gebührte und daß, wie um dieses zu unterstreichen, auch noch ein Sufi-Derwisch wie Celâleddin Rumî zitiert wurde, der sich in ihren Kreisen nicht gerade besonderer Wertschätzung erfreute. Mehmet beobachtete aufmerksam die in ehrerbietiger Haltung vor ihm stehenden Theologen mit ihren großen schweren Turbanen, den bis auf den Boden reichenden grünen, roten und blauen Kaftanen und den reich geschmückten Gürteln, die sie um ihre Leibesmitten gelegt hatten. Prächtiger denn je hatten sie sich herausgeputzt. Offensichtlich maßen sie der heutigen Debatte eine besondere Bedeutung zu. Mehmet dachte sich im geheimen, wie sehr er doch der Wohltäter dieser Ulema-Kaste im gesamten Reich war und wie sie alle mit den großzügig bemessenen Gehältern reich und fett wurden. Sogar Molla Guranî trug heute nicht die sonst für ihn übliche bescheidene Kleidung. Jedesmal, wenn Mehmet sich seinem Lehrer gegenübersah, spürte er eine gewisse Erregung und begann unwillkürlich innerlich zu zittern. Auch heute war das nicht anders. Guranî stand einen Schritt vor den anderen; mit seiner schlanken hohen Gestalt, dem hennagefärbten Bart und dem dunkelhäutigen Gesicht, das trotz der fortgeschrittenen Jahre des Gelehrten noch keinerlei Falten aufwies, schien er die ganze Würde nicht nur des Mufti von Istanbul zu verkörpern, sondern eher noch die des Kazasker, des Obersten Heeresrichters, ein Amt, das er auch einmal bekleidet hatte. Mehmet erinnert sich, wie er die Stellung eines Großwesirs abgelehnt hatte mit der Begründung, daß diese einem islamischen Rechtsgelehrten nicht anstünde, und wie er sich statt dessen mit den untergeordneten Ämtern eines Heeresrichters und eines Mufti begnügt hatte. Der stolze Gelehrte näherte sich dem Sultan und streckte seine Hand aus. Mehmet wußte sehr wohl, daß Molla Guranî weder seine Hand noch seinen Saum küssen würde wie seine Kollegen, sondern daß er – ganz im Gegenteil – ihm seine Hand zum Kuß darreichte. So erhob er sich langsam von seinem Kissen. Als er sich über die blaugeäderte und von Altersflecken übersäte rechte Hand des Gelehrten beugte, schien es ihm, als sähe er einen Prügelstock. Jenen Stock aus dem Holz der Kornelkirsche, den er zum ersten Mal im Palast zu Manisa schmerzhaft zu spüren bekommen hatte. Und den er seit jener Zeit seiner Prinzenschaft für immer in der Hand seines Lehrers Guranî sehen würde. Für einen Moment verdunkelten sich seine Augen. Und er erinnerte sich an seine Ausgelassenheit in jenen Jahren und spürte gleichzeitig auf der Haut den Schmerz, den jener Stecken, der den ungehorsamen Thronfolger züchtigte, hinterließ. Als ob die Zeit stehengeblieben wäre und das Schicksalsrad sich überhaupt nicht gedreht hätte, so stand Molla Guranî wieder vor ihm. Und die Sehnsucht nach jenen Tagen ergriff ihn. Er sah sich als Knaben, wie er sich auf sein weißes arabisches Vollblut schwang, im Nu die Weinberge hinter sich ließ und, an den Ausläufern des Manisa-Berges angelangt, den ganzen Tag die finsteren, raunenden Höhlen durchstreifte, um Falken zu fangen. Oder wie er an dem das Tal durchfließenden Gediz sein Pferd zu Wettrennen anstachelte oder sich im Bogenschießen übte. So beschäftigt war er mit all diesen Verrichtungen, die ihm Spaß machten, daß zum Lernen verständlicherweise keine Zeit übrigblieb. Er war doch nicht auf die Welt gekommen, um zu lesen und zu schreiben, nein, seine Bestimmung waren das Reiten, Jagen und Bogenschießen! Nachdem alle Vorhaltungen seines Vaters Murat Bey ohne Wirkung geblieben waren, hatte es keine andere Wahl mehr gegeben als den Prügelstock, um den nichtsnutzigen Thronfolger auf den rechten Weg zu bringen. Bei jedem Fehler, der ihm bei der Koranlektüre unterlief, war dieser Stock auf die Innenflächen seiner Hände niedergesaust. Mehmet schaute Guranî mit tiefer Dankbarkeit an. Daß er heute eine solche Freude am Lesen hatte, daran, sich in den Büchern zu verlieren, in das Meer des Wissens einzutauchen, verdankte er einzig seinem Lehrer. Diesem Alten, der immer noch aufrecht vor ihm stand und der ihm, mit dem Prügelstock in der Hand, die Tore des Wissens geöffnet hatte. Mehmet küßte die Hand seines Lehrers, begrüßte ihn wie einen siegreichen Kämpfer und wies ihm den Platz neben dem seinen zu.

Nach Guranî trat Ali Kuşçi vor und näherte sich dem Sultan. Er küßte dessen Hand und legte sie auf sein Haupt. Er war erst vor kurzem in den Schutzbereich des Osmanenherrschers eingetreten. Mehmet dachte zurück an die Zeit, als er ihn als Botschafter des ostanatolischen Turkmenenfürsten Akkoyunlu kennen- und schätzenlernte, wie er sogleich sein immenses Wissen bewundert und ihn durch inständiges Bitten schließlich überredet hatte, ganz nach Kostantiniye zu kommen. Und obwohl Kuşçi seinen Vorschlag angenommen hatte, war es Mehmet zunächst unwahrscheinlich erschienen, daß dieser wirklich in die Medresse der Hagia Sophia einziehen würde. Um so größer war dann seine Freude gewesen, als Kuşçi ihm mitteilen ließ, daß er seinen Botschafterposten quittiert habe und unterwegs nach Kostantiniye sei. Sofort hatte Mehmet Boten losgeschickt, die Kuşçi an jedem Ort, wo er Unterkunft nahm, tausend Silbermünzen überreichten. Der Grund für die große freudige Erwartung des Sultans lag allerdings nicht allein in den umfassenden Kenntnissen von Kuşçi auf den Gebieten der Astronomie und der Mathematik. Nein, sein eigentliches Ziel war dabei, endlich aus einer verläßlichen Quelle mehr über die Geschichte der Sternwarte von Samarkand zu erfahren, sowie von den Abenteuern des Uluğ Bey, über welche er in seiner Kindheit nur bruchstückhafte Berichte gehört hatte. Er wußte, daß der Vater des Gelehrten Uluğ Beys Falkner gewesen war und daß er selbst im Palast dieses Sultans von Samarkand, eines Enkels von Timurlenk, aufgewachsen war. Sobald Kuşçi in Kostantiniye eingetroffen war, hatte er den Sultan aufgesucht und ihm seine Werke *Die Eroberung* und *Muhammed* überreicht. Im Gegenzug hatte Mehmet ihn mit Geschenken und ehrenvollen Ämtern reich bedacht. Jetzt erinnert er sich an das, was der Gelehrte, der für lange Zeit als Gast in seinem Palast weilte, eines Nachts erzählt hatte …

Sie saßen im Garten, am Rande des Wasserbeckens. Die an beiden Enden des Tisches aufgestellten Fackeln warfen ihr Licht auf die Wasseroberfläche. Der Himmel war sternenbedeckt. Nicht ein einziges Blatt bewegte sich. Es war eine heiße, stille, eindringliche Nacht. Eine jener hellen Sommernächte, die den Menschen mit sich forttragen hinter das im Sternenlicht unendlich scheinende Marmarameer, weit fort, an einen unerreichbaren Ort, in ein unergründliches Universum. Der Mond stand als Sichel am Himmel. Ganz versunken in die auf dem Wasser züngelnden Flammen der Fackeln, lauschte Mehmet der Erzählung von Ali Kuşçi. Seiner Bitte folgend, erzählte der Gelehrte ihm von Samarkand. Er berichtete von den Gärten der Stadt, von ihren gepflegten Häusern, den sauberen Straßen und Marktplätzen, von den Stadtmauern, die die Sonne in sich aufsogen, und von Pavillons und Palästen. Mit der Genauigkeit des Mathematikers erwähnte er kleinste Details, und mit der Begeisterung und Phantasie des Dichters pries er die Schönheiten der Stadt. Auch beschrieb er, bevor er auf die Geschehnisse um Uluğ Bey zu sprechen kam, die Menschen des Landes, in dem er geboren und aufgewachsen war, sprach von ihren Sitten und Gebräuchen. Ja, ein herrliches Land war dieses Transoxanien, mit seinen fruchtbaren Böden, seiner arbeitsamen Bevölkerung, seinen tapferen Kriegern und schönen Frauen. Ein von zwei Flüssen bewässertes Land, in welchem durch Gottes Huld nicht nur mannshoher Weizen, sondern auch zahlreiche Gelehrte heranwuchsen, ein Land, in welchem die Überlegung mehr zählte als die blinde Leidenschaft, die Vernunft mehr als der Ehrgeiz und die Kunstfertigkeit mehr als der Wagemut. Mehmet begriff sehr wohl, was Kuşçi hiermit andeuten wollte. Doch da er darauf brannte, endlich die Geschichte des Uluğ Bey zu erfahren, sagte er nichts, sondern saß geduldig wartend auf dem rot-, blau- und schwarzgemusterten Teppich, der unter den die Mauer erklimmenden Efeupflanzen im Palastgarten ausgebreitet war. Schließlich kam die Rede auf Uluğ Bey.

Ali Kuşçi begann seine Ausführungen damit, daß dieser nicht, wie sein Großvater Timurlenk, ein unbesiegbarer Krieger gewesen war, sondern ein Staatsmann, der sich der Wissenschaft widmete, dessen Wissen und Gedächtnis einmalig auf der Welt waren. Zwei Dinge waren es, mit denen Uluğ Bey sich hauptsächlich beschäftigte, zwei große Leidenschaften, denen er sein Leben widmete: die Jagd und die Sternkunde. Bevor er begonnen hatte, die Umlaufbahnen der Sterne zu berechnen, hatte er ein Heft geführt, in welches er sämtliche Eigenschaften der von ihm gejagten Tiere einzutragen pflegte. Lange Zeit war es Uluğ Beys Lieblingsbeschäftigung gewesen, in diesem Heft in alphabetischer Reihenfolge die Namen der Tiere aufzulisten. Kuşçis Vater, der an den Jagdzügen des Sultans als dessen Falkner teilnahm, brachte manchmal auch seinen Sohn mit, der dann eigenhändig dieses Heft tragen durfte. Was gab es darin nicht alles zu entdekken! Grünhäuptige Enten, Kraniche, krummbeinige Wildgänse, unzählige Sorten von Bären, dann die Löwen mit ihren schrecklichen Schlünden, die schönen, geschmeidigen, gesprenkelten Tiger und anmutige Rehe … Alle hatten sie einen eigenen Platz im Herzen des Sultans, der von staunender Bewunderung für den Schöpfer dieser reichen, mannigfaltigen Welt erfüllt war. Diese Bewunderung sollte nach und nach einem unersättlichen Wissensdurst, einem unerschöpflichen Forschungsdrang weichen, mit welchem er die Geheimnisse des Universums zu ergründen suchte. Kuşçi erzählte, ohne innezuhalten, ohne das geringste Anzeichen von Ermüdung. Ja, er erzählte in einem fort, doch ohne die Sternwarte oder das schlimme Schicksal des Uluğ Bey auch nur zu erwähnen …

So blieb Mehmet nichts anderes übrig, als sich in Langmut zu üben und zuzuhören, wie Kuşçi fortfuhr mit seiner Erzählung und von dem Tag sprach, an dem das Jagdheft des Uluğ Bey verlorenging. Nachdem der Sultan zunächst erzürnt war, beruhigte er sich, ließ Kuşçi rufen und diktierte diesem in einem Atemzug die gesamte Liste der Tiere. Ja, Mehmet fand sogar einige anerkennende Worte für das erstaunliche Gedächtnis und die verständnisvolle Nachsicht des Uluğ Bey. Und Kuşçi führte weiter aus, wie er, als das verlorene Heft nach einiger Zeit wieder auftauchte, mit größtem Staunen feststellte, daß es zwischen den beiden Listen so gut wie keinen Unterschied gab. Doch hier ließ die Geduld des Sultans langsam nach. Noch immer war kein Wort gefallen über das Observatorium von Samarkand, dessen Ruhm in seiner Kindheit bis zu ihm gedrungen war und an das er mit erwartungsvoller Neugierde dachte, wann immer er den gestirnten Himmel betrachtete.

»Ist das alles?« fiel er dem Gelehrten ins Wort. »Besteht die Geschichte des Uluğ Bey aus dem soeben Berichteten?«

Es folgte ein längeres Schweigen. Der Mond war untergegangen, die Fackeln verloschen. Nur das Licht der Sterne warf noch einen schwachen Schein auf das Wasserbecken. Bemüht, seine Verärgerung zu verbergen, schaute Mehmet Kuşçi erwartungsvoll an, wie ein Schüler, der auf die Antwort seines Lehrers wartet. Kuşçi hatte natürlich längst begriffen, was im Herzen des Sultans vorging.

»Natürlich ist dies nicht alles«, sagte er, »es geschahen noch viele schöne, aber auch schlechte, ja ganz schreckliche Dinge. In Samarkand trafen das Gute und das Böse zusammen, mein Sultan!«

Hierauf begann er, mit leiser trauriger Stimme, die manchmal zu einem Flüstern absank, zu erzählen, ganz als hätte er ein Geheimnis, mehr noch eine schlechte Nachricht zu übermitteln, die er dem Padischah am liebsten vorenthalten würde. Zunächst sprach er von den Plänen des Uluğ Bey für die Sternwarte, davon, wie jener Tag und Nacht daran gearbeitet hatte, wie er dann, zusammen mit seinen Gelehrten und Architekten, Künstlern und Meistern, den Maurern und Handlangern, in kürzester Zeit auf dem Hügel im Nordosten der Stadt dieses prächtige Gebäude erstellt hatte. Der Bau fiel durch eine bis dahin nie gesehene Form auf. Die farbenprächtigen Verzierungen auf seinen äußeren Mauern blendeten das Auge des Betrachters. Die Kuppel des 150 Fuß hohen, zylindrischen und in drei Stockwerken angelegten Bauwerks war gegen den Himmel hin offen. Das Gebäude wurde durch einen quer von oben nach unten verlaufenden Marmorbogen zweigeteilt. Die gesamte Oberfläche dieses Bogens, dessen Radius 130 Fuß betrug, war mit Strichen zur Gradeinteilung versehen, und er war genau auf den Verlauf des Meridians ausgerichtet. Mit einem auf Schienen laufenden Wagen war das obere Stockwerk des Beobachtungsturms zu erreichen. Mit Hilfe dieses riesigen Mechanismus konnte der Winkel zwischen dem Horizont und den Sternen am Himmelszelt genau beobachtet und berechnet werden. Ein Ende dieses Marmorbogens erreichte das Fundament des Observatoriums, während das andere Ende aus der offenen Kuppel heraustrat und sich gegen den Himmel zu verbreiterte. Während dieses Berichtes schienen Ali Kuşçis Augen sich in der Ferne zu verlieren. Man konnte in ihnen die Sehnsucht lesen nach jenen alten Tagen, die den Bau der Sternwarte gesehen hatten. Doch Mehmet hörte mit äußerster Aufmerksamkeit zu, um ja nichts zu verpassen von dem, was nun wohl über Uluğ Bey folgen würde.

»Ihr habt es vielleicht bereits vernommen«, fuhr Kuşçi fort. »Bei der Geburt des Uluğ Bey hatten die Sterndeuter verkündet, daß er nicht wie sein Vater zu einem Eroberer heranwachsen, daß er vielmehr die höchste Stufe der Gelehrsamkeit erreichen würde. Diese Prophezeiung ließ nicht lange auf sich warten. In den Fächern Mathematik und Astronomie war Uluğ Bey bald so bewandert, daß er sich sogar mit unserem hochgelehrten Hoca Kadizâde messen konnte. Die astrologischen Tabellen, die ich für Eure Bibliothek mitgebracht habe, stammen übrigens von ihm, so wie ich auch alles, was ich weiß, ihm verdanke. Doch die Sterndeuter hatten noch eine weitere Prophezeiung am Himmel gelesen, die meine Zunge sich weigert, hier zu wiederholen.«

Der Blick, den Mehmet hier dem Kuşçi zugeworfen hatte, war trotz der Dunkelheit so unmißverständlich, daß der Gelehrte einsah, daß er wohl alles erzählen mußte, wenn er sich nicht dem schrecklichen Zorn des Padischah ausliefern wollte. So berichtete er schnell und ohne Umschweife, daß die Sterndeuter bei der Geburt des Uluğ Bey auch angekündigt hatten, daß der Sultan den Tod durch die Hand seines ältesten Sohnes finden würde. Überzeugt von der Wahrheit dieser Vorhersage, hatte Uluğ Bey stets seinen jüngeren Sohn Aziz vorgezogen und behütet, während er den älteren, Latif, ungerecht behandelte. Auch nachdem Jahre vergangen und die Kinder herangewachsen waren, hatte die Furcht den Sultan nicht verlassen, und er beobachtete jede Unternehmung seines älteren Sohnes mit Argwohn. Doch auch die größte Furcht vermag nichts auszurichten gegen den Tod. Latif, der sich gegen Uluğ Bey auflehnte, ließ seinen Vater umbringen, sobald dieser die Berechnung der Umlaufbahn des Planeten Saturn abgeschlossen hatte, eine Angelegenheit, der er dreißig Jahre gewidmet hatte. Dann nahm Latif den Platz seines Vaters ein, ließ die Sternwarte zerstören und jagte die Gelehrten aus dem Palast.«

»Wieviel Jahre braucht der Saturn, um seine Laufbahn zu vollenden?« fragte Mehmet. »Dreißig Jahre, mein Sultan«, war die Antwort. Das Schicksal des Uluğ Bey, so dachte Mehmet, war also durch seinen Stern, den Saturn, bestimmt gewesen. Dann mußte man durch die Berechnung der Bewegungen des ihm zugeordneten Sternes doch auch den Zeitpunkt seines Todes feststellen können. Er beschloß, Kuşçi sofort mit dieser Aufgabe zu betrauen. Gab es doch niemanden weit und breit, der diesem Gelehrten auf dem Gebiet der Mathematik überlegen war. Hatte er nicht das Sonnenjahr mit genau dreihundertfünfundsechzig Tagen, sechs Stunden und neun Sekunden ausgerechnet und die Längen- und Breitengrade der Stadt Kostantiniye auf 60 und 41 festgelegt? Mehmet war auch überzeugt, daß es Kuşçi gewesen war, der nach dem Tod des Uluğ Bey dessen »Tafel der Gestirne« fertiggestellt hatte, und daß alle die komplizierten Berechnungen und Angaben über die Planeten und die Erdkugel, die sich in den Werken fanden, die er dem Sultan mitgebracht hatte, richtig waren. Andere Gelehrte, die Mehmet hierzu befragte, waren ebenfalls alle der Ansicht, daß die Genialität des Kuşçi auf den Gebieten der Sternkunde und der Mathematik unerreicht war. Deswegen hatte er ihn ja überhaupt zu sich eingeladen. Als Schüler des Uluğ Bey würde er sich sicher auch in der Sterndeutung auskennen.

Sie waren allein im Palastgarten zurückgeblieben. Mehmet hatte, bevor der den Gelehrten bat, über das Ende Uluğ Beys zu berichten, die Bediensteten fortgeschickt. Einer nach dem anderen verloschen die Sterne am Himmel. Kuşçi wußte, worauf der Padischah hinauswollte, doch war ihm nicht klar, wie er geziemend antworten sollte. Mehmet kam ohne weitere Umschweife zur Sache:

»Und mein Stern, mein Meister? Würdest du auch die Berechnung meines Sternes anstellen?«

»Wenn Ihr es befehlt, selbstverständlich, mein Sultan. Doch braucht dieses Zeit.«

»Wieviel Zeit?«

»Das kann ich erst sagen, wenn ich die Tabellen verglichen habe.«

Für einen Augenblick ging es Mehmet durch den Kopf, den Gelehrten, der eben seine Hand geküßt hatte und jetzt auf die Zuweisung seines Platzes wartete, zu fragen, wie es inzwischen mit der Berechnung seines Sternes stehe. Doch dann zog er es vor, Kuşçi nicht gleich zu Beginn der Debatte in eine schwierige Lage zu versetzen. Die anderen Gelehrten sollten vielleicht besser nichts über diese Sache erfahren. Dabei befand sich sein Stern, der Mars, augenblicklich im Haus des Widders, wenn man davon ausging, daß sein Geburtsdatum auf den siebten Tag des Monats Redscheb im Jahre 833 fiel. Und war nicht genau diese Konstellation seines Sternes zum Zeitpunkt seiner Geburt der wahre Grund für seine unstillbaren Wünsche, diesen unbezwingbaren Herrschaftsanspruch, ja, diese ganze Unersättlichkeit, Züge, die ihm selbst langsam lästig wurden? Hätte er, was leider nicht der Fall war, eine Sternwarte wie die von Samarkand, dann würde er seinen Sterndeutern befehlen, jetzt, in dieser gerade beginnenden lauen Sommernacht, seinen Stern zu beobachten. Er wußte, daß Ali Kuşçi von derartigen Vorhersagen nicht viel hielt, daß er die Sterne aus einem anderen Grund erforschte, daß er aufgrund ihrer Umlaufbahnen bestimmte Berechnungen und Tabellen aufstellte. Kuşçi war eben erst in Kostantiniye angekommen, und es wäre nicht gerecht, ihn sogleich mit einer Aufgabe zu betrauen, an die er nicht glaubte, die ihm sogar ausgesprochen mißfallen mußte. So zog Mehmet es vor, die ganze Angelegenheit mit einem

Scherz zu beenden, und sagte zu Kuşçi, noch bevor er ihm seinen Platz angewiesen hatte:

»Meister, mir ist zu Ohren gekommen, daß Eure Dichtkunst Eurer Wissenschaft in nichts nachsteht.«

Und er rezitierte einen Vers, den Kuşçi – vielleicht um sich ein wenig Abwechslung von seinen Berechnungen zu verschaffen – auf persisch gedichtet hatte, ein Verslein, das sofort eine gewisse Berühmtheit erlangt hatte:

»Bewundernd seh ich das Antlitz des Krämerburschen
mit der Waage in der Hand,
He, Jupiter*, komm her und erblicke den Mond im
Zeichen der Waage.«

Der Gelehrte errötete bis zu den Haarwurzeln, senkte den Kopf und sagte:

»Das hab ich so dahergeplappert, ohne nachzudenken!«

»Es ist aber doch ein sehr schöner und bedeutungsvoller Vers. Ihr habt also den Mond im Gesicht des Krämerjungen gesehen.«

»Mein Sultan, der ja selber Dichter ist, wird es wohl verstehen. Ich wollte, mit meinen bescheidenen Mitteln, eine Metapher bilden.«

»Das ist Euch auch wunderbar gelungen. Eure Kenntnisse in der Sternwissenschaft werden so durch Eure Dichtkunst gekrönt. Ich habe gehört, daß dieser Vers in aller Munde ist.«

Ali Kuşçi vermied es, den Sultan anzusehen. Verwirrt vor Scham hatte er Mühe, nicht ins Stottern zu geraten:

»Das stimmt nicht, mein Sultan. Wer wird einer solch schlechten Metapher schon Wert beimessen.«

»Das würde ich nicht sagen. Zwar werden es nicht viele sein, die das Wortspiel mit dem Kunden und dem Planeten Jupiter im Zeichen der Waage verstehen. Doch daß Ihr den

* Im Türkischen bedeutet dieses Wort auch Käufer, Kunde (A.d.Ü.).

Mond im Antlitz des Krämerjungen mit der Waage gesehen habt ...«

Ohne den Satz zu Ende zu bringen, begann Mehmet zu lachen. Doch wollte er den Gelehrten nicht weiter quälen und vor den Augen seiner Kollegen lächerlich machen. Die hatten nämlich dieses Gespräch mit größter Neugierde verfolgt und warteten, mit verstohlenem Lächeln, gespannt auf den Ausgang desselben. Mehmet sagte deshalb:

»Macht nur so weiter. Dichten gehört zu den gottgefälligen Verrichtungen.«

Kuşçi konnte sich nur mit Mühe auf den Beinen halten. Wenn Mehmet ihm nicht in diesem Augenblick das Kissen an Guranîs linker Seite zugewiesen hätte, wäre er vor dem Padischah zu Boden gefallen und zum Gespött der Anwesenden geworden. Doch ohne abzuwarten, daß Kuşçi auf seinem Kissen Platz nahm, hatte Mehmet bereits den Molla Lütfi zu sich gerufen. Lütfi näherte sich dem Sultan auf seine charakteristische, ziemlich sorglose Weise und küßte ihm die Hand und legte diese auf sein Haupt.

»Sieh da, mein verrückter Lütfi«, begann Mehmet. »Wie ich sehe, bist du bester Laune.«

»Durch Eure Huld, mein Sultan. Wenn Ihr wüßtet, welche Schätze ich heute wieder in Eurer Bibliothek aufgetan habe!«

»Ich weiß es wohl. Doch es ist auch bekannt, daß die wertvollsten Bücher in den obersten Regalen stehen. Sag, wie bist du an die herangekommen? Etwa, indem du wieder auf die Wiege des Propheten Jesus gestiegen bist?«

Die blonden Brauen des Molla Lütfi schnellten in die Höhe, und seine blauen Augen wichen denen des Sultans aus. Mehmet hatte also jenen Wortwechsel, der zwischen ihnen stattgefunden hatte, nicht vergessen. Dabei hatte er, Lütfi, seinen schlechten Scherz später bitter bereut. Wußte er doch, daß der Padischah nachtragend war und sich zu gegebener

Zeit für diese an Frechheit grenzende Schlagfertigkeit rächen würde. Und daß er, Lütfi, Tage der Furcht kennenlernen würde. Wieder einmal hatte er den Mund nicht halten, seine giftige Zunge nicht zügeln können. Damals waren sie beide in der Bibliothek gewesen. Um an ein dickes, goldverziertes Buch, welches der Sultan gewünscht hatte, zu gelangen, war Lütfi auf einen dort herumstehenden hölzernen Absatz getreten. Der Sultan herrschte seinen Bibliothekar an:

»Weißt du überhaupt, was du da tust? Du begehst eine große Sünde.«

»Wieso denn, mein Sultan?«

»Wieso? Das, worauf du da trittst, ist die Wiege des heiligen Jesus. Ich selbst habe sie unter größten Schwierigkeiten aus Jerusalem holen und hier aufstellen lassen!«

Ohne sich um Lütfis Verwirrung zu kümmern, hatte Mehmet schallend gelacht. Diese unerwartete Neckerei, diesen Scherz, der ihn erniedrigte, wollte Lütfi nicht auf sich sitzen lassen. Er war zwar jünger als der Padischah, außerdem stand er in seinen Diensten, doch wie er diesem an Wissen nicht nachstand, so wollte er es ihm auch in der Äußerung eines geistreichen Bonmots gleichtun. Er konnte es einfach nicht verwinden, daß Mehmet sich über ihn lustig gemacht hatte, und so ließ er sich bei nächster Gelegenheit zu einer Handlung hinreißen, die angetan war, sein Leben in Gefahr zu bringen. Als der Padischah wieder einmal in der Bibliothek saß und las, trat Lütfi hinzu und legte einen schmutzigen Stoffetzen auf sein Lesepult. Verärgert fragte der Sultan, was das bedeuten sollte.

»Mein Sultan«, sagte Lütfi. »Das fand ich in der Wiege des heiligen Jesus. Da es sich wohl um seine Windel handelt, habe ich sie Euch gebracht.«

Mehmet war zunächst sprachlos gewesen, doch dann hatte er gelacht und die Angelegenheit auf sich beruhen lassen. Vielleicht war heute der Zeitpunkt für ihn gekommen, sich dafür zu rächen. Jedenfalls überkam Lütfi bei der Erinnerung an den Vorfall jetzt wieder die Angst. Doch konnte er sich auch nicht überwinden, den Sultan um Vergebung zu bitten. So stand er da und rührte sich nicht.

Mehmet wies ihm das Kissen neben Ali Kuşçi zu. Und wieder sah er sich in seiner Meinung bestätigt, daß dieser verrückte junge Mann, wenn er so weitermachte, sicher nicht eines natürlichen Todes sterben würde, daß er vielmehr sein Ende durch seine, des Sultans, Hand oder durch die der Ulema finden würde. Tatsache war, daß die meisten der Gottesgelehrten für Lütfi keine Sympathie empfanden. Sie waren ja sowieso die meiste Zeit untereinander zerstritten. Ungeachtet ihres würdevollen Auftretens und ihrer großen Gelehrsamkeit zankten sie sich wie die Kinder; entweder schwärzten sie sich gegenseitig bei Hofe an, oder sie überwarfen sich mit dem Sultan und verließen die Stadt. Mehmet, der das große Wissen dieser Gelehrten bewunderte, empfand auch Verständnis für ihre Streitlust, ihre Empfindlichkeiten, sogar dafür, daß sie sich gelegentlich gegen ihn auflehnten. Da war doch zum Beispiel jenes sechs Tage und sechs Nächte dauernde Streitgespräch zwischen Molla Zeyrek und Hocazâde gewesen! Molla Zeyrek hatte den Hocazâde auf seinen Platz verwiesen, als dieser behauptete, dem berühmten Curcanî überlegen zu sein. Doch zum Schluß hatte diese auswendig geführte Debatte den Molla so sehr ermüdet, daß er dem phänomenalen Gedächtnis des Hocazâde nicht standhalten konnte. Mehmet, der diesem Streitgespräch nicht als Herrscher, sondern als Schiedsrichter beiwohnte, hatte es dem Molla verwehrt, einen Blick auf seine Notizen zu werfen. Darauf hatte sich der große Gelehrte, beleidigt wie ein Kind, mit dem Sultan überworfen und nach Bursa zurückgezogen. Hocazâde war auch diesmal dabei, doch Molla Zeyrek war trotz aller Bemühungen nicht zu bewegen, an den Hof zurückzukehren. Er hatte sogar die Stirn besessen, den Sultan wissen zu lassen, daß er in der Person eines reichen Kaufmannes aus Bursa einen neuen Wohltäter gefunden habe.

Mehmet gab nun Hocazâde das Zeichen, sich zu setzen. Der Gelehrte küßte seine Hand und nahm hinter Molla Guranî Platz. Danach trat Molla Hüsrev vor. Mehmet fand auch für ihn ein paar freundliche Worte und wies ihm seinen Platz neben Hocazâde zu. Während Molla Hüsrev sich niederließ, murmelte er eine Besmele. Mehmet empfand für diesen alten Hodscha, der seit seiner Verbannung nach Manisa immer an seiner Seite gewesen war und ihn auch in den schwierigsten Zeiten nicht verlassen hatte, eine Zuneigung, in die sich jetzt Mitleid mischte. Er war sehr gealtert. Sein krauser Bart war ganz weiß geworden, seine Bewegungen langsam. Jeden Morgen holten seine Schüler ihn in seinem Hause ab und brachten ihn auf dem Rücken eines Maulesels zur Medresse. Der Arme hatte kaum noch die Kraft, sich an den Halftern des Tieres festzuhalten. Doch dieser gleiche Hodscha hatte aufrecht stehend die Diskussion über die Gezeiten verfolgt, die sich Ali Kuşçi und Hocazâde an Bord des Kaiks geliefert hatten, welches den gerade in Kostantiniye angekommenen Kuşçi von Üsküdar zum Palast herübergebracht hatte. Anschließend hatte er sich mit dem Gelehrten aus Samarkand über gewisse Erscheinungsformen des Mondes unterhalten. Doch lag seine eigentliche Stärke nicht so sehr in der Mathematik, sondern mehr auf den Gebieten der islamischen Rechtswissenschaft und der Korankunde. Seine Schüler zogen immer noch großen Nutzen aus seinem umfassenden Wissen, genauso wie Mehmet und der Bibliothekar Lütfi der Blonde, der die Exegesen des Taftazânî ex tempore darzulegen verstand.

Mehmet erinnert sich jetzt auch, wie dieser bescheidene Gelehrte, der bis in seine hohen Tage keinen Diener um sich haben wollte, seine Zelle eigenhändig reinigte und auch seine Feuerstelle und seine Kerzen selbst anzündete, ihm eines Tages schmollte, weil er ihn nicht zu seiner Rechten hatte Platz nehmen lassen. Nun, dieses Problem war jetzt – Allah sei Dank – gelöst. Trotzdem blieb ein Rest Unsicherheit zurück. Hätte er vielleicht nicht doch den Molla Hüsrev gegenüber dem Sultanssitz Platz nehmen lassen sollen? Aber dann hätte er die Sitzordnung von Ali Kuşçi und Guranî ändern müssen. Er hatte wirklich keine Lust mehr, sich mit diesen lästigen Protokollfragen zu beschäftigen. Da saßen sie schön nebeneinander aufgereiht, und so sollte es bleiben. Statt die Beleidigten zu spielen, sollten sie ihre Aufmerksamkeit lieber für das anstehende Streitgespräch sammeln!

Mehmet wendete seine Blicke von Hüsrev ab und der Tür zu. Dort stand Mahmut Pascha, wie immer allein. Er war der einzige, der nicht saß. Und er würde auch während der ganzen Debatte stehen bleiben und sich, selbst wenn er an der Diskussion teilnahm, nicht setzen. Denn trotz seines großen Wissens und seines hohen Ranges war er ein Staatsbeamter und als solcher gewöhnt zu stehen. Wie viele Kriege und Strapazen hatte er erlebt, wie oft war er dem Tod knapp entronnen! Er pflegte, wenn er die Gelehrten in seinem Hause bewirtete, sich zu ihnen zu setzen und mit Vergnügen zu beobachten, wie sie die Goldmünzen, die er im Kichererbsen-Pilaw versteckt hatte, zuerst im Mund behielten, dann vorsichtig herausnahmen und in ihre Taschen steckten. Diese Einladungen des Mahmut mit dem Gold-Kichererbsen-Pilaw waren im ganzen Reich berühmt, und die Gelehrten wetteiferten um die Gunst, in den Konak des Großwesirs eingeladen zu werden. In diesem Wettstreit entschied zwar nicht das Wissen, sondern es gewann der, dem das Glück gerade hold war. Doch allein das Eintauchen des Löffels in diesen fetten inhaltsreichen Pilaw war schon ein Vergnügen!

Mehmet ließ seinen Blick noch einmal über die Anwesenden schweifen und gab dem neben der Tür stehenden Mahmut Pascha das Zeichen, die Debatte zu eröffnen. Dieses

Mal stand ein wichtiges Thema auf der Tagesordnung. Die gegensätzlichen Ansichten des großen Ghasali und des im Abendland als Averroes bekannten Ibn Ruschd standen zur Diskussion. Nach der Anhörung der Anhänger der beiden Strömungen würden dann die jeweiligen Beweisführungen untersucht und schließlich ein Ergebnis bekanntgegeben.

Nachdem Mahmut Pascha die Tagesordnung in Erinnerung gerufen hatte, ergriff als erster Hocazâde das Wort mit der Begründung, daß er eine Entgegnung des Werkes *Zusammenbruch des Zusammenbruchs* von Ibn Ruschd verfaßt hatte, bei dem es sich ja um eine Widerlegung des Werkes *Zusammenbruch der Philosophen* des Ghasali handelte. Man durfte eine lebhafte Debatte erwarten. Die Anhänger der beiden Parteien waren gut vorbereitet und würden ihr Bestes geben, um sowohl den Sultan wie den Großwesir zu beeindrucken. Unmöglich jedoch, vorherzusagen, welche Seite den Sieg davontragen würde.

Mehmet trat aus der Medresse und richtete seine Schritte gegen den Moschee-Innenhof. Er war erschöpft, viel müder, als er es erwartet hätte. Die Debatte hatte bis zum Morgen gedauert, ohne daß man zu einer Übereinkunft gekommen wäre. Als man die Diskussion für das Morgengebet unterbrach, war noch kein klares Ergebnis in Sicht. Den Genuß, den Mehmet aus diesen endlosen Streitgesprächen zog, konnte ihm weder der Kampf mit dem Schwert verschaffen noch der Augenblick höchster Lust in der Umarmung. Um wie vieles stärker war diese geistige Ermüdung gegenüber der körperlichen; völlig erschöpft und ausgelaugt ließ sie ihn zurück. Andererseits, welch ein Genuß, welch unendliches Vergnügen! Er mußte aber zugeben, daß dieses Mal alle Teilnehmer hervorragende Vertreter ihres Faches waren. Beide Parteien kamen mit überzeugenden Argumenten, die sie mit größter Beweiskraft vorzutragen verstanden. Trotzdem war Mehmet überzeugt, daß bei der Wiederaufnahme der Debatte die Anhänger des Ghasali die Führung übernehmen würden. Als er beim Brunnen ankam, fiel ihm ein, daß er am Vortag, vor dem Mittagsgebet, hier, am Rande des Wasserbeckens, gesessen und seinen Rücken in der Frühsommersonne gewärmt hatte. Bestand das Leben etwa aus lauter Wiederholungen? Kriege, Siege, Freuden und Leiden folgten aufeinander; dann begann alles wieder von vorne. Neue Kriege und Siege, Leiden, Freuden und natürlich der Genuß. Die Unersättlichkeit des Körpers und des Gaumens. Diese sich immer wiederholende Gier. Jetzt war gerade eben die Sonne aufgegangen und warf ihr Licht auf den Moschee-Innenhof. Wenig später würde sie hinter den Kuppeln der Moschee in den Himmel aufsteigen, um sich später hinter den Minaretten wieder zu senken; und sobald sie ganz verschwunden war, würde der Hof wieder in tiefer Dunkelheit daliegen. Wenn Sterne am Nachthimmel standen, fiel vielleicht ein blaues Licht auf die Wasserfläche des Brunnens. Und auch die Mauern, die Marmorsäulen und die großen steinernen Bodenplatten des Innenhofes würden etwas von diesem Licht erhaschen. Doch dann würde ein weiteres Mal die Sonne aufgehen, und wenn sie dann wieder unterging, würde dieser stille, abgeschirmte Innenhof auch in der Dunkelheit seine Existenz behaupten. Diesmal setzte Mehmet sich nicht auf einen der Marmorsteine neben dem Brunnen. Die sich stets wiederholenden Zeitabläufe waren vielleicht unabänderlich, doch konnte er wenigstens etwas ändern an seinen alltäglichen Gewohnheiten, seinen Verhaltensweisen. So konnte er beispielsweise jetzt, bevor er den Moscheekomplex ganz verließ, einen anderen Ort aufsuchen, an welchem er sich in dieser Morgenstille niederlassen und ein wenig ausruhen wollte.

Als Mehmet den Innenhof verließ, fiel sein Auge auf eine Reihe von Eisenstiften, die neben dem Fundament eines der Minarette standen. Sie gehörten zu der Sonnenuhr, die Kuşçi mit größter Sorgfalt und aufgrund feinster Berechnungen, wie sie nur einem Mathematiker seiner Klasse gelingen konnten, hier angebracht hatte. Im südöstlichen Winkel des breiten Marmorsockels waren Linien eingeritzt. Am äußeren Ende dieser Linien, deren Abstände sich zu einem in der Mitte liegenden Zentrum hin verringerten, waren kupferfarbene indische Ziffern aufgemalt. An den entgegengesetzten Punkten, dort, wo die Linien im Zentrum zusammenliefen, standen die Eisenstifte. Mit der sich vorwärts bewegenden Sonne warfen diese ihre Schatten in die Leerräume zwischen den Linien; und wenn die Schatten die Ziffern erreicht hatten, konnte man dort die Zeit ablesen. Selbst wenn er tausend und einen Tag darüber gebrütet hätte, so ging es Mehmet durch den Kopf, wäre ihm diese geniale Methode nicht eingefallen. Sicher, die Zeitmessung war eine Notwendigkeit, aber wie sollte man an das Problem herangehen? Kuşçi hatte eine Vorrichtung gebaut, die sich die Sonnenbewegung zunutze machte, die viel genauer und wesentlich praktischer war als die Sanduhr. Ja, alles wiederholte sich unaufhörlich. Die Tage wurden zu Wochen, die Wochen zu Monaten, die Monate bildeten Jahreszeiten, und diese schlossen sich zu einem Jahr zusammen. Alles war stets in Bewegung. Die Flüsse flossen dahin, Geburten folgten auf Tode, auf der Erde zogen die Ameisen, am Himmel die Vögel dahin und dorthin, Mond und Sonne, Sterne und Fixsterne schienen da oben Fangen zu spielen. Auch diese Ordnung, die Bewegungen dieses unendlichen Universums, müßte man vermessen, um sie zu verstehen. Und dazu benötigte man Kenntnisse in Mathematik und logischer Schlußfolgerung. Die Schatten der Stifte waren in dieser frühen Morgenstunde noch ganz kurz. Die Helligkeit ringsum rührte vielleicht auch nicht vom Tageslicht, sondern von der Weiße des Marmors. Mehmet verspürte den Wunsch, klar wie das Wasser des Brunnens oder wie die Wolke dort am Himmel zu sein, reingewaschen von allem Schlechten. Doch tief drinnen, auf dem Grunde seines Herzens, bildete die Zeit einen Bodensatz. Während sie dahinschritt, ließen Schmerzen, Reue, Sorgen und Trauer sich dort nieder, verdichteten sich und bildeten diesen Rückstand, diese Ablagerung, diese schlammartige Ansammlung, die ihn anekelte. Seine Wünsche, sein Streben nach Macht kannten kein Ende, ebensowenig sein Wissensdurst. Dabei war dieser letztere wesentlich edler und konstruktiver als das Machtstreben. Er war es, der dem Menschen Lebenskraft verlieh, ähnlich wie diese morgendliche Frische, die seinen Körper umfing.

Ein schöner, in der Vergangenheit liegender Sommer kam ihm hierbei ins Gedächtnis. Jener Sommer, den er mit Amirutzes verbracht hatte, als dieser gerade erst – anschließend an den Pontusfeldzug – in seinen Hofstaat eingetreten war. Welch angenehme, friedliche Tage waren das gewesen! Fern vom Kriegsgetümmel, von Tod und Leiden, hatten sie im Dämmerlicht der Palastbibliothek Augenblicke des Glücks geteilt. Tagelang hatten sie sich gemeinsam über die Landkarte des Ptolemäus gebeugt, um die Grenzen der bekannten Welt festzulegen. Nur der Welt? Nein, die Grenzen des gesamten Universums, welches Meister Ptolemäus entdeckt und geordnet hatte, den Himmel mit all seinen Gestirnen, die er dem Chaos entrissen hatte, studierten sie damals. Dieser Yorgos war wirklich ein bemerkenswerter Wissenschaftler! Wie klug war es von Mehmet gewesen, ihn nicht wie einen Gefangenen, sondern wie einen echten Freund zu behandeln! Die Welt befand sich also in der Mitte des Himmels. Die Sonne, der Mond und die übrigen Planeten drehten sich um die Erde und traten in die verschiedenen fixen Sternkonstellationen ein und wieder aus ihnen heraus. Die Welt war, trotz ihrer unregelmäßigen Oberfläche mit Hügeln und Bergen darauf, kreisrund. Denn sie war ja auch sehr groß. Ali Kuşçi hatte, ausgehend von den Tabellen des Uluğ Bey, den Radius der Erde neu berechnet. Inmitten der von Ozeanen umgebenen Festlandteile lag das Mittelmeer. Und rund um das Mittelmeer Länder und Städte. Von den letzteren bildete Jerusalem das Zentrum der Welt. Ein weiteres Zentrum war Kostantiniye. Mit der Eroberung von Byzanz und der Verlegung seiner Hauptstadt nach Kostantiniye hatte Mehmet seinen Thron in der Mitte der bekannten Welt errichtet und damit, so meinte er, ein Anrecht auf den Titel des Weltherrschers erlangt. Yorgos hatte ihn in diesem Gedanken durchaus bestärkt. Doch der weitgereiste Gelehrte war der Ansicht, daß es noch andere Erdteile und Länder gäbe außer jenen, die im Geographiewerk des Ptolemäus vorkamen. Er hatte solches von den Seeleuten in Genua erfahren. Am westlichen Ende der Welt, dort, wo der Ozean aufhörte, gab es vielleicht gar keine Höllenwächter und fliegenden Fische, sondern andere unbekannte Länder und Meere. Vielleicht auch andere Menschen. Wenn man sich in westlicher Richtung bewegte, ging der Ozean, dieses unendliche Meer, mit. Doch selbst dieses endlos scheinende Gewässer mußte irgendwo aufhören. Yorgos erzählte Mehmet, daß die Könige von Portugal und Spanien einen neuen Weg nach Osten suchten und daß sie nur auf einen günstigen Zeitpunkt warteten, um für dieses Unternehmen seetüchtige Schiffe bauen zu lassen. »Mein Sultan«, hatte er gesagt, »Ihr habt ihnen die Seiden- und die Gewürzstraße abgeschnitten und sie damit gezwungen, einen neuen Weg in den Orient zu suchen.« Mehmet mußte zugeben, daß dieser Grieche auf dem Gebiet der Politik ebenso unschlagbar war wie in der Philosophie und Geographie. Wenn er zum Islam konvertierte, könnte er dem osmanischen Staat große Dienste leisten. Doch Mehmet, der bisher noch niemanden zur Konversion gezwungen hatte, ließ auch Yorgos Amirutzes seinen Glauben. Statt dessen hatte er ihn beauftragt, die Geographie des Ptolemäus ins Arabische zu übertragen. Wenn er auch öfters daran gedacht hatte, von der großen Erfahrung dieses pontischen Gelehrten Gebrauch zu machen, so hatte er diesen

Gedanken doch nie offen geäußert. Er war es schon zufrieden, sich zusammen mit Yorgos über die Flüsse, Berge und Meere zu beugen und von fernen Ländern zu träumen, wo grüne Katzen, blaue Bären und feuerspeiende Ungeheuer lebten, und es machte ihn glücklich, von den doppelköpfigen, dreiarmigen und vierbeinigen Zwergvölkern zu träumen, die jene fernen Länder bewohnten.

Mehmet stand neben der Sonnenuhr, ganz allein in der Frische des Morgens. Obwohl er die ganze Nacht zusammen mit den Gelehrten debattiert hatte, verspürte er kein Bedürfnis nach Schlaf. Die Müdigkeit seines Körpers hatte seinen Geist noch nicht übermannt. Für einen Augenblick dachte Mehmet daran umzukehren, um gemeinsam mit den Gelehrten das Gebet zu verrichten; doch dann besann er sich anders. Dieses war bereits das zweite Mal, daß er vom Beten Abstand nahm. Dabei verspürte er durchaus den Wunsch, vor Gott zu treten, diesen Gott, dessen Existenz zwiespältige Empfindungen in ihm hervorrief. So sehnlich er auch wünschte, mit IHM Zwiesprache zu halten, so versuchte er doch gleichzeitig mit allen Mitteln, IHN zu vergessen, besser noch, gar nicht erst an IHN zu denken. Und doch tat er alles, was er auf dieser Erde verrichtete, im Namen Gottes. Denn war er nicht sein Schatten? Sein Knecht zwar, doch auch sein Schatten auf dieser Erde!

Und wieder fiel sein Blick auf die marmorne Oberfläche der Sonnenuhr. Da sah er auf dem weißen Grund, den die Schatten der Uhr nicht erreichten, das langsam tropfende und dabei gerinnende Blut. Gleichzeitig erschienen vor seinen Augen zwei am Handgelenk abgetrennte Hände. Die Hände des Baumeisters Yusuf Sinan. Das Blut tropft weiter, tropft auf den Marmor, wo es gerinnt. Mehmet reibt sich die Augen und schaut noch einmal genau hin. Ja, da sind sie tatsächlich, die Hände des Yusuf Sinan, eine Handbreit über der Sonnenuhr. Wie zwei kostbare, in den Zwischenraum eingebrachte Ornamente hängen sie dort in der Luft. Die Finger der einen Hand sind leicht nach vorn gebogen, während die der anderen wie vom Schmerz erstarrt sind. Als Mehmet die Hände des Architekten abhacken und ihn selbst ins Gefängnis werfen ließ, hatte er nicht die geringste Reue empfunden. In seinen Augen war Sinan schuldig. Denn obwohl der Bau der Moschee, zu dessen Fertigstellung die gesamte Arbeitskraft des Reiches mobilisiert worden war, sich über zehn Jahre hingezogen hatte und obwohl Geld in Strömen geflossen war – Geld, das überdies nicht aus der Schatzkammer, sondern aus einer zusätzlich erhobenen Steuer kam –, reichte die Kuppel der Moschee nicht an die der Hagia Sophia heran. Als Mehmet die Kuppel ausmessen ließ und feststellte, daß sowohl ihr Durchmesser kürzer als auch ihre Höhe geringer, sogar erheblich geringer war als die entsprechenden Maße der Hagia Sophia, war er vor Zorn wie von Sinnen gewesen und hatte befohlen, daß man den Architekten zu ihm bringe. Die von Sinan vorgebrachten Begründungen hatten seine unbändige Wut nur noch vergrößert. Wenn die Höhe der die Kuppel tragenden Säulen, so hatte jener ausgeführt, ein gewisses Maß überschritte, so wäre die Gefahr, daß die Kuppel bei einem Erdbeben einstürzte, um vieles größer. Aus diesem Grunde hatte er die beiden Säulen abschneiden und verkürzen lassen. Wichtiger als die Höhe der Kuppel war ihm, daß dieses Gebäude, welches den Namen des Padischah verewigen sollte, lange Bestand hatte. »Man soll diesem Verfluchten sofort beide Hände abhacken!« hatte Mehmet gebrüllt. Auf der Stelle hatte der herbeieilende Scharfrichter dort, vor seinen Augen, die Hände des Sinan von den Armen abgetrennt und sie wie zwei blutige Stücke Leber vor den Sultan hingeworfen. Jetzt, wo die Wut ihn längst verlassen hat, sieht Mehmet die Hände des Sinan von neuem. Das Blut des Architekten tropft in das Fundament der Moschee, für deren Fertigstellung er keine Mühe und Anstrengung gescheut hatte. Wer weiß, ob nicht sogar später dieses Bauwerk seinen Namen und nicht den des Sultans tragen wird! Vielleicht werden die Menschen mit Bewunderung an Yusuf Sinan denken, wenn sie die schönen, geräumigen Kuppeln, die sich zum Himmel aufreckenden Minarette, diese ganze aus Stein und Blei geschaffene Harmonie betrachten. Für ihn würden sie beten, für den Architekten, den er, Mehmet, hatte verstümmeln und dann unter der Folter töten lassen. Und auch die Seelen der Arbeiter und Meister, die Tag und Nacht gearbeitet hatten, um diesen Bau so schnell wie möglich fertigzustellen, würden ihren Frieden finden. Mehmet spürt, wie sich ein Gefühl der Reue und Scham in seinem Inneren ausbreitet, genau wie das langsam auf den Marmor tropfende Blut. Und es schmerzt ihn jetzt, daß er damals wieder einmal seinem Ehrgeiz und Stolz, vor allem seinem unbändigen Jähzorn, unterlegen war. Und wie um dieses tropfende Blut so schnell wie möglich zu vergessen, verläßt er, ohne auf die weißen, in der Frühsommersonne aufleuchtenden Mauern und das feine harmonische Profil der Bleikuppeln zurückzublicken, mit raschen Schritten den Moscheehof. Kaum ist er aus dem Hof herausgetreten, ergießt sich – wie auf ein Stichwort hin und ohne daß man sehen konnte, woher sie kam – eine Menschenschar rund um den Schadirwan. Das Innere der Moschee ist noch leer. Doch in Kürze, wenn die Koranschüler mit ihren Hodschas, angeführt von den aus der Diskussion kommenden Gelehrten und dem Großwesir, gemeinsam das Gebet verrichten, wird in der großen weiten Kuppel – auch wenn sie nicht höher ist als die der Hagia Sophia – ein einziger Ruf widerhallen: »Allahu akbar!«

6

Einige Quellen oder, richtiger, Legenden berichten, daß der Baumeister Yusuf Sinan einen Prozeß gegen den Padischah führte. Welch schöne Illusion! Der allmächtige Fatih wird von seinem Hauptarchitekten angeklagt! Dieser kann es wagen, den Sultan vor den Richter zu bringen, weil er ihm zu Unrecht die Hände abschlagen ließ! Ich dachte einen Moment nach und stellte mir vor, wie der in Panik geratene Kadi den Padischah vor Gericht laden muß: Der Prozeß wird in einem kleinen, am Meeresufer in Üsküdar gelegenen Gebäude abgehalten, welches man durch einen sonnenerhellten steinernen Innenhof betritt. Mehmet steht vor dem Kadi und lächelt. Wie irgendein Angeklagter steht er dort, Mehmet Han Gazi, der stets Siegreiche, Sohn des Murat und Eroberer von Konstantinopel. Ganz einfach steht er da vor dem Kadi, in seinen Palastkleidern. Der Richter muß zunächst den Kläger anhören. Er fragt also den stolzen Baumeister, der die ehrerbietige Haltung mit vor der Brust gefalteten Händen nun nicht mehr einnehmen kann:

»Ist es wahr, daß Ihr Anklage gegen unseren Sultan erhebt?«

Der Sultan berichtigt sofort:

»Nicht gegen den Sultan, sondern gegen Mehmet, Sohn des Murat.«

Der Richter glaubt nicht recht zu hören. Bedeutet dies doch, daß der Sultan bei der Anwendung des Gesetzes im hohen Gerichtshof keinen Unterschied zwischen sich und dem einfachen Bürger gelten läßt. Und daß er vor dem Betreten des Gerichtssaales zusammen mit seinem Kaftan auch seine Sultanswürde abgelegt hat. Alles scheint möglich im Lande der Osmanen, sogar die Gleichheit. Dabei ist es Mehmet, der die Gesetze erlassen hat und der sie auch anwendet. Und könnte er ein Gesetz, das aus seiner eigenen Macht und der nur ihm allein zustehenden Autorität hervorgegangen ist, nicht einfach ignorieren? Steht er nicht über dem Gesetz? Anscheinend nicht!

Der Richter ist verwirrt. In seiner schwarzen Robe steht er da, mit weit aufgerissenen Augen in seinem runden Gesicht, in dessen Mitte die große Nase wie eine glänzende Eierfrucht prangt, und murmelt still vor sich hin: »Mein Gott, steh mir bei! Was es nicht alles gibt auf dieser Welt!«

Der Baumeister antwortet: »Ganz recht, Herr Richter, ich erhebe Klage gegen Mehmet, Sohn des Murat.«

»Und weshalb, weswegen, du Unglückseliger?«

»Weil er mir ohne Grund meine Hände abschlagen ließ.«

Der Richter wendet sich dem Sultan zu und sagt stotternd:

»Mein Sultan«, und bevor der Padischah ihn erneut berichtigen kann, »Herr Mehmet, Ihr habt den Kläger vernommen. Was befehlt Ihr?«

»Wir sind hier vor Gericht, hier wird nicht befohlen!«

Was soll man dazu sagen! Wir sind hier vor Gericht, und hier wird nicht befohlen! Wenn der Padischah nicht befiehlt, wer dann?

Mehmet ist jetzt ganz ruhig und sagt mit entschiedener Stimme:

»Ja, ich war im Unrecht. Der Architekt hat recht. Doch es ist leider nun einmal geschehen.«

Der Richter weiß vor Staunen nicht ein noch aus. Und einen Moment glaubt er gar zu träumen. Was für ein schöner Traum! Wenn er doch nur nicht aufhörte!

»Nun gut, Herr Architekt«, sagt der Richter in seiner Verwirrung und denkt bei sich: Wenn er doch nur schnell vorbeiginge, dieser Prozeß! Wenn dies hier Wirklichkeit ist, soll er rasch zu Ende gehen, doch wenn es sich um einen Traum handelt, soll er ruhig andauern! – und er fährt fort: »Was wünschst du als Vergeltung für deine Hände?«

»Wiedervergeltung!« ruft Yusuf Sinan. Selbstsicher, mit glänzenden Augen, ruft er: »Ich wünsche die Anwendung des Talionsgesetzes!«

Doch dann hält er inne, der Glanz in seinen Augen erlischt, und er sagt:

»Nein, nein, Herr Richter! Das bringt mir meine abgeschlagenen Hände doch nicht zurück. Und Mehmets Hände, die brauchen wir, diese Hände, die das Schwert des Islams halten und den Staat schützen. Es genügt mir, wenn Mehmet das mir angetane Unrecht zugibt. Weiter fordere ich nichts.«

Der Richter atmet erleichtert auf; doch sein Gesicht ist noch immer tomatenrot.

»Der Prozeß ist beendet«, sagt er, zum ersten Mal ohne zu stottern und mit klarer Stimme. »Ihr könnt jetzt gehen!«

Was für eine wunderbare Vorstellung! Doch entspricht sie leider nicht der Wirklichkeit; nicht einmal im Traum hätte das so aussehen können. Weiß ich doch, daß der Baumeister Sinan in einem finsteren Verlies zu Tode gefoltert wurde. Alle verläßlichen Quellen bestätigen dieses. Würde ich nicht sein Andenken entehren, wenn ich diese Legende, die erfunden wurde, um die Gerechtigkeitsliebe und Bescheidenheit des Eroberers zu bezeugen, hier als bare Münze anböte? Die Moschee des Yusuf Sinan, die steht heute noch. Ich bin ja selbst hingegangen und habe sie bewundert. Die Moschee und auch das Grabmal des Eroberers. Das Grab des Baumeisters jedoch ist unbekannt. Ich habe dort im Innenhof der Moschee gesessen, im Schatten der Säulen, die seine begnadeten Hände aufrichteten. Ich kann wirklich nicht jetzt, nach Jahrhunderten, daherkommen und ihm dieses Unrecht antun. Aber es steht mir auch nicht zu, ihn zu rächen. Doch warum ließ der Padischah die Hände des Yusuf abschlagen? Auf diese Frage will ich versuchen, eine Antwort zu finden, wenn man mich nur schreiben läßt. Im Grunde habe ich ja vorher schon in den *Boğazkesen* nicht nur historische Fakten, sondern hin und wieder auch Legenden eingewoben, das, was man über die Menschen jener Zeit erzählt. Vielleicht sollte man Mehmet hier mit seinem Schuldgefühl allein lassen. Aber hat er sich überhaupt schuldig gefühlt? Sicher hat er das, und sei es nur, weil ich es so aufgeschrieben habe.

Es verging kein Tag, an dem ich nicht schrieb. Auch wenn ich in die Stadt ging, war mein Roman dabei. Ich trug ihn in mir, zog ihn gleichsam hinter mir her durch die in der Septembersonne liegenden Straßen. Er war bei mir auf dem Schiff, an den Bushaltestellen, in den Cafés, wo ich mich niederließ, oder an meinem Arbeitstisch in der Bibliothek. Aus seinem Blickwinkel betrachtete ich das Chaos dieser Stadt, diese sich durch alle Epochen fortsetzende unaufhörliche Betriebsamkeit. Ich durchmaß die Straßen des alten Istanbuls, jene Straßen, die der Eroberer zu seiner Zeit verkleidet zu durchstreifen beliebte, und fand, wie ein sorgfältig arbeitender Katasterbeamter, jede einzelne der von ihm errichteten Moscheen, der zu Moscheen umgewandelten byzantinischen Kirchen, sowie Paläste, Brunnen und Aquädukte, die Märkte, welche die Stadt wie ein Spinnennetz einschlossen, Geschäfts- und Badehäuser. Während dieser Streifzüge durch Istanbul wuchs der *Boğazkesen* in mir, wuchs und breitete seine Äste aus wie eine alte Platane. Dabei war ich zu Beginn durchaus unsicher gewesen und hatte kaum gewagt, meinen Roman mit diesem fest im Boden verwurzelten mächtigen Baum zu vergleichen, ja, ich hatte eher befürchtet, daß er sich nicht einmal wie eine unscheinbare Pappel ausbreiten würde, und ich hatte wirklich nicht geglaubt, daß ich so bald bei dem Stand anlangen würde, wo ich heute immerhin schon war. Mein Selbstvertrauen schien mit dem Schreiben zu wachsen. Mit meinem Schreiben nahm die Welt bestimmte Formen an. Natürlich kann ich nicht behaupten, daß ich mich ganz von dem Chaos befreit hatte und immer selbst genau die Richtung bestimmte. Denn der *Boğazkesen* zog mich mehr und mehr in seine eigene Realität hinein. Wie ein Tyrann zwang er mir seine Gesetze auf. Und ich habe mich diesen Gesetzen tatsächlich unterworfen. Allerdings nicht immer!

Ich sagte vorher, daß kein Tag verging, an dem ich nicht schrieb; doch Augenblicke, die nicht mit Schreiben ausgefüllt waren, gab es sehr wohl. Da waren, zum Beispiel, die frühen Morgenstunden, die ich wachend auf meinem Bett verbrachte, um mich in die Bläue des Bosporus zu versenken, wie sie sich an meiner Zimmerdecke spiegelte. Wenn draußen der Tag heraufzog, geriet das Wasser in Bewegung, und das Meer ergoß sich in mein Zimmer. Auch die halb unbewußten verzauberten Augenblicke des Aufwachens aus dem Mittagsschlaf gehörten hierzu. Die Art, wie die Gegenstände mit zunehmender Dunkelheit ihre Formen verloren, sich einfach davonmachten. Dann dachte ich oft eigenartige Dinge und sah manchmal auch betrübte Gesichter. Das ovale, bleiche Antlitz meiner Mutter kam mir ganz nahe, um sich gleich wieder zu entfernen. Wenn ich jetzt die Lampe an meinem Kopfende anzündete, würde alles wieder seine gewohnte Form annehmen. Wenn ich sie nicht anzündete, würde die Dunkelheit bald alles einhüllen. Oft war ich zu faul, um aufzustehen und die Vorhänge aufzuziehen, so daß ich bald wieder in tiefen Schlaf versank. Und dann war da die Zeit, die der Nacht vorausging, jene kostbaren Minuten nach dem Sonnenuntergang, die wie die unaufhörlich dahingleitenden Schiffe vorbeiflossen, ohne daß ich je genug davon bekommen konnte ... Solche Augenblicke waren es, die mir halfen, das Gleichgewicht aufrechtzuerhalten, welches ich zwischen meinem Schreiben und der realen Welt herzustellen bemüht war. Mir schien es, daß die von uns gelebte Wirklichkeit keine Dauer hat. Jeden Moment löst sie sich auf, um sich gleich wieder zu erneuern. Ganz wie das Schreiben. Wie das Fenster dort, mir gegenüber, das sich auf eine fiktive Welt öffnet.

Einmal kehrte ich, mit einem Glas Tee in der Hand, aus der Küche in mein Erkerzimmer zurück und stellte fest, daß ich die Burg Boğazkesen nicht an ihrem gewohnten Platz sah. Das Fenster am Ende des Zimmers war völlig leer. Draußen hatte die Abenddämmerung alles in ein tiefes Rot getaucht, und das Fenster glich dem monochromen Gemälde eines übertrieben realistischen Malers. So sah ich es jedenfalls, gleichzeitig ganz nah und ganz weit entfernt. Doch plötzlich tauchte ein Schiffsmast im Fenster auf. Bald darauf ein weiterer und dann noch einer. Wie in einem Wettlauf folgten die Masten einer auf den anderen. Sobald ein Schiff in den Rahmen hineinglitt, verließ ein vorhergehendes denselben, und manchmal traten auch zwei Schiffe gleichzeitig in das Bild ein. Doch die Burg war immer noch nicht an ihrem Platze. Im Hintergrund war lediglich die Abendröte zu sehen und eine hinkende Möwe, die in dieser Leere die Flügel schlug. Daß diese Möwe hinkte, wußte ich, weil sie oft bis an mein Fenster herankam, sich auf dem Sims niederließ und Brotkrumen aus meiner Hand pickte. Doch als ich mich jetzt dem Fenster näherte, schien die Möwe sich zu entfernen. Diesmal saß sie nämlich nicht auf meinem Fenstersims, sondern auf einem Ponton. An diesem waren Fischerboote vertäut und an die Boote wiederum ein alter Bosporusdampfer. Hinter dem Dampfer war jetzt ein Schleppkahn zu erkennen. Langsam das Wasser durchpflügend, glitt er in den Fensterrahmen. Gleichzeitig mit dem Kahn trat ein Fischkutter ins Bild, auf dessen Oberdeck Netze ausgebreitet waren. Diesem folgte ein Boot der Küstenwache, dann ein kohlenbeladener Schleppkahn und ein Passagierschiff. Das Boot der Küstenwache holte jetzt den Fischkutter ein, und eine Zeitlang glitten sie nebeneinander dahin, doch dann verließ das Polizeischiff den Rahmen als erstes. Der Fischkutter und der Schleppkahn schlossen sich sogleich an.

Das Passagierschiff blieb noch ein Weilchen im Rahmen. Auf dem tiefroten Hintergrund des Bildes blitzte es auf und verlosch wie ein nächtliches Meeresleuchten. Doch dann verließ auch dieses den Rahmen, plötzlich und schnell wie eine Sternschnuppe. Das Schleppboot, welches als erstes in den Rahmen eingetreten war, konnte ich nirgends mehr sehen. Als alle Schiffe aus meinem Blickfeld verschwunden waren, sah ich einen Schwalbenschwarm auftauchen, der in Eile von links nach rechts durch das Bild zog. Ich schaute genau hin und konnte die Burg noch immer nicht an ihrem angestammten Platz ausmachen. Doch als ich mich dem Fenster um ein paar Schritte näherte und sein Rahmen sich vergrößerte, sah ich zuerst die gegenüberliegenden Hügel im Abendlicht und gleich darauf die Burg. Das, was genau vor der Burg auszumachen war, mochten vielleicht Seepferde mit schäumenden Mäulern sein, vielleicht aber auch die Seelen der auf dem Asiyan-Friedhof ruhenden Toten. Gleichmäßig hatten diese Gebilde sich dort aufgereiht. Dann lösten sie sich voneinander und sammelten sich wieder, nahmen verschiedenste Formen an und begannen, sich über die Burgzinnen hinweg in den Himmel zu heben. Mitten in der Röte des Abendhimmels formierten sie sich wieder. Sie waren von dunkelblauer, schwarzer und aschgrauer Farbe. Wie geflügelte Pferde begannen sie davonzutraben. Jetzt erst erkannte ich, daß es sich um Wolken handelte. Schnell verteilten sie sich am dunklen Abendhimmel. Als wollten sie die Türme der Burg streifen, senkten sie sich herab, und mit ihren im Winde flatternden Mähnen sahen sie wirklich aus, als seien sie ausgezogen, eine Burg zu erobern. Dann stellten sie sich wieder schön in Reih und Glied nebeneinander auf und nahmen Schlachtordnung an in meinem Fenster. Ich setzte mich an den Tisch und knipste die Lampe an. Ich nahm einen Schluck von meinem Tee und begann an dem Kapitel zu schreiben, welches von der Belagerung und Eroberung Konstantinopels berichtet.

Dieses Kapitel berichtet von der Belagerung und Eroberung der Stadt Istanbul

Der Padischah sprach die folgenden Worte:
»Es geschah vor langer Zeit, daß sich im leuchtenden Spiegel meines Herzens eine Vision einprägte. Diese besagt, daß das Schicksal es bestimmt hatte, daß jene Burg durch meine Hand eingenommen würde. Selbst wenn ihre Türme und Mauern nicht aus Stein und Erde, sondern aus purem Eisen bestünden, würde ich sie mit der stürmischen Kraft meines Zornes wie Kerzen dahinschmelzen lassen!«

Cafer Çelebi: *Bericht über die Eroberung der Stadt Istanbul*

An einem Herbstmorgen, unmittelbar nach dem Morgengebet, trat der Hohe Staatsrat zusammen. Diese Versammlung unterschied sich auffällig von den sonst von Mehmet vorgezogenen dringlichen Zusammenkünften mit seinen wichtigsten Ministern und Beratern, bei denen ohne große Vorbereitung und auf der Stelle die anstehenden Fragen erörtert wurden. Dieses Mal waren sämtliche hohen Würdenträger anwesend; im Palast und auch in der näheren Umgebung waren außerordentliche Vorkehrungen getroffen worden. Mehmet war nachdenklich wie immer, und doch schien er viel majestätischer dazusitzen, als es sonst seine Art war. Außer der um die längliche Kopfbedeckung gewundenen weißen Musselinverzierung trug er einen blauen Zeremonienturban, der an der Stirnseite das schwarzweiße Sultanszeichen aufwies und an der Rückseite mit einem silbernen Federbusch geschmückt war, dessen reicher Besatz von Edelsteinen und Smaragden im Dämmerlicht des Morgens funkelte. Draußen zog langsam der Tag herauf. Durch das Fenster fiel ein Lichtschein auf den Padischah, der wie eine Buddhastatue im Schneidersitz auf seinem Thron saß. Er hatte seinen schwarzen, mit Fuchspelz besetzten Umhang anbehalten, auf den sieben über Kreuz laufende, mit Gold- und Silberfäden durchwirkte Brokatbahnen aufgesteppt waren und an dessen Knöpfen je drei Edelsteine prangten. Unter diesem Überwurf waren das blaue, goldbestickte Untergewand und die weite Hose aus glänzendem rotem Damast zu sehen. An den Füßen trug er Stiefel aus hellbraunem Leder. Aus seiner ganzen Aufmachung und Haltung sprach eine bislang nie an ihm gesehene Prachtentfaltung, begleitet von einer ebenso bemerkenswerten Entschlossenheit.

Dem Großwesir Çandarlı Halil war dieses besondere Auftreten des Padischah nicht entgangen. Sicher war man, so dachte er bei sich, heute zusammengekommen, um einen äußerst wichtigen Beschluß, wahrscheinlich den der Belagerung von Kostantiniye, zu fassen. Aus diesem besonderen Grunde waren sie wohl auch alle – die obersten Heerführer und der Großadmiral Baltaoğlu Süleyman, der aufrecht wie ein in die Erde gepflanzter Speer dastehende Janitscharen-Ağa Mustafa Bey sowie, angeführt von Turahan Bey, sämtliche Beys der Akıncı, der Stoßtruppen – zu dieser Diwan-Versammlung erschienen.

Çandarlı Halil saß in seiner Eigenschaft als Großwesir zur Rechten des Padischah. Er trug einen blauen Serpusch, der kürzer als jener des Sultans, doch genau wie dieser aus einzelnen Stoffbahnen zusammengesetzt war. Mit seinem weißen Horasani-Turban und dem bis auf den Boden reichenden Innenkleid bot er einen bescheidenen Anblick. Die übrigen Wesire hatten sich links von Halil aufgestellt: der Eunuch Şehabeddin Pascha, Saruca Pascha und Zaganos Pascha. Hinter den Wesiren, den Schatzmeistern und dem Heeresrichter Molla Guranî saß der Statthalter von Rumeli, Dayı Karacabey. Der Statthalter von Anatolien, Ishak Pascha, stand aufrecht, ebenso wie die Gefährten des Seeadmirals Baltaoğlu Süleyman, Hamza Bey, Has Yunus Bey und Kasım Bey. Ak Şemseddin und der Scheich Akbıyık Sultan saßen zur Linken des Padischah, jederzeit bereit, Mehmet zu unterstützen und mit ihren Gebeten und weisen Verlautbarungen den Glauben und die Entschlußkraft des Sultans zu stärken. Ihre Lippen waren völlig unsichtbar unter den weißen Bärten. Hier handelte es sich nicht um gewöhnliche Gottesdiener, nein, sie gehörten zu den Weisen aus Horasan, den Vermittlern zwischen der dunklen Erde und dem siebenstöckigen

Himmel, deren Taten Wohltaten waren und deren Worte stets eine verborgene Bedeutung trugen. Halil konnte sich ausmalen, wie sie den Sultan, der selbst bereits entschlossen war, Kostantiniye einzunehmen, zu diesem Unternehmen noch anfeuern würden. Und das, ohne das Wort zu ergreifen oder gar den Koran und die Prophetensprüche zu bemühen, nein, nur durch ihre stumme, nachdenkliche Anwesenheit, mit der sie jederzeit zu verstehen gaben, daß sie auf ein Zeichen aus der anderen Welt warteten.

Niemand sprach. Ein tiefes Schweigen hatte sich über den Diwan gelegt. Halil sah zu Mehmet herüber. Dabei wurde ihm klar, daß der Sultan bemüht war, reifer und erfahrener zu erscheinen, als es seinem Alter entsprach, und er dachte bei sich, daß dies kein gutes Omen sei. Ganz ruhig saß Mehmet da, mit seinen Augen einen unbestimmten Punkt fixierend, als wolle er die herrschende Stille so lang wie möglich anhalten lassen, damit die Worte, die er auszusprechen gedachte, sich um so wirkungsvoller ausnähmen. Doch dann ließ er nicht mehr lange auf sich warten. Plötzlich begann Mehmet, mit einer ganz und gar nicht zu seiner würdevollen Haltung passenden Erregung zu sprechen, wobei er – gleich einem feuerspeienden Zirkusartisten – die Worte wie flammende Kanonenkugeln aus seinem Mund hervorschießen ließ:

»Es geschah vor langer Zeit, daß sich im leuchtenden Spiegel meines Herzens eine Vision einprägte. Hierüber heute mit euch zu beraten ist meine Absicht.«

Halil hatte sich also nicht getäuscht. Die Hodschas, allen voran Ak Şemseddin, hatten den Sultan davon überzeugt, daß Kostantiniye von ihm eingenommen würde. Das bedeutete, daß die Belagerung nicht mehr aufzuhalten war. In Mehmets Herzensspiegel war also schon seit langem der Abdruck eines geheimen Bildes vorhanden. Die Bedeutung dieses Bildes würde er ihnen jetzt erklären und damit schließlich das in seinem Herzen getragene Geheimnis offenbaren. Doch ganz gleich, wie außergewöhnlich klug und begabt ein Mensch war, und war auch ein Befehl des Allmächtigen durch Eingebung in sein Herz gelegt, so geziemte es sich doch auch für ihn, bei wichtigen Beschlüssen die Ratschläge seiner Umgebung einzuholen. Das, jedenfalls, war Mehmets Überzeugung. Denn so hatte es sogar der Prophet gehalten, wie übrigens auch seine eigenen Vorfahren. Während er jetzt seine Gedanken vor dem Diwan ausbreitete, beobachtete er die Wirkung seiner Worte auf die einzelnen Ratsmitglieder, Worte, die er durch Heben und Senken seiner Stimme an gewissen Stellen genauestens abwog und berechnete. Nachdem er seine Ansprache beendet hatte, forderte er die Anwesenden auf, sich hierzu offen zu äußern. Doch war er noch nicht zu seinem eigentlichen Thema vorgedrungen, hatte die Beschaffenheit des Bildes in seinem Herzen noch nicht offengelegt. Er kehrte vielmehr zur Ära des Propheten zurück, sprach von der Einmaligkeit des Allmächtigen und davon, daß alle weltliche Macht vergänglich, Gott jedoch ewig sei. Weiter erinnerte er daran, daß seine Vorväter das Schwert des Islams stets geschärft gehalten hatten und daß der Staat, den sie auf den von ihnen eroberten unendlich weiten Gebieten gegründet hatten, mächtig und gerecht war. Während der Sultan sprach, zog das Abenteuer der Osmanen wie ein Flußpanorama an den Augen des Çandarlı vorbei. Mehmet erzählte, wie seine Vorfahren in das Land Rum gekommen waren, wie sie aus einem winzigen Fürstentum einen sich auf zwei Kontinenten ausbreitenden Staat geschaffen hatten, und Çandarlı Halil sah nacheinander den Flecken Söğüt, die Stadt Bursa, dann Edirne mit seinen Brücken und Palästen, die Ägäis mit ihren weißen Schaumkronen sowie die sich bis ins innerste Anatolien unter der glühenden Sonne erstreckenden Steppen. Er dachte an die blutigen Sonnenuntergänge mit ihrem charakteristischen Stimmengemisch von klirrenden Schwertern und trommelnden Hufen, an die Akıncı-Truppen, die auf ihren westwärts, immer weiter westwärts gerichteten Ausfällen eine breite Staubspur auf ihren Wegen zurückließen. Irgendwo mußten all diese Wege natürlich ein Ende finden. Oder waren es etwa stets vorwärtsdrängende, ins Unendliche führende Wege, die nie an einem Ziel ankamen, nie vor einem Burgtor oder unüberwindlichen Mauern haltmachten?

Halil fand sich plötzlich wieder in der Wirklichkeit. Zusammen mit den Großen des Staates saß er in der Großherrschaftlichen Ratsversammlung in Edirne. Der junge Sultan schickte sich gerade an, mit der Verfolgung seines Zieles, nämlich die Stadt Kostantiniye einzunehmen, den osmanischen Staat in Gefahr zu bringen, alles bisher Erreichte in kürzester Zeit zu verlieren. Sobald er seine Ausführungen beendet hatte, würde er ihn, den Großwesir, um seine Meinung bitten. Dann mußte er versuchen, Mehmet von diesem Vorhaben abzubringen. Dies war die letzte Gelegenheit.

Nachdem Mehmet von den Taten seiner Vorfahren und der ruhmreichen Geschichte der Osmanen berichtet hatte, brachte er die Rede endlich auf Kostantiniye. Er führte aus, daß diese Stadt, dieser in seinem Inneren faulende Unruheherd, der wie eine Wunde inmitten seines Staates schwärte, eingenommen werden, daß der Existenz von Byzanz ein Ende gesetzt werden mußte. Ein Feldzug gegen dieses Byzanz, welches osmanische Thronfolger als Geiseln festhielt und gegen den Osmanenstaat ausspielte, welches durch Anwendung von allerlei üblen Tricks das Übersetzen seiner Truppen von Anatolien nach Rumeli verhinderte und den Muslimen in verräterischer Weise in den Rücken fiel, war unausweichlich.

Der Padischah konnte das Schweigen der ihm während seiner langen Rede geduldig Zuhörenden nicht recht deuten. War man etwa nicht einer Meinung mit ihm? Dabei wollte er unbedingt, daß die Belagerung Kostantiniyes einstimmig beschlossen würde. Er wandte sich zu Halil und rief laut:

»Lala, warum sagst du nichts? Wenn an meinen Worten etwas nicht stimmt, dann berichtige es bitte, ohne zu zögern!«

»Alles, was Ihr gesagt habt, ist richtig«, begann Halil. »Die Osmanen sind durch Eure seligen Väter und durch Euch zu den heutigen glorreichen Tagen gelangt, und unser Staat hat seine Macht noch ausgedehnt. Und Kostantiniye ist ein Unruheherd inmitten unseres Staates. Es stimmt auch, daß es die Bewegungsfreiheit unseres Heeres beeinträchtigt ...«

Er zögerte einen Moment; er sah, daß Mehmet ihm aufmerksam zuhörte. Dann fuhr er mit bedächtiger Stimme fort: »Und Kostantiniye ist eine sehr schöne Stadt, mein Sultan. Mit ihrem Wasser, ihrer Luft, ihren Palästen, ihren mit Gold- und Silberschätzen geschmückten Kirchen steht sie einmalig da. Allerdings ist sie auch von starken und hohen Mauern umgeben. Aus diesem Grunde ist sie bisher trotz unzähliger Belagerungen nie eingenommen worden. Dazu kommt, daß der Papst uns ein weiteres Kreuzfahrerheer auf den Hals schicken könnte. Aus diesen Gründen halte ich einen Feldzug gegen Kostantiniye zu diesem Zeitpunkt nicht für angebracht, mein Sultan.«

Der in den Augen des Padischah aufflammende Zorn brachte Halil nicht aus der Fassung. Was ihm Furcht einflößte, war nicht sein eigenes Auftreten gegen die Meinung des Sultans, sondern die Tatsache, daß der Staat in ein Abenteuer mit ungewissem Ausgang geführt, ja, daß dieses Mal ein wirklich gefährlicher Weg eingeschlagen würde. Der Padischah bemühte sich, seinen Zorn zu verbergen, und wandte sich Zaganos Pascha zu:

»Und wie denkst du darüber?«

Zaganos meinte, daß die Kreuzfahrerheere bereits zweimal zurückgeschlagen worden seien und daß sie es wohl kaum wagen würden, die Osmanen erneut anzugreifen, daß im übrigen zwischen den beiden Kirchen noch immer keine

Eintracht hergestellt war. Er fügte noch hinzu, daß sowohl der Papst als auch Venedig mit Schwierigkeiten rechnen müßten, wenn sie Byzanz zu Hilfe eilten. Er schloß damit, daß sich durch den Vertragsabschluß mit Ungarn die Lage auf dem Balkan entspannt habe und daß die Stadt auf jeden Fall belagert und eingenommen werden müsse. Saruca Pascha war der gleichen Meinung. Nach diesem ergriff auch Ishak Pascha das Wort. Er berichtete in allen Einzelheiten über die Stadtmauern von Kostantiniye und die Stärke ihres Verteidigungssystems. Wie der Padischah ja selber auch wisse, seien hinter den Wassergräben zwei Ringe von Stadtmauern mit hohen Türmen angelegt. Und das Feuer der Byzantiner brannte sogar auf dem Wasser, lief einfach über dieses hinweg und setzte im Nu Türme und Treppen in Brand. Die Stadt befand sich stets in höchster Verteidigungsbereitschaft. Und die Menschen von Byzanz hingen an ihrem Glauben und an ihrer Stadt. Wie viele aus dem Osten angerückte Heere, die die Stadt belagerten, hatten sie nicht in die Knie gezwungen! Und keiner Flotte war es je gelungen, in das Goldene Horn einzudringen. Und ohne in das Goldene Horn zu gelangen und die Stadt vom Meer her zu umzingeln, ließ Kostantiniye sich nicht erobern. Während Ishak Pascha dieses vortrug, war plötzlich eine alte zittrige Stimme zu vernehmen:

»La tuftahanna'l Kustantiniyyatu falani'ma'l-amîru amîruha wa lani' ma'l dschaischu thâlika 'l-dschaisch!«

Es war Ak Şemseddin, der da sprach. Er wiederholte den Ausspruch des Propheten: »Und sicher wird Kostantiniye erobert werden. Wie schön wird jener Feldherr sein und wie schön jenes Heer!«

Als Halil diese Worte vernahm, senkte er schweigend den Kopf. Wieder einmal hatten sich die Derwische mit den Devşirme verbündet. Um den Padischah zu überzeugen, war ihnen jedes Mittel recht. Die Devşirme verstanden es, an

Mehmets militärisches Genie zu appellieren, während die Derwische ihre Einflußnahme mit spirituellem Druck bewerkstelligten. Dies sollte nicht etwa heißen, daß der junge Padischah eine Marionette in ihren Händen war. Denn daß er selbst jener schöne Feldherr sei, daran glaubte Mehmet schon seit langem. Es war im Grunde nichts mehr zu machen. Nachdem er jetzt noch das Propheten-Hadis vernommen hatte, war Mehmets Selbstvertrauen grenzenlos.

»Die Einnahme jener Festung durch meine Hand ist vorherbestimmt!« rief er laut. »Selbst wenn ihre Türme und Mauern nicht aus Stein und Erde, sondern aus purem Eisen bestünden, würde ich sie mit der stürmischen Kraft meines Zornes wie Kerzen dahinschmelzen lassen!«

Die Entscheidung war gefallen. Die Vorbereitungen für eine baldige Belagerung waren Gegenstand der sich nun anschließenden Beratungen. Der Pfeil hatte den Bogen bereits verlassen.

Ak Şemseddin saß unter einem Kastanienbaum im Garten seines Klosters und schaute hinunter auf die Stadt. Ausgebreitet wie ein persischer Gebetsteppich lag Edirne zu seinen Füßen in der strahlenden Frühlingssonne und nahm mit seiner Farbenpracht das Auge gefangen. Die Bäume standen in Blüte, und die Hänge der Hügel waren von blühenden Blumen übersät: blaue, violette und hellrote Hyazinthen, gelb-weiße Margeriten, purpurrote Judasbäumchen, Narzissen und Lilien. Wo die drei Flüsse, Tundscha, Arda und Maritza, aufeinandertrafen, stand die Stadt mit ihrer Burg, ihren Mauern und Moscheen mit den bleigedeckten Kuppeln; mit ihren Holzhäusern, den Wesirsresidenzen, ihren überdachten Märkten, Geschäftshäusern, Bädern und Karawansereien wuchs sie zusehends in die Breite. Laut rauschten die durch die Schneeschmelze gewaltig angeschwollenen Flüsse unter den steinernen Brücken dahin und trugen dornige Zweige und Äste von Bergsträuchern mit sich fort. Genau dort, wo sie zusammenflossen, stand die gewaltige Michaelsbrücke, welche die einzelnen Flußinseln miteinander verband, um sich anschließend wie die Chinesische Mauer in der Ferne zu verlieren.

Von seinem Platz im Garten aus konnte Ak Şemseddin die Brückenbögen sehen, die sich im Wasser spiegelten, und wenig dahinter die ausgedehnte Wiese, in deren Mitte die Küpeli-Moschee mit ihrem in den Himmel ragenden gerillten Minarett und die Sultan Murat-Moschee mit ihren an kostbare Kristallgläser erinnernden Galerien standen. Sein Herz jedoch gehörte der Yıldırım Han-Moschee direkt am Fuß der Brücke. Als sein Meister Hacı Bayram Veli mit einer Kette um den Hals nach Edirne gebracht worden war, hatte er, vom Sultan Murat Han Gazi höchstpersönlich mit dieser Aufgabe betraut, eine Zeitlang in dieser bescheidenen Moschee gepredigt, hatte dort an ihrem Brunnen die religiöse Waschung vollzogen, bevor er sich zum Gebet begab. Später war er wieder in seine Heimat zurückgekehrt, um in der Steppe die Ernte einzuholen. Ak Şemseddin gedachte seines Meisters mit Wehmut. Dann glitten seine Blicke von der Yıldırım Han-Moschee hinüber zum Neuen Palast. Zu seinem größten Erstaunen sah er dort, vor dem Zeughaus aufgepflanzt, zwei von Mehmets sechs Roßschweifen in der Luft wehen. Der Feldzug hatte also begonnen, und der schöne Traum sollte nun Wirklichkeit werden, jener Traum, den Bayram Veli, den Berichten des Scheichs Edebali folgend, so wiedergegeben hatte:

Einmal, als Osman Bey im Kloster des Achi-Scheichs zu Gast war, hatte er nachts einen Traum, in welchem er sah, wie der neugeborene Mond aus dem Bauch des Scheichs Edebali hervorkam, sich in den sternenbedeckten Himmel erhob, dabei ständig zunahm, bis er ganz rund war und alles in ein wunderbares Licht tauchte. Dann senkte er sich auf seinen, Osman Beys, Bauch herab, um dort unterzugehen. An jener

Stelle sproß alsbald ein junger Strauch, der zu einem riesigen Baum mit zahlreichen Ästen und Zweigen heranwuchs. Unter den schönen rauschenden Blättern dieses Baumes fand die gesamte Welt Schutz. Berge, Wüsten, Meere und Städte, Tempel und Paläste aus purem Gold, Euphrat, Tigris, der heilige Nil und die durchs Frankenland fließende übermütige Donau, sodann die unendlich weiten fruchtbaren Fluren, die smaragdgrünen Wälder, alles versammelte sich unter diesem majestätischen Baum. Doch dann war ein starker Wind aufgekommen, der seine Blätter gegen Kostantiniye trieb, zu jener glänzenden Stadt am Schnittpunkt dreier Meere, mit ihren Mauern, Kuppeln, Palästen und Marmorsäulen. Darauf hatte die Stadt sich in einen kostbaren, mit Diamanten und Smaragden besetzten Ring verwandelt. Gerade wollte Osman diesen Ring an seinen Finger streifen, als er erwachte. Sofort erzählte er dem Scheich seinen Traum und bat diesen um die Hand seiner Tochter Mal Hatun. Gern hatte der Scheich dieser Bitte entsprochen, nachdem er vorhergesagt hatte, daß die dieser Verbindung entspringenden Kinder alle unter jenem Baum versammelten Länder besitzen würden und daß die Söhne Osmans alle Städte dreier Erdteile, einschließlich Kostantiniye, einnehmen würden.
Ak Şemseddin war von einer großen Freude erfüllt, die sich, ähnlich den angeschwollenen Flüssen Edirnes, nicht zurückdrängen ließ. Als er feststellte, daß auch vor der Residenz des Großwesirs Halil Pascha drei Roßschweife zu sehen waren, kannte seine Begeisterung keine Grenzen mehr. Am nächsten Morgen, bei Tagesanbruch, würde das Heer ausrücken.

Zunächst kamen die Anzeichen. Die Einwohner von Byzanz fuhren eines Morgens aus dem Schlaf, aufgeschreckt von einem fürchterlichen Beben. Aus den Tiefen der Erde quoll ein Grollen hervor, welches den Boden und das Gemäuer erzittern ließ. Die Mosaiken der Hagia Sophia und eine riesige Ikone der Mutter Gottes stürzten zu Boden. Im Hof eines am Stadtrand gelegenen Klosters tat sich der Boden auf, und die Mönche in ihren Zellen erschraken zu Tode, als sie den gräßlichen menschenähnlichen Schrei vernahmen, der dabei aus den Tiefen der Erde hervorbrach. Es schien ihnen, daß die Pforten der Hölle sich öffneten, um die Erde in einem einzigen Augenblick mit dem Bösen zu überschütten. Diesem menschlichen Schrei folgten andere Schreie, ein Seufzen und Röcheln wie von Tieren, denen man den Hals umdreht. Sofort versammelten sich die Mönche und flehten zu Gott, daß er die Stadt und ihren Glauben schützen möge. In jener gleichen Nacht sah man auch unzählige Sternschnuppen am Himmel, und ein Feuerball stürzte ins Meer. Die Hellseher glaubten zu wissen, daß das Ende der Stadt gekommen sei, und teilten dieses dem Kaiser mit. Dieser rief die Großen seines Staates und die obersten Würdenträger der Kirche zu sich. Nach langen Beratungen wurde beschlossen, den Papst um Hilfe zu bitten. Einzig der Großherzog Lukas Notaras und der Patriarch Gennadios wandten sich heftig gegen diesen Beschluß. Laut rief Notaras den Befürwortern der päpstlichen Unterstützung zu: »Lieber sehe ich den türkischen Turban in Byzanz als die römische Mitra!« Gennadios schloß sich in seiner Zelle im Pantokrator-Kloster ein, um niemals mehr daraus hervorzukommen. Auf der Protestschrift, die er an die Tür seiner Zelle heftete, stand geschrieben, daß die katholische und die orthodoxe Kirche sich nie vereinigen dürften, und er warnte die Bevölkerung von Byzanz davor, dieser großen Sünde ihre Zustimmung zu geben. Trotzdem wurde in einer großartigen kirchlichen Zeremonie, an welcher der Nuntius des Papstes, der Kardinal Isodor, teilnahm, der Beschluß zur Vereinigung der beiden Kirchen bekräftigt. Das Volk strömte in die Straßen und versammelte sich auf dem Hippodrom, um gegen diesen Beschluß zu protestieren.

Am Morgen einer schlaflos verbrachten Nacht sah der Kaiser, daß das Standbild an seinem Kopfende geschwitzt hatte. Er glaubte nicht recht gesehen zu haben, doch als er noch einmal hinschaute, stellte er fest, daß nicht nur sein eigenes Denkmal, sondern auch die Marmorsäulen mit Schweiß bedeckt waren. Am nächsten Morgen brach ein schreckliches Sturmgewitter los. Der Südwestwind fegte über Hügel und Täler dahin und griff die Stadt mit seiner ganzen Wut an. Die Schiffe im Hafen, die Marktstände und die Menschen in den Straßen, alles wurde wütend durcheinandergewirbelt. Boote gingen unter, Segel und Ruder der Galeeren barsten, und die Glockentürme der Kirchen brachen ein. Das Volk, allen voran die aus ihren Klöstern hervorkommenden Priester und Mönche, füllte die Hagia Sophia, um zu beten. Während ihr Flehen von den Kuppeln widerhallte, beruhigte sich der Sturm allmählich, um sich bald ganz zu legen. Als wieder völlige Stille herrschte, begannen sich am Himmel Wolken zu sammeln. Mit den Blitzen, die jetzt einer nach dem anderen hervorbrachen, verwandelte die Stadt sich in einen Festplatz: Mauern, Paläste, Marmorsäulen, Kuppeln und Kreuze, der Christusturm und die im Hafen ankernden venezianischen und genuesischen Schiffe leuchteten hell auf, um gleich wieder im Dunkeln zu versinken. Das Volk sah diesem Schauspiel der entfesselten Himmelsgewalten mit Entsetzen zu und wußte nicht, welcher Heilige jetzt noch helfen könnte. Da brach ein gewaltiger Sturzregen hervor. Die Priester, die glaubten, daß eine neue Sintflut angebrochen war, beklagten laut das Fehlen eines großen Schiffes wie die Arche Noahs. Um dem Zorn Gottes zu begegnen, klammerten sie sich fest aneinander. Und sie rieten dem Volk, sich von den Katholiken, ganz gleich um wen es sich handelte, fernzuhalten. Die Wut des Sturzregens nahm jedoch noch zu, und die Straßen verwandelten sich in Flüsse. Gärten, bestellte Felder, Wagen und Zugtiere, Steine und Erde, alles riß die Flut mit sich fort. Zisternen liefen über, und Häuser, Weinkeller und Vorratslager und -Keller wurden überflutet. Und bald tauchte in der Stadt die Gefahr einer Hungersnot und ansteckender Seuchen auf. Doch am Abend des dritten Tages hörte der Regen auf. Die Sonne kam heraus und strahlte am Himmel wie zuvor. Die Menschen faßten wieder Mut und traten aus ihren Häusern. Die von ihren Sünden reingewaschene Stadt begann wieder zu leuchten und schien schöner, weißer und majestätischer als je.

Der Säulenheilige, der auf einer abgebrochenen Säule auf einem der in der Nähe des Alten Palastes liegenden Plätze lebte, hatte nach diesen Vorkommnissen eine neue Tonart angeschlagen. Niemand wußte, wer er war und wann er sich da oben auf dieser Säule niedergelassen hatte. Vielleicht war er ein heruntergekommener Adliger oder ein dem Kloster entlaufener Mönch, der etwas erleben wollte, vielleicht aber auch ein verzückter Eremit. Nie stieg er von seiner Säule herab. Er begnügte sich mit den Lebensmitteln, die man ihm in einen von oben herabgelassenen Korb legte, und auch seine Notdurft verrichtete er dort oben. Das Volk glaubte alles, was dieses seit Jahren dort oben unbeweglich kauernde, haarige, halb menschen-, halb affenartige Wesen von sich gab, hatte es gewissermaßen zum Propheten erhoben. Auch dieses Mal waren die Einwohner der Stadt – neugierig zu erfahren, was das Schicksal mit ihnen vorhatte – auf diesen Platz geströmt, sobald der Sturm sich gelegt hatte. Sie konnten sich keinen Reim machen auf diese seltsamen Vorzeichen und wollten aus dem Munde des Säulenheiligen erfahren, was mit ihnen geschehen würde.

Der Stylit war unter den tagelang anhaltenden Wolkenbrüchen fast weggeschmolzen und bestand nur noch aus Haut und Knochen. Die an seinem Körper klebenden Kleider waren völlig zerfetzt. Und da während jener Tage wohl alle mit ihren eigenen Sorgen beschäftigt gewesen waren, hatte man ihm nichts zu essen gebracht. So wie er dort oben kauerte, bedeckte sein auf den Säulenstumpf herabfallender Bart den gesamten Körper. Nur seine aus diesem Knäuel herausragenden dünnen Beine waren – zwei Stecken gleich – zu sehen. Und natürlich sein Gesicht, oder richtiger seine Augen, die nichts von ihrem Glanz verloren hatten. Während er sprach, das heißt mit letzter Kraft seltsame, eher einem Röcheln ähnelnde Worte ständig wiederholte, brannten seine Augen in ihren Höhlen wie zwei glühende Kohlestücke. Die Menschen, die sich unter der Säule versammelt hatten, bemühten sich, in diesen Äußerungen einen Sinn zu finden; doch der Heilige sprach wohl eine Sprache, die niemand verstand. Eine bis zu jenem Tage nie vernommene Sprache, vielleicht übriggeblieben aus der Zeit des delphischen Orakels. Vielleicht war es nicht einmal eine Sprache, sondern ein bedeutungsloser Wortschwall, der sich aus der Aneinanderreihung dieser fast tierischen Schreie ergab. Trotzdem lauschten alle mit größter Aufmerksamkeit. Und nach einiger Zeit begannen die aus dem Mund des Säulenheiligen hervorströmenden Worte sich in eine verständliche Sprache zu verwandeln. Er schrie nun regelrecht von seiner Säule herab: »Ich habe im Traum gesehen, wie ein siebenköpfiges Ungeheuer sich aus dem Meere erhob, jawohl, das habe ich gesehen! Auf den sieben Köpfen trug es sieben Hörner und sieben Augen. Mit seinen sieben Armen packte es die Stadt mit den sieben Hügeln und verschlang diese. Ja, es verschlang sie! Dann öffnete sich der Himmel, und ein König setzte sich auf den Thron, der von Engeln umgeben war. Vor dem Thron knieten alle Könige, die in früheren Zeiten die Stadt regiert hatten, doch der auf dem Thron Sitzende hatte seinen Blick von ihnen abgewandt. Alsdann näherte sich das Ungeheuer dem Thron und griff diesen an, wobei aus den sieben Mäulern in seinen sieben Köpfen siebenfarbige Flammen hervorschossen. Jeder Kopf der Bestie glich dem Kopf eines anderen Wesens, und sein erster Kopf glich einem Löwen, sein zweiter einem fliegenden

Adler, sein dritter einem brüllenden Stier, der vierte einem wiehernden Pferd, der fünfte einem Fisch im Wasser, der sechste einer Schlange, und sein siebenter Kopf war der eines Wolfes. Und der König auf dem Thron schnitt alle diese Köpfe ab, schlitzte den Bauch des Ungeheuers auf und rettete die Stadt vor dem Untergang.«

Auf dem Platz war kein Laut zu vernehmen. Niemand hatte erwartet, daß der Heilige so deutlich und unmißverständlich sprechen würde. Mit einer donnernden Stimme, die niemand diesem ausgemergelten Körper zugetraut hätte, fuhr der Eremit mit seiner Weissagung fort. Dabei steigerte er sich noch in seiner Begeisterung. Klar und deutlich waren jetzt die Worte, die seinem Mund entwichen und die sich wie aus einem Trichter gegossenes siedendes Öl auf die Köpfe der unter der Säule Harrenden ergossen:

»Es kam ein starkes Erdbeben, und vom Himmel regneten die Sterne herab. Die Erde tat sich auf, und das Höllentor öffnete sich. Ich sah, wie eine Herde von wilden Pferden daraus hervorströmte. Ihre Köpfe mit den schaumbedeckten Mäulern ähnelten Menschenköpfen; auf ihren Rücken trugen sie schlitzäugige Krieger. Die Blicke dieser Krieger waren härter als Stahl und schärfer als Schwerter. Ihnen war die Macht gegeben, die Menschen wie Herden vor sich herzutreiben, und wie Heuschreckenschwärme in die Weizenfelder, so fielen sie in Häuser, Kirchen und Paläste ein und trugen goldene Gefäße, silberne Kandelaber und Kupfergerät mit sich fort. Auf dem Rücken ihrer Pferde schwängerten sie, ohne ihren wilden Ritt zu unterbrechen, die Jungfrauen, während sie die Alten in Ketten legten, um sie auf den Märkten zu verkaufen. Dann bebte die Erde noch einmal, und der Himmel grollte. Die Stadtmauern zerfielen zu Staub, und ein König mit einem weißen Turban ritt auf seinem weißen Pferd in die Hagia Sophia ein. Von jetzt ab liegt die Macht bei diesem Herrscher, und unser Kaiser und unser Patriarch, zusammen mit allen

Adligen, Heerführern und Bischöfen, auch die Priester und alles Volk von Byzanz, sind ihm untertan. Ich sah, wie die Kuppel der Hagia Sophia sich wie ein Kreisel drehte. Unsere Mutter Maria und Christus Pantokrator, der Auferstandene, alle Engel und die zwölf Apostel drehten sich mit ihr im Kreise. Danach verschwand der König mit dem Turban wieder, und es vergingen zehnmal zehntausend Jahre, und die roten Fische, die sich im Becken eines Kirchhofes getummelt hatten, kehrten wieder in die Pfanne zurück, um gebraten zu werden. Der Mönch, der diese Fische briet, hatte schwarze Augen unter schwarzen Brauen, und in seinen Blicken lag der Zorn von tausend Jahren. Dieser Mönch gürtete jetzt sein Schwert, tötete den auf dem Throne sitzenden König mit dem Turban und setzte unserem Kaiser die Krone auf. Dann hörte ich eine Stimme, die sagte: »Ich bin Alpha und Omega, der Anfang und das Ende.« Dann sah ich einen neuen Himmel und eine neue Erde. Denn der vorige Himmel und die vorige Erde waren vergangen, und auch das Meer war verschwunden. Und ich sah unsere gesegnete Stadt, die wie eine Braut geschmückt war. Und der Herr gab sie uns von neuem durch die Kraft des Schwertes.«

Der Säulenheilige verstummte. Kein einziges Wort verließ mehr seinen Mund. Die Stille legte sich wieder über den Platz, eine noch tiefere, schrecklichere Stille als vorher. Nach einer geraumen Weile hörte man die Glocken der Hagia Sophia. Das Volk begann sich zu verstreuen und ließ den Heiligen dort oben in seinem Storchennest auf der abgebrochenen Säule zurück. Einige begaben sich nach Hause, andere in die Kirche, die meisten jedoch in die genuesischen Weinschenken von Galata.

Nach all diesen Vorkommnissen begab es sich, daß Sultan Mehmet das Werk des Kanonengießers Urban, die riesige Kanone mit der Schnauze eines Ungeheuers, von Edirne auf den Weg brachte. Und sie war tatsächlich ein bemerkenswerter Anblick, diese Kanone! In der Geschützgießerei von Edirne war sie in einer riesigen Form gegossen worden, die aus zwei ineinander gesteckten Rohren bestand und aus einem Gemisch von Erde, Leinen und Hanf hergestellt worden war. Tagelang waren die Blasebälge betätigt worden, um das im Ofen schmelzende Kupfer flüssig zu halten, so daß es in diese Form gegossen werden konnte. Das schließlich aus der Gießerei hervortretende Ungeheuer hatte sogar Saruca Pascha erschreckt. Jenen Saruca, der so viele Kanonen gesehen und selbst unzählige davon abgefeuert hatte! Der einzige, der diesem Geschütz gegenüber seinen Gleichmut bewahrte, war Meister Urban. Voller Vorfreude auf die versprochene reiche Belohnung lief er zwischen den halbnackten, beim Schüren des Feuers Blut und Wasser schwitzenden Arbeitern hin und her und lächelte, während die Hitze in der Gießerei draußen den Schnee zum Schmelzen brachte. Auch Mehmet lächelte, und die Generäle Saruca, Zaganos und Karacabey lachten verstohlen hinter ihren großen Bärten. Der einzige, der an dieser allgemeinen Freude nicht teilhatte, war Halil, der sich in eine Ecke zurückgezogen hatte und mit nachdenklicher Besorgnis zuschaute. Den Feldherren entging sie nicht, diese Zurückhaltung des Halil. Doch es war die Zeit des Feldzuges, nicht die kleinlicher Fehden.

Nachdem die Kanone abgekühlt war, wurde sie mit groben Kämmen gefeilt, dann geglättet und poliert. Dann wurde sie wie eine junge Braut geschmückt. Ihre Mündung war so groß, so lang und breit, daß selbst der stärkste Ringer der osmanischen Länder diese zarte Braut nicht hätte umarmen können. Bei einem Probeschuß schleuderte sie die Granitkugel tausend Schritt weit. In dem Erdloch, welches diese Kugel aufgerissen hatte, spielten die Kinder Fangen. Durch den Luftzug, den das Geschoß verursachte, erhob sich ein Kamel von seinem Lager in die Lüfte! Von ihrem Lärm war die Bevölkerung Edirnes während dreier Tage und Nächte taub. Schwangere verloren ihre Kinder. Der Imam der Moschee mit den drei Balkonen verglich in seiner Freitagspredigt den Lärm der Kanone mit der Trompete des Jüngsten Gerichts. Und die Nachricht, daß dieses Ungeheuer, das man auf den Namen Schahi, die Großherrliche, taufte, demnächst auf den Weg gebracht würde, erreichte Byzanz in Windeseile.

Das von fünfzig Ochsengespannen gezogene Geschütz durchquerte die thrazischen Ebenen, zu beiden Seiten geleitet und beschützt von zweihundert Soldaten und der Kavallerie des Karacabey mit ihren windesschnellen Pferden. Man hätte glauben können, daß es nicht die Kaiserkrone des Konstantin Drageses war, die diese Braut erobern wollte, sondern sein Herz, und daß sie auf diesem Eroberungszug ganz Byzanz bezaubern und liebeskranke und schmachtende Jünglinge zurücklassen wollte, so majestätisch und verführerisch zog sie den lieben langen Tag über zwischen den Bäumen dahin. Die Zimmerleute liefen vor ihr her, um im unebenen Gelände durch das Auslegen von runden Baumstämmen kleine Brükken zu bauen und ihr so den Übergang zu erleichtern. Alles war bis ins Detail vorausgeplant, und für Schahi war der gesamte Staatsapparat aufgeboten worden. Nein, sie war kein Ungeheuer, dessen Haut rot in der Sonne glühte, kein Untier, das mit den aus seinem Rachen hervorgeschleuderten Kugeln Tod und Verderben brachte. Vielmehr war sie eine junge Braut, die als Geschenk in den Palast Konstantins geschickt wurde. Sie würde das Brautbett des Kaisers teilen, der schon so lange vergeblich nach einer passenden Gemahlin Ausschau hielt. Daß ihr nichts zustieße auf ihrem Wege, dafür hatte man sämtliche Vorkehrungen getroffen. Genauso wie man an alles gedacht hatte, was ihre Reise angenehm und friedlich verlaufen lassen sollte.

Doch als sie zwei Monate später vor den Mauern von Kostantiniye eintraf, verwandelte sich die zarte Braut wieder in ein Ungeheuer, bereit, mit seinem riesigen schwarzen Maul die Stadt zu verschlingen. Ein Priester, der Schahi von den Zinnen der Bastion sehen konnte, verkündete, er habe den Antichrist persönlich erblickt. Die schlimme Nachricht verbreitete sich in Windeseile in der ganzen Stadt. Das verängstigte Volk strömte in die Kirchen. Die Priester riefen den Leuten zu, daß ihre Rettung einzig darin bestehen könnte, sich der Jungfrau Maria zuzuwenden, ihre Sünden zu beichten und den Erlöser um Hilfe anzuflehen. So wie die Heilige Jungfrau vor vielen Jahren geholfen habe, die Heere des Murat zu besiegen, so könnte ihr Sohn Jesus jetzt mit einem einzigen Blick den Antichrist Mehmet zerstören. Dafür jedoch sei es erforderlich, ohne Unterlaß zu beten und sofort mit dem Fasten zu beginnen, um sich von allem Unreinen zu befreien. Und es sei nötig, zusammen mit den Türken auch die Lateiner zu verfluchen und sich in die schützenden Arme, an die reine Brust der Jungfrau zu flüchten. Kraft dieser aus den Kirchen hallenden Gebete, der aus den Räuchergefäßen aufsteigenden Weihrauchdüfte und der von den Ikonen herabblickenden Gesichter der Heiligen schien das Volk sich ein wenig zu beruhigen. Und Konstantin ließ durch einen Ausrufer in allen Vierteln der Stadt verkünden, daß es keinen Grund zur Furcht gäbe, daß die Mauern stark und das Heer entschlossen seien und daß überdies die vom Papst zu ihrer Unterstützung geschickten Schiffe mit Soldaten in voller Rüstung recht bald eintreffen würden. Die Menschen vergaßen die Schahi schnell und kehrten zu ihren täglichen Verrichtungen zurück. Der Kaiser jedoch beschleunigte die Vorbereitungen für die Verteidigung der Stadt.

Aus allen Teilen des Landes waren sie herbeigeströmt. Vor den in der Frühlingssonne hell leuchtenden Landmauern hatten die Regimenter einzeln Stellung bezogen. Aus den anatolischen und rumelischen Städten waren sie gekommen und aus den Dörfern der Steppe: aus Amasya, aus Sivas, von den Ufern des Porsuk, aus Aydın, Iznik, Bursa, Manisa und aus Saruhanlı. Aus Edirne, Serez und Manastir, aus jeder Ecke, jedem Winkel zwischen dem Kızılırmak und der Donau. Alle sahen sie Kostantiniye zum ersten Mal. Sie stammten aus den Bergdörfern oder den Weinbergen von Gediz, vom Berge Ida oder aus dem Mönchsgebirge, von den Hängen des Taurus, aus Isfendiyar, Karaburun oder aus dem »Baummeer« genannten Waldgebiet bei Varna. Zum ersten Mal sahen sie solche Stadtmauern. Ebenso wie die Wassergräben, die zugemauerten Tore mit den hochgezogenen Brücken, die Zinnen und Türme mit ihren Schießscharten. Sie wußten nichts von der Welt, die hinter diesen beiden Ringen der Stadtmauer auf sie wartete, und waren auf eine unbeteiligte Weise neugierig. Sie hatten gehört, daß es in der Stadt Jungfrauen gäbe, deren vor der Sonne geschützte Haut ganz weiß sei, daß es in den Kirchen mit den goldbedeckten Kuppeln silberne Leuchter gäbe und daß in den mit Marmorsäulen geschmückten Palästen der Wein in Strömen floß und die Wollust regierte. Es waren junge Männer und auch alte, darunter auch solche, die fast noch Kinder waren. Sie waren dunkelhäutig oder blond, manche hatten verwegene Zwirbelbärte; ihre Augen waren blau, schwarz oder braun. Es gab barfüßige, barhäuptige, opiumrauchende Derwische unter ihnen, aber auch weißbärtige Scheichs und Jünglinge ohne einen Anflug von Bartflaum. Alle hatten sie ihre Felder, Gärten und Weinberge, ihre Schafherden, ihre Webstühle oder Heizöfen in den öffentlichen Bädern zurückgelassen, hatten ihre Dörfer und Derwischklöster verlassen, waren von den Bergen herabgestiegen, hatten Steppen und Ebenen, Flüsse und Täler durchquert, um sich unter dem Banner des Islams zu versammeln, die Waffen anzulegen und den Treueschwur zu leisten. Alle waren sie bereit, ihr Leben zu geben.

Auf der Verbindungsstraße Keşan–Malkara–Tekirdağ hatten sich diese Provinztruppen mit den Soldaten der Pforte vereinigt. Gemeinsam waren sie dann weitergezogen und fanden bald ihren Platz zwischen den Janitscharen, den Waffenschmieden, Munitionsmeistern, der Kavallerie und den Infanteristen. Und vor der Mauer angelangt, hatten sie sich, vertrauensvoll wie kleine Kinder, voller Glauben und Heldenmut, in folgender Weise aufstellen lassen:

Am rechten Flügel, der das Gebiet vom Goldenen Tor bis zum Romanos-Tor deckte, lagen die anatolischen Streitkräfte unter der Führung von Ishak Pascha und Mahmut Pascha. Die berittenen Regimenter waren aufgesessen, hatten die rot-gelbe Fahne entrollt und sich unter Aufsicht ihrer Offiziere und Standartenträger in Schlachtordnung aufgestellt. Vor ihnen bildeten die Infanteristen die erste Reihe. Als Glaubenskrieger im Kampf zu fallen oder als Gazi daraus hervorzugehen, einen anderen Gedanken hatten sie nicht. Es schien ihnen schwerzufallen, sich zwischen dem Paradies und der versprochenen Beute zu entscheiden. Die meisten unter ihnen waren Bauern mit sonnengegerbter Haut. Fröhlich und ungeduldig waren sie, bereit – ganz so, wie sie das Korn zu schneiden gewohnt waren –, mit ihren scharfen Krummschwertern, ihren Schlachtkeulen und Äxten die Ungläubigen niederzumähen. So als seien sie nicht mit Gewalt von ihren Feldern eingesammelt und hergebracht worden, als seien sie nicht vom Schoße der Mutter oder aus dem Bette der Liebsten gezerrt und auf den Kampfplatz geschleppt worden, sondern als warteten sie seit Jahren hier vor der Mauer in ihren Zeltlagern auf den Kampf. Sie wußten nicht, daß die Janitscharen die Mauer erstürmen würden, indem sie auf ihre Leichname stiegen.

Im Zentrum, zwischen dem Charsios-Tor und dem Romanos-Tor, die bald die Namen Edirnekapı und Topkapı tragen sollten, hatte das gesamte stehende Heer der Pfortensklaven, die Kapıkulu, angeführt von den Obersten der Janitscharen, Stellung bezogen. Je nach Rang waren die Kämpfer mit Schwert und Schild, mit Pfeil und Bogen, mit Streitkeulen und Speeren ausgerüstet, und alle trugen sie weite Soldatenmäntel aus dunkelblauem Wolltuch. Ihre hohen Kappen aus weißem Filz reichten bis auf die Schultern herab. Auf ihren strengen Gesichtern lag ein Ausdruck höchster Aufmerksamkeit. Hinter ihnen stand das Korps der Waffenschmiede mit den schweren Waffen, den Katapulten und der Munition, die sie auf die Rücken ihrer Kamele geladen hatten. Die Kanoniere und Sprengmeister hingegen befanden sich in vorderster Linie. Liebevoll, als handele es sich um ihre kleinen Kinder, betrachteten sie die im freien Feld aufgestellte und auf die Stadtmauern ausgerichtete Feldbatterie mit den kleineren Geschützen. Jedes dieser schwarzen Geschütze hatte seinen eigenen Namen und ganz bestimmte Eigenschaften. Nicht nur durch ihre äußere Form unterschieden sie sich voneinander, sondern auch durch die Magazine, die die Kugeln und das Pulver aufnahmen. Zwischen diesen Kleingeschützen schauten die fahrbaren Angriffstürme hervor wie die Köpfe hölzerner Pferde. Der Kommandant dieser ganzen zentralen Aufstellung war Karamani Pascha.

Am linken Flügel, der für den Mauerabschnitt zwischen dem Charsios-Tor und dem Goldenen Horn zuständig war und vom rumelischen Gouverneur Dayı Karacabey befehligt wurde, hatte das Heer von Rumeli Stellung bezogen. Auf ihrem Wege nach Kostantiniye hatten diese Soldaten zunächst eine Reihe von Burgen am Ufer des Schwarzen Meeres eingenommen; weiterziehend zum Marmarameer, sengten sie Städte wie Selymbria, Bigados und Hagiastefanos sowie byzantinische Dörfer. So waren sie vor den Mauern angekommen. Unter ihnen befanden sich auch die von den Beys Evrenos, Turahanlı, Mihail und Malkoçoğlu ausgebildeten Akıncı-Stoßtruppen, die mit ihren in der Sonne funkelnden

Harnischen und Helmen auf Pferden saßen, die schneller als der Wind waren. Seit Monaten waren sie nicht vom Rücken ihrer Pferde abgestiegen, immer hinter dem Feind her. Doch in ihren Adlerblicken war kein Anzeichen von Müdigkeit auszumachen.

Zaganos Mehmet Pascha, der sein Hauptquartier auf dem Okmeydanı, dem Pfeilplatz, errichtet hatte, hielt die Hänge zwischen Pera und Pegai, dem heutigen Kasımpaşa. Sultan Mehmet jedoch hatte sein Hauptquartier auf dem Hügel gleich hinter dem zentralen Flügel, auf dem auch sein auf sieben Masten gestütztes großherrliches Reichszelt aus golddurchwirktem Brokat stand. Wie ein rotgeflügelter Adler, der sich vor der Stadt niedergelassen hatte, schaute dieses zum Tekfur-Palast hinüber.

Im Tekfur-Palast waren der Kaiser Konstantin Drageses Paläologos, der Oberkämmerer Phrantzes, der Großherzog Lukas Notaras und der gerade erst aus Germanien angekommene Waffenspezialist Grant versammelt und hörten dem Genuesen Giovanni Giustiniani zu, der unaufgefordert mit zwei großen Galeeren, vierhundert bewaffneten Kriegern und dreihundert Soldaten der bedrohten Stadt zu Hilfe geeilt war. Der Kaiser hatte ihn unverzüglich zum Hauptkommandeur seiner Streitkräfte ernannt und ihm die Verteidigung der Stadt übertragen. Jetzt war der Genuese gerade dabei, über die Widerstandskraft der Stadtmauern, die Kampfmoral seiner Truppen und die Verpflegungslage zu berichten:

Den Zustand des vorderen Mauerringes hielt er für zufriedenstellend; dieser war erst neulich repariert worden. Deswegen mußte die Verteidigung sich auf den zweiten Mauerring konzentrieren. Mit anderen Worten, die Verteidigung des ersten, dem Marmarameer und dem Goldenen Horn entlang verlaufenden Mauerringes mußte einer späteren Phase vorbehalten bleiben, damit der Schwerpunkt der Abwehr sich auf den schwächsten Punkt, die Landmauer zwischen dem Romanos-Tor und dem Charsios-Tor, konzentrieren konnte. An dieser Stelle waren die Mauern mangelhaft befestigt, und die Gräben führten kein Wasser. Die schwere, zwischen Galata und der Landspitze von Hagios Demetrios gespannte Kette würde verhindern, daß die osmanische Flotte in das Goldene Horn eindrang. Deswegen konnte an diesem Punkt auf besonders aufwendige Verteidigungsvorkehrungen verzichtet werden. Theodoros Carystenos würde sich mit seinen Truppen gegenüber dem osmanischen Mittelfeld aufstellen, während die ihm unterstellten Land- und Seekräfte den Tekfur-Palast und die diesen umgebenden Gebiete verteidigten. Die übrigen, zwischen der Porta Aurica und der Porta Caligaria liegenden Stadtteile waren venezianischen, genuesischen und byzantinischen Kommandanten unterstellt. Zusammen mit der purpurnen kaiserlichen Fahne wehte also auch die Flagge mit den Löwen von San Marco auf den Bastionen der Stadt, und unter dem Beistand von Jesus, Maria und allen Heiligen würde man die Türken mit Kugeln, Pfeilen, Steinen und griechischem Feuer zermürben und, falls erforderlich, auch das Schwert ergreifen und Köpfe fliegen lassen.

Während dieser Rede des Giustiniani, der es nicht unterließ, die Namen der Feldherren und Ritter, all der Andronikos Kantakuzenos, Cantarini, Conero, Dolfino, Leonardi und Paläologos, aufzuzählen, faßte der Kaiser neuen Mut und er begann, an eine Niederlage der Türken zu glauben. Auf jeden Fall waren es weder Haß noch Wut, die den Ausgang dieses Kampfes bestimmten, sondern allein die Kraft des Glaubens. Und Grants, auch von Phrantzes bestätigte Worte, daß das Wissen über die Leidenschaft, die Vernunft über den Mut siegten, würden sich bewahrheiten. Als Gegenleistung für seine Loyalität hatte Konstantin dem Giustiniani bei siegreichem Ausgang der Kämpfe die Überschreibung der Insel Lemnos versprochen. Der Großherzog Notaras jedoch verließ die Versammlung geknickt, so als sei er verantwortlich für das Zusammengehen mit den Lateinern.

Die laue Frühlingsnacht senkte sich gleichzeitig auf den Palast des Kaisers und das großherrschaftliche Sultanszelt. Und die Soldaten beider Lager sanken in den Schlaf mit der gleichen Furcht, der gleichen Hoffnung und mit dem gleichen Glauben an ihre Sache, und während sie träumten, daß Gott ihnen den Sieg verlieh, lächelten sie.

Aus dem Tagebuch des Bordsekretärs Niccolò

5. April 1453

Ich bin ein im Alter von siebzehn Jahren Verstorbener. Dabei liegt mein Leben noch vor mir, ein ganzes, lange Jahre währendes, aus vielen Tagen und Nächten bestehendes Leben. Ein neues Leben auf jeden Fall. Denn Niccolò, der geliebte Sohn des weiland Domenico di Maestri, der das Logbuch auf dem Schiff des Kapitäns Antonio Rizzo führte, hat im November des Jahres 1452 von seinem alten Leben Abschied genommen. Ich heiße Selim, Niccolò war mein alter Name. Ich bin jetzt Page im Palast des osmanischen Sultans, ein Devşirme, der zum engsten Kreis der Sultan Mehmet persönlich Dienenden gehört. Als wir an jenem sonnigen Frühlingstag in den Bosporus eingefahren waren und, mit dem Wind im Rücken, auf Konstantinopolis zusteuerten und plötzlich die schreckliche Burg vor uns auftauchte, da war mir nicht bewußt, daß von diesem Augenblick an mein Leben eine neue Wendung nehmen und daß ich, statt wie alle anderen von unserem untergehenden Schiff Geretteten am Pfahl zu sterben, in den engeren Dienst des Sultans genommen würde, weil er an mir Gefallen gefunden hatte. Genauso wie ich nicht wußte, was dieses Leben, das Gott mir noch einmal geschenkt hatte, noch für mich bereithielt und wann, wo und wie es enden würde. Doch ich habe ein neues Leben vor mir, das spüre ich ganz deutlich. Und ich glaube, daß ich aus diesem Krieg, aus diesem schrecklichen Unglück, das die Welt erneut überfällt, mit dem Leben davonkommen werde, ähnlich wie ich vorher dem Pfahl des Sultans entronnen bin. Sollte ich trotzdem sterben, so möchte ich mit diesem Tagebuch ein Zeugnis dieser Tage des Untergangs zurücklassen.

Eine Weile trauerte ich um meine Freunde, die nach der Versenkung unseres Schiffes am Pfahl gestorben waren. Doch bald gewöhnte ich mich an meine neue Situation, und ich beschloß, meine Vergangenheit zu vergessen, nie mehr an Venedig zu denken, am besten alles aus meinem Gedächtnis zu streichen. Bis zu einem gewissen Grad ist mir dies auch gelungen. Aber Niccolò ist wohl doch noch nicht ganz gestorben, denn er tauchte plötzlich wieder auf, zu einem Zeitpunkt, da mir der feste Boden unter den Füßen zu entgleiten und die ganze Welt um mich zu beben schien. Nun wollen wir sehen, ob es ihm gelingt, so, wie er früher das Bordbuch zu führen pflegte, ein Tagebuch über die Belagerung von Konstantinopolis zu schreiben.

Ich möchte nämlich, daß jene, die nach uns kommen, von diesen wichtigen Tagen und Ereignissen, die wir augenblicklich erleben und die einen Zusammenbruch, vielleicht gar das Ende der Welt ankündigen, Kenntnis erhalten. Sie alle können dann die ganze schwerwiegende Bedeutung dieser Tage, die Schmerzen, Hoffnungen, Ängste und Zweifel, den Heldenmut und Glauben ihrer Protagonisten im Abenteuer des Niccolò wiederfinden, welches aufgezeichnet wird durch die Hand des Selim, die leicht ist wie die Feder, die sie führt. Doch erfordert dies, daß ich ganz realistisch bin und ohne Hinzufügungen nur das berichte, was ich durch eigenes Hören und Sehen, ja vor allem Sehen, weiß. Schrecklich nur, daß es schon wieder nach Blut und Pulver riecht. Dabei sind wir im April, und die Welt ist schöner als je zuvor.

Ja, ich werde Zeugnis ablegen über das, was ich sehe. Als das blutrote Herrschaftszelt mit seinen im Winde flatternden Standarten – den Frühling ankündigenden Schwalben gleich – auf dem Hügel genau gegenüber dem Romanos-Tor errichtet worden war, sah ich zunächst einmal gleichzeitig die beiden Meere. Vor mir richteten sich die tausendjährigen Mauern von Byzanz auf mit ihren unzähligen Bastionen, die in der Sonne leuchteten, mit ihren Zinnen und Verteidigungstürmen und den steinernen Stufen, die diese untereinander verbanden. Zu ihren Füßen sah ich einen breiten und tiefen Graben, der zum Teil mit Meerwasser angefüllt war, dann den ersten Mauerring und, etwas weiter entfernt, die eigentliche Mauer, das großartigste Bauwerk, das mir unter all den Befestigungsanlagen und Häfen, die ich sah, je vor Augen gekommen ist. Von der Stadt, die sich hinter dieser Masse aus Stein und Ziegelwerk verbarg, konnte ich jedoch nur träumen. Da war sie, ganz nah, mit nur wenigen Schritten zu erreichen. Trotzdem hatte ich nicht ein einziges Mal durch eines ihrer Tore eintreten und durch die von Marmorsäulen gesäumten Straßen laufen können, noch war ich zur Akropolis aufgestiegen, um mit meinem Pferd über den Hippodrom zu galoppieren. Auch die Mosaiken in den Palästen und die Ikonen mit den Heiligen hatte ich nie bewundert, noch hatte meine Hand die dunkelhaarigen, weißhäutigen Frauen dieser Stadt berührt. Die Kirchen waren mir ebenso unbekannt wie die Zisternen. Und auch zu den Klöstern war ich nie gelangt. Ja, nicht einmal jene Klöster kannte ich, wo hinter hohen Mauern die Krähen auf dem Rand ausgetrockneter Brunnen hocken und die Mönche sich in ihren Zellen kasteien!

Wenn man den Berichten meines armen Kapitäns Glauben schenkt, dann haben die Frauen von Byzanz den Geschmack von herbem Wein. Ein Glas von diesem Wein genügt, um einem Mann den Kopf zu benebeln; beim zweiten ist man schon regelrecht betrunken. Nach dem dritten kann einen niemand mehr vom Boden aufheben, und nach dem vierten …! Als wir vor unserer Reise nach dem Pontus in Galata angelegt hatten, fand Antonio, ich sei zu jung, ihn zu begleiten, und hatte mir verboten, das Schiff zu verlassen. Dann verschwand er. Ich hatte den ganzen Tag damit verbracht, von der Brücke des Schiffes die Stadt zu betrachten. Daß ich mich nicht in diese Straßen und Märkte stürzen durfte, deren lebhaftes Stimmengewirr bis zum Hafen vordrang, erfüllte mich mit einer eigenartigen Traurigkeit, und tief in meinem Innern spürte ich so recht die Verlassenheit des Waisenkindes.

Links, neben den dem Uferverlauf folgenden Stadtmauern, sah ich ein klares schimmerndes Meer, das sich in das Festland hineindrängte und die alte Stadt von den Vierteln Pera und Galata trennte. Auf dem Wasser bewegten sich schmucke Boote, riesige Galeeren und Segelboote, so weiß wie die in der Luft herumschwirrenden Möwen. Der Schatten des Christusturms auf dem gegenüberliegenden Hügel fiel zunächst auf das Viertel der Genueser mit seinen soliden Steinhäusern mit den breiten Fenstern und von dort auf die Mauern von Galata; die Silhouette seines spitzen Daches erreichte sogar den Hafen. Wie ein beschnittenes männliches Glied schaukelte der Schatten seines Spitzdaches sanft auf dem Wasser. Das fand ich, ehrlich gesagt, ein wenig sonderbar, wobei ich ja noch nicht wissen konnte, daß ich eines Tages auch beschnitten werden würde. Von meinem Standort aus konnte ich die Kuppeln der Kirchen sehen. Im Hintergrund, wo die Hügel von Pera mit den Mauern des gegenüberliegenden Ufers zusammenzutreffen schienen, leuchtete prächtig der Blachernenpalast. Da lag sie vor mir, die Stadt, mit ihrem Kaiser, ihren Adligen und Priestern, den reichen Kaufleuten und dem armen Volk und den Freudenmädchen. Ich brauchte nur die Hand nach ihr auszustrecken, um sie zu ergreifen. Aber ich war an das Schiff gebunden, ein unerfahrener Jüngling, dem man nicht nur das Flanieren in der Stadt, sondern jeglichen Landgang untersagt hatte, ein freier Venezianer, der sich jedoch kaum von einem Strafgefangenen unterschied. Das ist vielleicht der Grund, weshalb diese Stadt mich bis in meine Träume verfolgte. Selbst wenn wir draußen auf dem offenen Meer waren, blendeten ihre Kuppeln mich von weitem, als seien sie aus reinem Gold, kamen näher und verschwanden wieder. Jedesmal, wenn wir aus dem Hafen ausliefen, schien es mir, daß es die Stadt war, die sich entfernte, und nicht das Schiff.

Jene Nacht hatte ich im Fackelschein der Bordwache damit verbracht, mir meinen Kapitän Rizzo in den Armen einer Frau vorzustellen. Was war es wohl, das die Frauen so anziehend und unwiderstehlich machte, so daß man nie genug davon bekommen konnte? Vielleicht würde ich dies nie herausfinden. Denn alles, was ich von der Liebe kenne, ist die rauhe Haut eines Mannes. Auch hierüber werde ich vielleicht eines Tages schreiben, über jene angenehme Wärme, die in meinem Körper hochstieg, über jene Schauer, die ich bei den harten Berührungen im Palast von Edirne erlebte. Doch das gehört jetzt nicht hierher.

Nach genau einem Jahr finde ich mich jetzt wieder vor der Stadt, die sich mir stets verweigert hat, die sich in meinen Träumen von mir zu entfernen pflegte, die – bevor ich sie betreten konnte – ihre Zugbrücken einzog und mich nicht einmal in ihren Hafen eintreten ließ, ganz wie eine unnahbare Frau, die ihre Schönheit hinter hohen Mauern versteckt. Dieses Mal werde ich sie, gemeinsam mit den Türken, belagern. Ich werde sie mit Gewalt erobern und in sie eindringen, werde in ihre Straßen eintauchen, um nie wieder daraus hervorzukommen. Wenn die Türken den Kampf gewinnen, werde ich mich an der Plünderung ihrer Paläste, ihrer Klöster und ihrer zweistöckigen Häuser beteiligen. Dabei hasse ich den Krieg. Ich kann kein Blut fließen sehen. Der Anblick abgetrennter Köpfe und Gliedmaßen, das knisternde Geräusch aufgeschlitzter Haut, das alles verursacht in mir Übelkeit. Doch leider will Gott seinem jungen Knecht Niccolò diese Schrekken des Krieges nicht ersparen. Mit eigenen Augen sah ich den verstümmelten Körper meines geliebten Vaters sowie das Sterben meines Kapitäns am Pfahl. Einmal, als wir in Trapezunt im Hafen lagen, kehrten zwei unserer Matrosen nicht auf das Schiff zurück. Am nächsten Tag fanden wir ihre Leichname in einer dreckigen Straße. Diebe hatten sie erdolcht. Um an ihre Ringe zu gelangen, hatten die Angreifer ihnen die Finger abgeschnitten. Einem der Toten war ein Auge ausgelaufen. All das wollte ich rächen an dem Tag, da ich die Stadt betrat. Ganz wie man mit einem scharfen Schwert einen Darm aufschlitzt, wollte ich in ihre Straßen eindringen, ihren Leib aufschneiden und mit meinen blutigen Händen ihre Schenkel öffnen. Ja, diesmal werde ich sicher in die Stadt gelangen, ich, der frühere Bordsekretär Niccolò, jetzt Sultan Mehmets Page, werde sie zusammen mit den Türken erobern. Endlich werde ich einziehen in die Stadt Konstantinopolis, die, gemeinsam mit den Byzantinern, von genuesischen und den Truppen meiner früheren Heimatstadt verteidigt wird.

Wenn die Türken die Schlacht gewinnen, wird die Stadt mit Sicherheit geplündert. Denn der Kaiser hat das Friedensangebot, welches Mehmet durch seinen Botschafter Mahmut Pascha überbringen ließ, abgelehnt. Groß und offensichtlich war die Freude des Paschas hierüber, als er eben zur Audienz vorgelassen wurde. Nachdem er den Rocksaum des Sultans geküßt hatte, sagte er: »Mein Sultan, Konstantin ist nicht bereit, Eure Bedingungen zu akzeptieren. Wenn wir die Belagerung aufhöben, so wäre er allenfalls bereit, einen bestimmten Steuersatz zu zahlen. Mehr sollten wir nicht erwarten. Nur über seinen Leichnam könnten wir in seine Stadt eindringen.«

»Das heißt, wir werden kämpfen«, rief Mehmet laut, und alle anwesenden Wesire und Kommandanten schrien wie aus einem Munde: »Wir werden kämpfen!«

Ich beobachtete dies alles aus einem Winkel im Sultanszelt. Alle waren fest entschlossen. Der Sultan befahl, daß der Diwan schnell zusammentreten und eine letzte Lagebesprechung vornehmen sollte. Als sie sich alle über die Karten und Stellungspläne beugten, verließ ich das Zelt.

Wie schade! Mein Herr, der Sultan Mehmet, hatte dem Kaiser eine letzte Chance geben wollen. Wenn er die Stadt kampflos übergebe, so hatte der Sultan im Namen Allahs und seines Propheten Muhammed und auch im Namen seiner Väter und Vorväter sowie beim Schwerte, das er auf sich trug, geschworen, so werde das Leben des Kaisers und seiner Familie geschont. Auch hatte er ihnen freies Geleit zugesagt an einen Ort ihrer Wahl und auch das Lebensrecht und die Religionsfreiheit der Stadtbevölkerung zugesichert. Doch alles umsonst. Byzanz war also tatsächlich so starrköpfig, wie man sagte, und der Kaiser seiner Stadt so ergeben, daß er sogar sein Leben für diese einsetzte. Die Schlacht war unvermeidlich. Doch worauf verließ sich Konstantin? Auf die Hilfe, die der Papst schicken würde? Oder vielmehr auf die gepanzerten Krieger des Genuesen Giustiniani? Ich hatte gehört, daß diese erst vor einigen Monaten mit zwei Schiffen von tausendzweihundert und achthundert Tonnen eingetroffen waren, um die Stadt zu verteidigen, das Christentum zu retten und sich mit Ruhm zu bedecken. Sicher trug die Anwesenheit dieser erfahrenen Kämpfer mit dazu bei, die Moral der Stadtbevölkerung zu heben. Doch genauso sicher schaute auch für sie ein Profit daraus hervor, denn nur für den Ruhm würde kein Genuese auch nur einen Finger krümmen! So hört man sagen, daß der Kaiser dem Giustiniani die Insel Lemnos versprochen habe. Verdammter Genuese! Glaubst du etwa, ich hätte vergessen, daß du der größte Widersacher von Venedig bist? Doch kümmert mich in diesem Augenblick weder Venedig noch Edirne. Ich will die Stadt Konstantinopolis, mein Ziel ist es, um sie zu kämpfen und mit ihr das Brautbett zu teilen!

Oder verließ Konstantin sich vielleicht auf die Jungfrau Maria? Wie eigenartig, ich bin zwar Muslim geworden, doch wenn ich Marias Namen niederschreibe, so zittert meine Hand noch immer. Ich glaube nicht mehr, daß sie die Mutter Gottes ist. Noch daß sich in Jesus der Heilige Geist verkörpert hat. Gott ist einzig, und er ist nicht erschaffen. Jesus mag wohl der Prophet Gottes sein, nicht aber sein Sohn. Und schon gar nicht der Erlöser! Niemand außer Maria kann Byzanz retten. Und ich spüre, daß ich mehr als je zuvor ihre Liebe und Wärme brauche, ihre Zärtlichkeit, mit der sie uns von den Ikonen herab anblickt. »Maria« habe ich geschrieben, oder muß ich jetzt vielleicht »Panhagia« sagen? Vertraut Konstantin auf die Panhagia? Ist sie es, die die Stadt schützen wird? Doch da die Lateiner sich endlich mit den Orthodoxen vereinigt haben, was macht es da für einen Unterschied, ob man Maria oder Panhagia sagt? Gottlob habe ich mit diesen unnützen Haarspaltereien nichts zu tun. Die Schlacht ist unausweichlich, und wenn die Türken siegen, wird die Stadt geplündert. Wer das Schwert ergreift, wird durch das Schwert umkommen.

12. April 1453

Eine gewaltige Explosion ließ mich aus dem Schlaf hochfahren. Ich begriff nicht sofort, was passiert war. War es ein Gewitterdonner am Himmel oder aber ein Erdbeben, das die Mauern der Stadt dem Erdboden gleichmachte? Ich hatte geträumt, daß ich mich in einem stillen Innenhof befand, in dem gepflasterten Hof der kleinen Kirche neben unserem Haus in Venedig. Ich war zusammen mit meiner Mutter. Sie war dann ins Haus gegangen, und ich war – ich weiß nicht mehr, wie es geschah – auf das Achterdeck einer prachtvollen Galeere mit drei Ruderreihen aufgesprungen, die auf dem ruhigen Meere vorbeizog. Wir segelten vor dem Wind. Die Wellen schlugen an die Breitseiten des Schiffes, und doch war kein einziger Laut, nicht einmal das Rauschen des Meeres, zu vernehmen. Und als wir gerade so schön und geschwind auf dem Wasser dahinglitten, begann der Himmel zu grollen. Mit der zweiten Detonation, die meinen Schlaf restlos verjagte, fuhr ich von meinem Lager hoch. Als ich mich in Eile aus dem Zelt stürzte und umschaute, sah ich Mehmet. Er saß auf seinem milchweißen Pferd und beobachtete die Kanone Schahi, die, umgeben von den anderen Feldgeschützen, wie ein wütendes Ungeheuer Rauch und Feuer spie. Auf seinem Gesicht bemerkte ich einen bisher nie wahrgenommenen Ausdruck von Zärtlichkeit. Der auf das Charsios-Tor gerichtete düstere Schlund der Kanone schien die Türme des Tekfur-Palastes und die in der Sonne leuchtenden Rüstungen der von Giustiniani befehligten Soldaten herauszufordern. In diesem Augenblick eröffneten auch die anderen Geschütze das Feuer. Wie ineinander verbissene Hunde bellten die verschiedenen Kleingeschütze, die Bootskanonen, Mörser und Haubitzen. Es gelang ihnen, kleine Breschen in die Stadtmauer zu schlagen. Dann machten sie sich daran, mit regelmäßigen Abschüssen diese Öffnungen zu erweitern. Unter dem fortwährenden Heulen dieser Kleingeschütze schickte Schahi jede ihrer Granitkugeln bis tief ins Innere der feindlichen Bastionen und ließ die Mauern mit ohrenbetäubendem Getöse zusammenkrachen. Alles war in undurchdringlichen Pulverqualm getaucht. Als der Rauch sich ein wenig verzog, sah ich immer noch Steinbrocken durch die Luft fliegen. Der von den Kugeln erzeugte Luftstrom brachte die Helme der auf den Zinnen postierten lateinischen und griechischen Soldaten zum Singen. Doch konnte die Kanone nicht unaufhörlich schießen. Um sie zwischendurch abzukühlen, mußte man sie sofort in ein wollenes Tuch wickeln und aus dicken Fässern Öl in ihr riesiges Maul gießen. Während dies geschah, reparierten die Byzantiner die in ihre Mauer gerissenen kleineren Breschen und stopften die größeren darunter mit Säcken, die mit Lumpen gefüllt waren. Und damit diese kein Feuer fingen, wurden sie gut befeuchtet. Fast die gesamte Stadtbevölkerung schien für diese Aufgabe mobilisiert. Sogar Frauen und Kinder halfen mit und wetteiferten untereinander, die kleineren Öffnungen in der Mauer mit Steinen aufzufüllen und die größeren zu reparieren. Diese Unterstützung durch das Volk erhöhte die Kampfmoral der Soldaten. Jetzt eröffneten auch die auf den Mauern aufgestellten byzantinischen Kanonen das Feuer. Doch hatten sie nicht die gleiche Wirkung wie die der Türken. Da wir uns außerhalb ihrer Reichweite befanden, hatten wir kaum Verluste zu beklagen.

Das gegenseitige Kanonenfeuer dauerte bis zum Mittag an. Als die Sonne sich weit über die Mauern erhoben hatte und im Zenit stand, unternahmen die hinter ihren Schilden Dekkung nehmenden Infanteristen von den trockenen Gräben her einen Angriff auf die Mauer. Doch unter dem einsetzenden Pfeilregen mußten sie sich zurückziehen, ohne größeres Terrain erobert zu haben. Und wie bei jedem Kampf vergaßen sie auch diesmal nicht, beim Rückzug ihre Toten einzusammeln. Plötzlich stieg mir ein Geruch von Blut und Schweiß in die Nase. An den Pulvergeruch hatte ich mich inzwischen gewöhnt, auch an das Brüllen der Kanonen, die seit dem Morgen nicht mehr geschwiegen hatten. Doch der Blutgestank machte mir zu schaffen. Rizzo hatte sich sogar auf dem offenen Meer stets mit Moschus und Amber parfümiert, um den Salzgeruch in seinem Bart- und Haupthaar zu überdekken. Und auch den Geruch von Blut hatte er gehaßt, genau wie ich. Was für ein Jammer, daß er sterben mußte an einem schönen Frühlingstag, an dem die Bäume gerade ausgeschlagen hatten. Und dazu noch an der Spitze eines Pfahles, ohne kämpfen zu können! Wer weiß, ob nicht das Blut meines lieben Kapitäns, das nicht hatte fließen dürfen, sich jetzt an Mehmets Heer rächen wollte?

Gegen Abend erreichte uns die Nachricht, daß die osmanische Flotte bald eintreffen würde. Zusammen mit Mehmet und seinem Hofstaat stieg ich zum Ufer hinab. Das Herannahen der Flotte war ein erhebendes Schauspiel. Die Oberfläche des Marmarameeres war ganz in Weiß getaucht, das Wasser war überhaupt nicht mehr zu sehen. Was ich da sah, war ein aus Rudern, Masten und Segeln bestehender wandelnder Wald. Zunächst näherten sich die Galeeren mit den melonenförmigen Hecks und ihren drei Rängen, die 24 Ruderern Platz boten. Sie hatten nur einen Mast. Und mit jedem Schlag der Ruder in das schäumende Meer nahm die Geschwindigkeit zu, mit der sie gleich Schwalben dahinzogen, während auf ihrem Deck die Marinesoldaten, die Steuermänner und Matrosen in Bereitschaft standen und die Kanonenschützen neben ihren Geschützen Stellung bezogen hatten. Diesen Galeeren folgte eine große Zahl an Schwarzmeerbarken, Fähr- und Beibooten sowie Flaggschiffen verschiedenster Art. Weiter sah ich Segelbarken, dreimastige Fregatten und Schiffe in der Größe von Koggen. Hintendrein zogen Proviantschiffe mit einem Ladeumfang von dreihundert Fässern und große Lastschiffe, die die für die Belagerung erforderlichen Steine, den Kalk und das Holz transportierten. Wer wollte da noch behaupten, es gäbe keine osmanische Flotte! Noch nie hatte ich so viele Schiffe in derart regelmäßiger Anordnung gesehen. Man sah es an Mehmets Augen, wie glücklich ihn dieser Anblick machte. Auch die Byzantiner, die auf den am Ufer des Marmarameeres verlaufenden Mauerabschnitt gestiegen waren, beobachteten das Nahen der türkischen Flotte. Doch im Gegensatz zu den Türken empfanden sie keinen Stolz, sondern eher Besorgnis. Ich konnte mir lebhaft vorstellen, wie der Kaiser beim Anblick dieser prächtigen Flotte von Unruhe ergriffen wurde und mit seiner Umgebung zu diskutieren begann und wie der Großherzog Notaras sich damit begnügte, sich voller Verwunderung die Augen zu reiben. Ja, ganz sicher waren der Kaiser und seine Generäle unter denen, die das Einlaufen der Flotte beobachteten. Der Südwestwind, der die Segel der Schiffe blähte, ließ auch die auf den Zinnen aufgesteckte kaiserliche Fahne und die venezianische Löwenflagge wehen. Die türkischen Schiffe tanzten unter ihren grünen Fahnen und Standarten auf dem

Wasser und verschwanden eins nach dem anderen hinter der Landzunge von Hagios Demetrios. Im ganzen zählte ich achtzehn Dreireiher und achtundvierzig zweireihige Rudergaleeren. Der anderen größeren und kleineren Boote waren zu viele, als daß man sie hätte zählen können. Allein von den großen Lastschiffen gab es mehr als fünfundzwanzig. Es war wohl eine aus meiner Tätigkeit als Bordsekretär verbliebene Angewohnheit, daß ich nicht umhin konnte, die Schiffe zu zählen. Dabei hörte ich jemanden sagen, daß die Flotte unter dem Großadmiral Baltaoğlu Süleyman Bey genau gegenüber der Doppelten Säule Anker werfen und am folgenden Tag die vor dem Goldenen Horn liegende Kette sprengen würde, um in die Bucht einzudringen und von dort aus das Feuer auf die Stadt zu eröffnen.

Gerade wollte ich zum Zelt zurückkehren, als ein Bote herangaloppiert kam, sich schnell vom Pferd schwang und, alsbald vor den Sultan gelassen, seine schlechte Nachricht überbrachte. Die Schahi war zerborsten. Bei ihrer Explosion hatte sie den Meister Urban und Hunderte von Soldaten mit in die Luft gerissen und getötet. Sofort verdüsterte sich die Miene des Sultans. So traurig hatte ich ihn noch nie gesehen. Man hätte meinen können, er beklage den Verlust eines geliebten Kindes, nicht den eines furchterregenden Ungeheuers. Dann befahl er, daß die großen Geschütze während der Nacht ihr Feuer einstellen sollten. Der Janitscharen-Ağa Mustafa Bey und Ishak Pascha gaben sich alle erdenkliche Mühe, Mehmet zu trösten. Sonst würde der junge Sultan, der den Tränen nahe war, womöglich über der Trauer um Schahi den Krieg vergessen! Ishak schlug vor, daß die Janitscharen im Schutze der Dunkelheit der kommenden Nacht einen Angriff auf die Stadtmauern vornehmen sollten. Mustafa Bey unterstützte diesen Vorschlag, unter der Bedingung, daß die Soldaten ihre weißen Kappen gut versteckten. Dabei war auch seine Mütze, deren goldbestickte Troddel fast seinen schwarzen Bart berührte, schneeweiß. »Wir werden Schahi rächen, mein Sultan«, rief er laut und voller Überzeugung. »Ja, wir werden Rache nehmen«, stimmte Ishak Pascha ein. Er befahl dem wartenden Boten, sofort ins Feld zurückzureiten und das Gießen neuer Kanonen anzuordnen. Ich stellte mir vor, wie die Kanonengießer wieder die ganze Nacht über vor ihren Öfen die Blasebälge treten würden. Wieder einmal würden die Flammen den Schlaf Tausender müder Soldaten beleuchten. Und auch die jenseits der Mauern Wartenden würden von Alpträumen heimgesucht werden. Wieder würde das geschmolzene Kupfer in die riesigen Gußformen fließen, und die im frühen Morgenwind abkühlenden und sich härtenden Kanonen würden aus ihren langen Mündungen Steinkugeln hervorschießen und auf die Stadtmauern niederprasseln lassen. Doch die Schahi konnten sie wohl kaum ersetzen. Was immer man unternahm, sie kam nie mehr zurück. Welch ein Jammer! Es tat mir auch leid um die ungeheure Anstrengung all jener, die die Riesenkanone von Edirne hierhergeschafft hatten. Welch unvorstellbare Willenskraft! Und, mein Gott, diese unendliche Geduld der Türken! Die Zerstörung der Schahi schien Mehmets Entschlossenheit allerdings eher noch zu erhöhen. Voller Zorn ritt er zu seinem Zelt zurück. Danach waren auch seine Generäle nicht mehr zu halten. Ich blieb noch eine Weile allein am Ufer zurück. Kein Schiff war mehr auf dem Meer zu sehen. Die Sonne stand schon ganz tief und näherte sich dem Horizont. Für einen kleinen Augenblick dachte ich ganz kurz an Venedig. Und an meine Mutter, die dort immer noch an dem Fenster zum Kanal stand und auf mich wartete. Doch sofort verscheuchte ich diese Gedanken. Als ich in mein Zelt zurückkehrte, war es längst Abend geworden.

13. April 1453

Wie schrecklich ist doch der Krieg! Man sagt, daß die Nacht gut zu den Menschen ist, daß sie einen beruhigt und daß der Schlaf die bösen Gedanken verscheucht. Ja, es war zwar eine dunkle Nacht, aber an Schlaf war nicht zu denken! Mit dem Einfall der Dunkelheit hatten die Janitscharen sich auf die Mauer zu in Marsch gesetzt. Augenblicklich war die Luft erfüllt gewesen von ihren lauten »Allahu akbar«-Rufen und dem Lärm der Trommeln und Kesselpauken. Nie hätte ich geglaubt, daß es Menschen möglich sein könnte, solch gräßliche Töne hervorzubringen. Die Janitscharen begannen ihren Angriff auf die Landmauer vom Flußbett des Lykos aus. Mit dem Krummschwert in der Hand stürmten sie, während von den Zinnen ein Regen aus Pfeilen, Steinen und Lanzen auf sie niederprasselte, unter lauten »Allah, Allah«- Schreien auf die vorderen, von den osmanischen Kanonen teilweise zerstörten Bastionen zu. Die meisten von ihnen trugen nicht einmal Schilde. Und sie fielen und starben bereits, bevor sie den Fuß der Mauer erreicht hatten. Die Nachstürmenden sprangen fluchend über die Leichname hinweg. Die feindliche Seite stand ihnen im Fluchen keineswegs nach. Ohne einander zu verstehen, bekämpften sie sich voller Abscheu, und bei jedem abgtrennten Kopf oder Gliedmaß begeisterten sie sich an ihrem Rachedurst. Türkische Flüche übertönten griechische Gebete, und die Befehle der Lateiner gingen in den Tekbir-Rufen unter. Ich weiß, daß diese Menschen nicht an den gleichen Gott glauben. Dennoch kann ich es einfach nicht verstehen, wieso sie eine derart große Abscheu voreinander empfinden und sich so mitleidlos gegenseitig umbringen. Ich, Niccolò, verstehe ja die Flüche beider Seiten. Und ich glaube an den Gott sowohl der einen wie der anderen Seite. Aber warum läßt dann Gott, der Gott der Bibel und des Korans, mich diese fürchterlichen Schrecken erleben?

Warum ist er nicht versöhnlich und gnadegewährend, so wie er uns in den Gebeten entgegentritt? Warum läßt er es zu, daß diejenigen, die an ihn glauben, so fürchterlich leiden? Etwa, damit sie besonders schnell in das versprochene Paradies eingehen, oder gar, damit sie auf diesem Schlachtfeld, das ja selbst schon eine Hölle ist, für ihre Sünden büßen? Ich hoffe, daß die Stadt sich bald ergibt und ich aus diesem Alptraum gerettet werde. Und daß es nicht noch weiter Blut und Feuer auf die Köpfe der verfeindeten Parteien regnet. Und da ich schon einmal vom Feuer spreche: Während die Janitscharen, die am Fuße der äußeren Mauer angelangt waren, sich bemühten, die in die Mauerlöcher gestopften, mit Erdmasse gefüllten Fässer und die gegen die Brandgefahr mit nassen Tierhäuten umwickelten Wollsäcke mit den Fackeln an ihren Lanzenspitzen anzustecken, goß man von oben Kessel voll siedenden Bleis über sie. Jene, die die Leitern bis oben erklimmen konnten, wurden mit dem griechischen Feuer zurückgeworfen und erhellten, während sie in den Abgrund stürzten, wie lebendige Fackeln die Nacht. Ich konnte es nicht länger mit ansehen, wie die Menschen sich unter lautem Geschrei gegenseitig ins Verderben stürzten. So kehrte ich in mein Zelt zurück und streckte mich aus. Bald war ich eingeschlafen.

Als ich vom Geläute der Glocken erwachte, begann es zu tagen. Ich trat aus dem Zelt und sah, daß die Janitscharen ihre Toten einsammelten. Der Platz vor den vorderen Mauern war mit verkohlten Leichen bedeckt. Giustinianis Soldaten schauten verwundert von ihren Verteidigungstürmen auf diese Szene, als ob nicht sie es gewesen waren, die so viele Menschen in den Tod geschickt hatten! Sie sahen müde und übernächtigt aus. Oder ich nahm an, daß sie es seien; denn von meinem Standort aus konnte ich ihre Gesichter natürlich nicht gut sehen. Aber mit Sicherheit hatten sie nicht geschlafen, sondern die ganze Nacht im Kampf gestanden. Dabei war es nicht einmal ihre eigene Stadt, ihr Hab und Gut oder ihre Ehre, die sie verteidigten. Auch kämpften sie nicht für ihre Kirche. Das in letzter Minute erfolgte Bündnis zwischen dem Kaiser und dem Kardinal hatte niemanden von seinem Glauben abgebracht. Nach wie vor haßten die Griechen die Lateiner, und die Lateiner sahen auf die Griechen herab. Der einzige Ort, wo sie einig waren, wo sie zusammenstehen konnten, ohne sich zu zanken, war das Schlachtfeld. Jetzt schauen sie, ein jeder wie ein siegreicher Kommandant, von den Mauerzinnen auf die toten Janitscharen herab. Dabei ist der Kampf noch lange nicht entschieden. Das Feuer, das vergangene Nacht die Türken vernichtete, wird auch sie verbrennen, dessen bin ich sicher. Es fällt mir schwer zu begreifen, was die Soldaten des Giustiniani denn hier verteidigen. Ist es ihr eigenes Leben, für welches sie auf den Zinnen der byzantinischen Mauern stehen, oder der Krieg selbst? Sie sind doch nicht gezwungen, um ihr Leben zu kämpfen!

Heute bin ich den ganzen Tag zwischen den Verwundeten umhergegangen. Vor ihren Zelten lagen sie auf der Erde und krümmten sich wie große Würmer. Von einigen unter ihnen stieg noch immer Qualm auf. Ihre Brandwunden glichen in der Morgensonne schwärenden rosaroten Blüten, wie Frühlingsblumen. Was für ein schrecklicher Vergleich. Blumen sprießen im Boden, Wunden jedoch öffnen sich im Körper des Menschen, manchmal auch in seinem Herzen. Blumen machen das Leben schöner, Wunden hingegen schrecklicher. Der Serail von Edirne kommt mir in den Sinn und der Palastgarten, in welchem Mehmet mit großer Liebe und Hingabe unzählige Arten von Rosen und Nelken züchtete. Und blutrote Tulpen. Diese hochherrschaftlichen Blumen erblühen jetzt in den Wunden der Janitscharen. Nun aber genug der Dichterei! Ich wollte doch nur berichten, was ich gesehen habe! Ein objektiver Zeuge wollte ich sein oder eher noch ein unbestechlicher Beobachter dieses Krieges. Da sieht man es wieder einmal, daß es dem Menschen schwerfällt, von seinen Gewohnheiten zu lassen. Auf dem Schiff besaß ich nämlich noch ein zweites Heft. In dieses schrieb ich während meiner freien Zeit über meine Gefühle und Träume. Dort erwähnte ich die Häfen, die ich nie betrat, die Länder, die ich nie kennenlernte. Oder ich schrieb über die Farben des Meeres bei Sonnenuntergang und das Licht des Vollmondes. Und natürlich auch über die Abenteuer meines Kapitäns Rizzo, die ich in meiner Phantasie noch ausschmückte. Das, was ich jetzt hier niederschreibe, wird wohl ein Zwischending werden, ein Heft halb wie mein Bordbuch und halb wie mein privates Tagebuch. Deswegen wird es auch niemand außer mir, außer Niccolò, der die Feder des Selim führt, ganz verstehen können.

Unter den Verwundeten gab es viele Sterbende. Einige von ihnen riefen nach ihren Müttern, andere nach dem wundertätigen Hızır. Die meisten jedoch flehten zu Allah und seinem Propheten. Und einen Janitscharen hörte ich kurz vor seinem letzten Atemzug »O Ali!« rufen. Eine Erzählung über Ali, den Schwiegersohn des Propheten, geht so: Einmal führte dieser ein Kamel am Zügel. Das Kamel trug einen Sarg auf dem Rücken, in welchem Alis Leichnam lag. Ali ist also gleichzeitig derjenige, der tot im Sarg liegt, und jener, der das Kamel führt! Vielleicht ging es diesem Janitscharen genauso: daß er nämlich seinen verbrannten Körper forttrug und dabei gleichzeitig seinem Leichnam mit Verwunderung nachsah. Vielleicht wähnte er sich bereits im Paradies, während er dort vor den Mauern von Konstantinopolis auf der Erde lag und vor sich hinschmauchte! Die Gesichter der Verwundeten waren kreidebleich. Ihr Stöhnen zu hören und zu sehen, wie sie dort hilflos wie am Feuer geröstete Lämmer herumlagen, tat mir in der Seele weh. Einigen waren die Köpfe eingeschlagen, anderen fehlten Gliedmaßen. Wieder anderen war die Brust zerschmettert. Überall sah ich Wunden, in denen das Blut stockte und gerann. Und um Hilfe flehende Blicke. Weit und breit gab es keinen Arzt. Die nicht ganz so schwer Verwundeten stöhnten und riefen ohne Unterlaß Allahs und Mohammeds Namen. Kein einziger von ihnen hatte auch nur ein einziges graues Haupt- oder Barthaar aufzuweisen. Die Grauhaarigen lagen in ihren Zelten und schliefen friedlich unter ihren seidenen Steppdecken.

Das Begraben der Gefallenen dauerte bis zum Mittag. Am Nachmittag wurden die Schwerverwundeten in die hinteren Linien transportiert. Jetzt ist es bereits Abend. Gleich wird die Suppe ausgeteilt, zusammen mit warmen frischen Broten aus der Feldbäckerei. Im Geiste sehe ich schon, wie die unversehrt Gebliebenen sich mit großem Appetit auf die Kessel stürzen. Die Toten sind so oder so tot. Sie brauchen nichts mehr zu essen, und sie haben uns auch nichts mehr zu sagen. Die Belagerung muß mit den verschont Gebliebenen weitergeführt werden. Mit jenen, die morgen, spätestens übermorgen sterben werden. Mit jenen, die hier, in dieser schönen Frühsommernacht unter dem Sternenzelt, den Tod wie eine Geliebte, wie eine aus der Ferne eintreffende gute Nachricht erwarten. Meine Öllampe wird gleich verlöschen. Ja, als Schiffssekretär berichtete ich auch über die im Meer versinkende Sonne, über das Plätschern des Wassers in den sternklaren Nächten oder über das Rauschen des Windes, der meine Wange streichelte. Immer wenn die Aufstellungen über unsere Ladefracht mich langweilten, vertraute ich meinem Heft das an, was Rizzo mir erzählt hatte. Über die Frauen, nach denen er sich stets sehnte, über den Wein, dem er reichlich zusprach, über sein ganzes Leben, von dem er nie genug bekam, das er bis zur Neige auskosten wollte. Im Grunde habe ich jetzt gar keine Lust zu schreiben. Und doch muß ich meine Aufzeichnungen fortsetzen, zumindest bis meine Lampe erlischt. Auch die Schreiber des Sultans sind dabei, etwas aufzuzeichnen. Aber die müssen Mehmets Befehlen folgen. Über seine Siege müssen sie berichten; sie sind hergekommen, um die Kriege des »Stets siegreichen Mehmet, Sohn des siegreichen Herrschers Murat« zu loben. Ich hingegen bin lediglich ein Zeuge. Ein bescheidener Zeuge dieser Endzeittage, die wir erleben.

19. April 1453

Der Sultan hat sich in letzter Zeit so sehr in die Fragen der Kriegsführung vertieft, daß er überhaupt nichts anderes mehr wahrnimmt. Er schläft nie und gibt auch seiner Umgebung kaum Gelegenheit, ein wenig zu ruhen. Die endlosen Besprechungen, die er mit seinen Kommandanten im Hauptquartier abhält, dauern bis zum Morgen an. Wir stehen dann alle in ehrerbietiger Haltung vor ihm und haben keine andere Wahl, als den zu guter Letzt erteilten unumstößlichen Befehlen Folge zu leisten. Zum Beispiel darf sich von jetzt ab niemand mehr aus der nächsten Umgebung des hochherrschaftlichen Zeltes entfernen. Das ist bedauerlich, hatte ich doch gerade damit begonnen, das Schlachtgeschehen aus der Nähe zu verfolgen. Wollte ich es doch den Hofchronisten des Mehmet zeigen und mich als objektivster und ehrlichster Zeuge dieser schrecklichen Tage erweisen. Und den nachkommenden Generationen wollte ich, mit den Aufzeichnungen des Bordsekretärs Niccolò alias Selim, einen kostbaren Schatz hinterlassen. Zum Schluß konnte ich diesen Wunsch nicht länger zurückdrängen. Ich faßte mir ein Herz, trat vor den Sultan und bat ihn, mich nicht fortzuschicken, da ich den Kampf von nahem verfolgen wollte. Er verzog das Gesicht und dachte eine Weile nach, wobei er sich über den Bart strich. Dann sagte er mit einem spöttischen Ausdruck, daß das Kämpfen nicht so leicht sei wie das Lieben. In dem Augenblick wäre ich vor Scham am liebsten im Boden versunken. Noch nie hatte Mehmet mich so gedemütigt, nicht einmal als ich im Cihannüma in Edirne nackt auf einem Tigerfell lag …

Ich kniete vor dem Kamin und beobachtete die Schattenspiele der Flammen an der Wand. Mein Ohr jedoch war stets an der Tür. Ich bat Gott, daß Mehmet bald käme und alles schnell vorbeiginge. Doch die Zeit zog sich hin, die Nacht wollte einfach nicht fortschreiten. Während mein dem Feuer zugewandtes Gesicht schwitzte, spürte ich die Kälte in meinem Rücken. Alles war heiß, sehr heiß sogar, gleichzeitig aber auch eiskalt. Der wechselhaften Laune des Sultans ähnlich oder meinem mißlichen Schicksal. Während dieser endlosen Wartezeit fühlte ich mich sehr einsam. Als sei ich nicht ein bevorzugter Page des Sultans, sondern der einzige Wächter dieses eigenartigen Palastes auf dem baumbestandenen Platz am Zusammenfluß zweier Ströme. Alle hatten sich zurückgezogen, und der ganze riesige Palast war mir anvertraut. Wenn es draußen schneite und die Bäume raschelten, erfüllte das Tosen von Tundscha und Maritza das Zimmer. Das Rauschen des Wassers schien meine Einsamkeit noch zu vergrößern und machte das Warten fast unerträglich. Im Kamin knisterten die brennenden Holzscheite. Dann hörte ich auch das Knarren von Bodendielen sowie die Schritte des Sultans, der im anliegenden Zimmer auf und ab ging. Unaufhörlich bewegte Mehmet sich zwischen den Belagerungplänen und den Aufzeichnungen der Geschützpositionen hin und her. Nach geraumer Zeit, manches Mal erst gegen Morgen, näherten sich die Schritte, während die Tür knarrend aufging und der Padischah mit wirrem Haar und unordentlicher Kleidung eintrat. Eine müde, nervöse Hand begann, von meinem Nacken her auf meinem Rücken herumzuwandern, und glitt dann gegen meine in der Kälte erschauernden Hüften. Plötzlich wurde das Streicheln der Hand härter, so daß meine Haut schmerzte. Und während das Feuer bereits verglühte und bald ganz verlöschen würde, wollte diese Hand, als sei sie noch im Kampf, in der Dunkelheit dieser endlosen Nacht von mir Besitz ergreifen.

Und doch hatte der Padischah wohl Recht gehabt mit seiner Bemerkung, daß der Kampf keine so leichte Sache sei wie das Lieben. Ich weiß zwar nicht, warum Mehmet mich bis heute immer von den Schrecken des Krieges ferngehalten hat; doch hat er meinen Wunsch akzeptiert. Er ging sogar noch weiter, indem er seinen Sklaven Selim in die vorderste Frontlinie schickte. So ermöglichte er mir, das wahre Gesicht des Krieges, diese schreckliche Hölle, von nahem zu sehen. Vielleicht wollte er ja auch, daß ich stürbe oder, richtiger, daß ich beim Mann-gegen-Mann-Kampf mit den Soldaten des Giustiniani als Märtyrer fiele und so auf dem kürzesten Wege ins Paradies Eingang fände.

Den ganzen Tag über beteiligte ich mich an den Vorbereitungen für den Angriff, der in der kommenden Nacht stattfinden sollte. Es war nicht leicht, die beweglichen Angriffstürme von den hinteren Linien bis dicht vor die Stadtmauern zu bringen. Die hölzernen, fünfstöckigen Türme überragten mit Leichtigkeit die Masten der größten Galeonen. Ihre Räder waren mannshoch, und die nach oben hin zusehends schmaler werdenden Zwischenböden waren immer noch breit genug, um je ein Regiment aufzunehmen. Im Innern der Türme verbanden Treppen die einzelnen Stockwerke, an deren Vorderseite jeweils Schutzschilde angebracht waren. Damit diese nicht Feuer fingen, hatte man sie mit frischen Tierhäuten umwickelt. Von meinem Kapitän hatte ich bereits von diesen Türmen gehört, doch hatte ich mir nicht vorstellen können, daß sie derart beeindruckend waren. Ganz sicher hatte man ihnen auch deshalb den Namen »Landeroberer« gegeben, so als ob nicht die Krieger den Sieg erringen würden, sondern diese Türme. Sie waren es, die die Mauern angriffen, die Burgen umzingelten und Wege in neue Länder öffneten. Was für ein seltsamer Name, wobei es nicht darauf ankommt, ob man auf persisch »Kischvar-guschâ« oder, feiner und moderner, auf griechisch »Helepolis« sagt. Gleichwie, auf jeden Fall habe ich mit eigenen Augen gesehen, wie diese »Krieger«, von deren Innerem aus ja auch ich am Kampf teilnehmen sollte, von Ochsen und Fußsoldaten langsam vorwärtsbewegt wurden, welche dicke eingefettete Taue zogen, die über beidseits des Weges eingeschlagene Pflöcke liefen. Dabei überragten sie die höchsten Türme der vorderen Mauer zwischen dem Romanos-Tor und dem Blachernenpalast. Sobald vom obersten Stockwerk aus der Landesteg herabgelassen und an die Bastionen angelehnt war, würde ich, zusammen mit den Janitscharen, auf Giustinianis Soldaten zustürmen. Ich würde mein Schwert packen und Köpfe abschlagen, vielleicht auch selbst getötet werden. Doch ich fürchtete mich nicht. Ich bemühte mich, den Tod als ein normales Ende zu betrachten, und bereute es auch nicht, durch meine Bitte an den Sultan so nah ins Kampfgeschehen hineingeraten zu sein. Trotzdem hatte es mich verwundert, daß ich, kaum hatte ich meinen Wunsch ausgesprochen, in aller Eile zum Janitscharenoberst Mustafa Bey gebracht wurde und dort – unter der Aufsicht eines hünenhaften Janitscharen – Uniform und Waffen verpaßt bekam. Nun, für dieses Mal bin ich ja noch einmal mit heiler Haut davongekommen. Weder wurde die Hand, die diese Zeilen schreibt, abgeschlagen noch der Kopf, den ich so vorwitzig vorgestreckt habe. Und auch der Anblick des bei lebendigem Leibe verbrennenden Ahmet, der zu meinem Schutz beordert worden war und nie von meiner Seite wich, hat mich nicht sonderlich beeindruckt. Nicht etwa, weil ich mich an den Tod gewöhnt hatte, oder gar, weil mein Beschützer mich ein bißchen geringschätzig als »bartlosen Knaben« bezeichnet hatte. Nein, eher glaube ich, daß diese Empfindungslosigkeit darauf zurückzuführen war, daß Ahmet gefährliche Situationen, die zu seinem Märtyrertod führen konnten, ganz offensichtlich gesucht hatte. Nun gut, ich hatte ja auch entschieden, hier nicht meine Gefühle, sondern lediglich meine Beobachtungen aufzuzeichnen. Darum will ich der Reihe nach berichten, was gestern geschah.

Als Mehmet befahl, daß man mich in das Zelt des Janitscharenoberst bringe, um mich für den nächtlichen Angriff auszustatten, war ich außer mir vor Freude. Endlich würde ich den Kampf aus nächster Nähe erleben. Ich würde die Gefechte nicht mehr nur von weitem, sondern direkt von den Mauerzinnen verfolgen, und vielleicht wäre ich sogar unter den ersten türkischen Kämpfern, die in die Stadt eindrangen. Gemeinsam mit ihnen würde ich Konstantinopolis plündern. Dabei war ich allerdings nicht an den goldenen Gefäßen interessiert noch an den silbernen Kronleuchtern. Auch hatte ich nicht im Sinn, die großen Ikonen aus der Hagia Sophia fortzuschleppen. Für mich war die Eroberung dieser Stadt gleichbedeutend mit der heißersehnten heimlichen Zusammenkunft mit einer unberührten Jungfrau, deren weiße Haut nie dem Tageslicht ausgesetzt worden war. Alles andere war mir gleichgültig. Die von Marmorsäulen gesäumten Straßen der Stadt, die Paläste und Klöster, auch ihre Monumente und Zisternen – ja sogar diese feuchten dunklen Zisternen –, wenn ich all dies mir aus Erzählungen Bekannte in meiner Phantasie lebendig werden ließ, verblaßte es doch sofort vor dem Bild einer schwarzhaarigen byzantinischen Frau. Für mich gab es nur diese Frau; sie hatte kein Gesicht, aber ihr weißer makelloser Körper gehörte mir. Natürlich fehlen mir die Erfahrung und auch die Geduld meines Kapitäns. Ich kann nicht darauf warten, daß mein Kopf sich wie beim ersten Glas Wein zu drehen beginnt, ich beim zweiten berauscht und beim dritten am Boden liegen werde. Nein, gleich dort, in einer dunklen Ecke der geplünderten Stadt, würde ich, vielleicht um Mitternacht, vielleicht erst gegen Morgen, diese Frau, die erste Frau meines Lebens, besitzen und mich rächen für das, was ich im Cihannüma erlebt hatte.

Während ich im Zelt des Mustafa Bey darauf wartete, daß man mir das Schwert anlegte, trat ein Bote ein. Aufgeregt berichtete er über die Bewegungen der Flotte. Bei Tagesanbruch hatte diese ihren Ankerplatz gegenüber der Doppelten Säule verlassen, sich der Mündung des Goldenen Horns genähert und versucht, die dort gespannte Kette zu zerbrechen.

»Ihr hättet sie sehen sollen, unsere braven Matrosen«, sagte der Bote, zum Janitscharenoberst gewandt, »im Nu waren sie mit ihren Enterhaken auf die Decks der dickbäuchigen byzantinischen Galeonen aufgesprungen.«

Mustafa Bey, der glaubte, daß ein neuer Sieg errungen worden war, daß es der Flotte endlich gelungen sei, in das Goldene Horn einzudringen und die Stadt so auch vom Meer her zu umzingeln, lächelte zufrieden. Als der Bote dies sah, fuhr er, ziemlich verunsichert, mit gedämpfter Stimme fort:

»Allerdings lag der Feind hinter den Segelmasten auf der Lauer ...«

Hier hatte der Bote Mühe, seinen Bericht zu Ende zu bringen, und er begann zu stammeln:

»Die Seeleute des No.. No.. Notaras ...«

»Was ist mit Notaras? Ist er etwa verreckt, der Ungläubige?« schrie Mustafa Bey.

»Nein, Meister, die Unsrigen sind umgekommen. Wie Käfer wurden sie zerquetscht unter dem Steinregen, der auf sie herabprasselte!«

»Heißt das etwa, daß unsere Flotte nicht in das Goldene Horn eingedrungen ist?«

»Leider nicht! Denn Notaras hatte hinter den Segelmasten der Galeonen einen Hinterhalt vorbereitet!«

»Zum Teufel mit Notaras!« schnitt Mustafa Bey dem Boten das Wort ab.

Ich hielt mich auch nicht mehr länger dort auf. Niemand hatte Zeit, sich um mich zu kümmern. Ganz klar lief die Sache nicht gut für die Türken. Mustafa Bey rief einen seiner Wachsoldaten heran und befahl ihm, mich keinen Augenblick allein zu lassen, mich unbedingt, und sei es unter Einsatz seines eigenen Lebens, zu schützen. Er vergaß auch nicht, darauf hinzuweisen, daß ich ein Page des Padischah sei. Dann wurden mir Kettenhemd und Schwert angepaßt. Ich spürte, wie ich plötzlich schwerer und mein Körper nach unten gezogen wurde. Doch bald gewöhnte ich mich an dieses mir reichlich große Hemd. Auch das Gewicht des Schwertes, welches mir von der Hüfte herabhing, störte mich nicht allzu lange. Und bald betrachtete ich dieses Stück geschärften Stahls als eine natürliche Fortsetzung meines Körpers, wie eine Wundermedizin, die mir meine in Mehmets Dienst verlorengegangene Männlichkeit zurückbringen könnte. Mit der Hand am Knauf meines Schwertes trat ich aus dem Zelt. Aus dem Pagen Selim war ein tapferer Krieger geworden. Obwohl es mir schwerfiel, ging ich den ganzen Weg bis zu der Stelle, wo der bewegliche Turm aufgestellt wurde, zu Fuß. Dort hieß mein Leibwächter, von dem ich inzwischen erfahren hatte, daß er sich Ahmet nannte, mich ein wenig ausruhen. Später würden wir dann gemeinsam mithelfen, den Turm bis zum Flußbett des Lykos hinabzubefördern.

Genau an der Stelle, wo wir uns befanden, bildet dieser in den hinter uns liegenden thrazischen Bergen entspringende Bach ein Tal. Die Stadtmauern, die sich vom Ufer des Marmarameeres bis zum Romanos-Tor stets in gleicher stolzer Höhe vor uns aufrichteten, verliefen hier, um sich dem Gelände anzupassen, erheblich niedriger. Weiter hinten, wo sie in nordwestlicher Richtung auf den Blachernenpalast zuliefen, bildeten sie nur noch eine Reihe, um den Palast zu schützen. Von dort fielen sie dann wieder in doppelter Reihe steil gegen das Goldene Horn ab. Mehmet hatte eine der großen Kanonen genau gegenüber dem Blachernenpalast aufstellen und gleich zu Beginn der Belagerung von hier aus einen Kugelregen in Richtung des Palastes niedergehen lassen. Doch hatte dieses Vorgehen nicht den erhofften Erfolg gebracht. Da der Palast außerhalb der Reichweite des Geschützes lag, hatte die Beschießung lediglich an der Mauer einigen Schaden angerichtet. Da dieses Tal mit dem Lykos-Flußbett der schwächste Punkt im Verteidigungssystem der Stadt war, hatte Giustiniani mit seinen Truppen hier Stellung bezogen. Und wir würden, sobald die Dunkelheit hereingebrochen war, genau von diesem Punkt aus unseren Angriff beginnen. Hatten unsere Kanonenkugeln doch bereits einige der Bastionen zerstört und sowohl in die vordere wie in die Hauptmauer größere Löcher gerissen. Da die herabfallenden Mauerstücke die Verteidigungsgräben zum größten Teil auffüllten, sollte ein von hier aus mit Hilfe der fahrenden Türme durchgeführter Angriff durchaus erfolgreich verlaufen. Unser »Landeroberer« würde es wohl schaffen, was den Soldaten, die versucht hatten, die Mauern mit Leitern zu erklimmen, nicht gelungen war: Er würde dafür sorgen, daß wir mit dem Feind auf gleicher Höhe kämpften. Wir waren voller Vertrauen auf unseren Kischver-guschâ, der in der Tat einen furchterregenden Anblick bot. Von weitem konnte man ihn für ein pechschwarzes Ungeheuer halten. Auf dem ersten Zwischenboden waren Holzstücke, Äste und Zweige aufgestapelt, mit denen die Gräben aufgefüllt werden sollten. Auf den weiteren Plattformen hatten voll ausgerüstete Bogenschützen Stellung bezogen, und auf dem obersten Stock waren die Janitscharen mit ihren Katapulten und Arkebusen in Bereitschaft.

Eine Zeitlang versuchte ich mir vorzustellen, was wohl dem byzantinischen Kaiser durch den Kopf gehen mochte, der zusammen mit seinem Hofstaat von der höchsten Zinne unter den dreiundneunzig Türmen aus unsere Bewegungen beobachtete. Diesen Turm, der den Namen des Oberkämmerers Phrantzes trug, konnte ich von meinem Standort aus sehr gut sehen. Was mochte der Kaiser wohl empfinden, als er unseren »Landeroberer« wahrnahm, der plötzlich vor ihm aufgetaucht war, wie ein Untier, dessen schwarze Haut in der Sonne glänzte? Ob er wohl daran dachte, daß sich jetzt vielleicht die unglückliche Vorhersage seiner Wahrsager erfüllen würde, nach welcher ein Janitschare mit weißer Kappe und krummem Schwert durch das notdürftig mit Steinen ausgebesserte Kerko-Tor in die Stadt eindringen würde? Oder dachte er gar daran, sein eigenes Leben zu retten? Doch ich wußte, daß Konstantin an seiner Stadt hing und daß er, genau wie sein Namensvetter, der vor tausend Jahren diese unvergleichliche Stadt gegründet hatte, mehr als seinen Thron sein Volk liebte und daß die Türken nur über seinen Leichnam Eingang in seine Stadt finden würden. In den Häfen, durch die ich in meinem früheren Leben gestreift war, hatte ich viel über diesen Kaiser gehört, zum Beispiel auch, daß er trotz seines fortgeschrittenen Alters noch immer keine Frau gefunden hatte. Vielleicht war Konstantins einzige Liebe ja diese Stadt, deren Namen er trug. Und er hatte es vorgezogen, nicht zu heiraten, um seine Liebste, auf die der Sultan Mehmet seit seiner Thronbesteigung ein Auge geworfen hatte, bis zum letzten Atemzug zu verteidigen. Mit Konstantin, diesem vielleicht letzten Kaiser von Byzanz, empfand ich ein mir unerklärliches Mitleid. Dabei war er immerhin das Oberhaupt eines tausendjährigen Reiches und ich doch nur ein unerfahrener Devşirme und Sklave des Sultans. Trotzdem dauerte er mich zutiefst, dieser Kaiser, genauso wie ich damals, als ich den Leichnam meines Vaters sah, nicht anders konnte, als tiefes Mitleid zu empfinden mit diesem schönen Mann, den ich kaum gekannt hatte und an den ich auch jetzt kaum Erinnerungen besitze. Dabei wäre es sicher passender gewesen, mich selbst, die arme Waise Niccolò, zu bemitleiden oder mein armes Mütterchen, nicht wahr?

Von den Zinnen des Phrantzes-Turmes aus beobachtete der Kaiser aufmerksam unsere Vorbereitungen zum Angriff. Ich war sicher, daß er dabei Beklemmung empfand. Die Anwesenheit des Giustiniani, dessen Panzer in der Sonne wie ein Komet aufblitzte, änderte nichts an dieser Tatsache. Genausowenig wie der Umstand, daß der verrückte Deutsche Johannes Grant, der wie kein anderer das griechische Feuer zu katapultieren verstand, mit ihm dort oben war und seine langen blonden Haare im Winde wehen ließ. Nein, der Kaiser fühlte sich ganz allein auf den Zinnen der Mauern, die seit Jahrhunderten die Stadt schützten. Und dieses Mal fürchtete er sich wirklich. Nicht etwa vor dem Tode, nein, doch der Gedanke, daß seine geliebte Stadt zusammen mit ihm durch die Hand der Türken zugrunde gehen könnte, erfüllte ihn mit Angst. Ich bin allerdings überzeugt, daß Konstantinopel, sollte die Stadt den Türken zufallen, eher noch schöner erblühen wird. Der Kuppel der Hagia Sophia werden sich die Spitzen der Minarette zugesellen und sie so aus ihrer Einsamkeit befreien. So wie auch die Kuppeln der übrigen Kirchen sich mit den beschnittenen Minaretten vermählen werden. Der Gedanke an eine Hochzeitsnacht hakte sich plötzlich in meiner Vorstellung fest und wollte einfach nicht mehr weichen. Wohl weil ich den Krieg wie eine Hochzeit sehen wollte, so unpassend dieser Vergleich gerade jetzt, zu Beginn unseres Angriffes, auch erscheinen mochte.

Kaum war es dunkel geworden, begannen wir unsere Attacke. Ich befand mich zusammen mit Ahmet auf dem obersten Stock des fahrbaren Turmes. Gemeine Soldaten schoben diesen, mit Hilfe von Büffeln und Ochsen, von hinten auf die Mauer zu. Das Quietschen der großen Eichenräder vermischte sich mit dem Lärm der Trommeln, Pauken und Trompeten; Himmel und Erde erbebten von den »Allahu akbar«-Rufen. Wie aus einem Munde erschallte dieser unaufhörliche Tekbir der Soldaten. Nun, Allah mochte groß sein, aber unser Turm schien plötzlich klein. Dies galt besonders für das obere Deck, von wo aus die Arkebusen ohne Unterlaß ihr Feuer losschickten. Ich sah, wie die Janitscharen wütende Blicke auf die Mauer warfen, ohne auch nur daran zu denken, hinter ihren Schilden vor dem auf sie niederprasselnden Pfeilregen Schutz zu suchen. Mit ihren kleinen, für den Mann-gegen-Mann-Kampf geeigneten Äxten boten sie einen furchterregenden Anblick. Und mit ihren Krummschwertern, die ihren langen dünnen Zwirbelbärten glichen, und den kurzstieligen Keulen schienen sie bereit, im Schein der Fackeln auf die Zinnen der Mauer hinüberzuspringen, sobald der Befehl hierzu erteilt wurde. Zunächst jedoch dauerte noch für eine ganze Weile der gegenseitige Beschuß mit Kugeln, Schleudern und Pfeilen an. Der fahrbare Turm war noch nicht nahe genug an die Mauer herangerückt. Ich konnte beobachten, wie die von der Gegenseite abgeschleuderten großen Kanonenkugeln mit einem heulenden Geräusch durch die Luft auf uns zugeschossen kamen. Die meisten von ihnen fielen jedoch vor uns zu Boden, und die wenigen, die unseren Turm trafen, schlugen auf die frischen Tierhäute auf, so daß sie keinen Schaden anrichten konnten. Jetzt begannen die feindlichen Katapulte, das griechische Feuer auf uns zu schleudern. Grant ließ es fässerweise auf uns niederregnen; doch auch gegen diese Gefahr waren wir gewappnet. Wir waren der Mauer inzwischen sehr nahe gekommen, so daß ich die sich vor uns wie eine eiserne Wand aufrichtenden Soldaten des Giustiniani einzeln ausmachen konnte. Sicher befanden sich unter ihnen auch Venezianer. Ja, mir ging plötzlich durch den Kopf, daß unter den Kriegern, auf die wir uns gleich stürzen würden, Landsleute von mir sein mochten, vielleicht sogar jemand, der im gleichen Stadtviertel aufgewachsen war und mit mir aus dem gleichen Brunnen zu trinken pflegte oder mit dem ich vor nur wenigen Jahren noch in den Straßen unserer Stadt gespielt hatte. Was hatte ich hier unter den Türken zu suchen? War ich nicht auch ein waschechter Venezianer? Ich, Niccolò, der einzige Sohn des weiland Domenico di Maestri, ehemaliger Bordsekretär des weiland Kapitän Antonio Rizzo, wie kam ich dazu, gegen meine Landsleute zu kämpfen? Doch sofort verscheuchte ich diese Gedanken wieder aus meinem Kopf. Die Mauern waren jetzt ganz nah, jeden Augenblick würden die Laufstege zu ihnen hinübergeworfen und auf ihren Zinnen verhakt werden. Da hatte ich wirklich keine Zeit mehr an solche Gedanken zu verschwenden. Blitzschnell zog ich mein Schwert, und bevor Ahmet zu meinem Schutze einschreiten konnte, drängte ich nach vorn. Ich stand jetzt genau neben der Laufbrücke und würde so unter den ersten Angreifern sein, welche die Mauern erreichten. Doch genau in diesem Augenblick richteten die Krieger des Giustiniani ihre Lanzen, die sie bisher mit der Spitze nach unten gehalten hatten, auf uns. Ich spürte einen schrecklichen Schmerz in meiner Brust, ganz so, als wollte mich ein Berg erdrücken. Ich erinnere mich nur noch, daß ich zu Boden stürzte.

Als ich wieder zu mir kam, fand ich mich auf dem Boden des unteren Zwischendecks unseres Turmes wieder. Mein Schwert hielt der neben mir wachende Ahmet in der Hand. Oben ging der Kampf mit aller Heftigkeit weiter. In das Rasseln der Panzerhemden mischte sich das Klirren der aufeinanderschlagenden Schwerter, und auch das eigenartige knisternde Geräusch, welches beim Abtrennen von Gliedmassen, beim Durchlöchern von Leibern und Durchstoßen von Brustkörben entsteht, war bis unten zu hören. Wie reife Früchte fielen die Janitscharen von den Zinnen herab. Unter den Fallenden sah ich auch Ritter des Giustiniani und byzantinische Soldaten. Aus den mit Wucht auf den Boden prallenden gepanzerten Leibern quoll Blut hervor, und Verwundete, die unter diesen sich häufenden Leichnamen eingekeilt waren, versuchten, sich einen rettenden Weg zu bahnen. Es war eine Mauer aus Menschenleibern, die ich da vom Fuße der Bastion aus gegen die Zinnen hin anwachsen sah. Plötzlich war alles von Flammen umzingelt. Ich bemerkte, wie Ahmet von seinem Platz hochschnellte und auf den Flammenherd zulief, um diesen zu löschen. Zwei weitere Janitscharen folgten ihm, und ich sah, wie alle drei dort, im wütenden Feuer, verschwanden. Nur einen Augenblick später lief ein brennender Janitschare direkt auf mich zu. Es war Ahmet. Sein ganzer riesiger Körper war eine Fackel. Er lief noch ein Stück in meine Richtung, doch dann sprang er nach unten und begann, auf die Mauer zuzurennen, als ob er den Flammen entrinnen wollte. Vielleicht wäre ihm dies sogar gelungen, doch ein Pfeil, der ihn in den Hals traf, ließ ihn erstarrend stehenbleiben. Er drehte sich zu mir um, machte ein kaum wahrnehmbares Zeichen und stürzte zu Boden, wie eine vom Blitz getroffene Platane. Das Feuer breitete sich zusehends aus. Während die oberen Böden des Turms krachend zusammenbrachen, gelang es mir nur mit Mühe, mich von meinem Platz zu erheben und langsam meinen Rückzug zu dem Hügel anzutreten, auf dem das Herrscherzelt stand.

Armer Ahmet! Während ich hier in einer Ecke des Zeltes sitze und diese Zeilen schreibe, muß ich immer wieder an das Bild denken, wie du gleich einer Leuchtfackel durch die Dunkelheit ranntest. Ich weiß, daß ich dir mein Leben verdanke. Dabei hatten wir nicht einmal Zeit genug, uns kennenzulernen. Nie konnten wir miteinander sprechen! Wer weiß, woher du kamst, von wo du stammtest! Was machtest du wohl, bevor du eingesammelt und als Devşirme-Zögling in die Janitscharenkaserne gebracht wurdest? Aus welchem Dorf Rumeliens magst du stammen? Aus einem Bergdorf oder aus der Ebene? Oder vielleicht bist du aus einer Gegend am Meer, so wie ich? Hast vielleicht deine Kindheit in einem Fischerdorf verbracht, in den Höhlen gespielt und die Delphine und Möwen geliebt und die Schiffe mit den hohen Masten, die du auf dem offenen Meer vorbeiziehen sahst. Nie hast du eins dieser Schiffe bestiegen. Als ein Akıncı-Regiment in euer Dorf einritt, folgtest du diesen Reitern bis nach Edirne. Oder du kamst aus einem Bergdorf in den Rhodopen, hast steile Hänge erklommen und Adlernester gesucht. Und Ziegen hattet ihr und Kirchen mit bunten Blumen an den Wänden. Du hättest genausogut in ein Kloster eintreten und

Mönch werden können, doch du fielst in die Hand der Türken und wurdest ein Devşirme. Das Schicksal führte dich hierher, und hier, vor diesen Mauern, bist du verbrannt. Und ich werde nie erfahren, wer du warst. Alles, was ich von dir weiß, ist, daß du opfermütig und großherzig warst. Und dann erinnere ich mich noch an deine helle Stimme, die so sehr im Gegensatz zu deinem mächtigen Körper stand, und wie du mir sagtest: »Wenn ich im Kampf falle, so gib acht, daß mein Leichnam nicht ohne Kopf begraben wird.« Und dann hattest du deine Kappe abgenommen und mir die eine Handvoll schwarzer Haare gezeigt, die von deinem glattrasierten Schädel wie ein Pferdeschweif herabhingen, und mir erklärt: »Hier mußt du meinen Kopf fassen und neben meinem Leichnam beerdigen. Sonst werde ich dir ewig nicht vergeben.« Nun, deine Furcht war umsonst, dein Kopf wurde nicht von deinem Rumpf getrennt.

Nachruf

Wie eine lodernde Flamme starbst du, Ahmet,
durch einen Pfeil, der deinen Hals durchbohrte,
möge dein Erdgrab geräumig
und dein Aufenthalt das Paradies sein!

20. April 1453

Noch bevor die Türken die bei diesem nächtlichen Angriff erlittene Niederlage einigermaßen verdaut hatten, mußten sie eine neue Schlappe einstecken. Dieses Mal nahm ich nicht direkt am Kampf teil. Selbst wenn ich es gewollt hätte, wäre es mir nicht möglich gewesen. Das Gefecht fand auf dem Marmarameer statt, ungefähr einen Steinwurf vom Hagios-Stefanos-Ufer entfernt. Ich hatte gerade meine leichten, aus ein paar Schrammen und Rissen bestehenden Wunden verbunden und mir geschworen, mich nicht mehr aus dem Lager zu entfernen, als die Nachricht eintraf, daß drei aus Ligurien kommende Galeonen und ein byzantinisches Proviantschiff auf die Stadt zuliefen. Der Sultan ließ den Admiral Baltaoğlu Süleyman zu sich rufen und befahl diesem, die feindlichen Schiffe auf dem offenen Meer abzufangen und zu versenken. Dann ritt er mit seinem Gefolge zum Ufer hinab und begann zu warten. Auch Kaiser Konstantin und sein Hofstaat beobachteten von den hohen Mauern am Ufer des Marmarameeres die Szene. Die von Baltaoğlu Süleyman befehligte und aus achtzehn Schiffen, darunter Galeeren, Galeonen und Zugkähnen, bestehende Flotte segelte den lateinischen Schiffen entgegen, unter dem ohrenbetäubenden Lärm von Trommeln und Trompeten. Doch auch das Herannahen der feindlichen Flotte war ein sehenswerter Anblick! Die Rahsegelmasten der beiden vorweg segelnden riesigen Galeonen schienen den Himmel zu berühren. Ihre spitzen Enden und die breiten Mastkörbe ließen an die Minarette von Edirne mit ihren doppelten Galerien denken. Auch die weiter hinten folgenden Schiffe näherten sich unter dem Achterwind, der ihre Segel blähte. Genau vor uns angekommen, begaben sie sich in Schlachtordnung. Als ich sie so prächtig und siegesbewußt vor mir sah, erzitterte ich mit einer plötzlich in mir aufsteigenden Begeisterung. Und ich wünschte mir, an Bord des vordersten Schiffes zu stehen und, fortgetragen vom Krachen der Rahsegel, vom Knirschen der großen Gewindespulen und vom Klatschen der Wellen, hinauszusegeln in die schäumende Weite des Meeres. Mein ganzes Inneres glich einem Meer mit hohem Wellengang. Meine Seefahrerseele war also noch nicht ganz tot; Niccolò lebte noch, und sei es auch unter der Aufsicht des Sklaven Selim.

Der Padischah war so sicher, daß diese Seeschlacht mit dem Sieg der Türken enden würde, und so erfreut darüber, dieses blutige Turnier von seinem bevorzugten Platz aus zu beobachten, daß sein Gesicht breit strahlte und er sogar lachende

Bemerkungen für seine Umgebung übrig hatte. So fragte er mich in neckendem Ton:

»Nun sag einmal, mein tapferer Krieger Selim, was meinst du wohl, wer gewinnen wird?«

»Bei vier, oder gar nur drei, gegen achtzehn! Es sieht ganz so aus, als ob wir gewinnen, mein Sultan!«

»Natürlich werden wir gewinnen! Mit Allahs Hilfe werden wir den Sieg erringen, Selim, meine Seeleute werden diese Ungläubigen kurz und klein schlagen!«

Und da begann auch schon die Schlacht mit der gegenseitigen Eröffnung des Geschützfeuers. Die türkischen Schiffe griffen den Feind zunächst frontal an. Dann begannen sie ihn zu umzingeln, indem sie einen Halbmond bildeten. Das Schiff des Obersten Admirals rammte das Heck der vordersten der feindlichen Galeonen. Die Marinesoldaten stürzten, mit Keulen und Äxten bewaffnet, zum Angriff, doch gelang es ihnen nicht ohne weiteres, die steilen, hohen Flanken des riesigen Schlachtschiffes zu erklimmen. Und diejenigen, die oben ankamen, wurden von den dort an der Reling aufgestellten gepanzerten Soldaten mit Leichtigkeit abgewehrt und ins Meer geworfen. Nach heftigem Kampf mußte Baltaoğlu schließlich aufgeben, ohne etwas erreicht zu haben. Darauf griffen die Galeeren, unter Begleitung des Schleppzuges, das Proviantschiff an. Man versuchte, Enterhaken auszuwerfen und das Schiff anzutäuen. Als auch dieses mißlang, ging man daran, das Schiff anzuzünden. Alles umsonst, selbst das Proviantschiff widerstand der zahlenmäßig überlegenen türkischen Flotte. Riesige, von den lateinischen Schiffen geschleuderte Steine zerschmetterten die Köpfe der türkischen Seeleute, andere fielen durch Pfeile, und obwohl die Gefallenen sofort durch neue Krieger ersetzt wurden, brachte dieser Angriff der türkischen Seite keine Vorteile. Die Schleppkähne, die jedes einzelne der allein kämpfenden lateinischen

Schiffe einschlossen, wirkten neben den dickbäuchigen Galeonen wie kleine Barkassen. Außerdem waren sie ein leicht entzündbares Ziel für das griechische Feuer. Die Versuche der Türken hingegen, die großen Schiffe der Lateiner in Brand zu stecken, wurden durch das Wasser zunichte gemacht, das man fässerweise über ihre Decks ausleerte.

Wie eigenartig, daß ich den Krieg jetzt weniger verabscheue als früher. Ich habe mich wohl daran gewöhnt, daß die Menschen, die durch den gleichen Gott geschaffen wurden und alle zu ihm beten, sich gegenseitig umbringen und daß sie, selbst an einem schönen Frühlingstag wie heute, nichts Besseres zu tun haben, als sich mit Hämmern und Keulen die Köpfe einzuschlagen, die Augen herauszureißen oder mit der Lanze die Brust zu zerschmettern. Sicher ist, daß der Mensch im Krieg seine Menschlichkeit verliert, zu einem reißenden Tier wird. Er tötet im Namen Gottes oder um ins Paradies Eingang zu finden, doch immer tötet er mit all seiner Kraft. So durchbohrt das Schwert den stärksten Panzer, und wo die Kugeln der Arkebusen einschlagen, spritzt das Blut hervor. Von überall her sprudelt das Blut; aus einer am Handgelenk abgeschlagenen Hand, aus einem vom Rumpf getrennten Kopf, manchmal auch aus einem weichen Bauch; sprudelnd quillt es hervor, bevor es gerinnt. Ich mag kein Blut sehen, und doch ist es überall. Es fließt in Strömen. Denn im Krieg töten die Menschen geradezu mit Wollust. Sie stechen zu, zerhacken und durchlöchern ihr Gegenüber, töten und werden getötet. Ich sah selbst, wie das blaue Meer sich von einem Augenblick zum anderen blutrot verfärbte. Wie oft war ich mit Rizzos Schiff hier auf diesen gleichen Gewässern vorbeigesegelt. Im Abendrot wechselte das Marmarameer von tiefem Dunkelblau zum Violett der Judasbäume, aber nie zu diesem Blutrot! Wenn der Wind sich legte, sah man die weißen Schaumkronen nicht mehr; doch etwas Weißes gab es trotzdem immer in der Nähe, sei es eine kleine Wolke am Himmel, ein Segelboot am Horizont oder eine Galeone. Damals befanden die Farben sich in einer natürlichen Harmonie. Sie veränderten sich mit dem Licht, paßten sich dem Tag und der Nacht an. Der Krieg hat auch die Ordnung der Farben zerstört. Das Meer ist jetzt rot, der Erdboden weiß. Die Erde weigert sich, die gepanzerten Leichname und die ohne Leichentuch Bestatteten aufzunehmen. Weder schwarz noch rot, hat sie selbst die Farbe eines Leichentuches angenommen. Und ihre Beschaffenheit ist die von mit Blut getränktem Schlamm. Undenkbar ist es, diesen Boden zu bestellen, hier etwas säen und ernten zu wollen. Dieser Boden nimmt kein Saatkorn auf, aber auch nicht die Toten in ihren rostenden Kettenhemden. Und kein Vogel zieht mehr am Himmel dahin. Was dagegen durch die Luft fliegt, sind steinerne Kanonenkugeln, Pfeile und die Brandkugeln des griechischen Feuers.

Als der Padischah sah, daß seine aus achtzehn Schiffen bestehende Flottenformation mit den vier feindlichen Wasserfahrzeugen, von denen eines auch noch ein beladenes Proviantschiff war, nicht fertig wurde, war von seiner vorherigen guten Stimmung nicht mehr viel übrig. Seine Miene verdüsterte sich zusehends, und er schwieg verbissen. Am liebsten hätte er wohl laut geweint, und jemand, der es gewagt hätte, ihm jetzt einen Vorschlag zu unterbreiten, wäre auf der Stelle dem Scharfrichter übergeben worden. Alle, die Mehmet kannten, wußten nur zu gut, daß er in Situationen wie dieser hier seinem eigenen Zorn unterlag und nicht davor zurückschreckte, die ihm liebsten Personen zu bestrafen. Deswegen wagte niemand zu sprechen. Dabei wäre es wichtig, sofort etwas zu unternehmen, um Schlimmeres zu verhindern. Das ging ganz klar aus den Blicken der Kommandanten hervor. Ihr Bedauern galt weniger den Gefallenen als dem Admiral Baltaoğlu, den ein schlimmes Schicksal erwartete. Denn diesen Mißerfolg würde der Padischah ihm niemals verzeihen. Auch ihr eigenes Leben hing, genau wie das des Baltaoğlu, an einem Wort aus dem Mund des Sultans. Deswegen schauten sie alle bekümmert drein und waren schweigsam wie die Grabsteine. Ein Heer von stummen Palastdienern sah ich da, die ergeben neben ihrem Herrn standen, der vom Ufer aus auf seinem Pferd den Kampf beobachtete. Im Grunde gehörte auch ich zu ihnen, zu dieser Klasse von stummen und furchtsamen Sklaven der Pforte.

Doch plötzlich ergriff mich ein mir noch immer ziemlich unerklärlicher Wagemut. Ich trat vor, ergriff die Zügel von Mehmets Pferd und flehte ihn an, indem ich vor ihm niederkniete: »Mein Herr, Ihr seid ganz erschöpft, Ihr solltet ein wenig ausruhen.« Ich erinnere mich nur noch, daß ich mich, vom Stoß eines Steigeisens getroffen, am Boden wiederfand. Mehmet hatte sein Pferd dem Meer zugewandt und ritt auf die kämpfenden Schiffe zu. Seine Minister und Befehlshaber folgten ihm. Wie eine schnelle Barkasse teilte der Sultan mit seinem Pferd die Wellen. Glücklicherweise war das Meer an dieser Stelle nicht sehr tief. Als er den Schiffen recht nahegekommen war, begann er, seinen Seeleuten anfeuernde Parolen zuzuschreien. Dann sah ich, wie der just in diesem Moment aufkommende Südwestwind die Segel der feindlichen Galeonen blähte. Diese großen Schiffe konnten sich tatsächlich von den Enterhaken der türkischen Kampfschiffe lösen und begannen, Kurs auf die Stadt zu nehmen. Unter den freudigen Blicken des Kaisers und der byzantinischen Soldaten gelang es ihnen, in den kleinen geschützten Hafen direkt unter der südlichen Mauer einzulaufen.

23. April 1453

In der letzten Nacht konnte ich lange keinen Schlaf finden. Unruhig wälzte ich ich mich in meinem Bett hin und her. Sobald ich die Augen schloß, begann der Krieg vor ihnen abzurollen. Ich sah wieder, wie Giustinianis Soldaten die angreifenden Janitscharen von den Mauern stießen, wie sie ihnen die Hände abhackten, mit denen sie sich am oberen Mauer-rand festkrallten, wie sie ihre Sturmleitern in Brand steckten, und wie aus den in die Gräben stürzenden Toten eine neue Mauer entstand. Diese Mauer aus Menschenleibern wuchs und wuchs, überragte bald die Stadtmauern und stieß bis an den Himmel. Dann sah ich nichts mehr. Nach einer Weile konnte ich jedoch oben auf den Zinnen eine pechschwarze Erscheinung ausmachen, die plötzlich alles in helles Licht tauchte. Da erkannte ich Azrail, den Todesengel. Er kam nä-her, und mit der riesigen Sichel in seiner Hand mähte er alles nieder, was sich ihm in den Weg stellte. Ich ahnte, daß auch mein Ende gekommen sei, daß ich diesen Krieg wohl nicht überleben würde. Ich wollte beten, doch wußte ich nicht, an welchen Gott ich mich wenden sollte. Schon hatte ich Allahs Namen auf der Zunge, da sah ich unseren Herrn Jesus am Kreuz. Sein dornengeschmücktes Haupt war zur Seite gefal-len und sein Gesicht vor Schmerz verzerrt. Aus seinem nack-ten Leib tropfte das Blut.

Ich hatte wohl doch ein wenig geschlafen. Als ich er-wachte, ertönte gerade der Ruf zum Morgengebet. Ich sprang aus dem Bett, zog mich schnell an und verließ leise, um die Bediensteten nicht zu wecken, das Zelt. Draußen begann es zu tagen, ein schwaches Licht fiel auf das Heerlager. Zwi-schen den Zelten hindurch lief ich auf das Goldene Horn zu. Ich mußte dabei einen Wald durchqueren. Die Bäume stan-den nicht sehr dicht, doch waren sie hochgewachsen, sehr hoch sogar. In der Dämmerung konnte ich nicht genau unter-scheiden, ob es sich um Buchen, Eichen oder vielleicht Zy-pressen handelte. Ich blieb stehen und lauschte ein wenig dem Rauschen des Windes in den Baumkronen. Doch dann zog es mich weiter. Als ich aus dem Wald heraustrat, erblickte ich vor mir einen Hügel. Ich begann, ihn zu erklimmen. Es war immer noch nicht richtig hell geworden. Von weitem hörte ich Hähne krähen. Dann wieherte ein Pferd, bald darauf ein zweites und dann ein drittes. In kürzester Zeit war ein ganzer Chor von wiehernden Pferden zu vernehmen: Die Sipahis machten sich zum Angriff bereit. Als ich auf der Hügelkuppe ankam, sah ich die Sonne aufgehen. Dort, hinter den Bergrücken von Galata, stieg sie hoch. Der Christusturm mit seinem Spitzdach hob sich scharf ab vor diesem roten Hintergrund. Plötzlich tauchte hinter dem Turm eine Galeere mit gehißten Segeln auf. Ich glaubte, daß meine Müdigkeit mir hier ein Traumbild vorgaukelte. Die endlose Belagerung, der sich hinziehende, widerliche Krieg hatten mich zermürbt. Überdies war ich es nicht gewohnt, im Zelt zu leben, auf einer Strohmatte zu schlafen und jeden Morgen in aller Frühe aufzustehen. Ich hatte längst angefangen, mich nach meinem bequemen Leben in Edirne zu sehnen. Es war auch das erste Mal, daß ich mich für so lange Zeit vom Palast entfernt hatte. Da konnte es schon vorkommen, daß ich Geister sah. Die Galeere kam jetzt langsam hinter dem Turm hervor, dann verschwand sie. Kurz darauf sah ich eine weitere Galeere, die, genau wie die erste, kurz erschien und verschwand. Etwas später tauchte sie am Hang des gegenüberliegenden Ufers wieder auf. Dem Lauf des Kyson-Baches folgend, begann sie, zum Goldenen Horn hinabzugleiten. Ihr folgten bald weitere Schiffe. Über die Hügel von Galata glitten sie eines nach dem anderen mit geblähten Segeln zum Goldenen Horn hinab, diese kampferprobten Seefahrzeuge, die je drei Reihen Ruderern Platz boten. Mein Gott, konnte das Wirklichkeit sein? Sicher träumte ich schon wieder! Mehmet bewegte seine Flotte über das Festland! Wie ein Zauberer, was sag ich da, wie ein Prophet überlistete er die Natur. Voller Staunen beobachtete ich von meinem Standort aus diesen Zug der Schiffe zum Goldenen Horn. Nach der Niederlage des vergangenen Tages hatten die Türken jetzt das Unmögliche vollbracht, hatten einen Teil ihrer Flotte in das Goldene Horn eingeschleust.

Zum ersten Mal machte Mehmet mir wirklich Angst. Dieser Mensch hatte etwas Dämonisches an sich. Was er sich einmal vorgenommen hatte, mußte er unbedingt durchsetzen, und so würde er auch diese Stadt, die sich so heldenhaft verteidigte, vom Meer her umzingeln und schließlich einnehmen. Ich dachte an Konstantin. Hatte er wohl, als er am Morgen erwachte und aus dem Fenster schaute, die türkischen Galeeren mit ihren auf seinen Palast gerichteten Geschützen gesehen? Vielleicht lag er ja noch in den Armen einer Schönen, tief im Schlaf und fern von den Schrecken des Krieges. Das war auf jeden Fall besser für ihn. Wacht lieber gar nicht mehr auf, Kaiserliche Hoheit! Laßt Euren armen müden Kopf an der weichen Brust liegen und schaut ja nicht nach draußen. Bleibt lieber, zusammengerollt wie ein Igel, in Eurem warmen Bett und schlaft ruhig weiter. Möge Gott Euch behüten!

Als ich zum Feldlager zurückkehrte, mochte ich immer noch nicht glauben, was ich gesehen hatte. Vielleicht waren diese Schiffe wirklich nur ein Traumbild gewesen, und die Flotte lag immer noch an ihrem Ankerplatz, genau gegenüber der Doppelten Säule. Schließlich konnte ich meine Neugierde nicht länger bezwingen und schlich mich heimlich in das Zelt, in welchem der Kriegsrat zu tagen pflegte. Die Paschas waren noch nicht eingetroffen, und auch der Padischah war nirgends zu sehen. Tursun Bey, der für die Tagesordnung der Ratssitzungen zuständig war, saß ganz allein dort im Schneidersitz und schrieb etwas in ein großes Heft, das vor ihm aufgeschlagen lag. Er war so in seine Arbeit vertieft, daß er mich nicht einmal bemerkte. Auch als ich näherkam und ihn leicht an der Schulter berührte, zeigte er keine Reaktion. Daraufhin schaute ich über seine Schulter hinweg in das Heft. Seine Aufzeichnungen hatten nichts mit dem Tagesprotokoll zu tun. Als ich etwas genauer hinsah, stellte ich fest, daß es sich um ein Tagebuch über die Belagerung handelte. Also führte Tursun Bey, genau wie ich, ein Tagebuch.

Auch er wollte wohl dafür sorgen, daß die nach uns kommenden Generationen von diesem schrecklichen Krieg, von diesen Tagen voller Blut und Feuer, diesem furchtbaren Abenteuer, das wir miterlebten, etwas erfuhren.

»Tursun Bey!« rief ich, »man erzählt, daß auf Befehl unseres großen Padischah die Flotte aus einem Meer herausgenommen und in ein anderes Meer hineingebracht wurde. Stimmt das wirklich?«

Tursun Bey fuhr zusammen. Als er sich umwandte und mich erblickte, war er erst recht verwundert. Es war ihm anzusehen, daß er nicht erwartet hatte, zu dieser frühen Morgenstunde einen von Mehmets Pagen im Zelt des Kriegsrats anzutreffen.

»Was geht dich das an, du Milchgesicht? Als ob du da mitzureden hättest!«

»Aber Tursun Bey«, fuhr ich hartnäckig fort, »ich habe es doch eben gerade mit eigenen Augen gesehen. Eine nach der anderen wurden die Galeeren auf Laufschlitten ins Goldene Horn hinuntergeschoben.«

Dann setzte ich mich im Schneidersitz neben ihn. Schon bald waren wir Freunde geworden. Ich erzählte ihm alles. Wie unser Schiff durch eine vom Boğazkesen abgefeuerte Kugel versenkt wurde und wie mein Kapitän Antonio Rizzo am Pfahl sein Leben verlor. Und ohne Atem zu holen, fuhr ich fort, von meinem Leben im Cihannüma zu berichten. Er hörte mir aufmerksam zu. Dann meinte er aber, daß meine Ausführungen für seine Aufzeichnungen wertlos seien, daß er gehalten sei, in seiner Chronik ausschließlich über die Siege des Sultans Mehmet zu berichten und seine Heldentaten zu rühmen.

»Du weißt sicher gut zu erzählen«, meinte er, »doch du bist natürlich noch sehr unerfahren und kannst die ganze Tragweite der Geschehnisse nicht ermessen.«

Und er begann, mit lauter Stimme aus seinem Heft vorzulesen:

»Die Soldaten des Padischah setzten jeden Tag vor den Toren der Burg ihre Schwerter zum Wohle Allahs und ihrer Herren ein. Und unser Padischah, der große Eroberer, erging sich, im Bewußtsein seines nahenden Sieges und der Eroberung der geliebten Stadt, dort mit seinem Hofstaat und betrachtete das Schauspiel.

Er wußte jedoch, daß die Hafenseite der Stadt völlig abgeriegelt war und man die Ungläubigen von dort nicht angreifen konnte. Dieses kränkte ihn sehr. Um diesem Mißstand abzuhelfen, erließ er folgenden Befehl: – Die Galeeren und die seetüchtigsten der Barkassen soll man aus dem Bosporus herausnehmen und vom Hinterland von Galata her über das Festland ziehen und in das Binnenmeer herabbringen. – So würde die Belagerung zu Ende geführt und der Feind in Unruhe und Besorgnis versetzt.

Aufgrund dieses Fermans versammelten sich die Kunstfertigsten unter den Handwerkern und Wissenschaftlern. Die mit Flaggen geschmückten islamischen Schiffe hißten ihre Segel und durchquerten die Luft hinter der Befestigung von Galata. Vielleicht flogen sie auch. So majestätisch und mit hervorragenden Waffen ausgestattet, wurden sie in das Binnenmeer eingebracht.«

Ich hatte also richtig gesehen. Die Schiffe waren mit Hilfe von Gleitkufen gezogen worden, die man mit Ochsen- und Hammelfett eingeschmiert hatte. Zusammen mit ihrer jeweiligen Besatzung hatte man sie so über die Höhen von Galata bis in das Goldene Horn hinabgebracht. Doch wie war das möglich gewesen? Wie hatte man es bewerkstelligt, in so kurzer Zeit nicht nur kleinere Boote, sondern auch die mit zwei, drei, ja sogar fünf Rudererreihen versehenen riesigen Galeeren den Hügel hinaufzuschaffen? Und wieso hatte die Bevölkerung von Galata nichts davon gemerkt? Und wie hatte die Kraft der Arbeiter und der Tiere, die an die riesigen Laufrollen und Hebewinden gespannt waren, ausreichen können, den Berg zu überwinden?

Natürlich erwartete ich nicht, daß Tursun Bey mir auf diese Fragen eine Antwort geben würde. Er zeichnete in seinen Chroniken keine Gründe, sondern nur Ergebnisse auf; und, wie die anderen Hofberichterstatter, ging er nie in Einzelheiten, sondern zielte immer direkt auf das Wesentliche. »Vielleicht flogen sie auch.« Ja, natürlich, man hat den Schiffen Flügel angeheftet und sie in die Lüfte geschickt. Was macht es schon, wenn man das nicht so genau erklären kann! Liegt denn nicht in jedem Entschluß unseres Sultans Mehmet ein Wunder verborgen? Ich dankte Tursun Bey für die mir erwiesene freundliche Aufmerksamkeit und verabschiedete mich von ihm. Als ich aus dem Diwan-Zelt trat, hatten die Kanonen schon wieder begonnen, wie an jedem Morgen die Stadtmauern zu beschießen. Jetzt, mit der türkischen Flotte innerhalb des Goldenen Horns, war die Stadt auch vom Meer her umzingelt. Die Vorhersagen der Hellseher würden sich in Kürze erfüllen und die Stadt schließlich doch fallen.

Ich sog tief die vom Pulverdampf geschwängerte Luft ein. »Wenn die Stadt fällt«, so sagte ich mir, »wird alles zu Ende sein, und die Finsternis wird auch mich verschlingen. Für Konstantin gibt es keine Rettung mehr. Und ich, was wird wohl aus mir?« Plötzlich ergriff es mich wie eine Ahnung, daß auch mein Ende nicht mehr fern war. Dabei war es April, und ich zählte ganze siebzehn Lenze. Was sollten also diese pessimistischen Gedanken! Ich bin siebzehn Jahre alt, und vor mir liegt ein langes Leben. Jawohl, ein langes Leben.

28. Mai 1453

»Und da es das siebente Siegel auftat, ward eine Stille im Himmel.« Dieser Satz hört nicht auf, in meinem Kopf zu kreisen; unentwegt und ohne Atempause muß ich ihn wiederholen, diesen Satz aus der Offenbarung des Johannes, mit dem der Heilige Buchstabe für Buchstabe die Stille vor dem

Jüngsten Gericht auf die Leinwand der Finsternis bannte. Ja, und ich schreibe diesen Satz, um die Stille noch zu vertiefen. Bis die Tinte in meinem Fäßchen und das Öl in meiner Lampe ausgehen, werde ich weiterschreiben. Denn heute nacht ist alles plötzlich stehengeblieben, die Welt ist in tiefe Stille versunken. Kein Stern zittert am Himmel, noch rauscht das Meer. Der Wind steht still, und nichts rührt sich in der Natur. Selbst die Kanonen schweigen, ja, sogar die Kanonen. Die, genau wie die Kirchenglocken, seit Beginn der Belagerung nicht einen Augenblick stille waren. Ich hatte mich an ihr mit dem Tagesanbruch beginnendes Bellen gewöhnt, genauso wie an die lärmende Militärmusik, das Kriegsgeschrei und die lauten Tekbir-Rufe. Doch in dieser Nacht war nichts zu hören, kein Flüstern, kein Stöhnen oder Beten, kein Wiehern der Pferde. Auch die Derwische hatten ihre sonst sich endlos hinziehende Zeremonie unterbrochen. Jeder war allein mit seinem Gott. Heute ist der dreiundfünzigste Tag der Belagerung, und die Stadt ist immer noch nicht gefallen. Vielleicht fällt sie morgen, wenn die Türken ihren Generalangriff vornehmen. Die Gegenseite weiß dieses und ist entsprechend vorbereitet. Ja, morgen wird die Sonne wieder am gleichen Ort aufgehen. Und doch wird morgen eine neue Ära beginnen, dessen bin ich gewiß.

Als ich gesehen hatte, wie die türkische Flotte ins Goldene Horn eingedrungen war, stand für mich fest, daß die Stadt sofort eingenommen würde. Doch wie sehr hatte ich mich da geirrt. Seit jenem Tag haben die Geschütze keinen Augenblick geschwiegen, haben ohne Unterbrechung die Mauern unter Beschuß gehalten. Wochenlang schickten sie von ihren Stellungen auf den Hügeln von Galata, vor dem Tekfur-Palast und im Lykos-Tal, aber auch von der Seeseite, aus dem Goldenen Horn und aus den großen den Stadttoren gegenüber aufgestellten Kanonen, ihre Kugeln, jede so groß wie ein Mühlstein, gegen die Stadt. Bastionen zerbröckelten, Türme stürzten zusammen, und im Mauerwerk taten sich riesige Breschen auf. Doch es gelang den Byzantinern immer wieder, ihre Stadtbefestigung zu reparieren. Frauen, Kinder, Priester, Adlige und Soldaten, kurz, alle Bewohner der Stadt, die nicht ganz und gar hinfällig waren, liefen herbei, um mit anzufassen. Wie auch schon früher stopften sie wieder alles, dessen sie habhaft werden konnten, Steine, Fässer und Holzbalken sowie jegliche Art von Kleinholz und Ästen, in die frisch aufgerissenen Löcher. So wurden alle Angriffe abgewehrt. Doch unentwegt wurden neue fahrbare Türme hergestellt, wurden von neuem die Bastionen mit Leitern erklommen. Und immer wieder griffen die Fußtruppen und die Janitscharen mit ihren doppelt gehärteten Waffen, die Derwische mit ihrem unerschütterlichen Glauben und die Freiwilligen und Freischärler mit nackten Händen und Füßen die Mauern an. Doch jedesmal mußten sie sich, oft, ohne ihre Toten einsammeln zu können, wieder zurückziehen. Die Gräben zu beiden Seiten sind angefüllt mit Leichnamen. Die Türken sind jetzt dabei, eine schwimmende Brücke über das Goldene Horn zu spannen. Miteinander verbundene Fässer, Kisten und Barken sollten ihnen den Übergang ans Ufer von Blachernai gestatten. Ich frage mich zwar, ob diese mit großen Nägeln und Balken zusammengehaltene Konstruktion die großen Geschütze tragen wird. Doch die Janitscharen und die Kavallerie können mit Sicherheit auf ihr das Meer überqueren. Und die Derwische brauchen ja gar keine Brücke. Habe ich doch sagen hören, daß sie des Nachts mit ihren Filzpantoffeln über das Wasser laufen und so ans andere Ufer gelangen! Dabei kann doch niemand außer unserem Herrn Jesus auf dem Wasser laufen. Nun, wenigstens vertreiben diese Gerüchte ein wenig unsere Langeweile.

Auch während dieser eintönigen Belagerungstage wurde ich wieder Zeuge neuer Greueltaten. Noch bevor die Brücke in Betrieb genommen wurde, hatte man damit begonnen, Tunnel zu graben. Obwohl diese Arbeiten unter größter Geheimhaltung ausgeführt wurden, hatte man den ersten Tunnel, der in der Nähe des Caligaria-Tores gegraben wurde, dort, wo die Seemauer einreihig zum Ufer abfällt, sofort entdeckt. Alle, die sich im Tunnel befanden, kamen durch das griechische Feuer um. Das gleiche geschah mit dem zweiten und dritten unterirdischen Gang. Die Türken gruben Tunnel, durch die sie unter den Fundamenten der Landmauern her in das Innere der Stadt einzufallen gedachten. Doch die Byzantiner ließen sich nicht überraschen. Je mehr solcher Gänge entstanden, desto entschiedener wurden die Gegenmaßnahmen verfolgt. Sobald sie diese mit Balken abgestützten breiten Tunnel, durch die auch Wagen passieren konnten, entdeckten, verstopften die Byzantiner die Ausgänge und brachten die so Eingeschlossenen um, indem sie sie wie Ratten ausräucherten oder aber lebendig begruben. Da die Türken jedoch immer mehr solcher Gänge anlegten, glich das Erdreich unter der Landmauer bald einem Maulwurfhügel.

Mit der Intensivierung der Gefechte eskalierte auch die Gewalt auf beiden Seiten. Mein Landsmann Giacomo Cocco, Kapitän einer Galeere aus Trapezunt, der versucht hatte, die im Goldenen Horn liegende türkische Flotte in Brand zu stecken, wurde auf der Stelle mit seinem Schiff samt Besatzung auf den Grund des Meeres geschickt, bevor er auch nur Zeit fand, zehn Vaterunser zu beten. Einige seiner Ruderer und Bogenschützen, die sich schwimmend an Land retten konnten, wurden auf Befehl des Sultans in feierlicher Zeremonie gepfählt. Die Byzantiner, die diese Zeremonie vom Phrantzes-Turm aus beobachteten, folterten die gefangenen Janitscharen zu Tode und warfen sie von den Mauern herab. So vergingen Tage, ja Wochen, während deren die Kanonen brüllten, die Stadtmauern bröckelten, die Gräben sich mit verwesenden Leichen füllten und die Tunnelöffnungen den Erdboden durchlöcherten. Doch die Stadt wollte sich nicht ergeben. Die Belagerung zog sich endlos hin.

Natürlich war Mehmet hierüber aufs höchste ergrimmt. Die Anhänger des Halil Pascha, die gegen die Belagerung gesprochen hatten, begannen wieder Druck auszuüben. Doch die Devşirme unter Zaganos Pascha und die von Ak Şemseddin angeführten Derwische führten ins Feld, daß die Stadt jeden Moment fallen mußte, und befürworteten eine Fortsetzung der Kämpfe. Von einer Unterstützung des Feindes durch den Papst könne auch keine Rede mehr sein. Der Kaiser habe ein kleines Schiff in das Meer der Inseln geschickt, um die angeblich dort unter dem Kommandanten Giacomo Loredan kreuzende Hilfsflotte zu suchen, doch sei das Erkundungsschiff mit schlechten Nachrichten zurückgekehrt: Keine Spur von Galeonen voll gepanzerter Soldaten noch von beladenen Proviantschiffen sei gesichtet worden. Was sich dagegen für die Byzantiner klar am Horizont abzeichnete, war der Zorn Gottes. Mehmet war hier weniger sicher; er glaubte immer noch an ein Eingreifen durch den Papst. Und als ausgerechnet in diesem kritischen Augenblick ungarische Botschafter ins Hauptquartier kamen, um mitzuteilen, daß Yanos Hunyadi die Regentschaft niedergelegt habe und Ladislaus der neue König sei, daß deshalb der mit Hunyadi gemeinsam unterzeichnete dreijährige Friedensvertrag hinfällig sei, nahmen Mehmets Zweifel noch weiter zu. Die Türken waren in bedrängter Lage. Konstantin hatte die Bedingungen, die Mehmet ihm als letzten Ausweg durch seinen Boten, den Isfendiyaroğlu Kasım Bey, hatte unterbreiten lassen, glatt abgelehnt. Wenn er ihm die Stadt kampflos überließe, so Mehmet, sollte der Kaiser das Despotentum Morea zurückerhalten, wobei der Sultan auch für die Sicherheit von Leben und Gut der Stadtbevölkerung garantiere. »Nur über meinen Leichnam könnt Ihr die Stadt einnehmen«, war die eindeutige Antwort des Kaisers gewesen. Er weigerte sich, die Warnungen seiner Umgebung zu akzeptieren; ganz offensichtlich wollte er sterben. Mein Gott, es scheint, alle wollen sie sterben oder töten! So sagt Mehmet: »Die Stadt wird mein, oder ich verlasse diese Welt!« Auch Giustiniani scheint entschlossen, die Stadt bis auf den letzten Blutstropfen zu verteidigen. Die Janitscharen erzählen jedem, der es hören will oder auch nicht, daß sie hergeeilt seien, um vor den Mauern von Byzanz den Heldentod zu sterben; das gleiche gilt für die Derwische und die Freiwilligen. Alle sind sie darauf aus, durch einen baldigen Tod ins Paradies einzugehen. Ich bin, so scheint's, der einzige, der überleben möchte.

Ja, es stimmt, ich möchte leben. Und zwar, um nach Beendigung dieses verdammten elenden Krieges, dieser sich endlos hinziehenden Belagerung in die Stadt einzudringen und sofort eine Frau zu besitzen. Nur aus diesem Grunde ist das Weiterleben für mich wichtig, der Tod mir aber auch so nahe! Ich spüre ihn in meinen Adern pulsieren, und jeder Schlag meines Herzens bringt mir seine Nähe ins Bewußtsein.

Bevor Mehmet den Kriegsrat zusammenrief, zog er sich in sein Zelt zurück, um nachzudenken. Er befahl den Wachen, niemanden vorzulassen, und schickte uns alle in unsere Quartiere. Doch ich verließ nicht wie alle anderen das Sultanszelt, sondern versteckte mich in einem uneinsehbaren Winkel. Noch nie hatte ich den Padischah so besorgt gesehen. Für einen Moment vertiefte er sich in die vom Licht der Fackeln beleuchteten Kriegspläne und studierte die auf dem Tisch herumliegenden Landkarten und Zeichnungen der Befestigungsanlagen sowie die Stellungspläne der Geschütze. Es schien, als suchte er etwas Bestimmtes unter diesem Papierhaufen. Einen schwachen Punkt vielleicht oder gar eine verräterische Hand, die ihm die Tore der Stadt öffnen würde. Oder war es ein echtes Wunder, das er suchte? Alle möglichen Kriegsstrategien hatte er angewendet, hatte dabei Lösungen gefunden, die niemandem sonst eingefallen wären. Und trotzdem hatte er nichts erreicht. Die Verzweiflung stand ihm deutlich ins Gesicht geschrieben. Seine gleich unter dem Turban beginnende Stirn war von Falten zerfurcht, seine Augen schauten müde drein. Die tiefen Ringe darunter warfen im Kerzenschein ständig herumwandernde Schatten auf sein Gesicht. Seine Lippen waren ganz zusammengepreßt, und die große Nase schien noch länger als sonst. So schaute er eine Weile hilflos auf die dort unter seinen Händen liegende Stadt. Doch natürlich bestand Konstantinopolis nicht aus diesen Strichen, aus diesen auf dem Papier sich kreuzenden senkrechten und waagerechten Linien, aus diesen viereckigen und runden Formen. Nein, dort, ganz in der Nähe, hinter diesen Mauern, die sein Heer noch immer nicht überwunden hatte, da lag die wirkliche Stadt. Noch immer war sie nicht herangerückt, die glückliche Stunde, die die Vereinigung mit dieser Geliebten bringen würde. Ich war sicher, daß Mehmet in jenem Augenblick von den ziemlich gleichen Gefühlen erfüllt war wie ich. So groß war der Altersunterschied zwischen uns ja nicht, auch wenn er der Herr war und ich der Sklave. Beide sehnten wir uns nach dieser Stadt, und beide empfanden wir den gleichen Schmerz bei dem Gedanken, sie nur aus der Ferne betrachten zu können. Vielleicht hatte der Padischah auch während seiner Thronfolgerzeit Konstantinopolis sehen wollen, und man hatte ihn – genau wie mich – daran gehindert. Und später, als er verkleidet im Basar von Edirne herumlief und sich heimlich unter das Volk mischte, um zu ergründen, was in den Geschäfts- und Badehäusern gesprochen wurde, da hatte er vielleicht auch der Stadt des Konstantin einen Besuch abgestattet. Hatte ihre Straßen durchstreift, war in ihre Zisternen hinabgestiegen, hatte in den finsteren Kaschemmen mit den niedrigen Decken Wein getrunken und sich schließlich in den Bädern der Stadt ausgeruht. Vielleicht hatte er auch nach Spuren des Prinzen Orhan gesucht, der als Geisel bei den Byzantinern weilte. Aus der Art, wie Mehmet die vor ihm liegenden Pläne betrachtete, war jedenfalls ersichtlich, daß er die Stadt wie die Innenfläche seiner

Hand kannte. Daß er nicht nur über die Lage der Befestigungsbauten und die Verteidigungslinien bestens informiert, sondern auch über das Innere der Stadt genau im Bild war. Hätte er sonst bei der Betrachtung der Angriffspläne, wo es doch darauf ankam, jede Einzelheit genau zu erfassen, so abwesend, so gedankenverloren dreinschauen können! Traumverloren stand er da. Noch einmal wanderten seine Blicke über die Landkarten, die er eben noch eingehend studiert hatte. Er schien den Krieg und die Entscheidungen, die ihm abverlangt wurden, samt ihren möglichen Ergebnissen völlig vergessen zu haben. Sein Traum, diese brennende Sehnsucht, beherrschte ihn ganz. Ich weiß nicht mehr, wie lange dieser Zustand andauerte. Er war in seinen Traum von Konstantinopolis und ich in seine Betrachtung versunken; beide hatten wir jedes Zeitgefühl verloren. Plötzlich war vor der Tür des Sultanszeltes ein Geschrei zu vernehmen. Die Wachen wollten jemanden daran hindern, in das Zelt einzudringen. Als Mehmet die Stimmen hörte, ging er auf die Tür zu und sah sich plötzlich Ak Şemseddin gegenüber. Wie aus dem Erdboden gestampft, stand der Alte vor ihm. »Der Scheich wollte nicht auf uns hören, mein Sultan!« rief einer der Wachtposten, der mit ins Zelt gekommen war. Mehmet befahl ihm, den unerwarteten Gast in Ruhe zu lassen, dann wies er seinem Lehrer einen Platz zu. Der Scheich ließ sich im Schneidersitz auf einem Kissen nieder und forderte den Padischah auf, ihm gegenüber Platz zu nehmen. Eine Zeitlang sprach niemand, und eine unheimliche Stille machte sich im Zelt breit. Nach einer guten Weile begann der Scheich mit gedämpfter, ganz aus der Tiefe kommender Stimme zu sprechen. Wie die beim Beginn des Zikir langsam durch die Finger gleitenden Kugeln eines Gebetskranzes kamen bedächtig und eines nach dem anderen die Wörter aus seinem Mund hervor:

»Ich hatte eben ein Traumgesicht, Mehmet. Du wirst die Stadt erobern!«

Mehmet, der schon viele solcher Vorhersagen des Scheichs

vernommen hatte, schien nicht sonderlich beeindruckt. Doch sagte er, um seinen Lehrer nicht zu kränken:

»Wollen wir hoffen, es bedeutet Gutes! So erzählt doch bitte, was Ihr im Traum gesehen habt.«

Ak Şemseddin schloß die Augen und sagte, daß zunächst ein Licht den Spiegel seines Herzens erleuchtet habe, ein Licht, das zusehends heller wurde und bald alles mit seinem Glanz umfing.

»Und was glaubt Ihr, was ich dann sah, mein Sultan! Wir beide standen vor dem Propheten – Gott segne und beschütze Ihn! Der Gesandte Gottes rief Euch zu sich, und Ihr tratet vor und küßtet seine heilige Hand. Da nahm er den roten Schal von seinem Gesicht und reichte ihn Euch mit den Worten: – Hiermit übergebe ich Euch, Mehmet, die Fahne des Ayyûb al-Ansâri! In diesem Moment wurde es überall strahlend hell. Ich konnte dem Propheten nicht ins Antlitz blikken. Dann sah ich, wie der rote Schal in dem Augenblick, als er Eure Hand berührte, sich in eine grüne Standarte verwandelte.«

Ich beobachtete Mehmet. Sein Gesicht zeigte den Ausdruck tiefer Bestürzung. Ich konnte mir diese plötzliche Veränderung nicht erklären. Der Padischah hörte seinem Lehrer jetzt nicht mehr beiläufig wie vorher, sondern mit größter Aufmerksamkeit zu. Dabei wechselte sein Gesicht ständig die Farbe, und seine Lippen bebten. Ak Şemseddin fuhr fort:

»Mehmet, uns sind göttliche Zeichen erschienen! Hast du den Vollmond gesehen? Wie er sich heute nacht verfinstert hat? Dabei war nicht eine einzige Wolke am Himmel. Im Heiligen Koran spricht der Herr in der Sure »Der Mond« folgendermaßen zu uns: – Die Stunde des Jüngsten Gerichtes naht, der Mond teilt sich, doch sie wenden trotz der Zeichen ihre Augen ab. – Und weißt du, was das Siegel der Propheten, Muhammed Mustafa – Gott segne und beschütze Ihn –, tat, als die Götzendiener ihn aufforderten: – Zeig uns einen

Beweis deines Prophetentums! –? Er teilte den Mond in zwei Hälften, die er in weit voneinander liegende Richtungen brachte, doch dann fügte er sie wieder zusammen. Und dann sagte er: – Die Welt wird nicht untergehen, bevor nicht siebzigtausend Krieger vom Stamme der Kinder Isaaks mit lauten »Allahu akbar«-Rufen Kostantiniye erobert haben. Ich schwöre bei Gott dem Allmächtigen, daß Ihr die Schätze des Kaisers erobern werdet! – Wußtest du das nicht, Mehmet? Du mußt dich des Namens des Gesandten Gottes, den du trägst, würdig erweisen. Der Anzeichen sind genug, die Zeit ist gekommen! Ich habe vernommen, daß Gott der Allmächtige sich bereits von den Priestern abgewandt hat, die die riesige Ikone der Jungfrau Maria durch die Straßen von Byzanz trugen. Dieses Abbild vernichtete sie alle, bevor es krachend zu Boden stürzte. Gleichzeitig fuhren Blitze vom Himmel hernieder, und der Himmel teilte sich. Und die Riesenikone der Maria, die niemand vom Boden aufheben und bewegen konnte, verschwand am Firmament. Dies ist das Zeichen dafür, daß die Heilige Jungfrau die Stadt nicht mehr schützt.«

Der Scheich war nicht aufzuhalten. Die Zeichen, die ihn aus der unsichtbaren Welt erreicht hatten, erfüllten ihn ganz. Als er sah, daß seine Worte ihren Eindruck auf den Padischah nicht verfehlten, hob er seine Stimme noch ein wenig. Jetzt kamen die Wörter nicht mehr klar und einzeln aus seinem Mund hervor, sondern eher gleich riesigen Felsbrocken, die einen Bergabhang hinabpoltern:

»Das Wichtigste jedoch, mein Sultan«, so fuhr er fort, »das Wichtigste ist wohl die Tatsache, daß Ayyûb al-Ansâri, der unseren geliebten Propheten zur Zeit der Hidschra in seinem Haus in Medina bewirtete, daß dieser von ihm so sehr geschätzte Gastgeber und Begleiter hier, unter unserem Feldlager, begraben liegt.«

Mehmet fuhr jäh zusammen. Er schien aus einem tiefen Traum zu erwachen.

»Soll das heißen«, so unterbrach er seinen Lehrer, »daß das Grab des Ayyûb al-Ansâri sich hier befindet?«

»Sicher ist es hier, und zwar irgendwo zwischen dem Goldenen Horn und dem Lager des Dayı Karaca Bey. Ich habe das Grab im Traum gesehen.«

Von dieser letzten Aussage seines Lehrers schien Mehmet nicht sehr überzeugt. Ak Şemseddin, der dieses bemerkte, erzählte mit Nachdruck von der engen Verbindung zwischen Abu Ayyûb und dem Propheten, wie jener, stets an der Seite Muhammeds reitend, die Standarte trug, wie er an allen Kriegszügen teilgenommen und das Banner des Islams auf die Zinnen unzähliger Festungen der Ungläubigen gepflanzt hatte.

»Ihr wißt ja, mein Sultan, wie beim Eintreffen unseres Propheten in Medina die Menschen in den Straßen darum wetteiferten, den geliebten Gesandten Gottes in ihren Häusern zu bewirten. Und wie Muhammed, der niemanden kränken wollte, die Entscheidung seinem Kamel Kasva überließ. Denn das Kamel wurde von Gott geleitet. Kasva schritt langsam und gemächlich, als ob das Tier genau wüßte, wohin es zu gehen habe, und ließ sich auf dem leeren Grundstück des Malik bin Nadschar nieder. Dann stand es sofort wieder auf, um sich gleich darauf vor der Haustür des Halid bin Zaid Abu Ayyûb al-Ansâr auf den Boden zu legen. Der Gesandte Gottes weilte sieben Monate als Gast in diesem Haus und befahl, die erste Moschee des Islams auf dem Grundstück des Malik bin Nadschar zu errichten, wo das Kamel sich zuerst niedergelassen hatte.

Wie schön der Scheich zu erzählen wußte! Ich vergaß alles um mich. Weder der Krieg störte mich noch die kühle Feuchtigkeit dieser Frühlingsnacht. Ganz vertieft und fast ohne Atem zu holen, lauschte ich dem, was Ak Şemseddin dem Sultan mitzuteilen hatte:

»Weißt du, wie die Muslime die Festung Haybar eroberten? Als das Heer der Muslime vor den Mauern angelangt war und sein Lager aufgeschlagen hatte, da fürchteten sie sich vor den hohen Zinnen der Burg. Du weißt es doch sicher, wie Ali da das schwarze Kopftuch der Ayşa, der Frau des Propheten, an die Spitze seines Schwertes steckte. Und wer war es, der beim Angriff dieses geheiligte Kopftuch als Standarte vorwegtrug? Natürlich Ayyûb al-Ansâri! Und wer war es, der, nachdem dieses Schlangennest der jüdischen Verräter erobert und der Kommandant der Burg getötet worden war, bis zum Morgengrauen vor dem Zelt Wache hielt, in welchem unser Prophet mit der Tochter des Burgkommandanten Hochzeit hielt? Natürlich auch wieder unser Ayyûb Sultan! Er war es auch, der die getrockneten Datteln aus seinem Schrank hervorgeholt und dem Propheten dargereicht hatte. Und ihm war es vergönnt gewesen, nachdem Muhammed zur Vermehrung der Speise in seinen Topf gespuckt hatte, ein glücklicher Hausherr zu sein, der seinen Gästen nichts schuldig bleibt. Dieser große Mann erlebte nach dem Tode des Propheten auch das Zeitalter der vier ersten Kalifen. Um alles, was er sah und erlebte, aufzuschreiben, würden hunderttausend Bücher nicht ausreichen. Zum Schluß kam Ayyûb al-Ansâri sogar bis hierher, mein Sultan; ohne Rücksicht auf sein hohes Alter bestieg er noch einmal sein Pferd und legte das Schwert an. Wußte er doch, daß das einmal aus der Scheide gezogene Schwert nicht zurückgesteckt werden durfte, bevor der Sieg errungen war.«

Bei diesen letzten Worten hatte der Scheich es nicht an Nachdruck fehlen lassen. Doch der Padischah tat, als ob er diese Anspielung nicht verstünde. Der Erzählung über Ayyûb al-Ansâri folgte er jedoch mit größter Aufmerksamkeit:

»Das islamische Heer kämpfte heldenhaft unter der Führung des verruchten Kommandanten Yezid. Doch die Stadt wollte sich – genau wie es jetzt hier geschieht – nicht ergeben. So geschah es, daß der Gefährte unseres Propheten bei dieser Belagerung den Märtyrertod fand. Bevor er fiel, hatte er angeordnet, daß man ihn hier begraben und – damit die Pferde der islamischen Reiter nicht gehindert würden – keinen Grabhügel errichten sollte. Deswegen weiß seit jener Zeit niemand, wo Ayyûb al-Ansâri begraben liegt.«

»Ihr meint wohl, niemand wußte es«, verbesserte Mehmet den Scheich, »denn durch Euren Traum habt Ihr das Grab ja entdeckt.«

»Ja, das habe ich allerdings. Und wie ich bereits sagte, liegt es an einem Ort zwischen dem Goldenen Horn und dem Lager des Dayı Karaca Bey.«

Ganz als ob Mehmet diese Voraussage seines Meisters Lügen strafen wollte, rief er:

»Nun, dann laßt uns sofort aufbrechen und das Grab finden!«

Sie verließen das Zelt, und ich folgte ihnen heimlich. Begleitet von zwei Wachsoldaten, machten die beiden sich auf den Weg. Mehmet schien höchst ungeduldig, er lief schnell voran, ohne auf Ak Şemseddin Rücksicht zu nehmen. Der arme Alte hatte Mühe, mit dem Sultan Schritt zu halten, und schwankte ab und zu bedenklich; oder er konnte in der Dunkelheit den Weg nicht erkennen und stolperte. So liefen wir eilig zwischen den Zelten hindurch, als sei der Teufel hinter uns her. Die Fackeln waren verloschen, die Soldaten schliefen in ihren Zelten. Die Wachen, die die Privatgarde des Sultans erblickten, gaben ehrfürchtig den Weg frei. Schließlich machten wir unter einer Platane halt.

»Hier ist es!« sagte Ak Şemseddin.

Sofort befahl Mehmet den Wachen, an dem vom Scheich angewiesenen Ort die Erde auszuheben.

»Nein, wartet noch mit dem Graben!« schrie Ak Şemseddin. »Zuerst muß ich zwei Rak'as beten!«

Er holte seinen Gebetsteppich hervor und breitete ihn auf der feuchten Erde aus. Er begann zu beten. Mehmet konnte man seine Ungeduld ansehen. Seine Gesichtszüge waren angespannt im Schein der Fackeln, und wie ein wütender Stier schnaufte er durch die Nase. Der Scheich setzte sein Gebet in aller Ruhe fort, als wollte er die Geduld des Padischah auf die Probe stellen. Als er endlich fertig war, murmelte er:

»Bevor wir das geheiligte Grab des Ayyûb Sultan öffnen, sollten wir gemeinsam für sein Seelenheil die Fatiha beten.«

Mehmet und seine Wachen öffneten ihre Hände und begannen, die Eröffnungssure zu beten. Ich stand etwas abseits im Dunkeln und beobachtete mit großer Neugierde, was dort geschah. Für einen Augenblick ging es mir durch den Kopf, daß ich die Fatiha mitbeten sollte. Doch ich mußte stets auf der Hut sein, um sofort entwischen zu können, wenn sich jemand umdrehte und mich erblickte. So ließ ich es lieber bleiben, und das war auch gut so, denn kaum war das Gebet zu Ende gesprochen, als sich einer der Wachen umdrehte, um einen Spaten zu holen. Ich konnte mich gerade noch hinter die Platane werfen, bevor der Gardist an mir vorbeirannte und zwischen den Zelten verschwand. Nach einer Weile kam er mit einem Spaten zurück und begann, an der von Ak Şemseddin angewiesenen Stelle zu graben. Obwohl die Erde feucht war, ließ sie den Spaten nicht leicht durch, und die Arbeit zog sich hin. Mehmets Geduld schien langsam am Ende. Der Scheich strich in aller Ruhe über seinen Bart und betete leise weiter, wobei er in den sternlosen Himmel starrte, ganz, als wollte er sich über den Padischah und seine Ungeduld lustig machen. Doch plötzlich ertönte ein Schrei des Wachsoldaten, der alle zusammenfahren ließ. Nur Ak Şemseddin bewahrte seine Ruhe. In einer Tiefe von drei Ellen war der Gräber auf einen viereckigen Stein aus grüngesprenkeltem Porphyr gestoßen. Mehmet riß dem neben ihm stehenden Wachtposten die Fackel aus der Hand und hielt sie in das Grab hinein.

»Ihr hattet Recht, mein Meister«, rief er dem Scheich zu, »hier steht in kufischer Schrift: Dies ist das Grab des Abu Ayyûb al-Ansâri!«

Ak Şemseddin erwiderte leise:

»Hab' ich es dir nicht gesagt, Mehmet, nun gib endlich den Befehl, daß das Heer den Generalangriff vorbereitet. Glaub mir, der Sieg wird unser sein!«

Es war nach diesem Vorfall, daß der Padischah zu seinem endgültigen Entschluß gelangte. Bald liefen die Ausrufer durch das gesamte Heerlager und verbreiteten den Befehl zum Generalangriff. Und sofort begann man mit den Vorbereitungen.

Die Nacht ist so wolkenverhangen, daß es einem Pfeil nicht gelänge, die Luft zu durchbohren. Nicht ein einziger Stern leuchtet am Himmel. Alles ringsum liegt in tiefem Schlaf. Kein Laut, nicht einmal ein Atemholen, ist zu vernehmen. Mein Pergament ist fast vollgeschrieben. Wie schade, so bleibt kein Platz, um über die Eroberung von Byzanz zu berichten. Wenn die Stadt erobert wird, natürlich. Auch weiß ich ja nicht, ob ich überhaupt weiterschreiben kann, wenn die Stadt morgen beim Generalangriff fällt. Vielleicht habe ich dann ganz anderes zu tun. Niccolò, Sohn des weiland Domenico di Maestri, auch genannt »der Page Selim«, kann ja wirklich nicht immer nur dasitzen und schreiben über das, was er gesehen hat! Auch sein Tag wird kommen, der Tag, an dem er am Kampf teilnehmen, seinen Anteil an der Beute gewinnen und sich an Konstantinopolis rächen wird.

Plötzlich wurde es taghell. Überall sah ich Fackeln brennen. Ein Lichterheer! Ja, mit einem ganzen Heer von Kerzen, welche die Türken gleichzeitig angezündet hatten, war die Nacht taghell erleuchtet. Der Schein der Flammen fiel auf die Mauer. Das Goldene Horn, Galata und Pera leuchteten hell auf. So brach der Tag lange vor dem Morgen an, und der Angriff konnte beginnen. Sollte ich fallen, so möge derjenige, der dieses Tagebuch findet, mein Andenken bewahren. Und er möge ein Gebet sprechen für Niccolò Selim, den Zeugen dieser Tage des Untergangs.

7

Hier endet das Tagebuch des Bordsekretärs. Das heißt natürlich nicht, daß die Tage des Niccolò gleichzeitig mit seinen Aufzeichnungen ein Ende fanden. Ehrlich gesagt, bin ich selbst noch nicht ganz sicher, ob ich ihn weiterleben lassen soll oder nicht. Ich weiß nur, daß ich sein Schicksal in meiner Hand halte, daß sein Leben von meiner Laune bestimmt wird, genauso, wie es an einem einzigen Wort aus Mehmets Munde hängt. Wenn ich will, kann ich meinen Helden jetzt töten; genausogut kann ich ihn aber auch noch lange Jahre leben lassen, um, zum Beispiel, mit Hilfe seines Tagebuches über Palastintrigen und Vorgänge in Mehmets Harem zu berichten. Ich muß zugeben, daß es mir schwerfällt, den lieben Niccolò so mitten im Frühling seines Lebens umzubringen. Andererseits ist er selber gerade dabei, sich in eine gefährliche Lage zu manövrieren. Er will unbedingt eine Frau besitzen; und zwar soll diese erste Frau seines Lebens sich ihm nicht etwa freiwillig hingeben, nein, er ist darauf aus, sie mit Gewalt zu nehmen. Er hat sich das so in den Kopf gesetzt: Byzanz, das ist für ihn der Körper einer hellhäutigen Frau, den er schon lange entbehrt. Das sind gefährliche Gedanken. Ich kann es deshalb auch nicht ausschließen, daß diese fixe Idee des Niccolò zu einem bösen Ausgang der Geschichte führt. Andererseits mag ich ihn auch nicht sterben lassen mit seinen siebzehn Lenzen, ohne daß seine Hand auch nur die Hand einer einzigen Frau berührt hätte. Doch dieser Roman, von dessen Helden nicht ein einziger eines natürlichen Todes stirbt, muß ja einmal ein Ende finden. Der *Boğazkesen* muß fertig werden, bevor er mich fertigmacht, bevor meine freiwillige Gefangenschaft in der Yalı sich in eine lebenslange Festungshaft verwandelt. Also muß ich ein Ende für den Bordsekretär finden. Sonst nimmt er bei weitem zuviel Platz ein in diesem Roman und beginnt womöglich, alle zu langweilen mit seinen Beobachtungen, mit seinen ewigen Erinnerungen an den Kapitän Antonio Rizzo und an Venedig. Ich kann mir zwar vorstellen, daß Sie noch gern wissen möchten, wie Niccolòs junges Leben endete. Doch – wie ich eben schon bemerkte – glaube ich, daß ich ihn mit seinen Aufzeichnungen zur Genüge habe zu Wort kommen lassen. Ich muß ihn also aus der Personenliste streichen. Niccolò ist tot, es gibt ihn nicht mehr, basta! Auch Selim hat diese Welt verlassen; beide wurden sie von einem Dolch durchbohrt. Darüber will ich kurz berichten.

Als der Generalangriff begann, befand Niccolò sich an der Seite Mehmets, von wo aus er die Kampfhandlungen beobachtete. Wieder waren die Geschütze dabei, aus großen Rauch- und Staubwolken und unter lautem Donner ihre Kugeln loszuschicken, wieder stürzten Mauerabschnitte ein, und es regnete Steine und Feuer. Die erste Attacke führten die leichtbewaffneten Regimenter aus. Diesen Angriff konnten die Byzantiner in kürzester Zeit abwehren; nicht jedoch, ohne beträchtliche Verluste hinnehmen zu müssen. Unter den Opfern waren auch Frauen und Kinder, die sich nun nicht mehr damit begnügten, die Mauern zu reparieren, sondern direkt an den Gefechten teilnahmen. Ein unbarmherziger Mann-gegen-Mann-Kampf hatte begonnen. Mehmets Strategie bestand darin, die Verteidigung so weit wie möglich zu zermürben, um dann mit neuen, frischen Kräften, die in den hinteren Linien bereitstanden, den entscheidenden Schlag auszuführen. Inzwischen war auch vom Goldenen Horn aus ein Angriff erfolgt. Die Soldaten, die von den Schiffen ans Festland gekommen waren, hatten ihre langen Sturmleitern bereits in den Befestigungsmauern verhakt. Doch auch diese Attacke brachte kein entscheidendes Ergebnis. Heldenhaft schlugen sich auf der einen Seite die Genueser unter ihrem Kommandeur Giustiniani, auf der anderen die Gebrüder Guacciardi mit ihren Venezianern, wobei diese Fremden bei der Verteidigung der Stadt mindestens soviel Opfermut bewiesen wie die byzantinischen Soldaten. Da der erste Flügel der Türken sich bald nach seinem Angriff mit beträchtlichen Verlusten zurückziehen mußte, begannen die anatolischen Truppen mit ihren schweren Waffen ihren Marsch auf die Landmauern vor dem Romanos-Tor. Sie überwanden den Graben und versuchten, durch die große Bresche zum inneren Mauerring vorzudringen. Dicht hinter ihnen standen die Feldwebel, die jedem, der dem Kampf auszuweichen versuchte, auf der Stelle den Kopf abschlugen; jene, die erst gar keinen Fluchtversuch unternahmen, starben durch die Pfeile und das Feuer der Griechen. Auch dieser Angriffsflügel mußte unter großen Verlusten den Rückzug antreten. Aber die feindliche Seite schien ebenfalls geschwächt: In ihren Verteidigungslinien waren Zeichen der Auflösung zu erkennen. Sultan Mehmet saß, mit dem eisernen Stab in der Hand, auf seinem Schimmel und beobachtete erregt die Kampfhandlungen. Wie eine Fahne wehte die Mähne seines Pferdes im Frühlingswind. Der Padischah hatte sichtlich Mühe, sein Pferd, das auf die Festungsmauern zuspringen wollte, im Zaum zu halten; gleichzeitig rief er seinen Soldaten anfeuernde Parolen zu. Dem Tapferen, der als erster die grüne Fahne auf die Zinnen der Stadt pflanzen würde, versprach er reichliche Belohnung. Niccolò hatte genug von all dem. Für ihn war der Krieg jetzt nichts anderes mehr als eine monotone Menschenvernichtungsmaschinerie. Trotz dieser Ströme von vergossenem Blut und der Leichenberge, die im Graben zwischen den Mauerringen stetig anwuchsen, machte die Stadt keine Anstalten, sich zu ergeben.

Und plötzlich kam es Niccolò so vor, als ob der Krieg sich

noch über Jahre hinziehen könnte. Attacken und Abwehrmanöver würden einander weiter abwechseln; beide Seiten würden weiterkämpfen, bis auch der letzte Soldat umgekommen war. »Mein Gott, welch ein Irrsinn!« sagte er zu sich, »die Welt hat sich in einen Vernichtungsapparat verwandelt. Grad wie ein Mühlstein die Weizenkörner mahlt, ist dieser Krieg dabei, die Menschen zu zermalmen.« Er versuchte, seine Aufmerksamkeit auf anderes zu lenken, an vergangene Zeiten zurückzudenken. Das Meer etwa, so gleichförmig es manchmal auch aussehen mochte, war auf jeden Fall viel unterhaltsamer als der Krieg. Mal war seine Oberfläche ruhig und glatt, dann wieder türmten sich hohe Wellen. Draußen im Pontischen Meer war seine Farbe manchmal ein tiefes Schwarz; bei der Einfahrt in den Bosporus schimmerte es türkisfarben. Wenn man auf Konstantinopel zufuhr, glänzte die Kuppel der Hagia Sophia von weitem herüber; der Dogenpalast von Venedig aber tauchte beim Näherkommen plötzlich aus dem Nebel auf. Draußen auf dem offenen Meer folgten Delphine dem Schiff. Auch die Wolken am Himmel boten ein vielfältiges Bild, wie schnelle Segelboote zogen sie dahin. Und wenn die Wogen im Sturm schäumten, wechselte das Meer Form und Farbe. Nie waren sie gleich, das Meer und der Himmel, genau wie die Städte und die Menschen. Das einzige, was sich in gleichförmiger Monotonie wiederholte und stets die gleiche Grausamkeit zeigte, war der Krieg. Der Krieg, den auch sein Kapitän Antonio verabscheut hatte. Ja, und natürlich auch die immer wiederkehrenden »Allahu akbar«-Rufe sowie die brüllenden Geschütze, die einstürzenden Mauern und die fallenden Köpfe. Und das unaufhörlich fließende, schäumende Blut. Und der Gestank der zerstümmelten, durchlöcherten Leichen. Dieser Gestank, der den Duft des Frühlings verdrängte. Die Erde roch nicht mehr nach Regen, und die Bäume schlugen nicht aus.

Lautes Siegesgeschrei, das aus der Umgebung des Sultans

kam, ließ Niccolò aus seinen Gedanken erwachen. Genau gegenüber, auf den Zinnen des Romanos-Tores, wehte die grüne Fahne mit dem Halbmond. Der aus Janitscharenregimentern bestehenden dritten Angriffswelle war es endlich gelungen, auf feindlichem Boden Fuß zu fassen.

Ich werde jetzt hier nicht ausführlich berichten, wie die Byzantiner sich bei ihrer panikartigen Flucht gegenseitig zertrampelten, wie die Türken durch die sich eines nach dem anderen öffnenden Tore mit gezückten Schwertern in die Stadt eindrangen und alle, die ihnen vor die Klinge kamen, töteten, wie sie Häuser, Kirchen und Klöster plünderten, wie die Mönche unter der auf die Hagia Sophia zurennenden Menschenmenge ihre Hände zum Himmel ausstreckten und alle wie aus einem Munde zu beten begannen und ihrer Überzeugung Ausdruck gaben, daß die türkische Armee nicht weiter vordringen würde als bis zur Säule des Konstantin, daß sie vielmehr, einmal dort angelangt, von einem majestätischen, vom Himmel herabgestiegenen Engel mit dem Schwert zurückgetrieben würde bis ins Innere Asiens, bis zu dem »Einsamen Baum«; auch will ich nicht groß reden von den jungen Mädchen, den Nonnen und den Burschen, die gefangengenommen und wie eine Herde von Hammeln abgeführt wurden, noch von jenen Unglücklichen, deren Leichen die Straßen verstopften, oder von den wenigen, denen es gelang, mit den im Hafen wartenden Schiffen übers Meer zu fliehen; ja, alle diese und noch viele ähnliche Vorkommnisse, wie, beispielsweise, jenes, wo Mehmet nach dreitägiger Plünderung in die Stadt einritt, sich sofort zur Hagia Sophia begab und dort einen Janitscharen, der mit der Axt den Marmorboden bearbeitete, eigenhändig tötete mit den Worten: »Die Gebäude der Stadt gehören dem Padischah«, oder wie Mehmet beim Anblick des zerstörten Blachernenpalastes zur Rezitation der folgenden persischen Verse inspiriert wurde: »Die Spinne webt ihr Netz in des Kaisers Palast, die Eule ruft von

Afrasiabs Türmen die Stunde aus«, nein, alles das will ich hier nicht groß ausbreiten. Ich wollte ganz einfach nur einen langen Satz bilden! Wie Giustiniani verwundet die Stadt verließ, wie sein mächtiger Leib an Deck eines Schiffes zusammenbrach und er den Geist aufgab, wie der Kaiser Konstantin, der tapfer kämpfte, bis das Schwert in seiner Hand zerbrach, von einem gemeinen Soldaten erschlagen wurde, der ihm den Kopf abschnitt, so daß man ihn nur an seinen purpurnen Schuhen mit dem aufgestickten Reichsadler erkennen und aus dem Leichenhaufen hervorziehen konnte, wie sein abgeschlagenes Haupt dann auf eine Lanzenspitze gesteckt und tagelang dem Volk vorgeführt wurde, alles dies ist ja nicht nur von den byzantinischen und genuesischen Historikern, sondern auch von den osmanischen Hofberichterstattern, die persönlich an der Eroberung teilnahmen, aufgezeichnet worden. Wenn ich mich jetzt also noch einmal daran machte, dieses alles und viele weitere Ereignisse ausführlich zu erzählen, dann würden diejenigen meiner Leser, die sich fragen, was denn aus Niccolò wurde, mit Recht ungeduldig. Deswegen will ich gleich auf den Pagen Selim zurückkommen. Mit den Vorkommnissen bei der Eroberung von Istanbul wird man sowieso nie fertig. Das trifft nicht nur für die wahren Vorfälle, sondern auch für die Legenden, die nachträglich erfundenen Geschichten, zu. Etwa jene, wie die festlich gekleideten jungen Byzantinerinnen, die mit Blumensträußen in den Händen den Eroberer empfangen wollten, irregeleitet durch den weißen Bart des Ak Şemseddin, diesen für den Sultan hielten und ihm die Blumen überreichten; oder jene, wie das Pferd des Scheichs den Kaftan des Padischah mit Dreck bespritzte und wie Mehmet dieses Stück Erde in die Hand nahm, küßte und sich auf den Kopf legte, ja, Hunderte solcher Geschichten könnte ich hier noch zum besten geben. Die Legende von den weißbäuchigen roten Fischen könnte ich hier einbringen, die, schon in der Pfanne des Priesters brutzelnd, beim Fall der Stadt zurück in ihren Teich flohen. Oder ich könnte berichten über Mehmets wahrhaft triumphalen Einzug in die Stadt durch das Romanos-Tor: Vor dem Sultan marschiert seine private Leibgarde, zu seiner Linken ausgesuchte Elitetruppen und rechts von ihm die Kavallerie und die Waffenmeister, während die Janitscharen in ihrer Zeremonientracht den Platz genau in der Mitte einnehmen. Begleitet von der Militärkapelle, schreiten sie würdig voran auf der von zerborstenen Säulen gesäumten Hauptstraße, die zur Hagia Sophia führt. Sie sind jetzt die wahren Besitzer dieser Stadt. Hinter den Janitscharen folgen die Wesire und Generäle. Nur der Padischah sitzt zu Pferde; die Militärs und die Rechtsgelehrten sind ohne Ausnahme zu Fuß unterwegs. Was ich sagen will, sei vielleicht am besten mit Tursun Beys Worten ausgedrückt: Sultan Mehmet Gazi »begibt sich in die Festung, als betrete er das Paradies«. Gleich wird er in die Hagia Sophia eintreten, wird dieses ehrwürdige Bauwerk, dessen Mörtel mit der Spucke des Propheten angerührt wurde, wie einen Kreisel um seinen Finger drehen lassen. Ja, schauen Sie sich einmal die schwitzende Säule an, und Sie wissen, wovon ich spreche! Das Loch dort in der Mitte des weißen Marmors ist der Fingerabdruck des Eroberers. Ja, über all dies würde ich schon gern etwas ausführlicher berichten, doch bin ich für das Schicksal des Selim verantwortlich, für die Geschichte des Niccolò. Und leider, leider muß ich anstelle von Legenden und Wundertaten wieder einmal über einen Tod berichten.

Niccolò benutzte den allgemeinen Wirrwarr, der entstanden war, als Mehmet die Stadt zur dreitägigen Plünderung freigegeben hatte, um sich aus der Umgebung des Sultans – den wir jetzt endlich auch Fatih, Eroberer, nennen dürfen – zu entfernen und in die Innenstadt Konstantinopels einzutauchen. Einem gefallenen türkischen Soldaten, über den er stolperte, nahm er das Schwert fort, und er zog auch dessen Kettenhemd an und setzte sich die weiße Kappe auf den Kopf. So begann er die Häuser, eines nach dem anderen, zu begutachten. Doch vor jedem Haus stak eine Lanze im Boden, an deren Spitze ein Stoffetzen flatterte, ein Zeichen dafür, daß hier bereits geplündert worden war. So lief er von Haus zu Haus, bis er zu einem kleinen Palast gelangte, der Aussicht auf das Goldene Horn bot. Wunderbarerweise gab es vor diesem Haus weder Lanze noch Stoffetzen. Eine plötzliche Freude erfüllte ihn. Ohne die vor dem Portal wachenden Löwenstatuen zu beachten, lief er mit eiligen Schritten die Steintreppen hinauf. Als er das Haus betrat, wurde ihm jedoch klar, daß auch hier bereits die Plünderer am Werk gewesen waren. Sein erster Impuls war, auf die Straße zurückzukehren. Doch dann fühlte er sich von einer unwiderstehlichen Macht in den oberen Teil des Hauses gezogen. War dies die Einladung eines weiblichen Körpers oder der Todesengel, dem er bereits auf den Zinnen der Stadtbefestigung begegnet war? Obwohl die Leuchter zerbrochen, die Teppiche aufgerollt und zusammen mit allen Wertsachen fortgetragen worden waren, sprach jeder Winkel des Hauses mit seinen weiten Räumen und hohen Decken von der Wohlhabenheit seiner früheren Bewohner. Eine hölzerne Treppe führte vom Wohnraum in den Weinkeller hinab, eine andere ins obere Stockwerk. Dieser folgte Niccolò jetzt. Oben angelangt, durchstreifte er ein Zimmer nach dem anderen, doch traf er niemanden an. Der Fußboden war stellenweise geborsten, die ehemals weißen Wände ganz geschwärzt. Unten am Goldenen Horn ging der Kampf auf den Zinnen der Seemauern weiter. Er sah, wie die Marinesoldaten, die die Bastionen erklommen hatten, von den Kämpfern des Notaras zurückgeschlagen wurden. Niccolò spürte einen tiefen Ekel in sich aufsteigen. Wie gern wäre er jetzt in Venedig! Er sah sich selbst, wie er von der Rialtobrücke in das trübe Wasser des Kanals blickte. Und er fand sich recht anziehend, mit seinem Kleid aus rotem Samt und der frechen Kappe auf dem Kopf! Wie sein Vater war er blond und von großem schlankem Wuchs. Sein Eltenhaus fiel ihm ein, und er sah die Deckenverzierungen im Schlafzimmer seiner Mutter. Und dann das Bett mit dem darauf ausgestreckten blutigen Leichnam seines Vaters. Ein Schauer durchlief ihn. Zum erstenmal erinnerte er sich an die Einzelheiten dieser schrecklichen Szene. Seine Mutter weinte am Kopfende des Toten. Auf der Erde lag ein Dolch, von dessen Klinge frisches Blut tropfte. Später sollte er erfahren, daß der Mörder bei seiner Flucht diesen Dolch dort hingeworfen hatte. Was er nie erfahren würde, war, daß der Mörder, der seinen Vater am hellen Tag in seinem eigenen Bette niedergestochen hatte, in Wirklichkeit der Liebhaber seiner Mutter war. So wie er andere Geheimnisse aus seiner Kindheit nie erfahren würde. Warum, zum Beispiel, der Mörder nie gefunden wurde. Und daß dieser mit Hilfe seiner Mutter ins Haus gelangt war und seinen Widersacher dort, in einem Schrank versteckt, erwartet hatte. Auch daß sein wirklicher Vater nicht jener blutüberströmte Leichnam, sondern der Abkömmlung eines sehr berühmten Adelsgeschlechts war, auch das sollte er nie erfahren. Das Geheimnisknäuel, das seine Kindheit zudeckte, war so dicht wie der Nebel, der sich an manchem Morgen auf die Stadt senkte. Dann konnten nicht nur die Schiffe im Hafen nicht auslaufen, nein, auch den Starenschwärmen, die wie schwarze Wolken dicht über die Dächer der Häuser hinwegflogen, gelang es nicht, diese Nebelwand zu durchstoßen. Bei solchem Wetter hörte man nur die Hörner der Schiffe. In den engen Gassen der Stadt, in den Kanälen, unter den Brücken, in den Innenhöfen der Häuser, bis in die hintersten Zimmer, in welchen sich Mörder oder Liebespaare versteckten, war dann das Echo dieser Schiffssirenen zu vernehmen. Selbst wenn Niccolò sich in diesem Augenblick an vieles aus seiner Kindheit erinnert, so hat er doch nie den wahren Grund erfahren, weshalb man ihn noch im zarten Kindesalter auf das Schiff des Kapitäns Rizzo gegeben hatte. Der Grund war jedenfalls nicht etwa der gewesen, daß er als einziges Kind zum Unterhalt der Familie beitragen mußte; vielmehr wollte man den Bastard eines Adeligen von Venedig fernhalten. Ich hatte vorher angemerkt, daß ich ganz kurz über Niccolòs Ende berichten wollte. Und jetzt ertappe ich mich gerade dabei, ihm auch noch eine Kindheit anzudichten, ausgerechnet jetzt, wo er schon so gut wie tot ist. Denn der Todesengel, der Niccolò Selim mit den weit geöffneten Ärmeln seiner Pelerine ungeduldig erwartet, ist schon ganz nahe und schärft seine Sichel für ihn, genau wie er es für alle anderen Opfer dieser Stadt getan hat.

Niccolò näherte sich dem Fenster und schaute hinaus. Eine genuesische Galeone durchbrach gerade die Kette und fuhr aus dem Goldenen Horn heraus. Andere Schiffe folgten ihr. Mit dem Wind im Rücken gelang es ihnen, eines nach dem anderen blitzschnell den Hafen zu verlassen. Niccolò fragte sich, wieso die türkische Flotte diese Schiffe nicht am Abziehen hinderte. Er wußte ja nicht, daß die Schiffe und Galeeren der Türken so voll beladen waren mit Beutegut und Gefangenen, daß sie manövrierunfähig geworden waren. Und er sollte dies auch nie mehr erfahren.

Er hielt sich jetzt nicht länger oben auf. Schnell lief er die Treppen hinunter. Gerade wollte er das Haus verlassen, als ihm in den Sinn kam, auch noch einen Blick in den Keller zu werfen. Sobald er die hölzerne Stiege betrat, fühlte er sich von neuem von jener unerklärlichen Anziehung ergriffen. War dies der Ruf einer Nixe, wie nur ein echter Seefahrer ihn vernehmen kann, oder die Stimme des Blutes? Er fürchtete sich, und doch stieg er die Treppe hinab. Unten angelangt, fand er sich in völliger Dunkelheit wieder. Von den Wänden rann das Wasser, ein dumpfer Erd- und Moosgeruch wurde von der säuerlichen Ausdünstung der Weinfässer überlagert. Eine Zeitlang konnte er außer den Umrissen der Fässer nichts erkennen; doch dann gewöhnten seine Augen sich an die Dunkelheit. Er folgte der feuchten Wand und bewegte sich auf das große Faß am Ende des Kellerraumes zu. Und dort traf er auf ein Augenpaar, das ihn erschrocken aus seinem Versteck hinter dem Faß anschaute. Er streckte seinen Arm aus, ergriff den Besitzer dieses Augenpaares und zog ihn hinter dem Faß hervor. Augenblicklich wurde ihm bewußt, daß seine Hand die warme Haut und den weichen Körper einer Frau berührte, und sein Herz begann heftig zu klopfen. Er ergriff die Frau, die keinen großen Widerstand leistete, und zog sie die Treppe hinauf. Oben in dem großen Wohnraum begegneten ihre Blicke sich aufs neue. Jetzt, im Hellen, konnte er sein Opfer besser erkennen. Die Frau trug ein schwarzes Kleid und hatte ihr Gesicht verschleiert wie eine Türkin. Nur ihre Augen waren unbedeckt, zwei große Augen, die ihn jetzt nicht mehr furchtsam, sondern eher neugierig ansahen. Als Niccolò der Frau das Tuch vom Gesicht zog, fühlte er sich wie verzaubert. Ein feines Gesicht, hell wie der Mond und ohne eine Linie auf der Stirn, blickte ihn an. Mit leicht bebenden Lippen flüsterte die junge Frau auf griechisch:

»Habt Mitleid mit mir.«

Im gleichen Moment spürte Niccolò, wie er schwach wurde, wie seine ganze Traumwelt zusammenbrach. Jetzt, wo er – endlich in der Stadt, die seit Jahren sein Wunschdenken bestimmte – seinem Ziel ganz nahe war, wurde ihm bewußt, daß er diese junge, vor Furcht zitternde Frau nicht mit Gewalt nehmen konnte.

»Habt keine Angst«, sagte er auf italienisch, »ich tu Euch nichts.«

Ganz verwundert über diese unerwartete italienische Antwort von einem türkischen Soldaten, der wie der Todesengel mit einem blutigen Schwert in der Hand vor ihr stand, fragte sie:

»Seid Ihr denn kein Türke?« Niccolò, dem einfiel, daß er ja

das Kettenhemd und die weiße Janitscharenmütze trug, lächelte und sagte, diesmal auf griechisch:

»Doch, ich bin ein Türke. Ich heiße Selim.«

Die junge Frau glaubte zu träumen. Nach den Schrecken der letzten Tage und Stunden schien es ihr wie ein Wunder, einem freundlichen Türken von so angenehmem Äußeren zu begegnen. Sie trat einen Schritt zurück, löste die Perlenkette, die sie zwischen ihren Brüsten trug, und reichte sie Niccolò mit den Worten:

»Nehmt dieses und laßt mir mein Leben.«

Als Niccolò die aus dem schwarzen Kleid hervorquellenden Brüste erblickte, zitterte er am ganzen Leib. Wieder spürte er sein Herz schlagen, diesmal schneller als zuvor, und er merkte, wie das Tier in ihm erwachte.

»Ich will nicht die Kette, sondern Euch!«

Die Blicke der Frau verfinsterten sich, und der Ausdruck der Freude auf ihrem Gesicht erstarrte.

»Dann tötet mich lieber. Bevor ich meine Ehre befleckt sehe, möchte ich lieber sterben!«

Ohne auf ihre Worte zu achten, warf Niccolò sich auf sie. Zusammen stürzten sie zu Boden. Der Widerstand des weißen Leibes unter ihm steigerte noch seine Erregung. Eine bislang nie verspürte Begierde erfüllte jeden Winkel seines Körpers, zusammen mit einer seltsamen Freude, wie sie noch keine Berührung je in ihm ausgelöst hatte. Die Frau wehrte sich nicht mehr. Sie hatte ihre langen Beine leicht geöffnet, als sei sie bereit, ihn aufzunehmen. Gerade als er sich anschickte, sein steifes Glied in diesen ersten Frauenkörper seines Lebens hineinzustoßen, spürte er, wie ein Schmerz seinen Rücken zerriß. Ein Schmerz, der augenblicklich seinen ganzen Körper umfing. Mit dem zweiten Dolchstoß, den die Frau ausführte, wurde ihm schwarz vor Augen. Es durchzitterte ihn die Ahnung, daß der Krieg von neuem begann. Und dann fielen ihm eigenartigerweise all die harten Stöße ein, die stets in seinen Körper eingedrungen waren. Beim dritten Dolchstoß blieb er, genau wie der Mann, den er für seinen Vater hielt, leblos liegen auf dem Körper der Frau. Aus seinem Mund floß Blut.

Auch der *Boğazkesen* muß langsam fertig werden. Ja, eines Tages muß er zum Abschluß kommen. Genau wie das tausendjährige Byzanz enden mußte. Während ich über den Tod des Niccolò in den Armen einer jungen byzantinischen Frau schrieb, gingen mir allerlei Geschichten über das Zuendegehen durch den Kopf: eine Geschichte, die ein Ende findet, eine Ära, vielleicht auch eine Liebesgeschichte, ein Leben, alles muß einmal zum Ende kommen. Mit der Eroberung von Istanbul war auch eine Epoche zu Ende gegangen. Eine Ära in der Weltgeschichte fand ihr Ende, und eine neue begann. Das heißt, daß dieses Ereignis ein echter Wendepunkt war. Natürlich konnte ich da noch nicht wissen, daß der Fall der Stadt, das Ende von Byzanz, auch in meinem Leben einen Wendepunkt darstellen würde! Deniz erschien an dem Morgen nach der Nacht, in welcher ich über die Eroberung Istanbuls geschrieben hatte. Diesmal nicht, indem sie, wie das erste Mal, hartnäckig an der Tür läutete. Doch sie kam, und zwar, um nie mehr fortzugehen.

Ich verspürte immer seltener das Bedürfnis, die Villa zu verlassen. Ich hatte mich an die Einsamkeit gewöhnt. Genauso wie an die laue Wärme der Septembertage. Es kam mir vor, als lebte ich schon seit Jahren hier. Ganz allein mit dieser unvergleichlichen, ständig wechselnden Aussicht. Die Schiffe zogen vorüber, riesige Tanker, strahlendweiße Passagierdampfer, Motorschlepper. Sie zogen vorüber und teilten die Fluten, die morgens dunkelblau, in der Mittagssonne smaragdgrün und im Abendrot im satten Violett der Judasbäume herüberschienen. Ebenso die Wolken. Sie zeigten sich genauso vielfältig und lebendig wie die Schiffe. Und dann waren da die Autos, die am gegenüberliegenden Ufer, genau vor dem Turm des Halil Pascha, vorbeifuhren. In der Nacht glichen sie mit ihren rotleuchtenden Rücklichtern einem Schwarm von verrückten, hektisch durcheinanderfliegenden Insekten. Es wurde mir nie langweilig, wenn ich sie beobachtete. Ich sah, wie das Leben sich ganz von allein bewegte; daß selbst, wenn ich mich nicht von der Stelle rührte, die Welt wie eine Ansichtskartenkulisse an mir vorbeizog.

Tagsüber arbeitete ich. Trotzdem hatte ich erst wenige der vorgesehenen Kapitel fertigstellen können. Ich war mir auch noch nicht schlüssig geworden, wie ich meinen Roman enden lassen sollte. So sah der *Boğazkesen* vorläufig eher wie ein Flikkenteppich aus und nicht wie ein homogener, konsequent aufgebauter Text. Die Bezüge unter den einzelnen Kapiteln waren noch nicht zufriedenstellend herausgearbeitet, und obwohl ich in einem gleichbleibenden Rhythmus schrieb, wollte sich kein durchgängiger Stil einstellen. Die ganze Erzählung, die sich nicht nur um eine einzige Achse drehte, schien mir unausgewogen; sie enthielt noch viel zu viele Exkurse und unnötige Einzelheiten. Vielleicht sollte ich wenigstens versuchen, diesen Details gewisse Funktionen zuzuteilen. Im Grunde war es noch nicht zu spät. Der letzte Punkt war noch nicht gesetzt; doch war ich mir nicht mehr sicher, daß ich den *Boğazkesen* eines Tages so zu einem Abschluß brächte, wie ich es mir vorgestellt hatte. Dieser Mangel an Selbstvertrauen machte mir ziemlich zu schaffen, entmutigte mich manchmal regelrecht. Vielleicht würde ich meinen Roman nie zu Ende bringen. Und aus diesem Grund den Rest meines Lebens hier in der Villa zubringen müssen. Obwohl diese Gedanken mich immer mehr beschäftigten, war es doch nicht so, daß ich ganz und gar mutlos wurde. Trotz all dieser Befürchtungen und Zweifel machte mir die Arbeit Spaß, und ich empfand es als angenehm, mich dabei der Strömung des Bosporus und der dahinfließenden Zeit anzupassen. Doch während ich so in diesem ganz natürlichen Tagesablauf dahinlebte, wurde plötzlich alles auf den Kopf gestellt. Mit der Rückkehr von Deniz änderte sich alles, meine Welt und die Zeit.

Eines Abends arbeitete ich in meinem Zimmer, als ich glaubte, draußen Schritte zu hören. Es schien mir, daß jemand mit zögernden Schritten die Holztreppe zum großen Empfangsraum hinaufkam. Zunächst verspürte ich eine ziemlich unangebrachte Furcht. Zu dieser späten Stunde konnte unangemeldet höchstens ein Dieb die Villa aufsuchen oder ...? Es überkam mich plötzlich eine Ahnung, und die Hoffnung, daß ich sie wiedersehen könnte, durchfuhr mich. Mit einem Ruck öffnete ich die Tür meines Zimmers, doch es war niemand zu sehen. Als ich auf das große Wohnzimmer zuging, dachte ich, daß ich mir völlig unberechtigte Hoffnungen machte. Mein Verhalten nach jener zusammen verbrachten Nacht, in welcher wir uns so nahe gekommen waren und uns wie zwei Verrückte geliebt hatten, die Tatsache, daß ich sie danach in aller Frühe vor die Tür gesetzt hatte, mußte wohl genügt haben, daß sie mich nie mehr wiedersehen wollte. Nachdem sie fortgegangen war, hatte ich mein Verhalten bitter bereut und daran gedacht, ihr zu folgen und sie zu suchen. Doch dann war mir wieder eingefallen, warum ich überhaupt dort in der Yalı geblieben war, und ich hatte beschlossen, sie zu vergessen. Und ich hatte sie vergessen! Während ich am *Boğazkesen* schrieb, verblaßte sie nach und nach in meiner Erinnerung, und jene Nacht rückte in immer weitere Ferne. Doch jetzt war sie aus mir unerklärlichen Gründen plötzlich wieder in meiner Erinnerung aufgetaucht. Wie sehr wünschte ich mir, daß sie es sei, die mich da besuchen kam! Im Wohnzimmer fand ich nichts verändert: der von der Decke herabhängende Leuchter, die Sessel und Sofas mit ihren Schutzdecken sahen aus wie immer. Der Bosporus, der stellenweise von den Lichtern des gegenüberliegenden Ufers erhellt wurde, warf diese als bewegliche Lichtkringel auf die Wände des Salons. Ganz sachte und kaum wahrnehmbar schien das Wasser auf dem venezianischen Spiegel zu spielen. Als ich an der Treppe ankam, hörte ich wieder Schritte. Aufgeregt stieg ich die Treppe hinab. Die Tür war halb angelehnt, doch auch in der unteren Halle war niemand zu sehen. Ich war entschlossen, eins nach dem anderen alle Zimmer zu durchsuchen, jeden einzelnen Winkel genauestens zu durchforschen. Doch bevor ich an die Durchführung meines Vorhabens ging, sah ich meinen nächtlichen Gast, der sich unter der Treppe versteckt hatte. Seine Augen glänzten im Dunkeln. Er kam näher, rieb sich an meinen Füßen und verließ den Raum durch die angelehnte Tür, genau wie er gekommen war.

Als ich die Katze erkannte, war ich erleichtert. Ich ging nach draußen, um eine Zigarette zu rauchen. Direkt neben der Anlegestelle der Yalı fuhr ein Bosporusdampfer mit abgedunkelten Lichtern vorbei. Er war völlig leer. Wahrscheinlich fuhr er nach Beykoz, um dort die ersten Passagiere des Tages abzuholen. Das grüne Licht, das backbord brannte, warf einen schwachen Schein auf das Wasser, dann verlor es sich im Dunkeln. Im gleichen Augenblick sah ich den Schatten auf dem Quai. Jemand saß auf dem Stein neben der Treppe, die zum Bootshaus hinabführte. Ich näherte mich, und als sie sich zu mir umdrehte, erkannte ich Deniz.

»Ich wollte dich so spät nicht mehr stören«, sagte sie leise.

»Ist dir bewußt, daß du hier jedesmal wie eine Diebin aufkreuzt?«

Sie antwortete nicht. Ich setzte mich neben sie. Sie trug den gleichen weißen Rock wie bei unserer ersten Begegnung. Er war ganz nach oben gerutscht und gab ihre braungebrannten Beine bis zu den Schenkeln frei. Sie bat mich um eine Zigarette. Ich zündete eine an und gab sie ihr. Beim ersten Zug leuchtete die Zigarette glutrot auf, beim zweiten war sie bereits zur Hälfte aufgeraucht. Als wir an jenem Morgen zusammen aufgewacht waren, hatte sie genau so, mit drei Zügen, eine Zigarette aufgeraucht. Bevor sie sich eine neue ansteckte, hatte sie eine Zeitlang die Decke angestarrt und dann gesagt: »Wie gern würde ich hier bei dir bleiben, in deinem Schutz.« Ich hatte ihre Worte, die mir wie ein unpassender, vor allem jedoch meine Arbeit störender Wunsch erschienen waren, geflissentlich überhört. Jetzt jedoch schwieg sie und rauchte stumm ihre Zigarette, während sie auf die Lichter am Ufer gegenüber schaute.

»Wie geht es dir?« fragte ich. »Was hast du gemacht, seit wir uns das letzte Mal gesehen haben? Da du dich nicht mehr gemeldet hast, scheint es dir ja gut zu gehen. In anderen Häusern, anderen Betten, nicht wahr? Und wie immer auf der Flucht!«

Ohne mich anzuschauen, antwortete sie:

»Das letzte Mal habe ich geläutet, und zwar lange.«

Sicher, wie hatte ich das vergessen können. Das erste Mal hatten wir uns vor der Tür des hinteren Gartens in die Augen gesehen. Im Dunkeln, genau wie jetzt. Ich entschuldigte mich. Sie zuckte nur mit den Schultern und sagte:

»Diesmal bin ich wirklich auf der Flucht.«

Ihr Blick verließ die dunklen Wasser des Bosporus und wandte sich mir zu. Genau in diesem Moment fuhr ein hell erleuchtetes Passagierschiff an uns vorbei, und ich sah ihr müdes eingefallenes Gesicht. Ich strich ihr über die Haare, ergriff ihren Hals und zog sie näher zu mir heran. Ihre Lippen zitterten. Als ich sie küssen wollte, leistete sie erst Widerstand, doch dann gab sie nach. Ich merkte sofort, daß ihr großer feuchter Mund nichts von der Leidenschaft jener ersten Nacht verriet. Sie machte sich los und sagte:

»Sie sind hinter mir her. Bitte versteck mich. Dieses Mal möchte ich nicht in ihre Hände fallen.«

»Was sagst du da?«

»Weißt du denn nicht, was los ist?«

»Was soll denn los sein?«

Sie schaute mich verwundert an.

»Hast du wirklich keine Ahnung?«

»Ich weiß nicht, wovon du sprichst.«

Sie schwieg einen Moment. Dann sah ich ein bitteres Lächeln auf ihren Lippen.

»Wie soll er's auch wissen«, sagte sie wie zu sich selbst, »er lebt ja nicht in dieser Welt.« Dann begann sie zu schreien: »Sie sind wieder da. Und dieses Mal werden sie uns alle fertigmachen!«

Ich erschrak plötzlich.

»Hat es etwa einen Umsturz gegeben?«

»Ja, das Militär hat die Macht übernommen.«

»Wann?«

»Gestern nacht. Heute morgen waren sie schon bei uns zu Hause. Gottlob war ich in Kanlıca bei meiner Tante. Seitdem bin ich auf der Flucht. Der Ring schließt sich immer enger um mich. Sie suchen bereits in den Häusern aller meiner Bekannten. Sicher kommen sie auch zu meiner Tante. Ich dachte, daß ich hier bei dir in Sicherheit wäre.«

Sie begann zu weinen. Nicht davor, eingesperrt zu werden, habe sie Angst. Doch würde sie dieses Mal einer Folter, wie sie sie nach dem Umsturz vom 12. März erlitten habe, nicht standhalten können.

»Hier finden sie dich nicht«, sagte ich. »Komm mit nach oben.«

8

Mit Deniz trat nicht nur eine Frau, sondern gleichzeitig eine neue Welt in mein Leben. Die reale Welt des Septembers 1980. Die Nachrichten, die wir am Transistorradio verfolgten, bildeten einen Belagerungsring um uns. Eine nach der anderen prasselten die Mitteilungen des Nationalen Sicherheitsrates auf uns herab. Das Grundgesetz war außer Kraft gesetzt, die politischen Parteien und das Parlament aufgelöst und über das ganze Land der Ausnahmezustand verhängt worden. Die Führung des Landes war der Laune von fünf Generälen überlassen. Und wieder hörte ich die bereits vergessenen Geräusche der Panzer, wieder war die Armee auf Menschenjagd. Politische Führer und Gewerkschaftsfunktionäre wurden festgenommen, blutjunge Menschen aufgehängt, und während Folter und Gewalt täglich zunahmen, wurden Zeitungen verboten und Bücher verbrannt. Es begann eine Periode der Unterdrückung, die derjenigen, die auch ich vor zehn Jahren, nach dem Putsch vom 12. März 1971, zum Teil miterlebt hatte, in nichts nachstand, ja, diese sogar in den Schatten stellte. Den ganzen Tag lang überschlugen sich im Radio die Stimmen, die von der Unteilbarkeit der Nation und des Volkes redeten, und nach etlichen Einlagen von Militärmärschen wurden dann die endlosen Bekanntmachungen des Nationalen Sicherheitsrates verlesen. Die Flughäfen waren geschlossen worden und die Ausreisen mit dem »Passavan« – was immer das heißen sollte – vorläufig ausgesetzt. Ich fragte Deniz nach der Bedeutung dieses Wortes. Sie verzog das Gesicht:

»Das kann doch nicht wahr sein, daß du das nicht weißt. Und du willst Professor an der Pariser Universität sein!«

»Ich weiß es wirklich nicht. Es macht mich verrückt, es dauernd im Radio zu hören. Passavan, Passavan! Die Ausreisen mit dem Passavan sind aufgehoben. Und was passiert jetzt? Was heißt, verdammt noch mal, dieses Passavan?«

»Mach dir keine Sorgen, mein Schatz, dir passiert überhaupt nichts. Du brauchst keinen Passavan. Sobald die Flughäfen wieder offen sind, wirst du dich in Paris, in den Armen deiner lieben Frau wiederfinden. Sie wartet sicher schon sehnlichst auf dich.«

»Trotzdem könntest du mir sagen, was Passavan heißt.«

...

»Es ist zum Verrücktwerden. Das Wort geht mir nicht aus dem Sinn. Wie eine kaputte Schallplatte dreht es sich in meinem Kopf. Ist es vielleicht so etwas wie ein Paß?«

»Mein Gott, du bist ja wie besessen! Das nannte man früher eine fixe Idee!«

Es stimmte, ich war wie besessen. Ich dachte an nichts anderes mehr als an dieses Wort. Passavan, Passavan, ging es mir unaufhörlich im Kopf herum. Und Deniz versteifte sich geradezu darauf, mir die Bedeutung dieses Wortes vorzuenthalten. Schließlich platzte mir der Kragen:

»Entweder sagst du mir jetzt, was Passavan heißt, oder ich stelle das Radio ab.«

Der spöttische Ausdruck auf ihrem Gesicht war wie fortgewischt. Ihre blauen Augen schauten mich forschend an. Dann schrie sie:

»Dir ist doch alles egal! Wir haben einen Umsturz, täglich fließt Blut, aber was soll's! Der Herr hat andere Sorgen. Er muß an seine Zukunft denken, sich um seine eigene Sicherheit Gedanken machen.«

Sie begann plötzlich zu lachen. Dann deklamierte sie laut und die Stimme der Nachrichtensprecherin nachäffend, welche die Mitteilungen des Nationalen Sicherheitsrates verlas, als wolle sie damit ihre Zuhörer exekutieren:

»Benutzen Sie den Passavan nicht für Ihre eigene Sicherheit! Die Ausreisen mit dem Passavan sind auf höchsten Befehl aufgehoben. Wer diesem Befehl zuwiderhandelt oder nicht weiß, was ein Passavan ist, der wird vor Gericht gestellt.«

Sie machte sich über mich lustig. Doch entging mir nicht, daß sie hinter diesem Spott eine tiefe Hoffnungslosigkeit zu verbergen suchte. In einem zugleich sarkastischen und ernsthaften Ton, der mir auf die Nerven ging, fuhr sie fort:

»Es ist verboten, das Land zu verlassen, doch des Nachts auf die Straße zu gehen und die Frauen verrückt zu machen, steht jedem frei. Die ehrenwerten Spitzel unter unseren Mitbürgern werden gebeten, sich bei der folgenden Nummer zu melden, wo sie ihre ganz natürlichen Bedürfnisse befriedigen können. Die Bewirtung geht auf Kosten des Hauses!«

Ich unterbrach sie. »Wenn du weißt, was Passavan heißt, und es mir nicht sagst, dann …«

»Genug jetzt, es reicht! Du mit deinem Passavan! Du mußt keine Angst haben; du brauchst ihn doch nicht, den Passierschein!«

Meine Erleichterung war groß. Ich spürte, wie die Spannung in meinem Körper nachließ und meine Nerven sich beruhigten. Aber du liebe Güte, warum war ich nicht darauf gekommen? Wirklich, kaum zu glauben, da lebte ich seit so vielen Jahren in Paris, und es kam mir nicht in den Sinn, daß der Ausdruck »Passavan« von dem französischen Wort für »Passierschein«, nämlich »passe-avant« abgeleitet war! Nun, das Geheimnis hatte sich jedenfalls gelüftet.

»Und deine Freunde?« fragte ich sie. »Was hörst du von ihnen?« In ihren Augen brach ein Zorngewitter los. Sie warf sich plötzlich auf mich und schrie, während sie mit den Fäusten auf meine Brust trommelte: »Du verdammter scheinheiliger Kerl!« Ich versuchte, sie zu beruhigen, doch es war alles umsonst. Ihre Wut wurde nur noch schlimmer:

»Passavan!« schrie sie. »Ihnen hat man die bevorzugte Abfertigung nicht vorenthalten. Jetzt singen sie in ihren Zellen wie die Nachtigallen. Und einige sind auch schon jenseits der Grenze angelangt! Meine Freunde sterben unter der Folter, begreifst du das nicht?«

Nein, ich begriff es nicht. Und ich wollte auch nichts davon hören. Die ständige Anwesenheit einer Frau an meiner Seite, die von morgens bis abends aus dem Radio ertönenden hysterischen Stimmen, welche die Beschlüsse des Sicherheitsrates verlasen, die ungeschriebenen Kapitel des *Boğazkesen*, der einfach nicht fertig werden wollte, all diese Unwägbarkeiten, dazu jetzt noch das Verbot der Ausreise mit einem Passierschein …

»Und du!« begann ich plötzlich zu brüllen, »hast du überhaupt eine Ahnung, was zum Beispiel mit Bellini passieren soll? Weißt du etwa, wann er das Porträt von Fatih anfertigen wird? Und der Thronfolger Mustafa? Was wird jetzt aus Mustafa? Na, sag schon! Weder über Mustafas noch über Mehmets Tod habe ich bisher etwas geschrieben!«

Sie versuchte, sich aus meiner Umarmung zu befreien, wie ein erregt mit den Flügeln um sich schlagender Vogel. Aber was für ein Vogel! Mit einer Kraft, die man ihrem schmächtigen Körper nicht zutrauen mochte, ließ sie ihre Fäuste auf meinen Brustkorb niederprasseln. Sie stellte meine Geduld auf die Probe.

»Jetzt reicht's aber«, sagte ich, »sonst passiert etwas!«

»Was passiert denn?«

»Das wirst du schon sehen!«

Plötzlich fiel mir ein, daß ich es bei Deniz mit einer unerschrockenen Revolutionärin zu tun hatte, und ich beschloß, ein wenig nachzugeben. Doch das schien ihre Kampflust erst recht herauszufordern. Nun hatte ich wirklich genug und begann zurückzuschlagen. Was folgte, war ein unerbittlicher Zweikampf mit Faustschlägen und Ohrfeigen.

Dieser erste Streit brachte uns einander noch näher. Unentwegt gingen wir aufeinander los. Eines Tages wurde sie so wütend, daß sie einen Teil meiner *Boğazkesen*-Konzeptblätter ins Meer warf. Worauf ich das Transistorradio ergriff und aus dem Fenster schleuderte. Eine Zeitlang sprachen wir nicht miteinander. Dann versöhnten wir uns wieder. Jeder Streit, jede Diskussion, die von jetzt ab stets mit Handgreiflichkeiten endeten, wurde abgelöst von einer mit einer leidenschaftlichen Umarmung eingeleiteten Friedensphase. Ja, Deniz und ich, wir liebten uns so, wie wir uns schlugen. Und das nicht nur auf dem engen Bett im Erkerzimmer, nein, überall, zum Beispiel auf dem Küchenschemel, auf dem Tisch, im Schatten der Platane im hinteren Garten und sogar auf dem Bootssteg. In einem Ruderbot drang ich in sie ein, den Blick auf die schummrigen Wände des Bootshauses gerichtet und begleitet vom Plätschern der Wellen, oder auf einem der zugedeckten Sessel im oberen Wohnzimmer. Manchmal bestieg sie mich wie eine schnaubende Stute. Dann wieder lag sie unter mir und schloß, während ich ganz in sie eingetaucht war, mit dem Ausdruck einer unschuldigen Sechzehnjährigen die Augen. Und wenn sie, auf dem Höhepunkt der Lust, ihre lauten Schreie herausstieß, erbebte die ganze Villa. Ja, der Leuchter an der Wohnzimmerdecke, die Teetassen und der Wecker auf dem Regal des Erkerzimmers stimmten klirrend in ihr Geschrei ein. Wenn wir uns nicht gerade schlugen, wurde die gesamte Villa unser Liebesnest. An all den Orten, wo ich früher den *Boğazkesen* geplant hatte, wo ich mich so oft selbst vergessen hatte in der Welt meiner Wörter und des weißen Papiers, wo ich mich von der Realität gelöst und in die Tiefen der Geschichte begeben hatte, überall hatte jetzt eine Frau, eine zierliche, aber starke, eine harte und gleichzeitig zärtliche, eine sowohl abstoßende wie anziehende, unergründliche Frau, ihre Herrschaft errichtet. Mit ihr begann und endete alles. Sie entschied, ob wir stritten oder uns vertrugen, und selbst meine geringsten Verrichtungen wurden von ihr bestimmt. Ab und zu befand sie, daß ich zu schreiben hätte. »Heute hast du seit dem Morgen keine Zeile geschrieben«, hieß es dann. Doch sobald ich am Schreibtisch saß und versuchte, mich auf meinen Roman zu konzentrieren, spürte ich, wie eine Hand über meine Haare strich. Die Hand streichelte meine Haare, bevor sie mich am Nacken ergriff und meinen Kopf nach vorne drückte. Wenn ich mich der Führung durch diese Hand überließ, würde mein Gesicht die vor mir liegenden Blätter berühren. Also leistete ich Widerstand. Doch die Hand war entschlossen, ihr Spiel fortzusetzen. Diesmal griff sie nach meiner Brust, dann glitt sie weiter nach unten. Sobald sie in meiner Leistengegend anlangte, war ich erregt, und ein angenehmer Schauer durchrieselte meinen ganzen Körper. Ja, es war immer gleich. Die Hand brauchte sich nur meinem unteren Bauch zu nähern, und schon war ich bereit. Wie ein Sklave oder besser ein Pawlowscher Hund, der das immer gleiche Zeichen seines Herrn erwartet. Die gleiche Spannung herrschte auch morgens beim Aufwachen. Während ich, noch halb im Schlaf, in das Spiel der Bosporuswellen an der Zimmerdecke versunken war, begann die Hand, in meinem Haar zu spielen, um gleich darauf zu einem Morgenspaziergang auf meinem Körper aufzubrechen. Schon bei der ersten Berührung spürte ich meine Erregung, und ohne wie früher Zeit mit Streicheln und Küssen zu verlieren, drang ich in sie ein. Wie ein Krummdolch stieß ich in ihren Körper, bohrte mich darin ein. Sie ergriff meine Schultern und preßte mit der ganzen Kraft ihrer Leidenschaft nicht nur meinen Körper, sondern mein ganzes Wesen fest gegen ihr Geschlecht. Ich überließ mich dann mit der Strömung des Bosporus einem Auf und Ab ohne Ende. Dabei wünschte ich mir, daß die unter mir Liegende mit jedem Stoß größere Schmerzen empfinden sollte, daß jeder Schlag härter und blutiger ausfallen sollte als der vorhergehende, daß aber meine

Geliebte trotzdem nie stürbe, daß sie immer bei mir bliebe, daß wir immer so nebeneinander, unter- und aufeinander, so ineinander verkeilt verharren könnten. Es schien mir, daß ich mich allmählich ganz und gar auflöste in ihrer Existenz. Um dieses Gefühl abzuschütteln, stand ich auf und begann unverzüglich, an meinem Roman zu arbeiten. Doch sie folgte mir jedesmal. Zuerst streichelte sie meine Haare, wie um mich zu beruhigen. Doch dann ... dann begann das Spiel von neuem. Dieses Gefühl, mich immer wieder in Deniz zu verlieren, ja, mich langsam in einen Teil ihres Körpers zu verwandeln, verließ mich auch nachts nicht. Manchmal fand ich mich, vom Dröhnen einer Schiffssirene geweckt, über ihr, über ihrem geöffneten Geschlecht, welches mich wie mit einem übernatürlichen Sog noch fester und tiefer an sich binden wollte, und ich konnte nicht anders, als mich in diesen schwindelerregenden Abgrund zu stürzen. Jedesmal, auch wenn ich wußte, daß ich dabei in tausend Stücke zerspringen mußte, lieferte ich mich aus an Deniz und ihre Nacktheit.

Deniz! Auch ich bin an diesem Ufer aufgewachsen, genau wie du! Auch ich habe im Göksu-Bach, der heute nur noch eine Kloake ist, gebadet, habe mich forttragen lassen von der Satansströmung vor Toplarönü. Wie du habe ich auf den Anlegestellen vor den Bosporusvillen in der Sonne gelegen. Das Klima des Bosporus hat meinen Körper geformt; ich bin wie du ein Kind dieser Erde. Doch das Leben hat mich an andere Ufer, an die stillen Strände anderer Meere geworfen. Dort fand ich den Ozean mit seinen Gezeiten, der da, wo die umgestülpt nebeneinander wartenden Fischerboote lagen, eine weiche schlammige Schicht ablagerte, bevor das Wasser wieder anstieg. Wie schnell die Flut zurückkam, in einem Augenblick den sandigen Strand überflutete und sich auf die Felsen zubewegte, die von den Schreien der Möwen widerhallten! Mit dem Steigen des Wasserpegels schwammen die Schiffe auf und fanden ihr Gleichgewicht wieder, der Hafen war wieder mit dem Meer vereint. Dieses Anschwellen des Wassers war schneller und leidenschaftlicher als die Berührung einer Hand. Die algengrünen Wellen fanden auch meinen in der Sonne ausgestreckten nackten Körper, den sie, von den Zehenspitzen ausgehend, in stetem Kommen und Gehen ganz umspülten.

Jetzt bin ich weit entfernt von jenem Strand, überlasse mich ganz und gar deinem Strom, Deniz. Ich spüre, wie du langsam in mir ansteigst und bald mein ganzes Wesen einnehmen wirst. In meiner Vorstellung gibt es für nichts anderes mehr Platz außer für dich. Meine Phantasie, diese einzige Domäne, mit deren Hilfe ich den eigenwilligen Freiheitsdrang meines Körpers zügeln und einen Dialog mit anderen Welten herstellen konnte, auch diese hast du ganz und gar eingenommen. So bist du in meinen Tagen und Nächten, in meinen Träumen und Alpträumen gegenwärtig, ja, besonders in meinen Alpträumen. Den *Boğazkesen* habe ich längst vergessen. Du hast meine Fähigkeit zu schreiben aufgezehrt, dafür mein Vermögen zu lieben gestärkt. Erst hast du einen Schößling gezogen, um ihn dann mit deinem wilden Sturm herauszureißen. Ich gehöre jetzt dir, ganz allein dir.

Es ist wirklich sonderbar! Mein Drang, den *Boğazkesen* zu schreiben, macht mehr und mehr einem an Deniz gerichteten Liebesgedicht Platz. Diesen fürchterlichen Lyrismus kann ich jetzt überhaupt nicht gebrauchen, die Helden meines Romans warten auf mich. Dort im Spiegel sehe ich, wie sie mir zuwinken. Ich muß unbedingt zu ihnen hinübergelangen, sie einen nach dem anderen an der Hand nehmen, ihren Puls fühlen und ihr Schicksal aufzeichnen. Seit unserem letzten Streit läßt Deniz mich in Ruhe, außer, natürlich, in den nicht seltenen Momenten, wo wir uns lieben. Frühmorgens schon geht sie herunter zum Bootssteg und beginnt ihren Tag, indem sie sich auszieht und auf dem Liegestuhl ausstreckt. Sonnenbaden kann man das, was sie da macht, eigentlich nicht nennen; nein, die Vorstellung, daß die in der Stadt angelaufene Verfolgungsjagd eines Tages auch hierher finden, daß man sie in dieser abgeschiedenen Villa aufspüren könnte und sie den Rest ihres Lebens in der Dunkelheit einer engen Zelle zubringen müßte, läßt sie die Septembersonne trinken wie eine Verdurstende. Sie trinkt sie mit ihrem schönen gebräunten Körper, mit ihrem aus dem Bikini hervorquellenden Schamhügel und zuletzt mit ihren blauen Augen. Während sie dort am Bootssteg in der Sonne liegt, gehe ich einkaufen. Um in den Geschäften keinen Argwohn zu erregen, kaufe ich, genau wie früher, nur für eine Person ein. Wenn ich dann wieder in der Yalı bin, ist mein Tag mit Aufräumen, Essenzubereiten und dem Abwasch ausgefüllt. Meistens obliegt mir dann auch noch die Zubereitung des Tees am späten Abend. Und des Nachts, wenn ich – mitten im schönsten Schlaf, in den ich nach der Liebe eingetaucht bin – vom Heulen der Schiffssirenen aus dem Bett hochfahre, höre ich, wie sie alle zusammen wie auf ein Kommando brüllen: »Der Tod, der Tod, der Tod!«

9

Die Schiffssirenen reißen mich aus dem Schlaf. Um sie voneinander zu unterscheiden, brauche ich mich weder zu erheben noch aus dem Fenster zu schauen. Dieses halberstickte Tuten, zum Beispiel, das aus den Tiefen einer Höhle hervorzudringen scheint, gehört ganz bestimmt einem russischen Öltanker. Denn der kommt von sehr weither und will so schnell wie möglich nach Odessa zurückkehren. Dort wird er seine alte Liebe, seinen heimatlichen Hafen, wiederfinden. Und dieses andere Horn, das wie ein Freuden- – oder sollte ich sagen Lustschrei? – tönt, gehört zum Beykoz-Fährschiff. Am frühen Morgen wird es die armen, aber arbeitsamen Leute von Beykoz zur Galata-Brücke bringen, die Lehrlinge und Arbeiter der Schiffswerften und die schüchternen und traurigen jungen Mädchen aus den Textilfabriken, die in den Gecekondus auf den Hügeln in der Umgebung von Beykoz wohnen. Ich stelle mir vor, wie das Schiff in der Dunkelheit auf die Bucht von Kanlıca zugleitet, ganz leer und geheimnisvoll, wie ein Geisterschiff, nur an seinen Navigationslichtern zu erkennen. Jetzt läßt sich von einem Fischkutter eine sicherlich aus einem alten Dolmusch entwendete Hupe vernehmen. Was für ein heiserer, abstoßender Ton! Als ob ein Junges der Firma Ford einen Steilhang hinaufschnauft und dabei auch noch versucht anzugeben. Die Sirenen ertönen zunächst eine nach der anderen, doch bald stimmen sie alle gemeinsam einen Trauergesang an. Sie singen für kleine und große, junge und alte, weibliche und männliche Tote, meine Toten. Hier haben wir ein Kriegsschiff, dann ein langes schlankes Segelboot, danach einen Schleppkahn, etwas später ein weiteres Frachtschiff, das diesmal jedoch – wie man an seiner von weither kommenden Stimme erkennen kann – nicht Kohlen, sondern Sehnsucht geladen hat, und natürlich folgt ein schneeweißer Kreuzfahrtdampfer; weiter ein kleiner Fischkutter, dessen Netze auf dem Deck liegen und dem ein Möwenschwarm hinterherfliegt, ein schnelles und wendiges Motorboot der Küstenwache, zwei in gleicher Richtung fahrende Bosporusdampfer, beide ziemlich abgetakelt und ohne einen einzigen Fahrgast an Bord, und dann, ja dann kommt noch ein Schleppkahn, ein weiterer Tanker und dann noch einer. Und alle meine Toten, ob jung oder alt, ziehen, begleitet vom Gesang der Schiffssirenen, in feierlicher Parade an mir vorbei. Der Kapitän Antonio Rizzo gibt seinen Geist am Marterpfahl auf, Çandarlı Halil dagegen unter dem Beil des Henkers. Der Kopf des Großherzogs Notaras rollt erst, nachdem er zusehen mußte, wie seine Söhne nach der Eroberung einer nach dem anderen dem Henker übergeben wurden; der des Mahmut dagegen fällt an einem frühen Morgen auf den Boden des Verlieses von Yedikule. Doch die Erde läßt sich Zeit, das Blut des Wesirs aufzunehmen. Ach ja, ich wollte ja noch von den Söhnen des Notaras berichten und von den Qualen, die man für Mahmut Pascha vorbereitet hatte. Doch alle die Toten, einschließlich Konstantin und Giustiniani sowie die Zehntausenden von Janitscharen und byzantinischen Soldaten, beginnen jetzt, miteinander zu tanzen. Der Thronfolger Mustafa, den Mahmut Pascha durch den Taubstummen erwürgen ließ, der Mörder des Mörders des Taubstummen – über diese Person muß ich später noch Auskunft geben – und auch der Taubstumme und Mahmut Pascha nehmen an diesem Tanz der Skelette teil. Mit Entsetzen schaue ich zu, wie sie sich alle an der Hand halten und hin- und herwiegen, diese Figuren, die nur aus Knochen und nackten Schädeln mit leeren Augenhöhlen bestehen und mit ihrem früheren Erscheinungsbild nichts mehr gemein haben. Sie fordern mich auf, mit ihnen zu tanzen. Doch neben mir liegt ja Deniz, und sie gibt mich nicht frei. Sie hält mich an den Schultern fest und sagt: »Ich brauche dich lebendig, nicht tot.« Sie zieht mich ins Bett zurück, immer wieder ins Bett; selbst wenn wir schon nebeneinanderliegen, zieht sie mich weiter, wie in ein anderes Bett. Jetzt beginnt der Reigen der Toten rund um ein hell loderndes Feuer zu tanzen, angeführt von Azrail, dem Todesengel, der die Sichel in seiner Hand schwingt wie das Taschentuch des Vortänzers. Immer schneller dreht sich der unheimliche Reigen, steigert sich bis zu einem unaufhaltsamen Wirbel, bis er im Heulen der Schiffssirenen in Trance gerät. Wie Mevlevi-Derwische beim *Sema* wirbeln die Skelette in meinem Kopf herum. Beim Aufstampfen auf die morschen Holzböden der Villa setzen sie die Möbel und Gegenstände in Bewegung. Der große Deckenleuchter droht herabzustürzen, die Spiegel erzittern mit klirrendem Geräusch. Doch nicht in der Villa, in meinem Kopf dreht sich der tolle Reigen, in meinem Kopf, der wie meine Phantasie ganz von diesen Bildern eingenommen ist, eingenommen und belagert.

Das Klappern der Skelette legt sich mehr und mehr über die Töne der Schiffssirenen. »Der Tod, der Tod und immer wieder der Tod!« Der Hurufi-Derwisch hält den Baumeister Yusuf Sinan an der Hand, seine andere Hand ruht auf der Schulter des Uluğ Bey, der den Tod von der Hand seines Sohnes fand. Der Bordsekretär Niccolò umfaßt den Leib des Uluğ Bey, der sich seinerseits an Nefelis Taille festhält. Nefeli reicht ihre Brust dem kleinen Ahmet, Mehmets Halbbruder, der ins Paradies befördert wurde, noch bevor er abgestillt war. Doch Ahmets Augen ruhen auf der schönen Şemsiye, der man nicht den Kopf abgeschlagen hat wie ihrem Vater Ankur. Nein, Salomon befreite sich von seiner geliebten Frau, indem er Şemsiye erwürgen ließ. Genau wie Sultan Mehmet sich befreite von seiner byzantinischen Sklavin Irini, der er bis zum Wahnsinn verfallen war. Aber auch diese Geschichte habe ich noch nicht erzählt. Wie nämlich unser Mehmet einer byzantinischen Frau, die nach der Eroberung der Stadt in seinen Harem eingetreten war, so sehr verfiel, daß er an nichts anderes mehr denken konnte, und wie er, um seine innere Ruhe wiederzugewinnen und sich den Staatsgeschäften widmen zu können, vor den Augen des versammelten Diwans diese Frau eigenhändig erdolchte. Ja, wie er das fertigbrachte, das wollte ich an anderer Stelle erzählen, obwohl ich weiß, daß Mehmet wahrscheinlich in seinem ganzen Leben keiner Frau wirklich mit Leidenschaft verbunden war ... Wie schön, alle meine Helden treten hier in dem Alter auf, in dem sie diese Welt verließen!

Sobald die Skelette ihre wirklichen Erscheinungsformen zurückgewinnen, kehren auch die Farben und Formen wieder. Der Kapitän Rizzo ist elegant wie immer in seinem vom Wind aufgebauschten Seidenhemd; und auch der Thronfolger Mustafa kann sich sehen lassen. Nefeli und Şemsiye tragen eine private Schönheitskonkurrenz aus: Nefeli führt, wo es um die weibliche Anziehungskraft geht, doch auch Şemsiye verfügt mit ihren Blicken unter den Pfeilen ihrer Wimpern, ihren bogenförmigen Brauen und der Perlenreihe ihrer Zähne über ein Arsenal, um welches sie manche Schöne beneiden dürfte. Beide sind sie dunkelhaarig, ihre Haut ist hell und makellos, und beide haben sie traurige Augen. Sie sind auch alle beide nicht bereit zu sterben, wollen vielmehr leben, ihre Erdentage genießen. Und hier, mit »genießen«, ist das Stichwort für Rizzo und Niccolò gefallen, die vortreten, um sich auf diesem Gebiet zu messen, doch Mehmet springt vor, um sowohl seinem Sklaven wie seinem Opfer den Rang streitig zu machen, und überholt sie beide im Nu. Doch was hat denn Mehmet in diesem Tanz der Skelette zu suchen? Er ist doch noch gar nicht gestorben! Sofort streiche ich Mehmets Tod aus meinem Kopf und entferne ihn aus diesem Reigen, der um das lodernde Feuer tanzt. »Der Tod! Der Tod!«

schreien die Sirenen. »Das hat noch Zeit!« rufe ich ihnen entgegen, »das hat noch Zeit!« Während ich hier für Ordnung sorge, sind Halil und Mahmut auch nicht faul. Beide stehen sie da und streichen sich über ihre Bärte, während Rizzo und Niccolò mit der gleichen Geste über ihre Geschlechtsorgane fahren. Und hier, bei diesem Punkt angelangt, öffne ich leicht die Augen. Unter dem schweißnassen Bettuch gleitet eine Hand von meinen Knien an aufwärts auf meine Leiste zu. Ich überlasse mich ganz dem Streicheln dieser Hand, die sich fest um mein Glied schließt, welches sich mit der Erektion Zeit läßt. Jetzt verwischen sich die Bilder in meinem Kopf, und auch die Sirenen sind plötzlich stumm. Während die Hand mein Glied mit wachsender Begierde immer fester drückt, möchte ich schreien. Nicht schreien etwa vor Freude wie die Sirene eines Fischerbootes, das aus dem Bosporus heraus in die Weite des Schwarzen Meeres einfährt, nein, ein eher halb erstickter, aus Weinen und Stöhnen entstandener Schrei ist es, der mir im Hals steckenbleibt. Denn nichts bringe ich hervor, nicht einmal ein heiseres Röcheln. Statt dessen bleibt alles ringsum beklemmend still. Und willenlos lasse ich mich durch die Hand führen, der sich jetzt noch eine zweite zugesellt hat. Diese faßt mich an der Schulter und drückt mich gegen den nackten Leib, der neben mir liegt. Wie ein Ertrinkender, der bis zum Untergehen noch wild mit den Armen um sich schlägt, versuche ich Widerstand zu leisten, doch alles umsonst! Als wolle sie ihrem Namen – das Meer – gerecht werden, zieht Deniz mich plötzlich in ihre Tiefen.

10

Diesmal war ich ein Akrobat, der sich vorsichtig auf einem über dem Abgrund gespannten Seil vorwärtsbewegte. Da ich nicht einmal eine Balancierstange in den Händen hielt, mußte ich bei jedem Schritt versuchen, durch ausgleichendes Rudern mit den Armen nach rechts und links mein Gleichgewicht wiederzuerlangen. Dieses war keine eigentliche Überquerung, nein, ich lief einfach vorwärts, ohne zu wissen wohin. Dabei war es mein einziges Ziel, mit jedem Schritt erneut mein Gleichgewicht zu finden. Und das gelang mir immer erst im letzten Augenblick, wenn ich mich schon in den Abgrund stürzen sah.

Das nächtliche Zimmer war ganz erfüllt vom lauten Tukkern eines Fischkutters, das die Villa leicht erzittern ließ. Es war natürlich nicht die Villa, die bebte, sondern die Möbel und Gegenstände darin. Der Wecker auf dem staubbedeckten Regal, die Tischbeine, das schmale Bett, das ich mit Deniz teilte, alles begann zu zittern. Dann nahm ich wahr, daß auch die zugedeckten Sessel im großen Wohnzimmer, die Lampen mit den ausladenden Glasschirmen und die alten gerahmten Familienfotos, die man von der Wand abgenommen hatte, in dieses allgemeine Beben einstimmten. Die Villa schien sich langsam in der Dunkelheit zu verlieren, wie ein Geisterschiff mit vom Wasser aufgequollenem, stellenweise schon vermodertem Rumpf, das sich auf einer Reise ins Ungewisse befand. Doch konnte ich dieses genausowenig in meinen Roman einbringen wie alle die anderen Stimmen und Visionen, die Natur und Phantasie des Nachts an diesem Ort für unsereins bereithalten, wie zum Beispiel all die übrigen Geräusche, die zusammen mit den Stimmen des Fischkutters ständig zunahmen, oder die mit Silberbeschlägen versehenen Truhen, die ich mir in den verschlossenen Zimmern vorstellte, die altmodischen, schmalen, eng taillierten Kleider, die, sorgfältig mit Naphtalin bestreut, in diesen Truhen aufbewahrt wurden, dazu die Schleier, die abends, wenn das Wasser draußen sich schwarz färbte, abgenommen wurden vor den Spiegeln, zusammen mit den nacheinander aus dem Haar gelösten Kämmen und Haarnadeln; weiter das aus geborstenen Hähnen in die Marmorbecken tropfende Wasser oder die riesige Platane, die an der Quelle dieses Wassers stand und begann, ihre Blätter abzuwerfen; die von dieser Platane sich in die Erde grabenden Wurzeln und ihre sich zum Himmel streckenden Zweige und zuletzt das Säuseln des Windes in diesen Zweigen. Ebenso mußte ich alles, was ich tagsüber von meinem Fenster aus beobachtete, beiseite lassen. Und doch brauchte ich alle diese Vorstellungen und Empfindungen, die mir halfen, meine Brücken zur Welt da draußen aufrechtzuerhalten, und auch, mich hin und wieder aus der Umklammerung des *Boğazkesen* zu lösen. Sie waren es, die das Gleichgewicht zwischen meinem Schreiben und der Realität gewährleisteten.

Als der Lärm des Fischkutters sich allmählich entfernte und dann ganz abbrach, fiel die Yalı wieder in eine tiefe Stille zurück. Doch dann begann, zunächst ganz leise, das Meer zu stöhnen, gleichzeitig mit Deniz, die wahrscheinlich einen Alptraum oder zumindest einen ungewöhnlichen Traum hatte. Ihr Atem ging immer schneller, und bald war ihr ganzer Körper in Schweiß gebadet. Deniz sprach im Schlaf, ganz so, als würde man sie foltern, um sie zum Sprechen zu bringen, wobei sie provozierend unflätige Ausdrücke hervorstieß, ähnlich denen, die sie mir ins Ohr raunte, wenn wir uns liebten. Wenn die Wellen des Bosporus in die morschen Ausbuchtungen an den Wänden des Bootshauses schwappten, drang ein dumpfes Dröhnen von den Fußböden bis in die oberen Räume der Yalı. Ich stellte mir dann vor, wie das Meer die Fundamente des alten Hauses anfraß, ähnlich der Art und Weise, wie Deniz meine Phantasie kastrierte. Dieser Lärm des Wassers hielt die ganze Nacht über an. Was in meinen Schlaf eindrang, waren nicht die fröhlichen Stimmen derer, die diese Villa in glücklichen Tagen bewohnt hatten und bei Vollmond aufs Meer hinauszurudern pflegten. Nein, jene Stimmen, die von dem Boot ausgingen, in welchem die Musiker ihre Hände im Schein der Fackeln hoben, um mit jedem Schlag auf das Tamburin die Schellen klingen zu lassen, jener traurige Widerhall, der sich bei jedem Anreißen der Saiten einer Laute oder eines alten sechssaitigen Tamburs verbreitete, wie auch die klagenden Weisen der Geigen, sie alle waren in der Trunkenheit jener längst vergangenen Nächte begraben. Genauso wie die Vergnügungsfahrten in Vollmondnächten, bei denen mehrere Boote Seite an Seite von Kanlıca nach Göksu dahinglitten, wobei die Sängerinnen mit ihren Liebesliedern den Rhythmus der Wellen und ihre immer schneller und lauter werdenden Refrains die Wirbel des Bosporus zu imitieren schienen. Nein, man fuhr nicht mehr nach Göksu, um den Nachtigallen zu lauschen. Die Vögel hatten die Bäume verlassen und die Menschen die Villen. Die großen alten Familien waren entweder in die Stadt gezogen oder ausgestorben. Das, was man jetzt noch hören konnte, war das Raunen der Zypressen auf dem Friedhof, der sich am Ufer des Göksu-Baches hinzog, sowie das Rauschen des Meeres und die Schreie von Deniz.

In manchen Nächten waren diese Schreie laut und vernehmlich: »Ihr könnt mich nicht zum Sprechen bringen! Das schafft ihr nie!« Dann wieder fragte sie: »Wie? Ihr werdet mich schon weichkriegen?«, um gleich darauf zu antworten: »Ja, vielleicht …« Sie war sowohl die Fragende als auch diejenige, die die Antworten gab, doch wußte sie nicht, daß sie hier Henker und Opfer zugleich darstellte. Die ganze Nacht lang dauerten diese alptraumartigen Vernehmungen. Auch diese Angst von Deniz, die Tage der Gewalt, die mit der Herrschaft des Militärs begonnen hatten, und die Schüler und Studenten, die unter der Folter starben, mußte ich auslassen in meinem Roman. Ebenso wie die Geschichte der Yalı mit ihren unzähligen Vorratsräumen, Holztreppen, Dielen und den mit Fliesen ausgelegten Vestibüls; die vergangenen Tage dieser alten Villa, die, während die Ockerfarbe von ihren Wänden abbröckelte, jeden Tag ein Stück weiter ins Meer absank. Sicher, auch in meinem Roman gab es Gewalt. Das Blut floß reichlich, es wurde gemordet, Köpfe rollten, Säuglinge wurden vom Henker und blutjunge ranke Thronfolger vom Taubstummen mit seidenen Tüchern erwürgt, denn osmanisches Blut durfte ja nicht vergossen werden. Doch war dies alles zur Zeit des Eroberers geschehen. In jener Epoche waren die Ufer des Bosporus noch gar nicht besiedelt gewesen. Weder gab es diese heruntergekommene, langsam ins Meer abgleitende Villa noch die draußen vorbeiziehenden Schraubendampfer. Die Boğazkesen-Burg, die sich mit ihren drei Wesirtürmen wie eine unüberwindliche Mauer vor mir aufrichtete, die gab es wohl, und sie stellte ja auch das Material dar für meinen Roman, der ihren Namen tragen sollte. Damals, als ich das alles so schön geplant hatte, konnte ich ja nicht wissen, daß eines Tages eine Frau auftauchen würde, die, stark wie die Burg, meinem *Boğazkesen* in die Quere kam, die mich aus dieser Welt des Eroberers heraus in ihre eigene Welt hineinziehen und mit ihrer Heftigkeit und der Intensität ihrer Gefühle umbringen wollte! Die Welt der Deniz bedeutete Blut, Blei und Folter. Und, als Preis für die Sehnsucht nach Freiheit und Gleichheit zukünftiger besserer Tage, Verhaftungen, Einzelhaft und Hinrichtungen. Und natürlich unsere Leidenschaft, die uns mit jedem Tag, den wir eingeschlossen in dieser Villa verbrachten, ein Stück weiter in ihren Abgrund zog.

Eines Nachts – Deniz phantasierte wieder – stand ich auf und machte das Licht an. Während ich mich über die leeren Blätter beugte, die auf dem Tisch lagen und darauf warteten, beschrieben zu werden, drang ein Geräusch an mein Ohr. Ein Laut, ganz verschieden von denen, die sonst nach Mitternacht die Villa erfüllten. Als ob draußen vor dem Fenster ein Vogel mit den Flügeln schlug. Ich öffnete den Vorhang und sah die hinkende Möwe. Sie hatte sich auf dem Fensterbrett niedergelassen und schaute mich mit ihren roten Augen an. Sie stand da auf einem Bein, wie ein ungezogenes Kind, das man zur Strafe in die Ecke geschickt hat. Ich öffnete das Fenster und streckte meine Hand aus. Sie flog nicht davon. Im Gegenteil, sie schmiegte sich in meine Hand, wobei sie sich ganz klein machte. Die Lichter am anderen Ufer waren erloschen, der Bosporus lag ganz im Dunkeln. Die Burg war in der Ferne nicht mehr zu erkennen. Ich streichelte das nasse Gefieder der Möwe. Sie überließ sich mir ganz, und ich spürte die schnellen Schläge ihres kleinen Herzens. Eine Zeitlang hörte ich diesen Herzschlägen zu. Dann glitt meine Hand langsam auf ihren Hals zu. Und plötzlich durchzuckte mich der Gedanke, diese feine Kehle, die sich unter meinen Fingern bewegte und sich bei jedem Atemzug wie ein Seidenstoff faltete und wieder öffnete, einfach zuzudrücken. Die hinkende Möwe zu erwürgen! Ich begriff selbst nicht, woher dieser völlig grundlose Wunsch kam und wie diese gräßliche Vorstellung so plötzlich auftauchen und ganz von mir Besitz ergreifen konnte. Die Möwe schmiegte sich weiterhin ahnungslos in meine Hand. Sie fror ganz offensichtlich und war wohl für ein paar Brotkrumen an mein Fenster gekommen. Ich ging in die Küche, um etwas Brot zu zerkleinern. Als ich zurückkehrte, war die Möwe nicht mehr da. »Hätte ich ihr doch die Kehle zugedrückt«, sagte ich im stillen zu mir selbst, wobei ich mich immer noch wunderte, daß mir so etwas überhaupt in den Sinn kommen konnte. Aber der Hals des Vogels war so weich gewesen, so feucht und so zart …

Ich schaute zu Deniz hinüber. Die Bettdecke war von ihrem nackten Körper herabgeglitten. Sie phantasierte nicht mehr, und die Spuren des letzten Alptraums waren wie fortgewischt von ihrem Gesicht. Ihre gebräunte Haut und die mit Schweißtropfen bedeckten Hüften schienen über das Bettuch dahinzugleiten. Meine Liebste war in tiefstem Schlaf. Wie ein Schwanenhals lag ihr weißer zarter Hals auf dem schmutzigen Kopfkissen. Ich streckte mich neben ihr aus, ohne sie aufzuwecken, legte meinen Kopf auf ihre Brust und lauschte ihren Herzschlägen. Ich weiß nicht wieso, aber plötzlich kam mir die Wanduhr in den Sinn, die neben dem Eingang zum Wohnzimmer hing. Während der Sommerferien hatten wir diese Uhr mit dem Alla turca-Zifferblatt jeden Abend mit einem rostigen Schlüssel aufgezogen. Jetzt fiel mir ein, daß sie schon seit längerer Zeit nicht mehr ging. Das Messingpendel bewegte sich nicht mehr hin und her in dem gläsernen Gehäuse, hatte aufgehört, die Zeit zu zermahlen. Das einzige, was das Fortschreiten der Nacht bezeugte, war das pochende Herz von Deniz. Mit jedem Atemzug meiner Geliebten, mit jedem Schlag ihres Herzens schritt die Zeit ein Stück weiter voran. Bald würde es Tag sein, doch die Dunkelheit wollte nicht weichen. Ja, sie wollte einfach nicht weichen.

Eines Morgens stand ich früh auf und setzte mich an den Tisch, um über jenen Traum zu schreiben, den ich in dem Hotel in Tepebaşı gehabt hatte. Im Grunde war es ja kein Traum, sondern Wirklichkeit gewesen. Oder ein Traum, den ich für die Wirklichkeit halten wollte. An jenem Abend war ich nach meinem Besuch in der Fatih-Bibliothek nicht in die Villa zurückgekehrt, sondern nach Beyoğlu gefahren, hatte in der Blumenpassage ein reichlich begossenes Mahl eingenommen und dann in einem Hotel übernachtet. Ich kann mich nicht mehr genau erinnern, um welches Hotel es sich handelte, doch lag es in einer schmalen, in die Asmalı Mescit-Gasse mündenden Straße in Tepebaşı. Das Fenster meines

Zimmers ging auf einen düsteren Hinterhof, der bald vom Lärm der Istiklal Caddesi, der lebhaften Hauptstraße von Beyoğlu, widerhallte. Mit seinem reparaturbedürftigen Waschbecken bot mein Zimmer einen deprimierenden Anblick. In den späten Nachtstunden ließ der Lärm ein wenig nach, so daß ich wohl einschlief. Im Schlaf hörte ich eine Stimme, die mir ins Ohr flüsterte: »Schmal und müde war das Gesicht des Sultans.« Ich achtete nicht besonders darauf. Doch dann wurde der gleiche Satz auf italienisch wiederholt. Diese fremden Worte schienen mir schon etwas interessanter. Es war eine mir bekannte Sprache, auch wenn ich nicht genau verstand, was gesagt wurde. Wahrscheinlich sprach hier Niccolò oder auch der Kapitän Antonio. Doch ich befand mich plötzlich nicht mehr in einem tristen Hotelzimmer, sondern, nur eine Straße weiter vorne, im Audienzsaal der venezianischen Botschaft. Alles war überaus prächtig, die schweren Ledersessel, die Gemälde an den Wänden, die reichen Deckenverzierungen und ein Marmorkamin, der mit Jagdreliefs geschmückt war. Jetzt sah ich auch, wer da sprach. Es war der im Dogenpalast angestellte Gentile Bellini, der nach Istanbul gekommen war, um ein Porträt von Sultan Mehmet anzufertigen. »Als ich ihn zum ersten Mal sah, war das Gesicht des Padischah schmal und müde«, sagte er. »Er ist offensichtlich krank, sehr krank. Mir scheint, daß es mit ihm zu Ende geht. Bevor er stirbt, muß ich sein Porträt vollenden.« Der venezianische Gesandte war hoch erfreut, als er hörte, daß der Padischah krank und erschöpft sei. Doch bemühte er sich, während er im stillen ausrechnete, wie viele glitzernde Golddukaten er wohl an Yakub Pascha schicken müßte, seine Freude vor Bellini zu verbergen. »Wenn er morgen aufstehen kann«, sagte der Maler, »will ich weiter an dem Bild arbeiten. Sultan Mehmet hat sich längst seine Unsterblichkeit verdient. Doch frage ich mich, wie ich es anstellen soll, um meinem Modell wirklich gerecht zu werden, um seinen ganz besonderen Charakter, nicht nur die äußere Erscheinung, sondern den hinter diesem Äußeren verborgenen Menschen und seine ganze Vergangenheit, alle seine Kriege, seine Träume und Enttäuschungen, auf die Leinwand zu bannen. Denn auch wenn es sich um den Herrscher des Osmanischen Reiches handelt, muß ich den Menschen sehen.« Es war nur allzu offensichtlich, daß diese Art von Überlegungen den Gesandten nicht im geringsten interessierte. Er war mit seinen Gedanken ganz woanders. Er dachte an den Feldzug, den Mehmet vorbereitete. Welches Land sollte wohl dieses Mal erobert werden? Welche Stadt würde er belagern? Etwa Rom?

»Ja, das ist wahr, Mehmet hat die Unsterblichkeit verdient«, sagte er zustimmend, obwohl er selbst nicht an seine Worte glaubte (»wenn er doch nur bald stürbe«, wünschte er sich im stillen, »hoffentlich krepiert er bald!«). Bellini war ganz in seine Gedanken versunken. All das Neue, das er im Palast gesehen hatte, ging ihm durch den Kopf. Er wollte Mehmets Porträt schnell fertigstellen, auch um anschließend andere Bilder, zum Beispiel solche von den Janitscharen oder den Palastdienern, anzufertigen. Er war es leid, immer nur die Mächtigen, die Staatsmänner, darzustellen. Der Gesandte sprach weiter: »Vergiß nicht, daß der große Türke jetzt unser Freund ist, aber sei trotzdem auf der Hut, er ist unberechenbar.« Bellini dachte an sein Modell. Er mußte in seinem Porträt unbedingt etwas von Mehmets umfassender Bildung, aber auch von seinem grausamen Charakter zum Ausdruck bringen, wußte aber noch nicht, wie er es anstellen sollte. Mit einem unergründlichen Blick oder mit einer dunklen, düsteren Farbgebung? Schon als er Mehmet das erste Mal gegenüberstand, hatte sein Modell ihn begeistert. An diesem Menschen sah er etwas, das anders war als all die Dogen, die er porträtiert hatte, eine Andersartigkeit, deren Geheimnis er vielleicht nie ergründen würde.

Das Gespräch zwischen dem Gesandten und dem Maler

erstarb langsam zu einem Flüstern. Der Empfangssaal der venezianischen Botschaft verlosch in meinem Traum wie eine Lampe. Im gleichen Augenblick fuhr ich mit einer starken Erschütterung aus dem Bett hoch. Zuerst glaubte ich, das Hotel würde über mir einstürzen. Doch nach und nach wurde mir bewußt, daß es mein Körper war, der regelrecht schlotterte und zitterte, wie bei einem Fieberanfall. Als ich die Augen leicht öffnete, sah ich an der Wand gegenüber Fatih, den Eroberer. Das müde Gesicht des Padischah, seine lange, bis an die Lippen reichende Nase erkannte ich sofort. Er schaute mich an aus seinem Abbild, das jemand aus einer Ausgabe der Illustrierten *Hayat* ausgeschnitten und eingerahmt hatte. »Beeil dich!« rief er mir gebieterisch zu, »schreib ihn fertig, deinen Roman, bevor ich sterbe!«

Eine Stimme ließ mich am Tisch zusammenfahren: »Schreib ihn fertig, deinen Roman, bevor ich sterbe!« Es war Deniz, die zu mir herübergekommen war.

»Nein, beeil dich nicht zu sehr, ihn zu beenden«, flüsterte sie. »Ich habe Spaß gemacht!«

»Ich muß mit dem *Boğazkesen* fertig werden.«

»Erst mußt du mit mir fertig werden. An meinem Körper gibt es noch so viele Stellen, die du nie berührt, noch nicht entdeckt hast.«

Sie ergriff meine Hand, die den Stift hielt, und führte sie gegen ihre nackte Brust, wo sie sie mit leichtem Druck hin- und herwandern ließ.

»Hier ist dein Pergament, und hier ist dein Schreibgerät. Nun schreib schon!«

Ich schreibe meinen Roman jetzt auf deine Haut, Deniz, auf die Haut einer Gazelle. Wie schnell sich alles bewegt! Die Tage fließen in die Nacht, die Nächte in den Tag. Auch deine Nacktheit ist so ein schnelles Fließen, ganz allein, ohne mein Dazutun. Und die Art, wie du des Morgens aus dem Bett hochschnellst, wie ein aus der Scheide gezogenes Schwert, wie du vor mir stehst und wie du nachts im Schlaf schreist. Deine Liebesschreie flattern wie Fledermäuse in der Yalı herum, von der Decke zum Fußboden, vom Erkerzimmer zur Küche, von dort zum großen Salon, überallhin folgen sie mir. Das einzige, was nicht mitmacht bei dieser allgemeinen Bewegung, sind die Wörter, meine Wörter, die sterben, noch bevor sie auf das weiße Papier geboren werden. Ich kann sie irgendwie nicht erreichen, so wie ich auch deine Nacktheit manchmal nicht erreichen kann, Deniz, selbst wenn ich den *Boğazkesen* wie einen Zauberspruch auf deinen Körper schreibe. Wie ein unbändiger Delphin entgleitest du meinen Händen. Nicht etwa, daß du dich hin- und herwirfst. Du schlägst auch nicht deinen schönen zarten Kopf an die Wände des Bootshauses. Aber du schwimmst in tiefen Gewässern, Deniz, in blauen und freien Gewässern.

An einem anderen Morgen hörte ich, wie jemand an der Gartentür läutete. Wir waren noch im Bett. Deniz fuhr erschreckt hoch.

»Das ist sicher die Polizei«, sagte sie. »Ich bin nicht zu Hause!«

»Wieso soll es die Polizei sein? Wahrscheinlich ist es ein Nachbar.«

»Mach nicht sofort auf. Laß mir Zeit, ins Bootshaus zu verschwinden.«

Wir zogen uns an und verließen das Zimmer. Sie stieg zum Bootshaus hinunter, ich ging zur Gartentür. Der Türklopfer wurde mit Nachdruck betätigt. Genauso wie damals, als Deniz zum erstenmal vor der Villa erschienen war. »Da kommt noch eine Frau«, sagte ich mir, »wo ich schon mit einer nicht fertig werde! Nun ja, wie sagt man so schön: Ein neuer Nagel treibt den alten aus. Und wer weiß, wie viele Frauen der frühere Besitzer der Yalı, der verstorbene Pascha, in seinem Harem hatte? Aber er war eben nicht Schriftsteller, sondern ein Pascha. Da liegt das Problem. That is the question!« Auf jeden Fall wurde nicht ich gesucht. Deshalb konnte ich ja auch dumme Scherze machen. Und es fiel mir dabei nicht einmal ein, daß mit Sicherheit auch ich abgeführt würde, sollte man Deniz bei mir finden.

Ich öffnete lächelnd die Tür. Es war der Postbote. Er gab mir den großen Umschlag in seiner Hand und ging. Der Brief war in Istanbul aufgegeben worden und trug die Anschrift:

Herrn Fatih Haznedar
Anadoluhisar Iskele Yanı No. 2
Istanbul

Neugierig öffnete ich den Umschlag. Es waren die Legenden über die Gründung der Stadt Istanbul. Mit der Fotokopie der Handschrift, die ich in der Fatih-Bibliothek nicht hatte zu Ende lesen können, stieg ich freudig erregt nach oben. Ich gedachte die Abwesenheit von Deniz auszunutzen und vertiefte mich sofort in den Text:

»Und dieser Timaosch hatte einen Sohn namens Istanbul. Dieser sprach eines Tages zu seinem Vater und sagte: – O mein Vater, es ist mein Wunsch, hier eine Stadt zu bauen und dieser Stadt meinen Namen zu geben, auf daß mein Ruhm in der Welt Bestand haben möge. – Timaosch gab seine Erlaubnis und sagte zu seinem Sohn: – Du weißt, was du tust. – Istanbul erhielt außerdem von seinem Vater die Erlaubnis, die Schatzkammer zu öffnen, um große Baumeister um sich zu versammeln. Von diesen ließ er eine sechs Meilen lange Befestigungsmauer errichten und darin eine große Stadt, die nach ihm genannt wurde. Hier herrschte er vier Jahre als Padischah, und dann starb er. Doch es war ein Nachfolger da, sein Sohn, den sie Konstantin nannten. Dieser Konstantin hat die nur zur Hälfte errichtete Stadt mit großen Gebäuden vollendet. Das ist der Grund, weswegen die Stadt sowohl Istanbul wie Kostantiniye heißt.«

Ich machte mir gerade Gedanken über die Schreibweise

des Wortes »Konstantin« in der alten Schrift mit arabischen Buchstaben, als eine Hand in meinen Haaren herumzuspazieren begann, um mich gleich darauf am Nacken zu greifen und nach hinten zu ziehen. Fast wäre ich vom Stuhl gefallen. Gleichzeitig hörte ich Deniz sagen: »Ich habe wirklich nicht vor, dich den ganzen Tag nur von hinten zu sehen!«

Ich drehte mich um und sah den Schalk in ihren blauen Augen blitzen.

»Du hättest mir wenigstens Bescheid geben können.«

»Tut mir leid, es war der Briefträger.«

»Aha, und für wen hat er Post gebracht?«

»Für wen schon, natürlich für mich!«

»Ach so, hat deine Frau dir geschrieben?«

»Nein, der Brief kam aus Istanbul. Jemand hat mir die Fotokopie eines Manuskriptes geschickt.«

Sie glaubte mir nicht. Daraufhin sagte ich einfach, daß der Brief aus Paris käme.

»Sie will wissen, wann du zurückkommst, nicht wahr?«

»Ja, ich fehle ihr wohl.«

Das Blitzen in ihren Augen war plötzlich fort. Sie schmollte und sagte dann in spöttischem Ton:

»Klar, daß du ihr fehlst. Ihr Kerl ist ja vielleicht auch Schriftsteller, aber zuerst doch wohl eine echte Sex-Maschine!«

Ich antwortete nicht. Für eine Weile schwiegen wir beide. Dann sagte sie:

»Du hast mich also im Bootshaus vergessen ...«

»Ich war in den Brief meiner Frau vertieft.«

»Hör mir gut zu«, herrschte sie mich an, »ohne meine Erlaubnis bewegst du dich nicht von der Stelle, ist das klar?«

Ich glaubte, sie machte Spaß. Doch dann fuhr sie fort:

»Ich laß dich nicht gehen. Eher sterbe ich, als daß ich mich von dir trenne.«

Jenen Tag überstanden wir nur mit Mühe.

11

Ich konnte nicht schlafen. Die Wörter schwirrten in mei-
nem Kopf herum und bildeten unentwegt neue Muster;
gleich bunten Prismen in einem Kaleidoskop fielen sie ausein-
ander, vereinigten sich wieder, wechselten ständig Farbe und
Form. Ich wartete darauf, daß sie zur Ruhe kämen und auf-
einander zugingen, daß sie sich in einem sinnvollen Zusam-
menhang nebeneinander aufreihten, um zu ordentlichen Sät-
zen zu werden. Doch je länger ich wartete, desto mehr Tempo
legten sie zu. Es gelang mir nicht, sie zu fassen; im Gegenteil,
losgelöst aus jeglichem Kontext, begannen sie, wie Schnee-
flocken in der Luft herumzuwirbeln. An Schlaf war nicht
mehr zu denken. So stand ich auf und ging in die Küche. Als
ich Licht machte, sah ich mein Spiegelbild im Fenster. Mit
meinem wirren Haarschopf, den hervorquellenden Augen
und dem ungepflegten, die Hälfte meiner aufgedunsenen
Backen bedeckenden Bart konnte man mich für einen Ver-
rückten halten, der geradewegs einem Horrorfilm entsprun-
gen war. Ich ließ mich auf einen Stuhl sinken, stützte die Ell-
bogen auf den Küchentisch und saß so da, mit dem Kopf
zwischen den Händen. Aus Angst, Deniz aufzuwecken,
machte ich das neue Radio, das ich anstelle des alten ange-
schafft hatte, nicht an. Eigenartigerweise war es stets in sol-
chen Augenblicken, daß der Wunsch zu schreiben sich un-
unterdrückbar manifestierte. Die Worte wollten aus mir
heraus, sie drängten nach oben, und während sie sich wie
Wellen auftürmten und sich brachen, konnte ich mich nur
mit größter Mühe zurückhalten, dem Boğazkesen da unten
all das entgegenzuschreien, was sich in mir aufgestaut hatte.

Ich wollte sie auf der Stelle loswerden, diese phantastischen Bilder, die mir den Schlaf raubten, wollte mein Bewußtsein reinigen und befreien und mich aus diesem Chaos lösen, das ich nicht beschreiben, nicht in Worte fassen konnte. Mit meinem Roman *Boğazkesen* wollte ich das leben, was mir mit Deniz nicht gelungen war: die Erfüllung, die ich mir stets verweigert hatte, um ihr einen immer größeren und sich stets verdichtenden Genuß zu verschaffen. Während ich so allein in der nächtlich stillen Küche saß, sehnte ich den Morgen herbei, die frühen Stunden, die ich schreibend im ersten Tageslicht an diesem Küchentisch verbringen würde.

In dem neuen Kapitel wollte ich zunächst erzählen, wie der Zwerg und der Taubstumme sich bemühten, auf dem Wagen, der den Leichnam des Mustafa transportierte, eine Unterhaltung zu führen. Der Zwerg zweifelte an der Darstellung, daß der Thronfolger bei der Rückkehr von Develi Karahisar in der Gegend von Niğde nach einem plötzlichen Unwohlsein im Hammam verstorben war; vielmehr nahm er an, daß Mustafa von dem Taubstummen, der sich im Bad versteckt hatte, erwürgt worden war. Doch der Taubstumme gehörte zur engsten Umgebung des Mustafa. Er hatte es sich gutgehen lassen im Serail zu Konya und sicher dabei auch seine Hände des öfteren mit Blut befleckt. Doch zu einer Unternehmung wie dieser hier hatte es wohl einer Anweisung von höchster Stelle bedurft. Nachdem kaum anzunehmen war, daß der Padischah die Beseitigung seines Lieblingssohnes gewünscht hatte, mußte einer der anderen Thronanwärter oder aber eine hochstehende Person, die Mehmets Vertrauen genoß, in diese Angelegenheit verwickelt sein. Gut, aber wieso denn überhaupt, weshalb mußte Mustafa sterben? Etwa um dem Padischah mit diesem Kummer und Leid eine tödliche Wunde beizubringen? Oder steckte hinter diesem schrecklichen Mord ein politischer Plan? Der Zwerg hatte alle möglichen Beweggründe durchdacht, hatte versucht, sich diesen Mord auf seine Weise zu erklären, ohne jedoch zu einer Antwort auf die vielen Fragen zu gelangen. Der Taubstumme seinerseits war überzeugt, daß außer Mahmut Pascha, der ihm für die Ermordung des Mustafa ein Vermögen versprochen hatte, niemand sonst den wirklichen Hergang kannte. Er hingegen wußte, daß Mahmut wegen seiner jungen, ihm erst kürzlich angetrauten Frau auf Mustafa eifersüchtig war, ja, daß er, völlig außer sich geraten, vor nichts zurückschrekken würde, um den Thronfolger zu strafen. Und wenn der Padischah vom Tod seines geliebten Sohnes erführe, dann würde er annehmen, daß ein Komplott des Bayezit dahintersteckte. Daß er selbst den Brudermord zum Gesetz erhoben hatte, würde er geflissentlich vergessen und seinen ganzen Zorn auf diesen mittleren seiner Söhne entladen, so daß auf Mahmut Pascha und auch auf ihn, den Taubstummen, kein Verdacht fiele. Mit dem Gold des Großwesirs wollte er sich ein feines Leben machen. Endlich würde er die in seinen Träumen erlebten Ausschweifungen in die Tat umsetzen können, würde nie gekannte Glückseligkeiten auskosten und alle für ihn bislang unerreichbaren Frauen besitzen …

Der Wagen kam schnell voran in der nächtlichen Dunkelheit. Das Rumpeln der Räder, die hin und wieder auf einen in die Mitte des Weges gerollten Stein stießen, mischte sich mit dem knarrenden Geräusch des Holzsarges, an dem der Taubstumme und der Zwerg Wache hielten. Ohne die Nachricht vom Tod des Thronfolgers nach Istanbul zu schicken, hatte man seinen Leichnam auf den Wagen geladen, nachdem man heimlich die inneren Organe entfernt, die so entstandenen Hohlräume mit Honig und Roggen gefüllt und die Gedärme mit Salz präpariert hatte. Dann war man ebenso heimlich nach Konya aufgebrochen. Die schlimme Nachricht sollte dem Padischah erst überbracht werden, nachdem der Leichnam Mustafas in Konya angekommen und das Gebet über ihm gesprochen worden war.

Der Zwerg saß auf dem rumpelnden Wagen und versuchte, eine Gallone Wein, die er aus dem Keller hatte mitgehen lassen, hochzustemmen und an seinen Mund zu setzen. Doch er schwankte, und seine Hand zitterte, so daß eine beträchtliche Menge Wein danebenschwappte und auf seinem angemalten Gesicht bizarre Spuren hinterließ. Seine Augen funkelten in der Dunkelheit wie zwei Stückchen Glut. Als er fertig war, ergriff der Taubstumme die Gallone und setzte sie langsam, nicht hastig wie der Zwerg, an den Mund, nachdem er seinen Rücken an den Sarg angelehnt und sich ein gutes Gleichgewicht verschafft hatte. Nach dem ersten Schluck gab er dem Zwerg die Gallone lächelnd zurück. Mit der Wirkung des Weines, der sein Inneres erwärmte und sein Gehirn einschläferte, wuchs seine Ungeduld, seinem Weggenossen sein großes Geheimnis zu eröffnen. Die neugierigen Blicke des Zwerges taten das ihre, um diesen Wunsch noch anzufachen. Und der Zwerg würde ja sowieso umgebracht werden, sobald sie im Serail ankamen. Er selbst fühlte sich sicher, wenn ihn auch manchmal ein Gefühl der Furcht beschlich, daß hinter allem eine Falle stecken, daß Mahmut Pascha auch ihn, zusammen mit dem Zwerg, umbringen lassen könnte, um alle Zeugen seiner Schandtat aus dem Weg zu räumen.

Doch als die Gallone leer war, hatte sein Wunsch, alles zu erzählen, seine Angst längst besiegt. Also zündete der Taubstumme ein Kienholz an, in dessen Schein er dem Zwerg schilderte, wie er den Mord begangen hatte. Aber wie tat er das? Mit ausladenden Gesten seiner Arme und Hände oder indem er Zeichnungen auf ein Stück Papier brachte? Bevor ich eine Lösung für mein Problem fand, wie ich nämlich diesen Taubstummen, der im Serail des Thronfolgers Mustafa so viele Intrigen, schreckliche Morde, ausschweifende Vergnügungen und andere unvorstellbare Vorkommnisse miterlebt hatte, zum Sprechen bringen könnte, oder eher, wie ich ihn was und auf welche Weise erzählen lassen sollte, tauchten in meiner Phantasie andere Bilder auf, über die ich erst einmal schreiben, von denen ich mich sofort befreien wollte, ohne auf den Morgen zu warten.

Mehmet befand sich im Palastgarten. Im Türkensitz saß er vor den Beeten mit Rosen, die er selbst gesetzt hatte, und schrieb an einem Gasel. Hinter ihm standen seine Diener mit vor der Brust übereinandergelegten Händen. Der Padischah, mit seinem Turban auf dem Kopf, sah traurig aus im Licht der Abendsonne, welches auf den Fayencenpavillon fiel. Er träumte von einer Frau, die sich von allen jenen, die er bis heute besessen hatte, ganz und gar unterschied. Sie sollte anziehend sein wie der Galataturm, der sich dort am gegenüberliegenden Ufer hinter den Mauern der Genueser in den Himmel streckte, stark und gleichzeitig fein, hart und gleichzeitig weich, kühl wie der Stein und gleichzeitig heiß wie die Glut. Ihre Haut sollte fest sein wie die eines Jünglings, ihr Herz zärtlich wie das einer Mutter. Diese Wunschvorstellung, dieses Bild einer Frau, die er auf dieser Welt nie antreffen, vielleicht erst im Paradies würde finden können, wollte er in seinem Gedicht in Versen zum Ausdruck bringen. Doch was er aufs Papier brachte, war nicht mehr als einige seelenlose Formhülsen, wie sie viele andere Nachahmer der persischen Dichtkunst zustande brachten. Das Bewußtsein, daß er nie ein echter Dichter sein würde, machte ihn traurig, und er verlangte nach Wein. Während der Mundschenk das Glas des Padischah füllte, fiel sein Blick auf die Verse, die dieser unter Anführung seines Dichterpseudonyms »Avni« in schön geschwungener Schrift zu Papier gebracht hatte:

»Einen Engel sah ich mit einem Sonnengesicht –
er bildet den Mond im Universum
Jene schwarzen Locken sind die Seufzer der Verliebten
Diese schwarzgekleidete zarte Zypresse ist wie ein leuchtender Mond
Im Gebiet der Franken ist er der König der Schönheit

Wer sein Herz nicht an den Gürtel seiner Mönchskutte knoten würde
Der wäre nicht vom rechten Glauben, sondern für die Verliebten
ein Ketzer
Die er mit seinem Blick tötet, erwecken seine Lippen
wieder zum Leben
Was macht's wenn dieser Lebensretter dem Wege
des Christusglaubens folgt
Oh, Avni! glaube nicht, daß er dir gehorcht, dieser Schöne
Du bist Kaiser in Istanbul, er ist's in Galata.«

Gern hätte der Mundschenk dem Padischah gesagt, wie sehr ihm der letzte Doppelvers gefiel. Doch wußte er, daß Mehmet derartige Schmeicheleien haßte. Er wäre allerdings auch nicht gern an der Stelle der Schönheit gewesen, die sich dem Eroberer Istanbuls widersetzte. Wenn man das Gedicht aufmerksam las, schien es klar zu sein, daß es sich bei jener Schönheit um einen jungen Priester handelte. »Diese schwarzgekleidete Zypresse ist wie ein leuchtender Mond«, das konnte durchaus ein junger Christ sein, vielleicht ein hübscher Priester. Wer konnte sie schon ganz verstehen, die geheimen Leidenschaften des Weltenherrschers?

Mehmet saß auf einem Kissen im Garten des Fayencenpavillons und betrachtete Istanbul. Während er auf die Stadt schaute, erblühten die blutroten Rosen, die er auf den Kacheln vor sich sah, auch in seinem Herzen. Er war unzufrieden und nervös. Wenn es doch bald Abend würde, wenn die Stadt sich nur verdunkeln wollte! Wenn doch erst in den Moscheen die Öllämpchen und in den Kirchen die Kerzen brannten! Und wenn doch die Schönheit aus Galata, nach der er sich den ganzen Tag über sehnte und die er in seinem Gedicht lebendig werden ließ, endlich käme und sein Bett wärmte! »Wenn es Abend würde«, ging es ihm durch den Sinn, »ja, auch wenn es Abend wird, bleibt er für mich unerreichbar. Denn er ist der Herr von Galata, während ich in

Istanbul Herrscher bin.« Auf seinem Gesicht lag ein resigniertes Lächeln. Jederzeit konnte er ein Opfer seiner Leidenschaft werden. Er, der große Weltenherrscher, konnte sich zum Sklaven einer rehäugigen Schönheit machen und wäre sogar bereit, für seine Liebe sein ganzes Reich herzugeben. Denn wie der Dichter Yunus Emre hatte er die Bedeutung der vier heiligen Bücher studiert und auswendig gelernt, um dabei festzustellen, daß die Liebe unergründlich war wie eine lange Silbe. Eine lange Silbe ... Mit der Gottesliebe allerdings hatte Avni nicht viel im Sinn. Vielmehr sang er in seinen Versen lieber von den Schätzen dieser Erde oder brachte sein Liebesleid zum Ausdruck:

»Möge Gott mich nicht von diesem schmerzlichen Verlangen heilen
Der, dessen Herz nicht mit dem Kummer um deinetwillen
gebrandmarkt ist, der kennt die Lust nicht.
Möge Allah meine Tränen nicht zum Versiegen bringen
Wer nicht um deinetwillen blutige Tränen vergießt,
der kennt die Lust nicht.«

Wenn es schon Mehmet nicht gelang, so könnte vielleicht Avni das Herz der Schönheit aus Galata erweichen. Die Macht des Sultans nützte hier wenig. Ein Herz ließ sich eben weniger leicht erobern als eine Burg. Hier drängte sich plötzlich das Bild des jüngsten Sohnes von Notaras in seine Erinnerung. Es war ihm, als sähe er ihn in einem See von Blut, diesen dunkelhaarigen Jüngling, der das Schwert des Henkers dem Bett des Sultans vorgezogen hatte. Ja, Avni weinte blutige Tränen über das von Mehmet vergossene Blut.

Da waren auch noch andere Dinge außer diesen, über die ich schreiben wollte. Doch allmählich begann sich alles zu verwirren. Während ich mir einen Vorfall oder eine bestimmte

Szene ausmalte, drängte meine Phantasie schon zu einer nächsten. Immer gerade, wenn ich an einem Dialog oder einer Beschreibung arbeitete und mir Mühe gab, diese lebendig zu gestalten, traten erst einzelne, dann immer mehr Personen auf, die ich noch nicht erwähnt hatte und die danach verlangten, daß auch ihre Geschichte erzählt würde. Während Mehmet im Garten des Palastes von Edirne das bartlose Gesicht seiner Geisel Dracul streichelte, schrie der walachische Prinz: »Du wirst dich noch wundern über mich. Deine Grausamkeit wird neben meiner wie ein Kinderspiel erscheinen!« Und ich sah, was er gemeint hatte. Nur ein paar Jahre später war es, daß der Woiwode den auf eine Audienz wartenden osmanischen Gesandten ihre Turbane auf die Köpfe nageln ließ. Und wenn man von seinem Karpaten-Schloß ins Tal hinabsah, erblickte man einen Wald von Pfählen, welcher an den Steilhängen begann und bis ins Tal hinablief. Auf diesen Pfählen saßen Kinder und Frauen, Jünglinge und alte Männer, Tausende, Zehntausende von Leichen, die in der Sonne verwesten. Am Himmel über ihnen kreisten satt und zufrieden die Geier.

Ein anderes Bild zeigte den Bau einer Steinbrücke. Oder schlanke Minarette, die sich bis in die Wolken erhoben. Von den Bleikuppeln der Moscheen fielen Schatten auf kühle Innenhöfe mit versteckten Taubennestern. Ja, über das Leben der Baumeister, die diese Schönheiten geschaffen hatten, sowie über das der Steinhauer und Bauarbeiter hätte ich gern berichtet und über die Wanderderwische, die auf staubigen Wegen durch die Welt zogen. In den Künstlerateliers der Paläste wurden Farben gemischt, in den großen Kupferkesseln der Küchen kochte das Essen. Über die Schönheit der Farben, den Wohlgeschmack der Gerichte würde ich zu gerne schreiben. Das Heer brach zum Feldzug auf, Burgen wurden eingenommen. Über das Anrücken des Heeres sollte ich in allen Einzelheiten berichten und über das Elend der geschleiften Burgen. Eine byzantinische Frau rief direkt neben mir: »Warum hast du meine Geschichte nur halb erzählt und nicht über mein Ende geschrieben?« Mir kam Nefeli in den Sinn, und ich stellte mir vor, wie dem schönen Freudenmädchen aus Galata die Zeit lang wurde beim Warten auf die Rückkehr des Kapitäns Antonio Rizzo. Was war wohl aus ihr geworden, nachdem die Stadt gefallen war? Hatte sie fliehen und sich retten können, oder war ihr Leben vielleicht durch die Hand eines Janitscharen beendet worden? Verbrachte sie gar den Rest ihres Lebens als Kriegsbeute im Konak eines Paschas? Vielleicht hatte sie ja auch auf einem der genuesischen Schiffe Platz gefunden, die den Hafen noch hatten verlassen können, und war in Rhodos oder gar Genua angekommen, wo sie ein neues Leben erwartete. Nein, nichts von alledem, mit Rizzos Kind auf dem Arm hatte sie in einem Kloster Zuflucht gesucht. Aber es war nicht nur Nefeli, die mir keine Ruhe ließ. Zaganos warf mir vor, daß ich ihm den Çandarlı vorgezogen hätte, und er wiederholte unentwegt, daß er mindestens soviel Anrecht auf einen Platz in meinem Roman habe wie jener verräterische Großwesir. Auch der Thronfolger Cem war nicht zufrieden, ebensowenig wie sein Zwerg Ruhi. Der warf mir vor, daß ich dem unwürdigen Zwerg des Thronfolgers Mustafa zuviel Aufmerksamkeit geschenkt hätte. Mahmut bestätigte zwar, daß in dem Kichererbsenpilaw, den er den Gelehrten in seinem Konak vorsetzte, tatsächlich Goldmünzen waren, doch daß er aus Eifersucht den Thronfolger Mustafa im Bad durch den Taubstummen hatte erwürgen lassen, das wollte er nicht zugeben. Er wollte es nicht zugeben, damit auch Jahre nach dem Vorfall niemand wisse, warum der Padischah an ihm Rache nahm. Damit der Schleier des Geheimnisses, der über seinem Schmachten im Kerker, über den Folterqualen und schließlich seiner Ermordung lag, sich nie lüftete. Er wollte, daß die Legenden, die sich noch Jahre nach seinem Tod im Volk verbreiteten, die ihn fast zum Heiligen erhoben, auch in den kommenden Jahrhunderten noch weiterlebten. Trotz aller Beweise wollte Mahmut die Wahrheit nicht eingestehen. Und langsam befällt auch mich ein Zweifel. Sollten sie vielleicht gar nicht stimmen, meine Behauptungen? Könnte es sich bei den Angaben, die ich in einigen Quellen gefunden hatte und die meinen Verdacht zu bestätigen schienen, nicht genausogut um Erfindungen von Mahmuts Feinden handeln? Doch ich kannte die Wahrheit. Oder vielmehr sah ich sie, ich mußte sie sehen. Denn ich hatte die Fäden in der Hand, ich, der ich hier im Morgengrauen in der Küche einer alten Yalı vor dem Fenster saß und wirkliche Personen einer Epoche wie in einem Marionettentheater auf die Bühne brachte, ihre Arme und Hände spielen ließ und, was noch merkwürdiger war, sie auch zum Sprechen brachte. In diesem Theaterstück ohne Zuschauer war ich gleichzeitig derjenige, der sprach und der zum Sprechen brachte. Der sah und sichtbar machte, der Dinge verrichtete und veranlaßte, ja, alles war mein Werk.

Der arme Prinz Mustafa! Wie klug und ansehnlich er war! Zweifellos stand ihm der Thron zu. Nicht nur, weil er Mehmets ältester Sohn war, nein, der Sitz des Eroberers von Istanbul konnte nach diesem nur von einem Thronfolger eingenommen werden, der entschlossen, mutig und gebildet war wie Mustafa. Aber er liebte die Frauen zu sehr. Im Gegensatz zu seinem Vater machte er sich nichts aus jungen Männern. Für ihn mußten es die schön gewachsenen, ranken und schlanken Frauen aus dem Kaukasus sein. Die blutjunge Frau des alten Großwesirs Mahmut Pascha, die schöne Tscherkessin Gülbahar Hatun, hatte gleich beim ersten Anblick sein Herz entflammt. So war er immer öfter nach Istanbul gekommen, wenn der Pascha auf dem Feldzug war, um sich mit Hilfe seiner Amme heimlich mit Gülbahar zu treffen. Die Frau des Mahmut war eine frische Knospe, wie es ihr Name ausdrückte, die aber nicht im Garten des Wesirkonaks, sondern auf dem Bett des Thronfolgers Mustafa erblühte. Mahmut, der vom Feldzug zurückkehrte, Verdacht schöpfte und schließlich die Wahrheit erfuhr, geriet außer sich vor Eifersucht. Durch den Taubstummen, dem er ein Vermögen versprach, ließ er den Thronfolger erwürgen, und es war ihm sogar gelungen, diesem Mord den Anstrich eines Unfalls zu geben. Dann hatte er einen seiner Diener nach Konya geschickt und, noch bevor die traurige Nachricht den Sultan erreichte, den Taubstummen aus dem Wege räumen lassen. Wie der Taubstumme in diese Falle tappte, ist nicht schwer zu verstehen.

Der Taubstumme wollte leben. Mahmuts Diener, das heißt der Mörder des Taubstummen, war bereits vor diesem in Konya eingetroffen. Er hatte dem Taubstummen angeboten, ihn mit Gold zu überhäufen, wenn er Mustafa umbringen würde. Als der Taubstumme das Wort »Gold« hörte, hatte er alles um sich herum vergessen und keinen Augenblick daran gedacht, daß dieses Gold ihm zum Verhängnis werden könnte. So hatte er sich eines Nachts, als der Kronprinz im Bad weilte, heimlich in seine Nähe geschlichen und in einem Winkel des höllisch heißen Bades versteckt, wo der vom Alkohol benebelte und schwitzende Prinz ihn nicht bemerkte ... Oder hatte der Prinz den Taubstummen wohl bemerkt und geglaubt, er sei gekommen, weil er dort etwas zu verrichten hätte? In jener Nacht hatte der Hammam mit dem aus den Marmorbecken aufsteigenden Dampf genau die richtige Temperatur gefunden. Der Heizofen war bereits am Morgen angezündet worden, und die von den Marmorböden aufsteigende Hitze hatte sich gleichmäßig in alle Ecken verteilt. Drinnen konnte man die Hand vor Augen nicht sehen, doch der Taubstumme hatte von seinem Versteck aus einen guten Überblick. So sah er zum Beispiel den jugendlichen Körper des Thronfolgers, der auf dem runden warmen Marmorblock in der Mitte des Raumes ausgestreckt lag, seinen feuchten Bart und die unter dem Badetuch hervorquellenden dichten Körperhaare; das alles konnte er gut sehen. Er spielte aufgeregt mit dem langen Seidenschal in seiner Hand und wartete darauf, daß Mustafa, der ganz entspannt auf dem Marmorblock lag, noch schläfriger wurde. Auch Mahmut war entspannt in seinem Konak in Istanbul, ebenso wie der von ihm Gedungene, den er nach Konya geschickt hatte. Doch Mahmut war ruhiger als alle, denn während der Mörder des Taubstummen nach verrichteter Arbeit ruhig nach Istanbul zurückkehrte, indem sein Pferd im Paßgang Steppen durchquerte und Berge überwand und er mit glänzenden Augen an die reiche Belohnung durch den Wesir dachte, hatte Mahmut längst einen anderen Gedungenen losgeschickt, um auch ihn umbringen zu lassen. Der fand denn auch den Mörder des Taubstummen in einer Herberge, wo jener bei seiner Rückkehr von Konya übernachtete, und erledigte auf der Stelle seinen Auftrag. Dann kehrte er nach Istanbul zurück und trat vor Mahmut, der ihm den Beutel mit Gold übergeben ließ, der dem Mörder des Taubstummen versprochen worden war. Er nahm das Gold, doch bevor er sich daran erfreuen konnte, ließ der Großwesir auch ihn aus dem Wege räumen. Ja, auch diesen ließ er töten, doch daß der Zwerg die ganze Wahrheit kannte, das wußte der Großwesir nicht. Was, glauben Sie nun, tat der Zwerg? Ging er nach Istanbul, um den zweiten Gedungenen des Mahmut zu suchen, der den ersten Gedungenen umgebracht hatte, der den Mörder des Thronfolgers Mustafa, das heißt den Taubstummen, getötet hatte, oder ging er geradewegs zum Padischah, um ihm alles zu erzählen? Doch wie hatte der Taubstumme dem Zwerg die Wahrheit überhaupt beibringen können, in welcher Sprache? Ich sehe den Zwerg vor mir, wie er mit weit aufgerissenen Augen den Taubstummen anstarrt. Und noch während der Taubstumme, nachdem er zusammen mit dem Zwerg die ganze Gallone Wein ausgesoffen hat, im Schein der Fackel auf dem

Wagen, der den Leichnam des Thronfolgers Mustafa in den Serail von Konya bringt, eine meisterhafte Pantomime vorlegt, in welcher er mit schwungvollen Gesten erzählt, wie er den Mord bewerkstelligte, ersteht vor meinem Auge eine andere Szene, wesentlich nobler und theatralischer als die des Taubstummen.

Der Bote, der von Konya nach Istanbul geschickt worden war mit der Nachricht, daß der Thronfolger Mustafa nach seiner Rückkehr von Develi Karahisar in der Nähe von Niğde im Bad eines natürlichen Todes gestorben sei, findet den Padischah im Topkapı-Serail. Doch Mehmet ist nicht mehr der alte. Sein Bart ist ergraut, er ist sichtlich gealtert und hat Fett angesetzt. Viel hat er erlebt, auch schlimme Dinge, doch weiß er noch nicht, was es bedeutet, ein Kind zu verlieren. Der »Burgenerstürmer« genannte Padischah, der Eroberer der Stadt Istanbul, Mehmet Han der Siegreiche, Sohn des Murat Han Gazi, begreift sofort alles, als der Bote zu sprechen beginnt. Er befiehlt seinen Dienern, die auf dem Boden ausgebreiteten persischen Teppiche aufzurollen. Er legt seinen Turban ab und kniet dort nieder. Er nimmt etwas Staub vom Boden auf, den er auf sein Haupt streut, und beginnt laut zu klagen. Der große Padischah weint, indem er sich auf die Brust schlägt wie die turkmenischen Frauen; er zerreißt seine Kleider und beweint den Tod seines Kronprinzen. Ich möchte mich ihm nähern und ihm klarmachen, daß Mustafa in Wirklichkeit nicht eines natürlichen Todes starb, sondern auf Befehl des Mahmut Pascha im Bad von dem Taubstummen erwürgt wurde, daß danach der Taubstumme durch einen von Mahmut gedungenen Mörder ins Jenseits befördert wurde, daß Mahmut dann auch den Mörder des Taubstummen aus dem Weg räumen ließ und daß mir dies alles vom Zwerg, der das Geheimnis vom Taubstummen selbst erfahren hatte, mit großer Genugtuung überbracht worden war, doch Mehmet bemerkt meine Anwesenheit nicht einmal. Er fährt fort mit seiner Totenklage, ganz so, wie sie aus seinem Innersten hervorbricht. Was soll ich nur machen? Wie kann ich erreichen, daß er mich hört? Alles ist so konfus, so unentwirrbar! Am besten geh ich erst einmal ein Glas Wasser trinken!

12

Ehrlich gesagt, war mir die »Wiederauferstehung« der Helden meines *Boğazkesen*, dieser Toten, die vor fünfhundert Jahren gelebt hatten und die ich mit Hilfe jenes kuriosen, literarische Fiktion genannten Verfahrens zu neuem Leben erweckte, selbst nicht ganz geheuer. Ja, sie hatten gelebt, doch war unser Wissen über ihre Eigenschaften und darüber, wie sie gelebt, was sie gegessen und getrunken hatten, wie sie sich kleideten und mit welchen Gefühlen sie Freude und Leid empfanden und zum Ausdruck brachten, doch sehr begrenzt. Außerdem war keiner von ihnen eines natürlichen Todes gestorben. Weshalb eigentlich waren sie allesamt ermordet worden, die Helden dieses Romans? Das bedeutete doch dann wohl, daß der Mensch nicht stirbt, sondern zu gegebener Zeit umgebracht wird. Zugegeben, jeder trägt den Tod in sich, seinen eigenen Tod oder, eben richtiger, seine eigene Ermordung. Und zwar bereits vor seiner Geburt, schon wenn er sich noch im Mutterleib zusammenkrümmt, mit seinem riesigen Kopf mit den blinden, doch trotzdem neugierig geöffneten, hervortretenden Augen in dem verschrumpelten Gesicht. Bald wird er aus dieser warmen Höhle, wo er in Sicherheit lebt, genährt wird und wächst, heraus wollen, wird mit seinen dünnen steckenartigen Ärmchen und den kleinen Händen und seinen krummen Beinen zu strampeln beginnen in seinem Bemühen, nach draußen ans Licht, in die Welt zu fallen. Denn die Geburt ist in Wahrheit ein Sturz, ein erster Schritt auf den Tod zu. Und trotzdem, warum sind die Helden meines Romans, den zu beenden mir so schwerfällt, alle eines gewaltsamen Todes gestorben, sie, die ich unter größten

Mühen als Antonio Rizzo, Halil oder Sultan Mehmet, den Eroberer, wieder lebendig werden ließ; ein Unterfangen, für das ich kein Opfer gescheut hatte. Denn als ich mich in ein Erkerzimmer dieser alten verfallenen Villa einschloß, hatte ich nicht nur mein gewohntes Leben samt den Freuden der Welt da draußen aufgegeben, sondern mußte auch mit ansehen, wie meine eigene Existenz sich allmählich auflöste, um in die Figuren meines Romans einzugehen. Warum durfte keiner von ihnen auf natürliche Weise sterben? War ich es etwa, der sie so vor ihrer Zeit, zum Teil noch im Frühling ihres Lebens, abtreten ließ, oder war es Gott, das heißt ihr eigenes Schicksal? Was heißt hier Gott, es war ganz offensichtlich die Geschichte, die für ihren Tod verantwortlich war. Alle Handschriften mit den Aufzeichnungen der Chronisten jener Epoche berichten das gleiche mit ihren krummen und schiefen Buchstaben – wieso eigentlich krumm und schief, im Grunde sind diese in freier Linie von rechts nach links über die Kamelhaut gleitenden, unter steten Windungen und Krümmungen mannigfaltige Formen annehmenden Buchstaben in den verschiedenen Schriftarten doch viel harmonischer, schmuckvoller und prächtiger als unser heutiges lateinisches Alphabet, also, das Wort »krumm und schief« nehme ich hiermit zurück – soviel wir also aus den über die Jahrhunderte immer wieder kopierten Handschriften jener Epoche wissen, wurden alle meine Protagonisten durch die Geschichte umgebracht. Oder, richtiger noch, durch die Zeit. Ja, durch die Zeit waren sie umgekommen. Die Zeit, die alles richtet, die sterben oder am Leben läßt; aber schließlich müssen ja alle sterben. Die Zeit besorgt es alles, und niemand kann sich ihr widersetzen; die Toten …

Der Faden gleitet mir aus der Hand. Der Faden meines *Boğazkesen*, den ich eines Septembertages hier, im Angesicht der spiegelnden Wasserfläche des vor dem Boğazkesen vorbeifließenden Bosporus, begonnen hatte zu spinnen und den ich mehr recht als schlecht doch immerhin bis hierher habe fortspinnen können, jetzt entgleitet er mir, dieser Faden. Dabei hatte jemand gesagt, ich weiß nicht mehr, wer es war, aber wer auch immer es gewesen sein mag, er hat ein schönes Wort geprägt: »Haltet euch ganz fest an Allahs Faden.« Aber wo ist er jetzt, dieser Faden? Ich kann sein Ende nicht erkennen. Hat er sich bereits so weit von mir entfernt, daß ich ihn nicht mehr zu fassen bekomme und wirklich verloren bin? Die Zeit, hatte ich gesagt, die Zeit hat sie alle umgebracht, auch wenn sie vor ihrer Zeit starben. Aber hätte nicht wenigstens einer von ihnen einen natürlichen Tod finden können? Warum mußte Antonio am Pfahl sein Ende finden, Halil das seine von der Hand des Henkers und Mustafa durch die seidene Schlinge des Taubstummen? Warum mußten sowohl Sinan wie Mahmut im Kerker und der blonde Lütfi am Galgen sterben? Ja, tatsächlich, auch den blonden Lütfi haben sie nach Fatihs Tod ins Jenseits befördert. Von den Gefolgsleuten des bigotten Bayezit wurde er getötet, indem man ihn aufknüpfte – genau wie den Hurufi-Derwisch und den Scheich Bedreddin, der nackt vor einem Eisenwarenladen an einem Baum aufgehängt worden war. Ja, und dann selbst der große Padischah, auch der Eroberer wurde ermordet, und zwar vergiftet, vergiftet wie sein jüngster Sohn, der Kronprinz Cem Sultan.

Ich sehe alles vor meinem inneren Auge vorbeiziehen, als geschehe es noch einmal. Wir schreiben das Jahr 1481, wieder einmal bricht das Heer zum Feldzug auf. Mehmet ist jetzt sehr gealtert. Er zählt zwar erst neunundvierzig Jahre, doch die Gicht hat den Padischah vorzeitig erschöpft, die Ausschweifungen haben tiefe Ringe unter seine Augen gezeichnet, und der Schmerz – der Schmerz über den Verlust seines Kronprinzen Mustafa – hat Haupt- und Barthaar ergrauen lassen. Die Augen haben ihre alte Sehkraft und Schärfe verloren, die einst kräftig zupackenden Hände sind erschlafft, und er spricht kaum noch. Und doch muß er an der Spitze des Heeres den Feldzug führen, da sonst die Janitscharen nicht zum Aufbruch und die Soldaten nicht zum Marschieren zu bewegen sind. Da der Padischah zu schwach ist, sein Pferd zu besteigen, wird er in einer Sänfte bis in das großherrliche Prachtzelt hineingetragen, welches in Gebze auf einem das Meer überblickenden Hügel errichtet wurde und auf dessen Spitze wieder die weißen Fahnen des Sultan Mehmet Han Gazi flattern. Aber niemand weiß, wohin der Feldzug führen soll. Mehmet hält das Ziel vor allen geheim. Wenn ein einziges Haar in seinem Bart wüßte, wohin es diesmal gehen sollte, so hatte der Padischah gesagt, würde er dieses ausreißen.

Und hier haben wir jetzt den Arzt Yakup Pascha vor uns, den Menschen, dem der Padischah am meisten vertraut, den Oberarzt des Palastes, auch als Jacopo bekannt. Unmöglich zu wissen, wie oft er dem Sultan schon Heilung verschaffte, von wievielen Krankheiten er ihn befreite! Doch seit einiger Zeit schon vergiftet er, der dem Glanz des Goldes, das die Venezianer ihm anboten, nicht mehr widerstehen konnte, den Padischah ganz langsam. Natürlich weiß niemand hiervon. Und Mehmet ist überzeugt, daß er mit jedem Schluck des von Yakup hergestellten Heiltrankes der Genesung ein Stück näherkommt, daß er seine alten Kräfte zurückerlangen und dieses Mal Rom, den »Roten Apfel«, erreichen wird. Doch die Hände des Yakup, die die Heilkräuter jedesmal mit einem Quentchen Gift anreichern, zittern vor Furcht. Und wie um seine Angst zu besiegen, gibt er sich beschäftigt und um den Kranken besorgt. Unentwegt schreit er die Diener an und beschuldigt sie, daß sie den Sultan nicht aufmerksam genug pflegten. Und jedesmal gibt er seinem Opfer mit eigener Hand das Gift, wobei er es vermeidet, dessen dankbare Blicke wahrzunehmen. Und je mehr Mehmet von dieser Medizin trinkt, von der er Heilung erwartet, desto schwächer wird er. Seht sie nur an, den Henker und sein Opfer! Wir könnten auch sagen, den Arzt und seinen Patienten; doch wollen wir sie vorläufig den Sterbenden und den Mörder nennen. Damit sind wir bei dem höllischen Paar, der universellen Konstellation von Mörder und Opfer und ihrem Abenteuer angelangt. Doch möchte ich nicht jetzt sofort über dieses Abenteuer schreiben. Alles klärt sich ganz langsam in meiner Vorstellung, ähnlich dem Nebel, der allmählich über den Wiesen von Gebze aufsteigt. Es ist der frühe Morgen des 4. Mai, die Sonne ist noch nicht aufgegangen. Im ganzen Feldlager herrscht eine ungewohnte Stille. Die Soldaten schlafen noch tief, ebenso die Pferde und Kamele. Die Kameltreiber, die ihre Tiere auf die Wiese hinter dem Herrscherzelt getrieben haben, schlafen zusammengerollt unter einer Platane. Die Pferde rühren sich nicht, unbeweglich wie Statuen stehen sie im Morgenwind. Beim Ausschnauben quillt ein bläulicher Dampf aus ihren Nüstern, der sich sofort mit dem Morgennebel vermischt. Die Lagerfeuer sind erloschen, und die Ziegenhaarzelte sind ganz weiß vom Rauhreif. Ja, alle liegen im Schlaf, sogar die Wachen. Doch im Herrschaftszelt gibt es drei Personen, die nicht schlafen; alle drei hocken sie am Kopfende der Lagerstatt des Padischah und denken angestrengt nach im flackernden Kerzenlicht: der Großwesir Karamani Mehmet Pascha, der Arzt Yakup Pascha und Lâri. Wir wissen nicht, was ihnen kurz vorher durch den Kopf gegangen sein mag, als der Padischah seinen letzten Atemzug tat. Doch – ganz als hätten sie alle drei den gleichen Gedanken gehabt – war ihr erster gemeinsamer Entschluß die Beseitigung von Mehmets »Serviettenwärter«, dem persönlichen Leibdiener, gewesen, den sie auf der Stelle erwürgen ließen. So gibt es jetzt außer ihnen niemanden, der vom Ableben des Sultans weiß. Der erst kürzlich aus Persien angekommene Arzt Lâri hatte, als der Zustand des Padischah sich nach dem Nachmittagsgebet plötzlich verschlechterte, endlich zugestimmt, daß man dem Kranken das von Yakup hergestellte

Brechmittel verabreichte. Denn seine eigene Behandlungsmethode, mit der er am Morgen den Kranken zur Ader gelassen hatte, war nicht gerade von Erfolg gekrönt gewesen. Sofort nach Einnahme des Trankes hatte Mehmet zu erbrechen begonnen. Bevor noch der Serviettenwärter herbeieilen und dem Galle spuckenden Padischah ein Tuch vor das Kinn halten konnte, hatte dieser ein paarmal gezittert und war dann ganz starr geworden. Nein, nicht unter den Händen des Leibdieners war er gestorben, sondern unter den entsetzten Blikken seiner hilflosen Ärzte und des Großwesirs Karamani Mehmet Pascha. Ja, sie schauten wirklich erschrocken drein. Sah doch jeder von ihnen in Mehmets Hinscheiden seinen eigenen Tod. Was sollten sie jetzt tun? Wie konnten sie die schlimme Nachricht vor dem Heer verbergen? Nachdem sie zunächst einmal den Leibdiener durch den Taubstummen des Serails hatten erwürgen lassen, hatten sie sich an Mehmets Kopfende niedergesetzt und begonnen, angestrengt nachzudenken. Von Karamani Paschas sprichwörtlicher Entschlußkraft war diesmal nicht viel zu spüren. Er hatte wohl bemerkt, daß Mehmet in den letzten Monaten immer schwächer geworden, daß sein von der Gicht aufgedunsener Leib plötzlich auf unerklärliche Weise abgemagert war, und er konnte es nicht verstehen, wieso dieses Gesicht, das auf dem untersetzten Körper erst recht fleischig gewirkt hatte, so plötzlich eingefallen war. Wenn man den Ärzten Glauben schenken durfte, so hatte der Padischah keine tödliche Krankheit gehabt, und sie hatten auch nichts dagegen einzuwenden gehabt, daß er ins Feld zog. Doch bald nachdem das Heer nach Anatolien übergesetzt und seinen Marsch auf ein unbekanntes Ziel zu begonnen hatte, war Mehmet, kaum waren sie in Gebze angekommen, so schwach, daß er sich nicht mehr auf dem Pferd halten konnte und auf seiner Lagerstatt aus Tigerfell ausgestreckt liegenblieb.

Und an einem Abend im Mai, nicht unähnlich jenem

Abend, an welchem er die Festung Istanbul eingenommen und die osmanische Siegesfahne auf die Zinnen der Stadt gepflanzt hatte, verabschiedete er sich, ein Imperium zurücklassend, aus dieser Welt. Was sollte jetzt werden? Wie konnte ein Aufstand des führungslosen Heeres verhindert werden und wie die Plünderung der Stadt durch die Janitscharen, bis ein neuer Regent den Thron bestieg? Und wer sollte dieser neue Herrscher sein? Bayezit Han vielleicht, der älteste von Mehmets Söhnen, oder sein Lieblingssohn, Prinz Cem? Alle beide mußten sofort verständigt werden. Auf keinen Fall aber durfte das Heer vom Tod des alten Herrschers erfahren, bevor der neue Padischah in Istanbul angekommen war und den Thron bestiegen hatte. Doch wie war dies zu bewerkstelligen? Da Mehmets Leib nicht wiederbelebt werden konnte, mußte man ihn den Soldaten so zeigen, als wäre er lebendig. Karamani Paschas Augen blitzten plötzlich auf, und seine Gesichtszüge entspannten sich. Er wandte sich zu Yakup Pascha und Lâri und ordnete an, daß man dem Heer mitteilen sollte, der Padischah fühle sich nicht wohl und wolle in seinen Palast zurückkehren, um sich mit Bädern zu kurieren. Dann zerschnitt er Mehmets Gewand auf der Höhe der Schultern, zog es ihm aus und bekleidete den Leichnam mit einem Kaftan. Anschließend legte er ihn in die Sänfte, wobei Yakup und Lâri ihm zur Hand gingen. Die Vorhänge der Sänfte zog er absichtlich nicht ganz zu, so daß man von außen das Innere ein wenig sehen konnte.

Halb angelehnt lag Mehmet in der goldverkleideten Sänfte, als ob er schliefe. Der Wesir ließ die Träger rufen und befahl ihnen, die Sänfte auf einen schnellen Pferdewagen zu laden. Vor dem Wagen nahmen die Leibgardisten und Hellebardiers Stellung, hinter dem Gefährt folgte die persönliche Leibwache des Sultans. Karamani Pascha selbst saß direkt neben dem Wagen auf, vor Lâri und Yakup. Sobald der Morgen heraufzog, setzte der Trupp sich in Bewegung. Die Soldaten waren schon auf und löffelten ihre Morgensuppe. Gleich, noch bevor sie Marschstellung annahmen, würde man ihnen den Befehl erteilen, bis auf weiteres im Lager zu warten. Karamani Mehmet Pascha konnte an jenem Morgen, als er mit dem toten Mehmet, den er dem Heer als einen lebendigen Sultan vorführte, nach Istanbul aufbrach, ja, da konnte er es natürlich nicht wissen, daß diese riesigen Kerle mit den kahlgeschorenen Köpfen, die dort in der lauen Maisonne vor ihren Zelten hockten und friedlich frühstückten, wobei ihre Bärte in die Suppenschalen hingen, daß diese also, sobald sie die Wahrheit erfuhren, ihre Waffen ergreifen und zum Aufstand schreiten würden. Daß sie den eindeutigen Befehl, daß kein einziges Boot von Üsküdar ans andere Ufer übersetzen durfte, in den Wind schlagen und die Stadt im Handumdrehen in eine Hölle verwandeln würden, daß sie die jüdischen und griechischen Viertel plündern und, in ihrer Begeisterung darüber – und sei es nur für 18 Tage –, keinen Padischah über sich zu haben, auch den Wesirskonak anzünden und ihn selbst zerstückeln würden, auch daß es Yakup und Lâri nicht besser ergehen würde, das alles konnte er ja nicht wissen!

Karamani reitet zügig voran. Ab und zu nähert er sich dem Wagen, beugt sich leicht zu der Sänfte herab, durch deren Vorhang der Padischah undeutlich zu erkennen ist, und tut so, als ob er mit ihm spräche. Doch die Angst nagt in ihm: Korkut, der Sohn des Bayezit, wird als Geisel im Serail gehalten. Sollte er nicht vielleicht ihn auf den Thron setzen, bis der neue Padischah eintrifft? Und er fleht Gott an, daß die beiden tatarischen Boten, die in wildem Galopp, einer nach Amasya, der andere nach Konya, losgeritten sind, ihre Ziele rasch erreichen mögen. Er weiß noch nicht, daß sein Tod dem Mehmets nicht gleichen wird. Genauso wie er keine Ahnung hat, daß sein geliebter Sultan durch das von Yakup verabreichte Gift ganz langsam ermordet wurde und daß sein eigener Tod ihm in diesem Augenblick bereits näher ist als die in der Maisonne glitzernden Panzer, die Schwerter und Äxte der Soldaten, die dort vor ihren Ziegenhaarzelten hocken.

Ja, man darf es wohl sagen, daß der Tod dem Menschen näher ist als seine Halsschlagader! Wenn du deine Handinnenfläche an die Schläfe führst, dann sind es nicht etwa deine Herzschläge, die du dort pochen fühlst, nein, es ist der Tod, der sich dir jeden Augenblick in Erinnerung bringt. Er ist es, der dort in deiner Hand seine Bahn zieht, und er ist es auch, der das Blut bis in die Kapillargefäße deines Leibes pumpt und dich mit jedem Schlag deines Herzens näher zu sich heranzieht. In deinen Adern fließt der Tod, nicht das Blut. Du lebst mit ihm, und du atmest gemäß seinen Wünschen. »Der Tod! Der Tod!« skandiert dein Herz, solange du lebst. »Der Tod! Der Tod! Der Tod!« Es ist seine Stimme, die du hörst, seine Herrschaft, die dich keine Sekunde losläßt.

Draußen wird es jetzt Abend. Die wirbelnden Wasser ziehen sich zurück. Gleich werden die Lichter am anderen Ufer angehen, und die Burg wird in der Dunkelheit versinken. Dies ist der Augenblick, von dem ein in die Geschichte verliebter Autor, einer der großen Romanciers Istanbuls, sagte: »Ich befinde mich weder in der Zeit noch außerhalb von ihr.« Und ich fühle mich gefangen in einer Erzählung, die, selbst wenn sie mich nicht mehr mit sich fortreißt wie früher, doch nicht mehr recht vorwärtskommen will, die aufgehalten wird durch meine Unfähigkeit, dem Körper von Deniz zu widerstehen, der immer mehr Besitz von mir und meinem ganzen Denken ergreift und der mich mit jeder leidenschaftlichen Umarmung tiefer in den Abgrund ziehen will. Ich könnte sagen, der *Boğazkesen* hat mit Deniz begonnen, doch jetzt muß er ohne sie fortgesetzt werden.

Diese Erzählung hat mir dir begonnen, Deniz, doch nur ohne dich ist sie überhaupt bis hierher vorwärts gekommen. Jetzt, wo du wieder bei mir bist, gerät alles ins Stocken. Nicht einmal stolpernd geht es voran, im Gegenteil, von deinem Körper hin- und hergeworfen, bleibt sie stecken statt vorwärtszufließen. Um meinem *Boğazkesen* den Weg freizumachen, muß ich dich aus dem Wege räumen, ja, du mußt verschwinden!

Unaufhörlich kreist dieser Gedanke jetzt in meinem Kopf herum; wie ungeschriebene Zeilen, die vom Ansturm der Wörter durcheinandergewirbelt werden, schwirrt er im Zimmer herum, vom Schreibpapier auf das Fenster zu und von dort zum Bett. Deniz schläft schon längst, obwohl die Nacht noch fern ist, es draußen erst allmählich Abend wird. »Ich muß Deniz loswerden.« Wie ein im Käfig eingesperrter Vogel flattert dieser Gedanke, der hinaus will ins Freie, hin und her; »ich muß Deniz loswerden«, so richtet er sich gegen die Tür. Wenn ich sie öffne, wird er davonfliegen, ein bißchen unter der hohen Decke des Salons ausruhen, aber nur eine kleine Weile. Denn dann wird es schon wieder losgehen: »Ich muß Deniz loswerden«; wie ein nach jahrelanger Haft die Freiheit und das Licht ersehnender Gefangener wird dieser Gedanke an die Wände prallen, sich vom Boden zu den Sesseln, von den Sesseln zum geschlossenen Fenster werfen, um in das draußen vor dem Fenster vorbeifließende schillernde Wasser eintauchen und, gereinigt und geläutert, zusammen mit dem Bosporus davonfließen zu können.

1990–1995

Im September 1980 wurde im Meer vor Yenikapı der Leichnam einer jungen Frau gefunden. Man hatte ihr die Kehle durchschnitten und den Leichnam wahrscheinlich in den Bosporus geworfen, von wo er mit der Strömung ins Marmarameer getrieben wurde. Polizeiliche Ermittlungen ergaben, daß es sich bei der Verstorbenen um ein Mitglied einer linksextremen Organisation handelt. Da als Tatmotiv eine Auseinandersetzung innerhalb der Terrororganisation anzunehmen war, wurde der Fall nicht weiter verfolgt. Die Autopsie ergab, daß die Frau ihrem Mörder keinen Widerstand geleistet hatte, daß sie mit großer Wahrscheinlichkeit im Schlaf getötet wurde und daß sie noch kurz vor ihrem Tod Geschlechtsverkehr gehabt hatte.

Glossar

Achi, türk. Ahi	histor. anatolische Bauern-/Handwerkergilde, zum Teil mit kulturellen und religiösen Ambitionen
Akıncı	plündernder Vortrupp des osmanischen Heeres
Allahu akbar	der Ausruf »Allah ist groß«, siehe »Tekbir«
Alla turca-Zifferblatt	Zifferblatt, auf welchem in Osmanisch die Gebetszeiten eingetragen sind
Ayyûb al-Ansâri	Gefährte und Bannerträger Muhammeds, gefallen 672 bei der ersten Belagerung von Byzanz
Besmele, bismillah (arabisch *basmala*)	Einleitungsformel der Koransuren, mit der gläubige Muslime jede wichtige Arbeit beginnen: »Im Namen Gottes, des Barmherzigen, des Erbarmers«
Bey, Beg	gleichbedeutend mit Emir, Fürst
Boğazkesen	wörtlich »Abschneider der Meerenge«, aber auch »Halsabschneider«. Name der Rumeli-Burg
Cihannüma	wörtl. »die Welt zeigend«, gern für Orte mit schöner Aussicht gewählt; hier Mehmets kleiner Palast in Edirne
Devşirme	hauptsächlich auf dem Balkan durchgeführte Knabenaushebung für die Janitscharentruppe; auch ein derart eingesammelter Janitscharenzögling christlicher Herkunft
Ferman	Sultanserlaß, -urkunde
Fetwa	von einem Mufti nach dem Şeriatgesetz erlassenes Rechtsgutachten (siehe auch Scharia)
Gazi, Ghasi	Glaubenskrieger
Gecekondu	ohne Genehmigung über Nacht erstellte Behausung
Hacı Bayram Veli	Begründer des Bayramiye-Ordens

Hadis	Überlieferung der Muhammed zugeschriebenen Worte und Taten
Hızır	unsterblicher Heiliger, der um Hilfe angerufen wird
Hodscha	Geistlicher, Gelehrter, Lehrer
Hurufi	Anhänger einer schiitischen Sekte
Imam Gazali	Imam = Vorbeter einer Moschee, hier Ehrentitel für den großen islamischen Gelehrten Ghasali
Janitscharen	die aus der Knabenlese (Devşirme) hervorgegangene Elitetruppe des Sultans
Kadir-Nacht	die »Nacht der Macht«, 27. Nacht im Fastenmonat Ramazan, in welcher nach altem Volksglauben Wünsche und Gebete erhört werden
Kaf	legendärer Berg am Ende der Welt
Kaik, türk. Kayik	kleines Ruder- oder Segelboot
Kervansaray	Karawanserei
Konak	prächtiges Wohnhaus, kleiner Palast
Kostantiniye	osmanisch für Konstantinopel, war zu Mehmets Zeit ausschließlich und auch später noch lange neben »Istanbul« im Gebrauch
Külliye	zu einer Moschee gehörige gemeinnützige Anlagen
Lala	Prinzenerzieher bzw. -vormund, hier Vertrauter
Lüfer	Blaubarsch
12. März (1971)	Datum der Machtübernahme durch das Militär
Medresse, medrese	Koranschule, theologische Hochschule
Mesnevi	umfangreiches Lehrgedicht, Hauptwerk des Mevlânâ
Mevlânâ	Mevlânâ Celâleddin Rumî (1297–1273), Gründer des Mevlevi-Ordens und einer der größten Dichter der islamischen Welt
Molla	Oberrichter, Gelehrter; auch Student einer Medresse
Mufti	hist.: geistlicher Würdenträger, der Fetwas erteilte

Oghusen	große türkische Stammesgruppe, aus der u. a. die Osmanen hervorgingen
Palamut	Mittelmeer-Bonito
Rumeli	Bezeichnung für den europäischen Teil der Türkei, früher auch für den osmanischen Balkan
Rumî	siehe Mevlânâ
Salavat	an den Propheten gerichtetes Stoßgebet
Schadirwan	meist überdachter Reinigungsbrunnen im Hof oder längs der Mauer einer Moschee
Scharia, türk. Şeriat	das Religionsgesetz
Scheich Bedreddin	Gottesgelehrter und Sozialrevolutionär, wirkte im 15. Jahrhundert, von Sultan Mehmet I. hingerichtet
Sema	der Reigentanz der Mevlevi-Derwische
Sipahi	Kavallerist, Reiter im altosmanischen Heer
Soldaten der Pforte	das stehende fest besoldete Heer des osmanischen Sultans, (die Hohe Pforte = Eingangstor zum Topkapı-Palast und Sinnbild der Sultansmacht)
Tambur	sechssaitige Langhalslaute
Tekbir	der arabische Gebets- und Schlachtruf »Allahu akbar«, s.o.
Tekke	Derwischkloster
Timurlenk	Timur der Lahme, der im Abendland als Tamerlan bekannte asiatische Eroberer
Tuğra	mit meisterhafter Kalligraphie ausgeführter persönlicher Namenszug des Sultans
Türbe	türkischer Grabbau
Ulema	islamischer Theologe
Yalı	stattliches Sommerhaus mit eigenem Zugang zum Meer, meistens Holzbau
Zikir	Erwähnung; hier: in Derwischklöstern gepflegte Rezitation mit formelhaften Wiederholungen der Namen Allahs
Yezid	hier Jezid I., grausamer und ungläubiger omaijadischer Kalif, der den Prophetenenkel Husayn hinrichten ließ

Zur Aussprache der türkischen Namen und Begriffe

Außer im Deutschen bereits fest eingebürgerten Begriffen wie »Janitschare«, »Hodscha«, »Padischah« etc. sind Eigennamen, Titel und Bezeichnungen weitgehend in originaler Schreibweise wiedergegeben. Anders als im Deutschen werden folgende Buchstaben ausgesprochen:

c	dsch
ç	tsch
ğ	ein kaum hörbares gutturales g
ı	dumpfer Vokal zwischen e und kurzem ü
s	immer stimmlos, wie im Deutschen ss oder ß
ş	sch
v	w
y	j
z	stimmhaftes s

Inhalt